»Ein fesselnder Thriller ... der die Phantasie seiner Leser packt.«
Clive Cussler

WER VERBIRGT SICH HINTER REX DEUS? Und welchen Plan verfolgt dieser Geheimbund? Eine jahrhundertealte Schriftrolle, die aus der Zeit von Jesus von Nazareth stammt, soll Spektakuläres über das wahre Leben Jesu enthalten. Und über die wirklichen Vorgänge während seiner Kreuzigung. Doch das würde die Lehre der katholischen Kirche in ihren Grundfesten erschüttern und muss um jeden Preis verhindert werden. Die Schriftrolle darf nicht an die Öffentlichkeit gelangen, und alle Mitwisser müssen verschwinden ...

D. L. Wilson war viele Jahre lang als Regierungsberater tätig. Er hat bereits mehrere Bücher veröffentlicht, derzeit schreibt er an einer Thrillerserie. Der Autor lebt mit seiner Frau in Bucks County, Pennsylvania, und Baltimore, Maryland.
Besuchen Sie die website des Autors: *www.dlwilsonbooks.com*

Unsere Adresse im Internet: www.fischerverlage.de

D. L. WILSON

CALIX

Thriller

Aus dem Amerikanischen
von Theresia Übelhör

FISCHER TASCHENBUCH VERLAG

2. Auflage: März 2007

DEUTSCHE ERSTAUSGABE
Veröffentlicht im Fischer Taschenbuch Verlag,
einem Unternehmen der S. Fischer Verlag GmbH,
Frankfurt am Main, März 2007

Die amerikanische Originalausgabe erschien 2007
unter dem Titel ›Unholy Grail‹ im Verlag The Berkley Publishing Group,
a division of Penguin Group (USA) Inc., New York, N. Y.

Satz: Pinkuin Satz und Datentechnik, Berlin
Druck und Bindung: Clausen & Bosse, Leck
Printed in Germany
ISBN 978-3-596-17618-2

· CALIX ·

· PROLOG ·

»VERGIB MIR, VATER, DENN ICH HABE GESÜNDIGT.« Die gedämpfte Stimme kam aus der dunkelsten Ecke des Beichtstuhls in der St. Patrick's Cathedral.

Pater Edward Byrne schob einen Finger unter den Ärmel seines Jacketts, hob ihn an und warf einen Blick auf seine Uhr. Noch zwei Minuten bis zum Ende der Beichtzeit.

»Meine letzte Beichte war vor sieben Tagen.« Der Mann räusperte sich, schwieg einen Moment und fuhr dann eindringlich flüsternd fort: »Ich bin im Begriff, eine Todsünde zu begehen.«

Byrne erstarrte. Er hatte gewusst, dass das eines Tages passieren würde. Dass eine von Selbstmordgedanken geplagte verzweifelte Seele auf der Suche nach einem Hoffnungsschimmer zur Beichte käme. Er versuchte zu schlucken, aber seine Zunge klebte ihm trocken am Gaumen.

»Todsünden berauben die Seele der ... der heiligen Gnade«, stieß Byrne krächzend hervor. Verzweifelt überlegte er, was er als Nächstes sagen könnte. Er schloss die Augen und bemühte sich, seine Gedanken zu ordnen. »Nichts ... nichts auf Gottes weitem Erdenrund kann Ihren Selbstmord rechtfertigen. Ich weiß, dass Ihnen Ihr Leben in diesem Moment hoffnungslos erscheinen muss –«

»Pater, bitte, Sie haben mich missverstanden. Es geht nicht um *mein* Leben. Ich muss jemanden ermorden. Jemanden töten, um die Unantastbarkeit der Kirche zu retten.«

Byrne beugte sich zum Gitter des Beichtstuhls vor. Er versuchte, die schemenhafte Gestalt in der dunklen Ecke des Beichtstuhls zu erkennen. Aber er konnte nichts anderes sehen als ein weißes Quadrat, das sich in der Mitte eines schwarzen Kragens schwach abhob.

•1. KAPITEL•

PATER JOSEPH ROMANO TRAT NÄHER AN DIE STAFFELEI heran und hielt eine Lupe über die Kopie von Nicolas Poussins *Les Bergers d'Arcadie*. Auf dem Gemälde aus dem siebzehnten Jahrhundert waren drei Schäfer und eine Schäferin dargestellt, die verwirrt auf eine in einen Grabstein gemeißelte Inschrift blicken. Der Professor der Fordham Universität konzentrierte sich auf die lateinische Inschrift ET IN ARCADIA EGO (Und ich bin in Arkadien). Er lächelte, als er an die zahlreichen Verschwörungstheoretiker, Forscher und Codeknacker dachte, die zahllose Stunden damit zugebracht hatten, den Satz zu analysieren, um auf eine geheime Botschaft oder einen Schlüssel für die Lokalisierung des Heiligen Grals zu stoßen. Für ihn war es ganz offensichtlich. Die Inschrift bezog sich auf die in der Frühmoderne vorherrschende Vorstellung von Arkadien als einer verlorenen Welt idyllischen Glücks. Der Grabstein war lediglich eine hoffnungsvolle Erinnerung daran, dass derjenige, der hier beerdigt war, jetzt im Reich Utopia lebte.

Romano legte die Lupe zur Seite und sah einen Stapel Ordner auf dem Tisch neben der Staffelei durch, bis er einen Hefter fand, auf dem »Arques, Frankreich« geschrieben stand. Er blätterte ihn durch und befestigte zwei Fotos an dem Druck. Dann betrachtete er den Hintergrund der Fotos durch die Lupe. Ja! Das Gemälde zeigte definitiv das Grab in Arques.

Romano klopfte mit den Fingerknöcheln gegen die großen Buchstaben, die auf eine Flipchart an der Wand gekritzelt waren: ET IN ARCA DEI AGO. Dann wandte er sich zu den beiden Studenten, die sich um einen Computer drängten. »Habt ihr jungen Genies schon was entdeckt?«

Der junge Mann blickte auf und tippte an den Schirm seiner Kappe von den Fordham Rams. »Pater, es tut mir leid, es gibt keine anderen vernünftigen lateinischen Anagramme. Es sei denn, Sie wollen, dass wir es unter Auslassung einiger Buchstaben noch einmal versuchen?«

Romano schüttelte den Kopf. »Nein, Charlie, das ist zwar eine gute Idee, würde uns aber zu weit führen. Bedenkt, dass es sich hier um eine wissenschaftliche Arbeit handelt.«

»Das hält die Häretiker aber nicht davon ab, die Wahrheit zurecht zu biegen, wenn sie diese lächerlichen Vermutungen anstellen«, sagte die Studentin. Sie hatte dunkle, kurz geschnittene Haare und eine mahagonifarbene Haut, was einen starken Kontrast zu Charlies sandfarbenen Haaren und seinem mit Sommersprossen übersäten Gesicht bildete.

»Carlota, du musst bedenken, dass Sozialwissenschaftler immer übervorsichtig sein müssen, wenn sie historische Behauptungen widerlegen wollen.« Pater Romano unterstrich ET IN ARCA DEI AGO (Und ich handle im Auftrag des Gottesbundes). »Falls dies das einzige Anagramm ist, das einen Sinn ergibt, geben wir uns geschlagen … zumindest vorläufig.«

Das Telefon läutete, und Carlota hob den Hörer ab, während Charlie sich wieder dem Computer zuwandte. Romano machte sich daran, die Stapel von Notizen über die zahlreichen Zeitschriftenartikel zu ordnen, die vor drei Monaten in Frankreich erschienen waren. Wie in vielen früheren Artikeln war darin die Behauptung aufgestellt worden, es gäbe eine direkte Nachkommenschaft Jesu. Manche warteten sogar mit Stammbäumen auf, die bis in die Gegenwart reichten – und einige sehr prominente Namen aufwiesen. Doch die Hauptsorge der Kirche galt dem Hinweis auf eine geheime Schrift, von der einer der Autoren behauptete, sie sei von Jakobus, dem Bruder Jesu, schon wenige Tage nach der Kreuzigung verfasst worden.

»Pater, es ist für Sie.« Carlota bedeckte die Sprechmuschel mit der Hand. »Er will seinen Namen nicht nennen«, flüsterte sie. »Und er sagt, dass es um irgendwelche Originaldokumente geht. Er will nur mit Ihnen sprechen.«

Romano ergriff den Hörer. »Hier ist Pater Joseph Romano.«

»Seien Sie morgen Früh um acht Uhr dreißig am Terminal der Great Central Station.« Die Stimme des Mannes war tief und rau.

»Wer ist denn am Apparat?«

»Seien Sie einfach um halb neun am Eingang zur 42nd und Park Street. Tragen Sie Ihren Priesterkragen.«

»Ich bin Jesuitenpater und seriöser Wissenschaftler und nicht auf Sensationsmache aus.«

»Hier geht es um seriöse Wissenschaft. Ich bin im Besitz einer Kassette, die das Originalpergament enthält, das von Jakobus, dem Bruder Jesu, persönlich verfasst wurde. Es beschreibt in allen Einzelheiten, was bei der Kreuzigung Jesu tatsächlich passiert ist.« Die Verbindung wurde unterbrochen.

»Wer war das?«, fragte Carlota.

»Das war einer, der behauptet, im Besitz eines Abschnitts der Jakobusschrift zu sein.«

Charlie blickte vom Computer auf und schüttelte den Kopf. »Sagen

Sie bloß nicht, dass diese Leute das lächerliche Geheimmanuskript auch noch in Fortsetzungen herausbringen!«

»Nein, hier geht es nicht um eine weitere angebliche Übersetzung.« Romano legte den Hörer auf. »Der Anrufer hat behauptet, dass er im Besitz des Originalmanuskripts ist.«

Charlie verschränkte die Hände hinter dem Kopf, lehnte sich zurück und zog die Augenbrauen hoch.

»Wow!«, sagte Carlota. »Falls es tatsächlich existieren sollte, würde das Ihrem Buch eine ganz neue Wendung geben.«

Charlie kniff die Augen zusammen. »Welche Auswirkungen würde es auf die Kirche haben, falls es tatsächlich Beweise für eine direkte Nachkommenschaft Christi gäbe?«

Romano lächelte seine Assistenten an, während er nach der passenden Antwort suchte. Er hatte es sich zur Regel gemacht, Diskussionen zum Thema »bedingungsloser Glaube« zu vermeiden. Deshalb beschloss er, die Frage lieber zu umgehen, als direkt darauf zu antworten.

»Ihr beide seid sehr kluge Studenten. Aber ihr werdet noch einige harte Glaubensprüfungen zu bestehen haben. Das Christentum besteht seit fast zweitausend Jahren, und bis jetzt ist es niemals in seinen Grundfesten erschüttert worden. Ich schreibe dieses Buch, weil es für uns alle wichtig ist, die Kreuzigung und Auferstehung nach den neuesten wissenschaftlichen Erkenntnissen und mit der neuesten Technik zu untersuchen. Ich habe als Wissenschaftler und Priester einen großen Teil meines Lebens damit verbracht, den christlichen Kanon bis ins kleinste Detail zu analysieren. Ich bin auf keinerlei entscheidende Fehler gestoßen, die meinen Glauben hätten untergraben können.« Romano lächelte und winkte ab. »Wir wollen doch keine voreiligen Schlüsse aufgrund eines anonymen Anrufs ziehen.«

Er blickte auf seine Uhr. »Ihr solltet jetzt lieber in euer Seminar gehen, sonst bekommen wir es noch mit Monsignore Lochner zu tun.«
Charlie und Carlota griffen nach ihren Büchern und hatten Romanos Büro schon verlassen, bevor er ihnen sagen konnte, dass er am nächsten Vormittag nicht da sein würde. Er würde die Pendler in Grand Central Station beobachten und darauf warten, dass ihm ein Fremder eine Kassette aushändigte, deren Inhalt von höchster Brisanz für die katholische Kirche sein könnte.

***

Pater Romano starrte an der 62nd Street aus dem Fenster, und blickte zum Damrosch Park und dahinter zur Metropolitan Opera. Die Aussicht war atemberaubend – einer der Vorteile, wenn man Professor an der Fordham Universität war. Er dachte an Marta. Sie war wirklich gern in die Oper gegangen.
Mit achtzehn hatte er sie in die Loge seiner Familie geschmuggelt, während seine Mutter als Gastgeberin einer ihrer Wohltätigkeitsveranstaltungen fungierte. Die Großartigkeit des Opernhauses hatte Marta Ehrfurcht eingeflößt: die Bögen mit den Glassäulen, die leuchtend bunten riesigen Wandgemälde von Chagall. Sie hatte während der gesamten Aufführung seine Hand gehalten und sich nicht gerührt. Nach der Oper hatte sie darauf bestanden, dass sie sich auf den breiten Brunnenrand im Innenhof setzten. Sie hatte die Finger in das kühle Nass getaucht, ihn mit Wasser bespritzt und ihm ihr unschuldiges Lächeln geschenkt … all das schien eine Ewigkeit her zu sein. Kurz darauf hatte er sein Leben und sein beachtliches Vermögen der Wissenschaft und der Kirche verschrieben.
Romano packte zusammen und verließ sein Büro in Richtung

U-Bahn in die Bronx. Dort wartete nur sein einsames Zimmer in der Spellman Hall auf ihn.

•2. KAPITEL•

GABRIEL BOG VON DER NORTH CHURCH ROAD AB und fuhr durch das hohe schmiedeeiserne Eingangstor auf das Jesuit Center for Spiritual Growth zu. Er blickte zu den gemeißelten Gesichtern hinauf, die ihn von oben herab anstarrten. Es konnte sich um griechische Götter handeln oder sogar um kaschierte Versionen des heidnischen Fruchtbarkeitsgottes Baphomet. Für viele galt sein gehörnter Kopf als eine Personifizierung des Teufels. Für die wenigen Eingeweihten war Baphomet ein Geheimcode für Sophia, die höchste Weisheit.

Die von Bäumen gesäumte Auffahrt lag im Schatten, da die letzten Reste des Tageslichts nur hier und da durch das dichte Blattwerk fielen. So spät am Tag waren keine Autos oder Fußgänger mehr unterwegs. Gabriel fühlte sich nervös und erwartungsvoll, als er auf das großartige ehemalige Novizenhaus für Jesuitenpriester und -brüder zufuhr. Er drosselte das Tempo, als er sich dem massiven Steinbau näherte, der auf einem Hügel stand und Ausblick auf das hübsche Städtchen Wernersville, Pennsylvania, bot. Die Form des Gebäudes ähnelte einer frühen Version des Siegels der Gesellschaft Jesu. Die vierstöckigen Ost- und Westflügel, die durch eine lange Halle in der Mitte miteinander verbunden waren, bildeten das H von IHS, den ersten drei Buchstaben des Namens Jesu in Griechisch. In der Mitte des H befand sich der Haupteingang in der Form eines Kreuzes.

Gabriel fuhr auf einen etwas abseits gelegenen Parkplatz, der ihm einen freien Blick auf die oberen Stellplätze und den großen Steinportikus ermöglichte. Er rutschte tiefer in seinen Sitz, zog ein kleines Fernglas heraus und richtete es auf die zwei unteren Drittel der Steintreppe, die zum Haupteingang des Jesuitenzentrums hinaufführte. Seit 1971 bot das Zentrum Klausuren und Seminare an, die auf den spirituellen Übungen des Hl. Ignatius von Loyola, des Ordensgründers, basierten. Heute fand eine Schweigeklausur statt. Gabriel würde sich unter die Teilnehmer mischen und keine neugierigen Fragen zu befürchten haben. Er würde hinein- und wieder hinausgehen und schon wieder verschwunden sein, bevor irgendjemand sein Eindringen bemerkt haben würde.

Er wartete geduldig, bis er ein Auto mit New Yorker Kennzeichen über den tiefergelegenen Parkplatz fahren sah. Er hob sein Fernglas und richtete es auf die blonde Frau am Lenkrad. Ihre großen olivgrünen Augen waren unverkennbar. Sie war schön – und unvergesslich. In bestimmter Weise hatte er Gewissensbisse, sie für seinen Plan zu benutzen, aber sie stellte die perfekte List dar. Sie konnte ihm entscheidende Minuten sichern. Hier kam es vor allem auf das Timing an, und bei dieser religiösen Aufgabe konnte nichts und niemand sakrosankt sein. Schließlich war er von Gott auserwählt … und deshalb war sie es ebenfalls.

Gabriel betete um Beistand, während er beobachtete, wie das Auto die geschwungene Auffahrt hinauffuhr und vor dem Jesuitenzentrum anhielt. Die blonde Frau stieg aus und bevor sie die zweite Treppe erreichte, wurde die Eingangstür geöffnet, und ein Priester tauchte mit einem breiten Lächeln und einem grüßenden Winken auf. Die beiden schüttelten sich die Hand, unterhielten sich kurz miteinander und gingen dann zu ihrem Auto zurück.

Als sie die Auffahrt wieder hinunterfuhren, sah Gabriel ein zweites Auto mit New Yorker Kennzeichen, das ihnen entgegen kam, um den ersten Parkplatz herum fuhr und ihnen dann folgte. Er versuchte, sein Fernglas auf den Fahrer zu fokussieren, aber in dem schwächer werdenden Licht konnte er lediglich einen dunkelhaarigen Mann ausmachen. Waren Interpol und FBI so schnell gewesen? Wurde sie beschattet? Selbst in diesem Fall, das wusste er, würde sie deren Hauptinteresse auf sich lenken und ihm die entscheidenden Minuten verschaffen, die er brauchte. Allerdings war es durchaus möglich, dass der Rat sie bereits im Auge hatte. Er schmunzelte. Das spielte wirklich keine Rolle. Er war ihnen ein gutes Stück voraus. Er hatte alles unter Kontrolle.

Gabriel zog ein ledernes schwarzes Zigarrenetui aus seiner Hemdentasche. Er nahm den Deckel ab und prüfte den Inhalt der Hülsen. Alles war bereit. Er stieg aus und schlenderte dann gelassen über den Rasen auf das Zentrum zu.

Er öffnete die Eingangstür und trat ein. Eine unheimliche Stille hing in dem düsteren Eingangsbereich. Er holte tief Luft. Das war der Geruch von Alter, als habe die Luft ihre ganze Lebendigkeit aufgebraucht. Er spähte in die dunklen Flure, die nur hier und da von Lampen auf kleinen Beistelltischen erleuchtet wurden. Keine Menschenseele war zu sehen. Gabriel warf einen Blick auf seine Uhr. Die Priester und Klausurteilnehmer waren wohl gerade beim Abendessen. Er steuerte auf das Zimmer des Priesters zu, der soeben mit der blonden Frau fortgefahren war.

Nach wenigen Minuten kehrte Gabriel ins Erdgeschoss zurück und ließ sich in einem weich gepolsterten Sessel in einem privaten Warteraum neben dem Eingang nieder. Auf einem Tisch stand eine feine Porzellanlampe, auf einem anderen lagen eine Kleenex-Box und eine zerfledderte Bibel. Und in diesem Moment spürte er es wieder, das gleiche Gefühl wie neulich in Spanien. Die Hitze begann tief in seiner Brust zu lodern, strahlte durch seine Arme aus, kroch seinen Hals hinauf und umfing sein Gesicht wie liebkosende Flammen, bis sie sein Gehirn in Brand setzte. Schweißperlen standen ihm auf der Oberlippe und der Stirn. Es war, als habe ihn ein heftiges Fieber gepackt.

Gabriel griff nach der Bibel, die auf dem Beistelltisch lag. Er schlug den Brief des Paulus an die Epheser auf, dann blätterte er weiter, bis er zu 4:23 gelangte. »Und erneuert euren Geist und Sinn.« Er las die Stelle wieder und wieder. Es war diese Erneuerung, diese Regeneration, die ihn erfasste, als er tief im Gebet versunken war. Er war der Auserwählte, derjenige, der den Teufel vernichten würde, derjenige, der der Christenheit ihre ursprüngliche Unschuld zurückgeben würde. Die Hitze ließ so schnell nach, wie sie gekommen war.

Gabriel lehnte sich im Sessel zurück und wartete geduldig, dass der einzige Mensch, der ihn erkennen würde, zurückkehrte. Dieser Priester saß wahrscheinlich gerade mit der blonden Frau in einem Restaurant und genoss seine letzte Mahlzeit.

·3. KAPITEL·

PATER ROMANOS ZUG kam mitten im morgendlichen Berufsverkehr in Grand Central Station an. Er hatte, wie von dem Anrufer gefordert, seinen Priesterkragen umgelegt, trug aber ansonsten wie üblich seine Khakihosen, ein Sportsakko und Turnschuhe. Der Jesuitenorden und seine Tätigkeit als Dozent waren für ihn auch deswegen so verlockend, weil man keine Priesterkleidung zu tragen

brauchte. Sobald er mit seinem Priesterkragen in die Öffentlichkeit ging, fühlte er sich unsicher.
Tausende von Pendlern drängten aus den Vorortzügen in das Labyrinth unter dem Bahnhof. Er steuerte auf die nächstbeste Treppe zu und betrat die Bahnhofshalle. Diese war fast so groß wie ein Footballfeld. Sämtliche Tierkreiszeichen schwebten majestätisch an der gewölbten Decke.
Romano bahnte sich einen Weg durch die Menschenmenge zur Rolltreppe, die zur 42nd Street hinaufführte. Er trat ins Freie und ging die Park Avenue entlang und schließlich den Block der 42nd Street auf und ab, für den Fall, dass der Anrufer glaubte, er würde von seinem Büro im Lincoln Center Campus kommen, aber er konnte bis auf einen Bettler mit einem Kaffeebecher niemanden ausmachen, der in der Menge nach ihm Ausschau hielt.
Er stand unter der Überführung zur Park Avenue und blickte über die Straße zum Pershing Square Central Café hinüber. Auch hier wartete niemand und musterte den morgendlichen Menschenstrom, deshalb ging er wieder in die Halle zurück. Der Anrufer hatte ausdrücklich gesagt, dass er ihn im Eingang 42nd Street und Park Avenue treffen würde. Er schob sich weiter, um einen Platz zu finden, an dem er stehen bleiben konnte, ohne den beständigen Pendlerstrom auf dem Weg zur Arbeit zu behindern. Während die Minuten verstrichen, blickte er immer wieder nervös zu der riesigen beleuchteten Uhr hinauf, die zwischen zwei dicken Säulen hing. Er kam sich dumm vor. Das musste irgendein Spinner gewesen sein … oder ein Scherzbold. Standen seine Studenten womöglich irgendwo im Bahnhof und beobachteten ihn – und bogen sich jetzt vor Lachen? Charlie traute er so etwas durchaus zu.
Der Knall eines Schusses war trotz des Lärms in der überfüllten

Halle ohrenbetäubend. Er hallte von der Gewölbedecke wider und schien aus allen Richtungen zu kommen. Die Leute schrien und rannten auf die Ausgänge zu. Ein Mann stieß Romano etwas gegen die Brust und hätte ihn beinahe umgeworfen. Als Romano sein Gleichgewicht wieder gefunden hatte, stellte er fest, dass er eine Manuskriptkassette in Händen hielt. Er drehte sich um und suchte nach dem Fremden, aber der Mann war in der panisch fliehenden Menschenmenge untergetaucht.

Romano kämpfte sich zu einem Kreis von Schaulustigen durch, die sich um eine auf dem Steinboden liegende junge Frau geschart hatten. Ein Bahnhofspolizist bellte Anweisungen in ein Funkgerät und kniete sich dann neben dem Opfer nieder. Blut rann aus einer Wunde an ihrer linken Schulter. Sie warf den Kopf von einer Seite auf die andere. Sie öffnete den Mund, als wolle sie schreien, aber es kam kein Ton heraus.

Romano zog ein Taschentuch aus seiner Tasche und reichte es dem Polizisten, der es gegen die Schulter der Frau presste, zu ihm aufblickte und nickte. »Danke, Pater.«

Romano kniete sich neben die Frau, legte die Kassette nieder und hielt ihre Hand. Die Frau starrte ihn stumm flehend an. Er zog sein Jackett aus und schob es ihr unter den Kopf. Sie zuckte zusammen und hörte auf, den Kopf hin und her zu drehen. Der Polizist drückte weiter auf die Wunde. Schon nach wenigen Sekunden war das Taschentuch durchtränkt, und seine Hand blutverschmiert. Romano betete im Stillen.

»Machen Sie sich keine Sorgen, Miss. Die Sanitäter sind gleich da«, sagte der Polizist, als sich zwei Sicherheitskräfte und noch weitere Bahnhofspolizisten durch die Menge drängten.

Romano hörte das Jaulen eines Krankenwagens. Kurz darauf war das Notarztteam zur Stelle und übernahm die Sache. Im Hand-

umdrehen hatten sie die Frau auf eine Trage gelegt und stabilisiert.
Einer der Sanitäter klopfte Romano auf die Schulter. »Sie wird durchkommen, Pater«, sagte er, während sie sie durch einen Gang, den zwei Polizisten in der Menschenmenge gebahnt hatten, davon schoben.
Überall wimmelte es von Bahnhofspolizisten. Ein Polizeibeamter namens Garret befragte Romano als Augenzeugen. Ein Kofferträger tippte ihm auf die Schulter, deutete auf das Blut an seinem Ärmel und reichte ihm ein Handtuch. Romano schwitzte, und seine Hände zitterten noch immer, als er das Blut abwischte. Er berichtete dem Lieutenant, dass er beim Eingang gewesen sei, als er den Schuss hörte, und daher in Wahrheit eigentlich gar nichts gesehen habe. Er sei zum Tatort geeilt, um zu helfen oder zu beten, was immer er tun konnte. Lieutenant Garret dankte Pater Romano, gab ihm seine Visitenkarte und bat ihn, sich bei der Polizeiwache zu melden, falls ihm noch etwas einfallen sollte.
Auf dem Weg zur Rolltreppe bemerkte Romano die blonden Haare auf der Brusttasche seines Sakkos. Sie stammten vom Opfer, dieser armen Frau. Er betete, dass sie durchkommen möge, dann wischte er die Haare ab.
»Pater, gehört das nicht Ihnen?«
Romano fuhr herum und sah einen Bahnhofspolizisten, der ihm die Manuskriptkassette entgegenstreckte. »Tut mir leid, die habe ich in dem ganzen Durcheinander vergessen.«
Bevor er den Ausgang erreichte, trat er in eine kleine Nische und hob den Deckel der Kassette an. Der Geruch von Schießpulver stieg ihm in die Nase. In einem Schaumstoffbett lag ein Revolver.

***

Pater Romano starrte ungläubig auf die Waffe. Ohne nachzudenken klappte er die Kassette wieder zu und drückte sie an die Brust. Hinter ihm blitzten Lichter auf. Er fuhr herum und hätte die Kassette beinahe fallen lassen. Das riesige Bild eines Models, das eine Rollbahn entlang stolziert, bedeckte die ganze Wand. Nervös schaute er sich um. Das war Werbung für eine Modeschau. Ihm drehte sich alles im Kopf. Warum sollte jemand versuchen, ihm das Attentat in die Schuhe zu schieben? Er dachte an die Frau, auf die geschossen worden war. Sie kam ihm irgendwie bekannt vor, als habe er sie schon einmal gesehen. Aber er konnte sich einfach nicht erinnern, wo.

Romano drückte sich an die Wand, wandte sich von dem blendenden Licht der Diashow ab. Er überlegte, ob er einfach gehen sollte, aber dann blickte er auf die Kassette, und ihm wurde klar, dass das nicht klug wäre. Wahrscheinlich hielt er genau die Waffe in der Hand, mit der soeben geschossen worden war. Es gab nur eine vernünftige Lösung. Er griff in seine Tasche, zog Lieutenant Garrets Karte heraus und steuerte wieder auf die Haupthalle zu.

Die Polizisten hatten den Tatort inzwischen mit Bändern abgesperrt. Romano ging auf einen von ihnen zu. »Entschuldigen Sie bitte. Ich muss Lieutenant Garret sprechen.«

Der Polizist musterte Romano misstrauisch. »Geht es um das Attentat?«

»Ja, ich … ich habe meiner Aussage noch etwas hinzuzufügen.«

Der Polizist riss die Augen auf. »Sie sind doch der Priester, der Harvey geholfen hat. Haben Sie etwas vergessen?«

»Genau genommen habe ich etwas gefunden.« Romano hielt die Manuskriptkassette hoch. »Das könnte ein wichtiges Beweisstück sein.«

Der Polizist griff nach der Kassette. Romano zog sie weg.

»Tut mir leid. Ich würde das lieber dem Lieutenant persönlich erklären.«

»Pater, wenn das ein Beweisstück im Zusammenhang mit dem Anschlag ist, sollten Sie es mir sofort aushändigen.«

Der Polizist zögerte, als Romano ihm die Kassette nicht gab. Schließlich zog er sein Funkgerät heraus und sprach hinein. Dann nickte er Romano zu.

»Pater, bitte folgen Sie mir.« Der Polizist deutete auf eine Treppe. »Lieutenant Garret möchte Sie in unserer Dienststelle sehen.«

Als sie in der Ebene mit den Imbissständen ankamen, holte ein elektrischer Polizeiwagen sie mit blinkenden Lichtern ab. Der Polizist gab Romano ein Zeichen, neben dem Fahrer Platz zu nehmen. Sie fuhren los, an Schienenzugängen vorbei, bis Romano auf dem Schild über einem Durchgang POLIZEI & FUNDSACHEN las. Der Fahrer drosselte das Tempo des Wagens, fuhr in einen schmalen Gang und hielt vor einem Warteraum mit Glasfront an. In riesigen Buchstaben stand POLIZEI auf beiden Seiten einer Tür, die mit den leuchtend blauen und gelben Zeichen der Bahnhofspolizei versehen war.

Der Polizist führte Romano in den leeren Warteraum. Ein paar Poster und eine Vitrine mit Polizeiabzeichen zierten die ansonsten kahlen Wände. In einer Ecke stand eine amerikanische Flagge auf einem Podest. Der Beamte hinter dem Schalter deutete auf eine Tür. »Lieutenant Garret erwartet Sie, er ist mit einem Kriminalbeamten der städtischen Polizei im Konferenzzimmer.«

Der Polizist öffnete die Tür, und sie gingen durch einen kurzen Flur in einen hell erleuchteten, spartanisch eingerichteten Raum. An einem grauen Stahltisch saßen Lieutenant Garret und ein Mann in einem zerknitterten blauen Anzug. Er hatte dichtes, dunkles, leicht grau meliertes Haar, das sich über den Ohren kräuselte. Romano spürte einen Anflug von Angst in sich aufsteigen, als er den Raum betrat. Er machte sich Sorgen, wie sie reagieren würden, wenn er ihnen die Waffe aushändigte und ihnen den genauen Sachverhalt erklärte.

Der Mann klappte den braunen Hefter vor sich zu und blickte über den schmalen schwarzen Rand seiner Lesebrille zu Romano auf. Sein Gesicht war von tiefen Falten zerfurcht. Eine kleine Narbe über dem rechten Auge weckte in Romano den Eindruck, dass er sich auf der Straße wahrscheinlich besser auskannte als mit Büchern. Dieser Kriminalbeamte kam gewiss mit jeder Situation zurecht.

Lieutenant Garret stand auf und deutete auf den Mann neben sich. »Pater Romano, das ist Lieutenant Renzetti vom New Yorker Police Department. Seine Abteilung wird die Ermittlungen unterstützen.« Renzetti nickte und starrte Romano weiter über seine Brille hinweg an.

Garret zeigte auf einen Stuhl auf der anderen Seite des Tischs. »Bitte nehmen Sie doch Platz. Einer unserer Kollegen sagte, dass Sie ein Beweisstück hätten.«

Romano setzte sich und legte die Manuskriptkassette mitten auf den Tisch. Er erzählte ihnen von dem mysteriösen Anruf und was nach seinem Eintreffen in Grand Central Station geschehen war. Als Garret ihn fragte, ob er sich erinnern könne, wie der Mann ausgesehen hatte, schloss er die Augen und sah verschwommen, wie Menschen an ihm vorbei eilten. Er war sich nicht ganz sicher, aber er meinte, dass der Mann eine dunkle Jacke getragen hatte. Er kniff die Augen fester zusammen. War es eine Windjacke gewesen? Ein Sportjackett? Er konnte sich nicht erinnern. Wieder und wieder versuchte er, den Augenblick heraufzubeschwören, aber alles war so schnell abgelaufen. In dem ganzen Chaos meinte er sich

lediglich daran erinnern zu können, dass der Mann eine Narbe im Gesicht gehabt hatte.
Romano schlug die Augen auf. »Ich glaube, er hatte eine …« Er hielt jedoch abrupt inne, als er feststellte, dass sein Blick auf die Narbe gerichtet war, die Renzettis rechte Augenbraue durchschnitt. Er schüttelte den Kopf und fuhr fort: »Ich kann mich nur an dunkle Haare und eine dunkle Jacke erinnern. Es tut mir leid, aber mehr kann ich nicht mit Sicherheit sagen.«
Renzetti warf Garret einen skeptischen Blick zu, dann deutete er auf die Kassette. »Und was in aller Welt soll diese geheimnisvolle Manuskriptbox mit dem Attentat zu tun haben, Pater?«
Romano holte tief Luft, dann antwortete er: »Ich glaube, das ist die Tatwaffe.«
Garret und Renzetti schauten Romano überrascht an. Renzetti griff nach seinem Kugelschreiber und schob die Kassette damit zu sich. Mit der Spitze hob er den Deckel an und blickte auf den in seinem Schaumbett liegenden Revolver. Er beugte sich zur Kassette vor, schnüffelte, schüttelte den Kopf, zog sein Handy heraus und rief die Spurensicherung an.
Die beiden Beamten verhörten Romano, allerdings übernahm Renzetti dabei die Leitung. Der Kriminalbeamte schien Romano seine Geschichte über einen mysteriösen Mann, der ihn nach Grand Central Station gelockt und ihm dann die Kassette gegen die Brust geknallt hatte, nicht abzukaufen. Er wies Garret an, den Bahnhofspolizisten kommen zu lassen, der zuerst am Tatort eingetroffen war, sowie den Beamten, der Romano die Kassette zurückgegeben hatte, und befragte sie in einem anderen Büro. Als er wieder zurückkehrte, setzte er die Befragung in etwas milderem Ton fort.
Schließlich erschien ein Team der Spurensicherung. Renzetti be-

auftragte einen der Beamten, Romano auf Schmauchspuren zu untersuchen. Der Test fiel negativ aus. Nachdem sie noch einmal genauestens durchgegangen waren, was Romano an diesem Vormittag gemacht hatte, wurde ihm erklärt, dass sie sich, sollten sie noch weitere Fragen haben, melden würden, und er durfte gehen.

Romano verließ eilig den Bahnhof. Er fühlte sich unendlich erleichtert, als er in die prickelnde Luft von Manhattans Midtown East hinaus trat. Auf dem Weg zu seinem Büro versuchte er, die Geschehnisse der letzten Stunde irgendwie einzuordnen. Das gelang ihm nicht, aber ihn tröstete der Gedanke, dass es gewiss nicht schlimmer kommen konnte.

·4. KAPITEL·

EIN GROSSER SCHLANKER ARZT betrat Brittany Hamars Zimmer. Er starrte eindringlich auf das Krankenblatt, das er in Händen hielt. Seine Haare waren meliert und hatten eine Farbe, die sie an Kaminasche erinnerte. Er blickte von dem Blatt auf und lächelte. »Mrs Hamar, Sie haben großes Glück gehabt. Ein paar Zentimeter tiefer, und Sie lägen jetzt auf der Intensivstation, oder wir würden uns überhaupt nicht mehr unterhalten können.«

Britt bemerkte, dass auf dem weißen Kittel des Arztes leuchtend rot Dr. Henry Faulkner gestickt war. »Herr Dr. Faulkner, irgendwie habe ich nicht den Eindruck, dass ich großes Glück gehabt habe. Immerhin hat jemand auf mich geschossen.«

Das Lächeln des Arztes verschwand, und er setzte eine professionellere Miene auf. »Tut mir leid, Mrs Hamar, ich wollte nicht flapsig sein. Die Sache ist nur, dass die Kugel in Ihrer Schulter weder Knochen oder Organe noch wichtige Blutgefäße verletzt hat.«

»Was genau bedeutet das?«

»Es gibt nur eine Eintrittswunde.« Dr. Faulkner pochte sich mit dem Zeigefinger an die Lippen. »Das ist eigentlich seltsam. Man hat aus unmittelbarer Nähe auf Sie geschossen. Die Kugel hat keinen Knochen getroffen. Sie hätte aus Ihrer Schulter wieder austreten müssen. Sie müssen ein dickes Fell haben.« Er grinste, dann wurde ihm scheinbar klar, dass Britt keineswegs amüsiert war. Er setzte wieder eine ernste Miene auf. »Ich konnte das Projektil entfernen und die Wunde nähen. Es wird nur eine kleine Narbe zurückbleiben.«

»Wann kann ich nach Hause?«

»Nun, ich würde Sie gern zur Beobachtung über Nacht hierbehalten. Ich will sichergehen, dass es zu keiner Infektion kommt. Deshalb habe ich Ihnen die Infusion gelegt. Wir können Sie gleich morgen Früh entlassen.«

Bevor Britt antworten konnte, klopfte es laut an der Tür des Krankenzimmers und ein Mann in einem blauen Anzug kam herein. Er wirkte sehr geschäftsmäßig, als er auf Dr. Faulkner zuging und ein Lederetui mit einer Marke und seinem Dienstausweis aufklappte.

»Lieutenant Renzetti, NYPD. Ich muss Mrs Hamar zum Hergang befragen.«

Der Arzt warf einen Blick auf Britt, dann sah er den Polizisten wieder an. »Sie hat zwar ein ziemlich dramatisches Erlebnis hinter sich, aber sie müsste in der Lage sein, Ihre Fragen zu beantworten.« Er wandte sich wieder an Britt und lächelte. »Mrs Hamar, ich lasse Sie jetzt mit dem Lieutenant allein. Drücken Sie einfach auf den

Knopf, wenn Sie etwas brauchen.« Er drehte sich um und ging aus dem Zimmer.

Lieutenant Renzetti zog einen Notizblock heraus und notierte sich etwas. Er musterte Britt mit abschätzendem Blick. »Mrs Hamar, haben Sie eine Ahnung, wer auf Sie geschossen hat?« Seine tiefe Stimme ließ die Frage wie einen Befehl klingen.

Britt war über seine Schroffheit verblüfft. Aber vielleicht war er ja genau der resolute Typ, der herausfinden würde, wer auf sie geschossen hatte, und warum. Sie wollte nicht, dass derjenige noch eine zweite Chance erhielt.

»Ich fände es auch besser, wenn ich das wüsste, aber ich habe keinen blassen Schimmer. Ehrlich, ich kann den Attentäter nicht einmal beschreiben. Es war so unwirklich. Es gab einen gewaltigen Knall. Ich hatte den Eindruck, als hätte mir jemand gegen die Schulter gestoßen. Das Nächste, woran ich mich erinnere, ist, dass ich auf dem Boden lag. Das ist alles.«

Renzetti klopfte mit dem Stift auf seinen Block. Britt wusste nicht, ob das ein nervöser Tick oder auf Frustration zurückzuführen war. Er senkte einen Augenblick den Kopf, dann bemühte er sich, Britt ein schwaches Lächeln zuzuwerfen. »Haben Sie bemerkt, dass irgendjemand Ihnen besondere Beachtung geschenkt hat, als Sie durch den Bahnhof gegangen sind? Sie wissen schon, hat Sie jemand angestarrt? Gab es Blicke, die Ihnen unheimlich waren?«

Britt versuchte, sich die Szene noch einmal vor Augen zu führen, aber alles schien verschwommen zu sein. Schließlich schüttelte sie den Kopf. »Um ehrlich zu sein, ich kann mich an den heutigen Morgen kaum erinnern. Ich glaube nicht, dass ich Ihnen irgendjemanden beschreiben kann, den ich heute Morgen im Bahnhof gesehen habe.«

»Kennen Sie jemanden, der Ihnen böse gesinnt ist?«

»Nein, niemand Speziellen. Aber irgendwie muss das Ganze damit zu tun haben, weshalb ich in Grand Central war.«

Renzetti kniff die Augen zusammen. »Und das wäre?«

»Gestern erhielt ich einen Anruf und wurde aufgefordert, heute Morgen genau um acht Uhr dreißig im Grand Central Terminal beim Informationsschalter zu sein. Jemand wollte mir ein altes Manuskript aushändigen.«

Renzetti kritzelte etwas auf seinen Block, dann starrte er Britt wieder an. »Wer?«, fragte er.

»Der Anrufer hat seinen Namen nicht genannt. Es war ein Mann. Er hat leise gesprochen.«

»Haben Sie eine Ahnung, wer das gewesen sein könnte?«

Britt zögerte. Sie dachte an den *Boten,* aber sie war sicher, dass er nicht der Anrufer gewesen war. Seine Sprache war kultivierter, seine Stimme freundlicher. Ruhig. Dieser Kerl dagegen war direkt und fordernd gewesen. »Nein, ich kann nicht sagen, dass ich seine Stimme erkannt hätte«, antwortete sie schließlich.

»Und was ist mit diesem Manuskript?«

»Das müssen Sie verstehen. Ich bin Theologieprofessorin. Ich habe mir ein Jahr Auszeit genommen, um ein Buch über das Christentum zu schreiben. Es stellt einige unserer anerkannten Glaubensinhalte über Christus infrage. Ich bin mir sicher, dass die römisch-katholische Kirche und viele religiöse Fanatiker über meine Erkenntnisse wenig erfreut sein werden.«

Renzetti hielt mit dem Schreiben inne und warf Britt einen fragenden Blick zu. »Wollen Sie damit andeuten, dass die Kirche Sie möglicherweise umbringen will?«

»Ich habe wirklich keine Ahnung, wer mich umbringen möchte.« Sie zuckte mit den Achseln. »Aber ich vermute, heutzutage kann man da nie ganz sicher sein.«

Renzetti schüttelte den Kopf. »Glauben Sie mir, ich habe in meiner Branche schon alles erlebt. Nun, worum geht es bei diesem Manuskript?«
»Der Anrufer sagte, dass es sich um eine geheime Schrift von Jakobus, dem Bruder Jesu, handelt.«
»Sie behaupten, Jesus habe einen Bruder gehabt?« Renzetti wirkte völlig perplex.
»Sind Sie katholisch, Lieutenant?«
»Ja, ich bin sogar auf eine katholische Schule gegangen.«
»Unter Religionswissenschaftlern ist es umstritten, ob Jesus Geschwister hatte. Die katholische Kirche hält am Glauben von Marias Jungfräulichkeit fest.« Sie legte eine Pause ein. »Die tun jede historische oder religiöse Schlussfolgerung im Hinblick auf Jesus und seine möglichen Geschwister ab. Die Jungfrau Maria ist für sie einfach zu wichtig.«
Renzetti sah sie skeptisch an. »Meinen Sie das im Ernst? Wir leben im einundzwanzigsten Jahrhundert und wissen nicht sicher, ob Jesus Geschwister hatte?«
»Sie müssen mir ja nicht glauben«, sagte Britt. »Werfen Sie einfach einen Blick ins Markusevangelium, Kapitel 6, Vers 3. Dort wird beschrieben, wie Jesus am Sabbat in der Synagoge von Nazareth lehrte. Die Zuhörer sagen: ›Ist das nicht der Zimmermann, der Sohn der Maria und der Bruder von Jakobus, Joses, Judas und Simon? Leben seine Schwestern nicht auch hier unter uns?‹«
»Das steht in der Bibel?«
»Selbst in den von der römisch-katholischen Kirche anerkannten Ausgaben.« Bevor Renzetti antworten konnte, fügte Britt hinzu: »Aber die Sache ist ein bisschen komplizierter.«
Renzetti schüttelte ungläubig den Kopf. »In unserer Schule ist man nie auf diesen Vers eingegangen.«

»Die Begriffe ›Bruder‹ und ›Schwester‹ können, auch wenn sie aus dem Griechischen übersetzt wurden, verwirrend sein, wenn man den semitischen Sprachgebrauch zu Jesu Lebzeiten als Grundlage nimmt. Diese Begriffe wurden nicht nur für die Kinder derselben Eltern verwendet, sondern auch für Neffen, Nichten, Cousins und Halbgeschwister. Doch im Fall des Jakobusmanuskripts spielt das keine Rolle. Ob Jakobus nun ein Bruder oder ein Apostel Jesu oder der Führer der Kirche von Jerusalem war, er wusste in jedem Fall aus erster Hand über das Leben und Sterben Jesu Bescheid.«

»Und wer soll im Besitz dieses geheimen Manuskripts sein?«, fragte Renzetti, während er etwas auf seinen Block kritzelte.

»Das kann jeder x-Beliebige sein«, antwortete Britt. »Ein Antiquitätenhändler, ein Forscher, ein Archäologe ... oder ein Spinner. Ich habe keine Ahnung. Aber ich würde mal behaupten, die Wahrscheinlichkeit ist groß, dass demjenigen, der auf mich geschossen hat, entweder das Konzept meines demnächst erscheinenden Buchs nicht gefällt oder er nicht wollte, dass ich in den Besitz des Manuskripts gelange.«

·5. KAPITEL·

PATER WILLIAM SHELDON LIESS DEN BLICK über die versammelten Priester schweifen, die im Jesuit Center for Spiritual Growth gerade im hinteren Teil des großen Speisesaals ihr Frühstück beendeten. Bewegliche Stellwände trennten ihre Tische von denen der Teilnehmer der Schweigeklausur weiter vorn ab. Nur hin und wieder wurde die Stille vom Klappern des Bestecks auf Porzellan oder vom Kratzen eines Servierlöffels über eine verchromte Warmhalteplatte durchbrochen.

Der Leiter des Zentrums erhob sich vom Tisch, ging zu einem der anderen Priester hinüber und flüsterte ihm zu: »Thomas, hast du Ted Mathews heute Morgen schon gesehen?«

Der Priester blickte kurz zur Decke, dann schüttelte er den Kopf.

»Das ist seltsam. Normalerweise läuft mir Ted schon vor dem Frühstück ein paar Mal über den Weg.«

»Hast du ihn heute Morgen in seinem Zimmer gehört?«, fragte Sheldon.

»Ich habe keinen Mucks gehört. Allerdings ist er ein stiller Nachbar.« Thomas nickte dem Priester, der neben ihm saß, zu. »Jack ist derjenige, der ständig Krach macht. Aber normalerweise höre ich es, wenn Ted sich nebenan rührt. Unsere Zimmer sind ja nicht gerade schalldicht.«

»Ich werde nach ihm sehen.« Sheldon drehte sich um und ging davon.

Pater Jack Gannon rutschte näher an Thomas heran und beugte sich zu ihm hinüber. »Ich hoffe, Ted ist nicht mit dieser blonden Frau durchgebrannt.«

»Welche blonde Frau?«, fragte Thomas.

»Die, mit der er in der Stouch's Tavern zu Abend gegessen hat. Ich habe gesehen, wie er sich draußen auf der Treppe mit ihr getroffen hat. Eine sehr attraktive Frau.« Gannon zog die Augenbrauen hoch.

»Jack, du musst zum Psychiater. Ted hat mir erzählt, dass er sich mit einer Theologieprofessorin trifft, die an einem Buch schreibt und die ihn befragen wollte. Alles ganz professionell.«

»Da hast du's, Thomas: klug und schön – das ist eine gefährliche Kombination für einen einsamen alten Priester!«

Bedächtig schüttelte Thomas den Kopf. »Ich mache mir eher Sorgen um dich. Ted ist der Beste von uns allen. Er steht wirklich in der Nachfolge Jesu.«

***

Pater Sheldon ging in den Gebäudeflügel, in dem die ständig dort lebenden Priester untergebracht waren. Als er den spärlich beleuchteten Flur entlangging, schwante ihm nichts Gutes. Er kam an den Zimmern vorbei, die frühere Bewohner beherbergt hatten. Enge Freunde, die gestorben waren. Manche waren leise in der Nacht verschieden, andere hatten eine lange Krankheit durchlitten. Das Zentrum war nämlich nicht nur ein Rückzugsort, in dem spirituelle Programme und Workshops abgehalten wurden, hier verbrachten auch betagte Priester ihren Lebensabend. Es war das Zuhause jener Priester, die körperlich oder psychisch nicht mehr in der Lage waren, Bildungs- und Missionsaufgaben zu erfüllen, und keine Heime mehr leiten konnten. Ihre letzte Aufgabe bestand darin, für die Kirche und die Gesellschaft zu beten. Denn Jesuiten gehen nie in den Ruhestand.

Sheldon bemühte sich, den Gedanken zu vertreiben, dass Ted Mathews etwas zugestoßen sein könnte. Obwohl inzwischen recht betagt, war Teds Gesundheitszustand eigentlich gut, und er arbeitete bei den Klausuren stets engagiert mit.

Als Sheldon bei Teds Zimmer ankam, lauschte er zunächst an der Tür, ob etwas zu hören sei. Zuerst dachte er, Ted sei möglicherweise irgendwie angeschlagen und habe beschlossen, heute einmal auszuschlafen. Aber er erinnerte sich, dass Ted in zehn Minuten einen Gesprächstermin mit einem Klausurteilnehmer hatte. Und Ted Mathews kam nie zu spät.

Sheldon klopfte dreimal an die Tür. »Ted, Ted, bist du da? Ich bin's, Bill.« Er wartete, bekam aber keine Antwort. Dann klopfte er wieder. »Ted, ich bin's, Bill. Geht es dir gut?« Wieder nichts.

Der Leiter des Zentrums griff nach dem kühlen Messingknopf und drehte ihn langsam. Er öffnete die Tür einen Spalt breit. »Ted, Ted!«, rief er.

Er schob die Tür auf und spähte hinein. Ein Marienkäfer auf Teds ramponiertem Eichenschreibtisch zog gerade seine Flügel ein, rieb sich die Beine an seinem Panzer und ließ sich nieder. Ein Christus aus Zinn hing müde und kraftlos an einem Rosenholzkreuz, das Ted vor Jahren bei einem Missionseinsatz in Mittelamerika geschenkt bekommen hatte. Der Boden knarrte bei jedem Schritt, als Sheldon auf die offenstehende Schlafzimmertür zuging.

Sheldon seufzte erleichtert auf, als er Ted Mathews in weißen Boxershorts mit geschlossenen Augen und zum Gebet gefalteten Händen auf seinem Bett liegen sah. Es war bekannt, dass Ted sich beim Gebet besonders konzentrierte, wenn er sich mit der Herrlichkeit Gottes befasste. Einige Priester behaupteten sogar, die Tiefe seines Gebets grenze ans Mystische. Doch das hier ging weit über das hinaus, was Sheldon je gesehen hatte. Ted musste seine Sinne völlig ausgeschaltet und einen extremen meditativen Zustand erreicht haben.

Als Sheldon Teds Haut betrachtete, lief es ihm plötzlich eiskalt über den Rücken. Sie war bläulich-violett angelaufen. Sheldons Blick fiel auf Teds Hände, die zum Gebet gefaltet waren. Er hatte schon viele Leichen gesehen, aber auf das, was er nun zu sehen bekam, war er nicht vorbereitet.

·6. KAPITEL·

ALS PATER ROMANO SICH DER FORDHAM UNIVERSITY NÄHERTE, konnte er endlich wieder gleichmäßig atmen. Er war von Grand Central Station bis zum Lincoln Center Campus gejoggt, um einen klaren Kopf zu bekommen und um in seinem Büro anzukommen, bevor Charlie und Carlota aufgaben und nicht länger auf ihn warteten. An einem Hotdog-Stand kaufte er drei Flaschen Mineralwasser und zog dann, als er auf den Haupteingang zu rannte, seinen Ausweis hervor. Er passierte die Sicherheitskontrolle und sauste zu den Aufzügen in der zweiten Etage hinauf und konnte gerade noch einen Arm zwischen die sich schließenden Türen stecken. Als sie wieder aufgingen, schwor er sich, diese dumme Angewohnheit abzulegen, bevor er bei irgendeinem defekten Aufzug einmal den Kürzeren zog. Im Aufzug lehnte er sich keuchend gegen die Wand. Seine Assistenten würden es sicherlich nicht glauben, was er gerade erlebt hatte. Das tat er ja selbst nicht.

Als sich der Aufzug ruckelnd in Bewegung setzte und zur neunten Etage hinauffuhr, versuchte Romano krampfhaft, eine Verbindung herzustellen zwischen einem angeblichen Geheimmanuskript, einer Frau, auf die geschossen wurde, und einem Jesuitenpriester, der Religion lehrte und alte Manuskripte begutachtete. Er fragte sich, wer die Frau wohl war. Dass er sie irgendwoher kannte beziehungsweise sie zumindest schon einmal gesehen hatte, bereitete ihm Kopfzerbrechen. Er hätte das der Polizei gegenüber erwähnen sollen, aber er hätte dies durch nichts untermauern können, und Lieutenant Renzetti schien ohnehin bereits Zweifel an seiner Glaubwürdigkeit zu haben.

Und die Narbe? Er glaubte, der Kerl habe eine Narbe im Gesicht gehabt, aber dann hatte er Renzettis Narbe gesehen und befürchtet, sein Gedächtnis spiele ihm einen Streich. Die ganze Sache war in seinem Kopf nur noch verschwommen vorhanden. In diesem Punkt würde er als Zeuge kläglich versagen. Mit einem Ruck kam der Aufzug zum Stehen.

Charlie saß über den kleinen Konferenztisch gebeugt, der den beiden Assistenten als Behelfsschreibtisch diente, und stierte auf den Monitor, als Romano das Büro betrat. Charlie drückte gerade mit dem Zeigefinger schwungvoll auf die Enter-Taste, bevor er sich aufrichtete und zu Romano blickte.

»Haben Sie Ihre Bahn verpasst, Pater?«

»Das wäre schön, Charlie.«

»Warum tragen Sie Priesterkleidung? Haben Sie heute eine wichtige Verabredung?« Charlie fuhr mit dem Drehstuhl herum und blickte ihn fragend an.

»Ja, ich hätte wie immer ein Polohemd anziehen sollen. Du wirst nicht glauben, was passiert ist.« Romano berichtete Charlie von dem morgendlichen Drama. Diese Schilderung entlockte Charlie lediglich ein: »Wow!«

Kaum hatte Romano seinen Bericht beendet, da reichte er Charlie zwei der Mineralwasserflaschen. »Für dich und Carlota«, sagte er, drehte die Kappe der dritten Flasche auf und nahm ein paar Schlucke. »Übrigens, hast du etwas von Carlota gehört? Sonst ist sie immer schon da, wenn du hereinspaziert kommst.«

»Es ist schon seltsam, dass sie immer früher da ist als ich. Deshalb ist sie auch immer als erste am Computer und sitzt länger dran.«

»Das ist Quatsch«, sagte Carlota, die gerade ins Büro gestürmt kam. »Du kommst auch immer zu spät ins Seminar. Das ist nun mal dein Stil, Charlie.«

Charlie zog die Augenbrauen hoch. »Aber ich erledige alle meine Aufgaben, nicht wahr, Pater?«

Romano schmunzelte. »Ihr beide seid große Klasse. Ich könnte mir keine besseren Assistenten wünschen.«

»Erzählen Sie ihr von der Schießerei.«

»Ja«, sagte Romano. »Du wirst es kaum glauben, was passiert ist, ich –«

»Schießerei?«, fiel ihm Carlota ins Wort. »Deshalb komme ich ja zu spät. Sie meinen doch nicht etwa die Professorin vom Hunter College?«

»Was? Was willst du damit andeuten?«, fragte Romano.

»In den Nachrichten wurde ausführlich darüber berichtet«, fuhr Carlota fort. »Brittany Hamar, die Professorin vom Hunter College, die das Buch ›Der Jesus-Schwindel‹ schreibt. In Grand Central Station ist auf sie geschossen worden.«

Romano spürte deutlich, wie das Adrenalin durch seine Adern schoss.

»Es geht um das Manuskript!«, rief Charlie. »Hat sie in dem Interview nicht gesagt, dass sie der Meinung ist, an den französischen Zeitschriftenartikeln sei etwas dran?«

»Ja, genau«, antwortete Carlota. »Sie hat sich speziell auf das Geheimmanuskript bezogen, das die ganze Artikelflut über die Nachkommenschaft Jesu ausgelöst hat«, fügte sie hinzu.

»Wenn ich mich recht erinnere, hat sie aber keinerlei Beweise erwähnt, die die Existenz des angeblichen Manuskripts bestätigen würden.« Romano hielt inne. »Oder dass sie es gar selbst gesehen hätte.«

Carlota zuckte mit den Achseln. »Sie hat gesagt, dass sie einige Beweise hätte, die sich auf eine mögliche Nachkommenschaft Jesu beziehen könnten.«

»Die Schlüsselwörter sind ›beziehen könnten‹ und ›mögliche‹«, stellte Romano fest. »Denkt an meine Zurückhaltung, voreilige Schlüsse zu ziehen.«
»Was glauben Sie, Pater?«, fragte Charlie. »Könnte das Manuskript echt sein?«
»Ihr beide müsstet meine Einstellung dazu eigentlich kennen. Wir haben häufig genug über meine Sorgen bezüglich der kanonischen Evangelien diskutiert. Die Evangelien von Matthäus, Markus, Lukas und Johannes wurden ursprünglich keinem bestimmten Autor zugeschrieben. In Wahrheit waren sie anonym verfasste Werke, die als ›die Evangelien‹ einer bestimmten christlichen Sekte galten. Erst später erhielten sie die Namen ihrer ›vermutlichen‹ Autoren. Sie sind in Großbuchstaben geschrieben worden, ohne jegliche Überschriften und Kapitel- oder Verseinteilungen, und praktisch ohne Zeichensetzung oder Abständen zwischen den Wörtern. Sie wurden nicht einmal in der aramäischen Sprache der damaligen Juden verfasst, sondern in Griechisch. Doch auch nach fast zweitausendjährigen Untersuchungen hat noch niemand einen stichhaltigen Beweis erbracht, dass sie unglaubwürdig sind. Sie gelten noch immer als die offiziellen Grundlagen sämtlicher christlicher Kirchen.«
Romano hielt inne und blickte Charlie und Carlota an. Als er dachte, sie hätten seine Worte verarbeitet, fügte er hinzu: »Fragt ihr euch immer noch, ob ich der Meinung bin, dass ein Manuskript, das nie einer offiziellen Analyse, Interpretation oder Prüfung unterzogen wurde, echt sein könnte?«
Charlie zuckte die Achseln. »Es wäre interessant zu wissen, was diese Professorin dazu meint.«
»Charlie, in diesem Punkt stimme ich dir ausnahmsweise zu.« Romano deutete auf Poussins ›Les Bergers d'Arcadie‹ auf der

Staffelei. »Warum versucht ihr beide nicht, ein paar weitere Daten über die Inschrift aufzuspüren? Ich denke, ich statte Frau Professor Hamar einmal einen Besuch ab und frage sie.«

·7. KAPITEL·

NEBEN DEM PARKÄHNLICHEN EINGANG zum Bellevue Hospital ragten hohe, verwitterte Backsteintürme majestätisch in die Höhe. Romano war beeindruckt, als er das parkähnliche Gelände betrat, das antike Laternen, Pflanzkübel und ein gestufter Brunnen zierten. Es war das erste Mal, dass er das Bellevue betrat, und er war sich nicht einmal sicher, ob er überhaupt hier sein sollte. Aber offensichtlich hatten er und Brittany Hamar einiges gemein, denn die jüngsten Ereignisse konnten kein reiner Zufall gewesen sein.

Romano war vielleicht bei zwei oder drei Konferenzen gewesen, an denen auch Brittany Hamar teilgenommen hatte. Sie hatten nicht gemeinsam in irgendeinem Komitee gesessen, und er konnte sich nicht erinnern, jemals mit ihr gesprochen zu haben, aber er kannte sie und hätte sie eigentlich wiedererkennen müssen. Aber damals hatte sie dunkelbraune Haare gehabt, im Gegensatz zu dem blonden Schopf, unter den er sein Jackett geschoben hatte.

In dem langen Säulengang, der zum Eingang führte, drängten sich die Besucher. Romano stellte sich am Informationsschalter in die Warteschlange. Lange, leuchtend bunte Wimpel hingen von der Decke der Eingangshalle herab und verliehen der ansonsten düsteren Krankenhausatmosphäre eine gewisse Festlichkeit. Doch der leichte Geruch von Desinfektionsmitteln ließ keine Zweifel aufkommen, dass es sich um ein Krankenhaus handelte.

Ein kalter Schauer lief Romano über den Rücken. Er fühlte sich in Krankenhäusern nie wohl, nicht, seit er im Alter von zwölf Jahren mitten in der Nacht von Sirenengeheul aus dem Schlaf gerissen worden war. Seine Mutter hatte ihn, im Schlafanzug, zum örtlichen Krankenhaus mitgenommen, wo sie zusammengekauert in einem Wartezimmer saßen, während das Notfallteam versuchte, seinen Vater wiederzubeleben. Es blieb erfolglos. Sein Vater starb an einem schweren Herzinfarkt, gerade in der Zeit, in der ein Junge seinen Vater am dringendsten braucht. Schon bald nach dem Trauergottesdienst war der beste Freund seines Vaters, Pater Ted Mathews, ein Jesuitenpriester, sein engster Freund und Mentor geworden. Er war während Josephs Ausbildungszeit immer für ihn da gewesen, eine Schulter zum Anlehnen, vor allem in jenen Phasen, in denen eine Mutter ihren Jungen einfach nicht verstehen kann.

Es war Pater Ted gewesen, der Joseph während der zweiten traumatischen Zeit in seinem Leben ans Priestertum herangeführt hatte. In jener Zeit, als er seine Mutter hasste – verabscheute –, weil sie das getan hatte, was er für undenkbar gehalten hätte. Sie hatte ihm Marta weggenommen.

»Pater, Pater, kann ich Ihnen helfen?«

Romano wurde schlagartig klar, dass er die Spitze der Schlange erreicht hatte und ins Leere starrte. Er kniff die Augen zusammen. Am Informationsschalter blickte eine muntere ältere Frau mit einem freundlichen Lächeln zu ihm auf. Schnell fand sie Brittany Hamar im Patientenverzeichnis und deutete auf den richtigen Aufzug.

Als Romano ihr Zimmer schließlich am Ende eines langen, beigefarben gestrichenen Flurs entdeckte, stand die Tür offen. Er spähte hinein und sah sie mit geschlossenen Augen im Bett liegen. Ihr linker

Arm lag über der Decke. Eine mit einer Infusion verbundene Kanüle steckte in ihrem Unterarm und war mit Pflaster festgeklebt. Wenn man bedachte, dass sie erst vor wenigen Stunden angeschossen worden war, sah sie eigentlich ziemlich gut aus. Er hatte ganz vergessen, wie attraktiv sie war. Im Bahnhof hatte er sich natürlich nicht auf die exotische Schönheit des Opfers konzentrieren können. Jetzt, da sie so friedlich schlief, bemerkte er, wie fein ihre Nase geschnitten war, wie voll ihre Lippen waren und wie locker ihr der aschblonde Pony in die Stirn fiel.
Romano wollte gerade gehen, als Brittany Hamar die Augen aufschlug. Sie starrte ihn an. Sie schüttelte den Kopf, als wolle sie sich von Spinnweben befreien, dann verzog sie argwöhnisch das Gesicht.
»Was machen Sie denn hier? Ich habe nicht nach einem Pfarrer oder Pastor verlangt.« Ihre Stimme war alles andere als freundlich.
»Ich bin nicht als Priester hier«, antwortete Romano hastig.
»Sie haben mich in jedem Fall zum Narren gehalten.« Brittany Hamar blickte ihn angewidert an. »Ich will mit keinem Priester reden.«
»Tut mir leid, Mrs Professor Hamar. Ich war dabei, als auf Sie geschossen wurde. Ich habe mir große Sorgen gemacht, wie es Ihnen wohl geht.«
Brittany Hamar schaute ihn verwirrt an. »Ja, jetzt erinnere ich mich an Sie. Sie haben meine Hand gehalten, bis die Sanitäter gekommen sind. Aber ich kenne Sie von sonst woher. Ohne Priesterkragen.« Ihre Augen weiteten sich. »Sie sind Professor an der Fordham. Professor Romano. Ich habe ein paar Ihrer Bücher gelesen.«
»Schuldig in beiden Anklagepunkten. Aber bitte, nennen Sie mich doch Joseph.«

»Nur, wenn Sie mich Britt nennen.«

»Gut, Britt. Ich hoffe, Sie fanden meinen Schreibstil nicht allzu umständlich.«

»Nein, überhaupt nicht. Ich fand ›Der Gott des Neuen Testaments‹ sehr klar und erhellend. Sie haben viele unterschiedliche Interpretationen dargestellt.« Britt schien sich zu einem Lächeln zu zwingen, was ihr nicht recht gelang. »Sie haben die Frage nach der Rolle von Paulus im jungen Christentum aufgeworfen, aber am Ende haben Sie ein bisschen beharrlich an der offiziellen Kirchenlinie festgehalten.«

»Na ja, was erwarten Sie von einem alten Priester?«

»Aber ich dachte, liberale Jesuiten wie Sie zögen ihre eigenen Linien in den Sand der Geschichte?«

»Darüber können wir in den akademischen Hallen weiter diskutieren, wenn Sie wieder auf den Beinen sind.« Romano grinste Britt an. »Es gibt etwas Wichtigeres, was ich hier mit Ihnen besprechen will.« Er sah ihr direkt in die Augen. »Würde es Ihnen etwas ausmachen, mir zu sagen, warum Sie heute Morgen in Grand Central Station waren?«

Britt richtete sich in ihrem Krankenhausbett auf. »Warum fragen Sie?«

»Weil mich gestern ein anonymer Anrufer aufgefordert hat, dorthin zu kommen, um ein von Jakobus verfasstes Manuskript entgegenzunehmen. Ein Originalmanuskript.«

Britt schien schockiert zu sein, aber sie fasste sich schnell. »Und, haben Sie das Manuskript erhalten?«, fragte sie.

»In dem Chaos, als nach dem Schuss die Leute aus dem Bahnhof rannten, hat mir jemand eine Manuskriptkassette in die Arme gedrückt –«

»Wo ist das Manuskript?«, fiel Britt ihm ins Wort.

»Es war kein Manuskript drin.«
»Was war dann in der Kassette?«
»Sie ist bei der Polizei. Nachdem man Sie zum Krankenwagen gebracht hatte, habe ich die Kassette aufgemacht. Es war eine Waffe drin.«
Britt klappte die Kinnlade herunter. »Wissen Sie, wer Sie angerufen hat? Haben Sie schon früher solche Anrufe erhalten?«
»Nein, leider nicht, und nein, einen solchen Anruf habe ich noch nie erhalten. Ich konnte der Polizei auch nicht viel sagen. Deshalb bin ich ja hierher gekommen, um Sie zu fragen, ob, abgesehen von unserem Beruf, irgendeine weitere Verbindung zwischen uns besteht.«
Allem Anschein nach wollte Britt antworten, aber stattdessen senkte sie den Blick und fuhr mit dem Finger über das Pflaster, das über die Infusionskanüle geklebt war. Als sie wieder aufblickte, schien sie von etwas fest entschlossen zu sein. »Das Einzige, was ich mit Sicherheit sagen kann, ist, dass ich an einem Buch schreibe, das den Untergang der Kirche bedeuten könnte, und Sie sind ein Priester mit Verbindungen zum Vatikan.«
»Wollen Sie denn nicht herausfinden, wer auf Sie geschossen hat?«
»Selbstverständlich. Aber ich halte es für angeraten, mich ausschließlich mit der Polizei über das Attentat zu unterhalten.« Sie streckte den Arm aus und drückte auf einen Knopf. »Ich habe leichte Schmerzen. Wenn Sie mich bitte entschuldigen, ich muss einen Arzt rufen.« Britt lächelte schwach, dann fuhr sie fort: »Danke, dass Sie gekommen sind, Joseph. Ich freue mich schon auf unsere Debatte. Ich schaue bald einmal in Fordham vorbei.«
Sie ließ keinen Zweifel daran, dass er hiermit entlassen war. »Ich wünsche Ihnen, dass Sie sich schnell erholen, und Sie sind jederzeit

willkommen, wenn Sie sich dazu in der Lage fühlen.« Er winkte Britt zu, drehte sich um und ging.
Als er durch den Korridor auf den Aufzug zusteuerte, hatte er das Gefühl, dass diese junge Frau weit mehr zu verbergen versuchte, als er in diesem Krankenhauszimmer bemerkt hatte.

•8. KAPITEL•

Britt Hamar schloss die Augen und versuchte, das Bild des großen Stahlkreuzes heraufzubeschwören, das Romano um den Hals getragen hatte. Irgendetwas an diesem Kreuz vermittelte ihr den seltsamen Eindruck eines Déjà-vu. Vielleicht war sie aber noch immer wegen des Attentats durcheinander. Gedanken schossen ihr durch den Kopf. Welche Rolle spielte Romano in der Sache? Er wusste über das Manuskript Bescheid. Konnte er *Der Bote* sein, derjenige, der ihr das Manuskriptfragment zugeschickt hatte? Oder war er derjenige, der sie zur Grand Central Station gelockt hatte? Sie musste Gewissheit haben. Ein dummer Fehler konnte sie das Leben kosten.
Beinahe wäre sie bereit gewesen, sich Joseph Romano anzuvertrauen. Sein Ruf als Experte der Interpretation und Beurteilung alter Manuskripte war untadelig. Sie hatte tatsächlich überlegt, Kontakt zu ihm aufzunehmen, damit er das Manuskriptfragment begutachtete, das darauf anspielte, dass Jesus mit Maria Magdalena Kinder gezeugt hatte. Aber sie hatte gezögert, weil er ja trotz allem Priester war. Dann hatte sie die Ergebnisse der Datierung durch die Radiokarbonmethode erhalten, die bestätigten, dass das Fragment aus der Zeit der Kreuzigung Jesu stammte. Es musste also echt

sein. Romano wäre für eine Zusammenarbeit genau der Richtige, aber als er sie gefragt hatte, warum sie in Grand Central Station gewesen war, hatten bei ihr alle Alarmglocken geschrillt. Wenn nun die Kirche bei der Sache irgendwie die Hand im Spiel hatte? Und wenn Romano darin verwickelt war?

Alles hatte mit den Artikeln in französischen Zeitschriften angefangen, die sich auf *Le Serpent Rouge* bezogen, auf die leibliche Nachkommenschaft Christi, die sich wie eine »rote Schlange« durch die Geschichte zog. Viele der Behauptungen in diesen Artikeln stimmten mit Britts Forschungsergebnissen überein, dass es tatsächlich direkte Nachkommen Christi geben könnte. Leider hatten sie keine verifizierbaren Beweise geliefert, um ihre Behauptungen zu untermauern, lediglich vage Hinweise auf ein geheimes Evangelium. Die meisten dieser Zeitschriften waren französische Ausgaben des *Star* oder des *The National Enquirer* und hatten nur ein Ziel: das Thema in die Gerüchteküche des Mainstreams zu lancieren, damit es an Café- oder Restauranttischen diskutiert wurde. Die akademische Welt fand die Artikel amüsant, hielt sie aber kaum für glaubhaft. So war es jedenfalls bis zu ihrem Interview gewesen. Als der Reporter sie fragte, was sie von den Artikeln halte, hatte sie gesagt, dass etwas dran sein könnte. Dann hatte sie die Bombe platzen lassen und erzählt, dass sie handfeste Beweise habe, die in ihrem demnächst erscheinenden Buch ›Der Jesus-Schwindel‹ dargelegt würden. Diese Bemerkung und der Buchtitel hatten großes Medieninteresse und Druck seitens ihres Verlegers ausgelost, das Buch schnellstmöglich fertig zu stellen.

Seitdem legte sie sich mächtig ins Zeug, um ihrem Manuskript den letzten Schliff zu geben. Das Fragment des mutmaßlichen Jakobusevangeliums, das in ihrem Bankschließfach lag, war das A und O, das einige ihrer Schlussfolgerungen untermauerte, aber um die Mehrheit der Religionswissenschaftler zufrieden zu stellen, würde sie noch weitere Belege brauchen. Sie wollte unbedingt das ganze Manuskript haben – oder zumindest die Teile, die nach zweitausend Jahren noch übrig waren. Als sie in Grand Central Station gewartet hatte, war sie der festen Überzeugung, die Beweise seien zum Greifen nahe – dann war auf sie geschossen worden!

·9. KAPITEL·

ZUM VIERTEN MAL innerhalb von weniger als zehn Minuten ging Philippe Armand an den massiven dorischen Säulen vorbei, die an der Vorderseite der Kirche aufragten. Es war komisch, eine große alte Kirche mitten in Manhattan zwischen all den Wohnungen, Geschäften und Restaurants zu sehen. Er fragte sich, ob die Kirche irgendetwas mit dem Geheimbund zu tun hatte, dessen Angestellter er war. Bei vielen seiner Aufgaben schwangen religiöse Fragen mit, und er wunderte sich oft, wer sich tatsächlich hinter den bizarren Aufträgen verbarg, die ihn in die ganze Welt führten. Eines konnte er jedoch mit Sicherheit sagen, nämlich dass viel Geld im Spiel war. Genau wie seinen Vater vor ihm bezahlten sie ihn, damit er rund um die Uhr die ganze Woche zur Verfügung stand. Und sie bezahlten ihn gut.

Philippe ging weiter auf das Wohnhaus aus Backstein zu, das er am Vortag sorgfältig ausgespäht hatte. An der Vorderfront des Gebäudes begrenzte ein niedriger schmiedeeiserner Zaun die Büsche. Als er dieses Mal an dem überdachten Eingang vorbei kam, war niemand im Vorraum. Er blickte die Straße hinauf und hinunter und sah nur eine Frau, die etwa auf der Hälfte des Blocks einen Kinderwagen vor sich her schob. Es war Zeit, hineinzugehen.

Er kehrte zur Treppe am Ende des Gebäudes zurück, die zu einem Kellereingang führte. An das ramponierte Eisengeländer der Treppe war ein Kinderfahrrad angekettet. Er stieg die Betonstufen hinunter und legte das Ohr an die mit Graffiti beschmierte Metalltür. Aus der Waschküche im Keller drang kein Laut. Er hatte diesen Weg gewählt, weil er sich dachte, niemand würde so früh am Morgen Wäsche waschen. Nur ein paar Sekunden brauchte er, dann hatte er das primitive Schloss geknackt und betrat den spärlich beleuchteten Raum. Er ging durch die offene Tür, die in einen schmalen, von hohen Gebäudeflügeln aus verwittertem Backstein umgebenen Innenhof führte. Die Feuerleitern, die von den Wohnungen der oberen Etagen herabreichten, überzogen die Rückfronten wie massive Spinnweben.

Philippe ließ den Blick über die Fenster schweifen, die zum Hof lagen. Er war erleichtert, dass in den meisten die Vorhänge und Jalousien noch geschlossen waren und niemand aus den wenigen offenen Fenstern spähte. Seine dunkelblaue Windjacke, die Khakihose und der schwarze Koffer würden jedem Betrachter, der nur flüchtig hinsah, den Eindruck vermitteln, er führe irgendwelche Routinewartungsarbeiten aus. Er lokalisierte sein Ziel, eine Wohnung in der vierten Etage, griff nach einer Mülltonne, stieg darauf, zog die Feuerleiter herunter und kletterte hinauf.

Philippe holte den Dremel Akkuschrauber aus seiner Jackentasche, durchbohrte die spiralförmige Blende über den Schrauben, die die inneren Fensterhebel befestigten, und drehte sie heraus. Er schob das Fenster hoch und kroch hinein. Er machte sich keine Sorgen, dass jemand sich in der Wohnung aufhalten könnte. Die Bewohnerin lebte allein, und in diesem Augenblick befand sie sich im

Krankenhaus und wurde wegen der Schusswunde an ihrer Schulter verarztet. Er schloss das Fenster, bestrich jede Schraube großzügig mit Superkleber und schraubte sie wieder durch den Riegel in den Fensterrahmen. Sobald er hier drinnen fertig war, würde er die Wohnung durch die Eingangstür verlassen und diese hinter sich ins Schloss ziehen. Von innen würde nichts auf einen Einbruch hinweisen.

Er stellte seine Mini-Taschenlampe auf einen schmalen Lichtstrahl ein und leuchtete in den Flur. Ein buntes Gemälde auf Blech schimmerte im Schein der Lampe. Es war ein seltsames, fast primitives Ölbild, das, wie er zuerst vermutete, vielleicht einen kostümierten Teilnehmer an einem Karnevalsumzug darstellte. Als er das Licht auf die Signatur des Künstlers richtete, erblickte er eine Inschrift, die das Bild als ›Die Jungfrau von Guadalupe‹ identifizierte. Bei seiner kurzen Durchsuchung der Wohnung bemerkte er eine Reihe von Skulpturen, Gemälden und Wandbehängen, die aus Mexiko und Zentral- beziehungsweise Südamerika zu stammen schienen. Die schöne blonde Religionsprofessorin musste wohl viel Zeit südlich der Landesgrenze verbracht haben.

Philippe kramte in jedem Zimmer sämtliche Schubladen und Schränke durch. Die Wohnung wirkte geradezu zwanghaft sauber und aufgeräumt. Das, wonach er suchte, entdeckte er in ihrem Arbeitszimmer, nämlich zwei Aktenschränke, einen Computer und eine Schreibtischschublade, die mit sorgfältig beschrifteten Ordnern und Forschungsnotizen angefüllt war. Er war sich sicher, dass das Wichtigste, wonach er hier Ausschau hielt, in dem schwarzen Dell Computer zu finden war – die gespeicherten Dateien von ›Der Jesus-Schwindel‹.

Während er darauf wartete, dass der Computer hochfuhr, blätterte er die Aktenordner durch und machte Digitalaufnahmen von den betreffenden Seiten und Notizen, auf denen Quellenangaben und Adressen aufgelistet waren. Dann durchsuchte er die Computerfestplatte und stieß einen Seufzer der Erleichterung aus, als er feststellte, dass der Inhalt der gesamten Festplatte auf einen seiner USB-Sticks passte. Er steckte einen USB-Stick ein und übertrug darauf sämtliche Dateien. Dann fuhr er den Computer wieder herunter und packte seine Ausrüstung in den Koffer.

Nachdem er sich zweimal vergewissert hatte, dass er nichts hatte liegen lassen und alles wieder an Ort und Stelle war, verließ Philippe den Wohnkomplex. Er machte sich auf den Weg zum Flughafen und zu seiner Maschine nach Monte Carlo und einem Bonus von 200 000 Dollar in bar. Kein schlechter Lohn für drei Tage Arbeit. Er fand es allerdings seltsam, dass seine Auftraggeber verlangt hatten, dass Frau Hamar nur leicht verletzt wurde. Es wäre weitaus einfacher gewesen, ihr eine Kugel mitten ins Herz zu jagen, wenn er sie aus dem Weg hätte räumen sollen.

·10. KAPITEL·

ALS PATER ROMANO SEIN BÜRO BETRAT, zum Schreibtisch ging und sich auf seinen Stuhl fallen ließ, waren zwei Augenpaare auf ihn gerichtet.

»Nun?«, fragten Charlie und Carlota wie aus einem Munde.

»Ich vermute, ich bin durch die mündliche Prüfung durchgerasselt.«

»Sagen Sie bloß nicht, dass Sie nicht einmal mit ihr gesprochen haben.« Charlie warf Romano einen verdutzten Blick zu.

»Doch, ich habe mit ihr geredet.« Romano blickte auf seinen

Schreibtisch und wiegte den Kopf langsam hin und her. Er schaute seine Assistenten an und grinste. »Sie hat sogar zugegeben, dass sie ein paar meiner Bücher gelesen hat. Ich glaube, ›erhellend, aber zu brav der offiziellen Kirchenlinie folgend‹ war ihre Einschätzung.«

Carlota zuckte mit den Achseln. »Das klingt von jemandem, der ganz links außen steht, wie ein Kompliment, würde ich sagen.«

»Leider ist es von da an bergab gegangen. Als ich sie gefragt habe, was sie in Grand Central Station gemacht hat und ob sie von irgendeiner Verbindung zwischen uns wüsste, abgesehen davon, dass wir beide Theologieprofessoren sind, hat sie mich regelrecht abserviert. Sie sagte, sie schreibe an einem Buch, das der Kirche schaden könnte, und ich sei ja ein Priester mit Verbindungen zum Vatikan.«

Bevor Charlie oder Carlota antworten konnten, klingelte das Telefon. Charlie griff nach dem Hörer. »Büro Professor Romano.« Er warf Romano einen ernsten Blick zu. »Einen Augenblick bitte, Pater.« Dann verdeckte er die Sprechmuschel mit der Hand. »Es ist ein Pater Sheldon vom Jesuitenzentrum in Pennsylvania. Er sagt, es sei dringend.«

Romano nahm Charlie den Hörer aus der Hand. »Bill, was kann ich für dich tun?«

»Joseph, könntest du umgehend nach Wernersville kommen?«

»Sag jetzt nicht, dass Ted etwas zugestoßen ist.«

»Tut mir leid, Joseph. Ted ist tot. Gerade haben wir seinen Leichnam gefunden.«

Romano spürte, wie ihm auf einmal übel wurde. Er schluckte, dann antwortete er: »Ich bin in ein paar Stunden da. War es sein Herz? Ich habe letzte Woche noch mit ihm telefoniert. Er klang, als ginge es ihm hervorragend.«

Am anderen Ende herrschte Schweigen. »Ihm ist es gut gegangen. Wir … wir sind nicht sicher, was die genaue Todesursache ist. Der Coroner ist auf dem Weg hierher.«
»Ich komme, so schnell ich kann.«
»Da ist noch etwas, Joseph.« Wieder legte Pater Sheldon eine Pause ein, dann fuhr er fort: »Auch die Polizei ist auf dem Weg hierher. Ich denke, du willst es selbst sehen. Ich weiß nicht, wie ich es dir auch nur ansatzweise erklären soll. Wir glauben, dass er vielleicht keines natürlichen Todes gestorben ist.«

·11. KAPITEL·

BRITT HATTE DEN EINDRUCK, ihr Leben falle wieder auseinander, und das genau zu einem Zeitpunkt, als sie dachte, sie hätte es zumindest halbwegs wieder unter Kontrolle. Sie konnte es nicht fassen, dass jemand versucht hatte, sie umzubringen. Die einzig plausible Erklärung, die auch nur einen Funken Sinn ergab, war, dass es mit ihrem Buch zusammenhängen musste. Alles hatte damit angefangen, als sie in dem Interview ankündigte, dass in ihrem Buch die Frage einer möglichen leiblichen Nachkommenschaft Jesu eingehender behandelt würde. Und das war nur für eine einzige Gruppe eine Bedrohung: für die übermächtige römisch-katholische Kirche. Aber sie konnte sich nun wahrlich nicht vorstellen, dass der Vatikan einen Killer schicken würde. Blieben aber noch eine Unzahl religiöser Fanatiker, die vielleicht glaubten, im Auftrag Gottes zu handeln.
Natürlich hatten sich ihr während der Recherchen für ihr Buch immer mehr Fragen gestellt. Sie war auf zahlreiche Randgruppen

gestoßen, die bizarre Behauptungen über Ahnenreihen, Kulte, Geheimbünde und uralte Geheimnisse aufstellten. Sie hatte versucht, ausreichende Beweise zu finden, die deren Behauptungen untermauerten oder widerlegten, aber das Resultat war frustrierend gewesen. Das Internet hatte sich bei ihren Recherchen als neue Dimension erwiesen, aber leider hatte der leichte Zugang zu gutem Datenmaterial auch eine Fülle an schlechtem hervorgebracht.

Die Interviews mit zwei Jesuiten hatten auch kein Licht ins Dunkel gebracht. *Der Bote* hatte erklärt, die beiden hätten tiefere Kenntnis von *Le Serpent Rouge*. Er hatte sie gewarnt, dass sie nicht gerne mit ihren Informationen herausrücken würden. Sie würde ihnen die Fakten, die sie zur Untermauerung ihrer Theorien gebrauchen konnte, geschickt aus der Nase ziehen müssen. Er hatte ihr auch ein Codewort für jeden der beiden mitgegeben, und zwar die Namen von Erzengeln. Der erste war Uriel, was das ›Feuer Gottes‹ bedeutet. Er geleitet die Verstorbenen zum Jüngsten Gericht, Uriel ist der Engel der Erde. Der zweite lautete Raphael, der Engel der Heilung und Helfer Gottes. *Der Bote* hatte ihr versichert, dass diese Namen in jedem Fall eine bestimmte Reaktion auslösen würden. Aber sie sollte sie nur als letztes Mittel einsetzen.

Pater Juan Matteo war sehr ausweichend gewesen. Der spanische Priester hatte mit leiser, monotoner Stimme in gleichmäßigem Tonfall gesprochen und jedes Wort bedächtig gewählt. Aber seine Augen! Seine Augen würde sie nie vergessen. Die Iris war so dunkel, dass sie mit seinen Pupillen zu großen schwarzen Kreisen verschmolzen. Sie fragte ihn nach seiner Einschätzung, wie sich eine direkte Nachkommenschaft Jesu auf die Kirche auswirken würde. Er antwortete ihr, das sei graue Theorie, weil es keine direkte Nach-

kommenschaft Christi gebe. Als sie sagte, dass sie zahlreiche historische Hinweise auf eine leibliche Nachkommenschaft entdeckt habe, bezichtigte er sie der Häresie. Genau an diesem Punkt hatte sie ihn gefragt, wie Uriel diese Frage wohl beantworten würde.
Sie wusste nicht, ob es Angst oder Wut war, aber sein Blick durchbohrte sie mit einer Intensität, die sie erzittern ließ. Er starrte sie eine Weile an, die ihr wie eine Ewigkeit vorkam, und strich über das große Kreuz, das er an einer Kette umhängen hatte. Das Kreuz – sie hatte es klar und deutlich vor Augen. Es war dasselbe Kreuz, das Romano trug. Sie war sich sicher, dass die Jesuiten keine bestimmte Kleiderordnung und kein für den Orden vorgeschriebenes Kreuz hatten.
Britt rieb sich über die Stirn und schloss die Augen. Sie versuchte, sich an gestern Abend zu erinnern. Der Priester, mit dem sie zu Abend gegessen hatte, hatte kein Kreuz getragen – es sei denn unter seinem Hemd. Und er war ganz anders gewesen als Pater Matteo. Er war äußerst freundlich und beantwortete wie ein Professor die Fragen seiner Studentin. Als sie auf die direkte Nachkommenschaft zu sprechen kam, warf er ihr ein gutmütiges Lächeln zu und stellte fest, der Mensch sei doch mit großem Einfallsreichtum gesegnet. Ein bedauerliches Nebenprodukt dieses Einfallsreichtums sei eine Unmenge an Theorien zu allem und jedem. Außerdem erinnerte er sie daran, dass der Glaube die eigentliche Kraft sei, die die Christenheit zusammenhalte.
Doch selbst Pater Ted Mathews schien es die Sprache verschlagen zu haben, als sie Raphael erwähnte.

·12. KAPITEL·

Pater Romano stand noch immer unter Schock, als er über die Interstate 78 nach Pennsylvania fuhr. Ted war immer so voller Leben gewesen, einer jener Menschen, die nie krank wurden. Er litt zwar an hohem Blutdruck, aber dagegen nahm er Medikamente ein. Romano konnte nicht begreifen, dass Ted tot war. Aber schockierend war vor allem, dass die Polizei da sein würde und dass Ted möglicherweise keines natürlichen Todes gestorben war. Bill hatte am Telefon nicht näher darauf eingehen wollen.

Bäume rauschten am Auto vorbei. Romano warf einen Blick auf den Tacho. Hundertvierzig. Er nahm den Fuß ein wenig vom Gaspedal. Er wollte so schnell wie möglich dorthin, aber es war ohnehin zu spät. Ted war tot.

Romano bog an der Ausfahrt Hamburg von der Interstate ab und fuhr über den Highway 61 weiter. Er hätte die Strecke im Schlaf zurücklegen können. Zum einen, weil er Ted so häufig besucht hatte, zum anderen, weil das Jesuitenzentrum ein Ort war, an dem er nachdenken, sich konzentrieren und einen klaren Kopf bekommen konnte. Das frühere Novizenhaus stand auf einem herrlich bewaldeten Kamm, umgeben von sanften Hügeln und üppigen Wiesen. Die Luft war frisch, sauber und belebend. Am frühen Morgen und späten Nachmittag fiel das Sonnenlicht durch das Blattwerk der großen, alten Eichen, Kiefern und Ahornbäume und tauchte die Gebäude und das Anwesen in herrliche Goldtöne.

Teds kluge Worte und die Ruhe des Zentrums hatten Romano geholfen, so manche depressive, schwere Phase zu überstehen. Stets waren diese auf seine Schuldgefühle zurückzuführen, weil er seine Mutter so dermaßen hasste. Er war Priester und hatte die heilige Pflicht, anderen ihre Sünden zu vergeben, doch tief in seinem

Innersten konnte er noch nicht einmal ihr verzeihen. Manchmal zweifelte er, ob er überhaupt würdig war, ein Priester zu sein. Er fürchtete, er habe das Priesteramt eher als Strafe für seine Mutter angetreten als aus dem echten Wunsch, einer höheren Berufung zu folgen.
Pater Ted verstand es, Romanos Besorgnis und seine Ängste mit den richtigen Worten zu zerstreuen. *Es ist ganz natürlich, dass man Zweifel hat. Was du empfindest, sind Schuldgefühle über deine Empfindungen. Das beweist an sich schon, dass es dir wichtig ist. Du kannst weder das Geschehene noch deine Reaktion rückgängig machen. Das hat eine Wunde gerissen. Und es braucht Zeit, bis die Wunden heilen. Du befindest dich im Heilungsprozess. Und das ist die Vergebung.* Stets entdeckte Romano in Teds Worten etwas, vielleicht nur einen Gedanken, in jedem Fall etwas, was ihm ein Auftauchen aus seiner Depression ermöglichte. Jetzt würde es keine neuen Ratschläge mehr geben, die ihm über harte Zeiten hinweghalfen. Der Resonanzboden seiner Forschung und die Stütze, auf die er vertrauen konnte, wenn er sich vor neue Herausforderungen gestellt sah, wie beispielsweise das Attentat von heute, waren für immer dahin. Er war ganz allein.
Als Romano im Zentrum ankam, standen bereits zwei Polizeifahrzeuge oben an der geschwungenen Auffahrt. Er stellte das Auto hinter ihnen ab und hetzte die Stufen, zwei auf einmal nehmend, hinauf. Er stieß die große Eingangstür auf und rannte zu Teds Etage hinauf. Als er im Flur ankam, sah er vor Teds Tür einen Polizeibeamten stehen, der von einer Gruppe Priester umringt wurde.
»Joseph!« Bill Sheldon trat aus der Gruppe hervor und streckte die Hand aus. »Es tut mir so leid.«
Romano ergriff Sheldons Hand und zog ihn für eine Umarmung an sich. »Ich bin so schnell ich konnte gekommen. Mein Gott, was ist nur passiert?«

Die Männer umarmten sich einen Augenblick, dann hob Sheldon den Kopf und seufzte. »Schau selbst.« Er legte Romano die Hand auf die Schulter und führte ihn zur Tür. Die anderen Priester traten zur Seite und sprachen ihm ihr Mitgefühl aus.

Sheldon machte die Tür auf. Drinnen sprach ein anderer uniformierter Beamte gerade in ein Handy.

»Nur eine Sekunde«, sagte der Beamte. Er hob warnend den Finger. »Bitte, Pater, fassen Sie die Leiche nicht an und berühren Sie auch sonst nichts. Ich spreche gerade mit dem FBI. In Kürze werden Agenten aus New York eintreffen.«

»Das FBI? Ich verstehe nicht«, sagte Sheldon.

Der Beamte blickte auf. »Die werden Sie informieren, sobald sie hier sind.«

Romano ging durch die offene Tür. Ted lag nur mit Boxershorts bekleidet auf seinem Bett. Auf den ersten Blick sah er so friedlich aus. Er lag genau in der Mitte des Bettes, die Hände über der Brust zum Gebet gefaltet. Sein Körper war dicht von gekräuselten grauweißen Härchen bedeckt, die die gleiche Farbe hatten wie sein kurz geschorenes Haupthaar und der buschige Spitzbart. Aber seine normalerweise rosige Gesichtsfarbe war einer unnatürlichen Todesblässe gewichen.

Als Romano sich auf Teds Hände konzentrierte, übermannte ihn der Schmerz, und seine Beine fingen an zu zittern.

Auf Teds Handgelenken waren dunkelrote Löcher zu sehen. Ebenso auf seinen Füßen. An der Seite seines Oberkörpers klaffte eine Wunde. Und dennoch hatte kein einziger Blutstropfen die blassgrüne Decke befleckt.

Verblüfft starrte Romano seinen Mentor an. Es war, als würde im Kino unvermittelt der Ton abgestellt, und das Bild bliebe auf der Leinwand einfach stehen.

Plötzlich packte eine Hand Romano an der Schulter. »Joseph, Joseph, es tut mir leid.« Sheldon stand neben ihm.
Der Beamte stellte sich den Priestern in den Weg. »Sie dürfen leider nicht hierbleiben, bis die Spezialisten vom FBI den Tatort untersucht haben.«
Romano schloss die Augen und sprach im Stillen ein Gebet für Ted. Dann wandte er sich an Sheldon. »Wie ist das passiert? Hast du eine Ahnung?«
Sheldon ging in Richtung Flur. »Komm, wir gehen in mein Büro. Hier gibt es nicht mehr viel zu sagen. Du hast das gesehen, was wir auch gesehen haben.«
Als sie im Büro Platz genommen hatten, zuckte Sheldon mit den Achseln. »Ich habe keinen Schimmer«, sagte er und schüttelte den Kopf. »Ted ist gestern Abend zum Essen ausgegangen. Als er zurückkam, hat ihn jemand allein in sein Zimmer gehen sehen. Keiner hat letzte Nacht etwas gehört. Ich habe heute Morgen nach ihm geschaut, als er nicht zum Frühstück erschienen ist. Du hast ihn so gesehen, wie ich ihn gefunden habe. Die hiesige Polizei und der Coroner konnten bis jetzt keine offensichtliche Todesursache feststellen. Der Coroner glaubt, dass ihm die Wunden zugefügt wurden, als sein Herz schon nicht mehr geschlagen hat. Aber er meint, selbst dann müsste es auf der Decke Blutspuren geben. Sie sind alle völlig ratlos. Ich weiß nicht, was ich davon halten soll.«

***

Es klopfte zweimal, dann ging die Tür gerade so weit auf, dass eine Frau den Kopf hereinstrecken konnte. »Pater, zwei FBI-Agenten sind da und wollen Sie sprechen.«
Sheldon schob seinen Stuhl zurück und stand auf. »Bitte, schicken Sie sie herein.«

Die Frau trat weiter vor und machte die Tür auf, während sich zwei Männer in grauen Anzügen an ihr vorbeidrängten. Der ältere der beiden Agenten war schlaksig und hatte eine große Nase mit einem leichten Höcker, der das Ergebnis eines übel ausgegangenen Kampfes sein konnte. Er hatte dichtes dunkles welliges Haar und dünne, von grauen Härchen durchzogene Augenbrauen. Sein vom Wetter gegerbtes Gesicht wirkte ledern. »Ich bin Agent Tom Cutler«, sagte er, dann zeigte er auf den jüngeren Mann neben sich. »Das ist Agent Brian Donahue.«

Der zweite Agent nickte. Er war größer, gut gebaut und hatte wache freundliche blaue Augen. Sein maßgeschneiderter Anzug ließ deutlich erkennen, dass er viel Zeit im Fitnessstudio verbrachte. Er vermittelte den Eindruck, als habe der Job von ihm noch nicht denselben Tribut gefordert wie von seinem Kollegen.

»Ich bin Pater William Sheldon, der geistliche Leiter unseres Jesuit Center of Spiritual Growth. Das ist Pater Joseph Romano. Er kommt aus Ihrer Gegend. Er ist Professor in Fordham und stand Pater Mathews sehr nahe.«

Romano erhob sich und schüttelte den Agenten die Hand. »Haben Sie eine Ahnung, woran Pater Mathews gestorben ist?«

Agent Cutler schüttelte den Kopf. »Es gibt keine äußere Verletzung, die seinen Tod verursacht haben könnte. Die Wunde an seiner Seite ist oberflächlich und wurde ihm höchstwahrscheinlich post mortem zugefügt.«

»Bitte, nehmen Sie Platz.« Sheldon deutete auf die beiden Stühle auf der anderen Seite seines Schreibtischs. Die Agenten setzten sich, Romano schob noch einen Stuhl vor den Schreibtisch und nahm Platz.

»Ich fürchte, wir müssen für die Feststellung der genauen Todesursache die Ergebnisse der Autopsie abwarten«, fuhr Cutler fort.

»Ich kann nicht nachvollziehen, warum das FBI hier ist«, äußerte sich Romano.
»Vor zwei Tagen wurde in Bilbao, in Spanien, ein Priester tot aufgefunden, der unter ähnlichen Umständen ums Leben gekommen ist«, antwortete Cutler. »Die Behörden dort sind überzeugt, dass er sich am Tag seines Todes mit jemandem aus New York getroffen hat. In seinen Notizen von diesem Treffen fand sich ein Hinweis auf Pater Ted Mathews. Um der Sache nachzugehen, haben wir hier im Zentrum angerufen und dabei von Pater Mathews' Tod erfahren. Wissen Sie vielleicht, ob er Pater Juan Matteo kannte?«
Sheldon spitzte für eine Sekunde den Mund, dann schüttelte er den Kopf.
»Ich habe schon einmal von Pater Matteo gehört«, sagte Romano.
»Vielleicht hat Pater Mathews vor vielen Jahren mit ihm zusammen in Innsbruck studiert.«
»Pater Ted stammte aus der Schweiz«, erklärte Sheldon. »Er ist irgendwann in den fünfziger Jahren in die Staaten gekommen.«
Agent Donahue machte sich Notizen. »War er US-Bürger?«
Sheldon nickte. »Seit Anfang der Sechziger.«
Donahue kritzelte etwas auf seinen Block, dann blickte er beide Priester an. »Hat einer von Ihnen eine Ahnung, was Pater Mathews zugestoßen sein könnte?«
Romano schaute zu Sheldon hinüber. Beide Priester sahen verwirrt aus.
Sheldon schüttelte den Kopf. »Ich habe keinen Schimmer, was passiert sein könnte. Keiner hier hat etwas Außergewöhnliches gehört.«
»Und es gibt keinen Grund, warum jemand Pater Mathews hätte ermorden wollen«, fügte Romano hinzu.

Cutler räusperte sich. »Hat einer von Ihnen eine Meinung zu den Stigmata?«

Im Büro wurde es sehr still. Sheldon und Romano sahen einander zögernd an. Schließlich zog Sheldon eine Augenbraue hoch und sagte: »Die Antwort auf diese Frage überlasse ich lieber Pater Romano. Er ist der Akademiker.«

Jetzt war Romano an der Reihe, sich zu räuspern. »Als Jesuiten genießen wir gewiss nicht den Ruf, am konservativen rechten Rand der römisch-katholischen Kirche zu stehen. Wenn es um die eher esoterischen Elemente der Kirchendogmen oder um den Bereich der Wunder geht, dann sind wir verschrien, so ungläubig wie der Heilige Thomas zu sein.«

»Wollen Sie damit etwa sagen, dass Sie nicht an die Stigmata glauben?«, wollte Donahue wissen.

»So weit würde ich nicht gehen«, antwortete Romano. »Ich will es mal so ausdrücken: Ich habe die Stigmata nie gesehen und kenne persönlich niemanden, der welche hat. Das bedeutet aber nicht, dass sie nicht existieren. Der Heilige Franz von Assisi war das erste Beispiel des wundersamen Auftretens von Stigmata. Im Jahr 1224, als der Heilige Franziskus an einem abgeschiedenen Ort in den Bergen vierzig Tage fastete, erschien ihm ein Mann in Gestalt eines Seraphim, eines Engels mit sechs Flügeln, der vom Himmel zu ihm herabstieg. Seine Arme waren ausgestreckt, die Füße zusammengebunden, und sein Körper war an ein Kreuz befestigt. Zwei Flügel erhoben sich über seinem Kopf, zwei waren wie zum Flug ausgebreitet, und zwei bedeckten den ganzen Körper. Als die Vision verschwand, hatte der Heilige Franziskus die Stigmata, die fünf Wunden Christi. An den Händen, den Füßen und der Seite.«

Cutler warf Donahue einen skeptischen Blick zu. »Gibt es für die

Wunden irgendeine wissenschaftliche Erklärung?«, fragte er Romano.

»Es ist bekannt, dass zwischen dem vierzehnten und dem zwanzigsten Jahrhundert mehr als dreihundert Menschen solche Stigmata aufwiesen. Viele behaupteten, phasenweise Blut zu schwitzen. Einige Wissenschaftler gelangten zu dem Schluss, das Phänomen könnte auf eine rote Drüsenflüssigkeit, nicht auf Blut, zurückzuführen sein, die der Körper absondert. Auf eine übersteigerte Phantasie. Autosuggestion. Es kursieren viele Theorien. Aber bislang gibt es keinen stichhaltigen wissenschaftlichen Beweis, der das Phänomen bestätigen oder widerlegen könnte. Entscheidend ist, dass die Kirche keine Stigmata je beglaubigt hat, solange der betreffende Mensch am Leben war.«

Donahue blickte von seinem Notizblock auf. »Pater Mathews hat Wunden an den Handgelenken. Auf jedem Gemälde und jeder Skulptur, an die ich mich erinnern kann, ist Christus durch die Handflächen hindurch ans Kreuz genagelt.« Donahue schaute zu Cutler hinüber. »Das heißt, wenn es sich herausstellt, dass Pater Mathews keines natürlichen Todes gestorben ist, war derjenige, der seinen Tod verschuldet hat, mit dem Christentum nicht sonderlich vertraut?«

»Im Gegenteil«, antwortete Romano. »Die frühen Künstler haben die Berichte, dass Nägel durch die Hände und Füße Christi geschlagen wurden, buchstabengetreu interpretiert, also dass es bedeutet, durch die Handflächen. In der damaligen Sprache wurden die Handgelenke als Teil der Hand betrachtet. Wären ihm die Nägel durch die Handflächen geschlagen worden, hätte sein Gewicht zum Einreißen der Haut geführt, und er wäre vom Kreuz gefallen. Die Nägel gingen durch die Handgelenke, durch die der Mervus medianus verläuft. Dieser größte Nerv, der aus der Hand führt, wurde vom Nagel durchstoßen, was extrem schmerzhaft ist. Dieser unerträgliche Schmerz war buchstäblich nicht in Worte zu fassen.«

Die Agenten waren von Romanos Erklärung allem Anschein nach fasziniert. »Dann müsste ich also davon ausgehen, dass sich derjenige, der Pater Mathews die Wunden zugefügt hat, in Sachen Religion gut auskennt?«, fragte Cutler.

Romano nickte. »Ich würde sagen, dass einiges für diese Vermutung spricht.«

»Gibt es irgendeinen Grund, warum jemand Pater Mathews die Zeichen nach seinem Tod zugefügt haben könnte?« Cutler schaute beide Priester an. »Wissen Sie, als Symbol oder um ihm eine besondere religiöse Bedeutung beizumessen.«

»Ich kann mir keinen Grund vorstellen«, antwortete Sheldon. »Unsere Priester sind rationale, ausgeglichene Männer, die ihr Leben der Kirche geweiht haben. Was Sie da andeuten, würde auf jemanden mit gravierenden Wahnvorstellungen schließen lassen. Ich kann Ihnen versichern, dass eine solche Beschreibung auf niemanden in diesem Zentrum zutrifft.«

»Pater Romano, wissen Sie von jemandem, der ein Interesse daran haben könnte, Pater Mathews in dieser Form zu misshandeln?«

Romano schüttelte den Kopf. »Die Priester hier haben den größten Teil ihres Lebens dem Dienst an Gott und der Kirche gewidmet. Ich bezweifle, dass hier irgendjemand dazu fähig wäre, so etwas zu tun. Pater Mathews war eine Führungspersönlichkeit. Alle haben ihn respektiert. Und haben seinen Rat gesucht.«

»Was ist mit den angestellten Laien? Den Leuten, die an den Klausuren teilnehmen?«, fragte Cutler.

»Alle Angestellten haben Pater Mathews bewundert. Er war einer jener Männer, zu denen alle aufgeblickt haben«, sagte Sheldon.

»Was die Klausurteilnehmer anbelangt, so sind das für gewöhnlich sehr gläubige Menschen, die Anleitung suchen, um ihr spirituelles Leben zu verbessern.«

»Wie gut kennen Sie die Leute, die daran teilnehmen?«

»Einige waren schon mal hier. Andere sind das erste Mal da.«

»Könnten Sie uns eine Liste all der Leute erstellen, die letzte Nacht und heute hier im Zentrum waren?«

Sheldon erhob sich. »Dazu müssen wir ins Hauptbüro gehen. Dort gibt man Ihnen eine Liste der derzeitigen Teilnehmer und der Angestellten.«

»Falls Sie an mich keine weiteren Fragen haben, würde ich gern ein paar Anrufe tätigen.« Romano streckte Agent Donahue eine Visitenkarte hin. »Sie erreichen mich an der Universität. Ich sollte ein paar Leute über Pater Mathews' Tod informieren.«

Cutler zog eine Visitenkarte aus seiner Jacketttasche und reichte sie Romano. »Danke, Pater. Wir rufen Sie an, falls wir weitere Auskünfte brauchen. Und falls Ihnen noch etwas einfällt, egal, wie trivial es zu sein scheint, melden Sie sich bitte bei uns.«

Die Agenten folgten Sheldon aus dem Büro, und Romano starrte aus dem Fenster auf die Bäume, durch die das Sonnenlicht blitzte, und Gedanken schossen ihm durch den Kopf. Gedanken an Tod … Mord … Stigmata.

·13. KAPITEL·

DAS TELEFON KLINGELTE EINMAL, ZWEIMAL. Nach dem dritten Läuten wollte Romano gerade auflegen, als doch abgenommen wurde. »Guten Tag, hier bei Regina Romano.« Die Stimme war

die von Victoria, der Betreuerin seiner Mutter, die seit zehn Jahren bei ihr wohnte.
»Victoria, hier ist Joseph. Ist meine Mutter zu sprechen?«
»Pater Romano, wie schön von Ihnen zu hören. Bitte bleiben Sie dran, ich schaue eben nach.«
Romano hörte das Klicken, dann Stille. Wahrscheinlich stand seine Mutter direkt neben Victoria. Sie beharrte darauf, dass ihre Angestellte das Telefon auf Stumm schaltete, während sie ihr ankündigte, wer da gerade anrief, sodass sie entscheiden konnte, ob sie den Anruf entgegennehmen wollte oder nicht.
»Joseph, ich bin überrascht. Ich habe keinen Geburtstag. Welchem besonderen Anlass verdanke ich die Ehre?«
Romano holte noch einmal Luft, um dem plötzlichen Ansteigen seines Blutdrucks entgegenzuwirken. Er hätte warten sollen, bis er wieder in Manhattan war, um ihr die traurige Nachricht persönlich zu überbringen. Sie neigte zu Gefühlsausbrüchen, und Ted war für sie wie ein Bruder gewesen. Außerdem war er nach dem Vorfall mit Martas Familie die einzige verlässliche Verbindung zwischen Mutter und Sohn gewesen.
»Joseph, warum rufst du an? Es ist etwas passiert, nicht wahr?«
»Ich habe schlechte Nachrichten. Ted ist gestorben. Ich bin im –«
»Oh, mein Gott. Oh, mein Gott. Ich habe noch letzte Woche mit ihm gesprochen. Wie? Warum? Nein! Nein! Nein!«
Romano hörte, wie sie nach Luft schnappte. Er wusste auch, dass Victoria sie beruhigen würde. »Ich bin im Zentrum. Wir wissen noch nicht mit Sicherheit, woran er gestorben ist. Es wird eine Autopsie durchgeführt.«
»Autopsie?« Seine Mutter stieß einen Schrei aus. »O Gott, bitte verschone meinen Sohn.«

»Mutter, beruhige dich. Ich weiß, dass dich das tief berührt.«

»Nein, das verstehst du nicht. Wie solltest du auch?« Ihre Stimme schlug um. Zunächst hatte sie hysterisch geklungen, jetzt fast wütend, aber beherrscht.

»Was meinst du damit?«

»Joseph. Joseph. Versprich es mir.« Wieder folgte ein lauter Aufschrei. »Versprich es mir.« Regina klang wieder richtig hysterisch. »Bete zu Gott. Bete zu Gott. Um deine Sicherheit. O lieber Gott, lass meinen Sohn am Leben!«

»Mutter, fasse dich. Ich bin überhaupt nicht in Gefahr. Ted ist tot. Ich bin so bestürzt wie du. Er würde von uns erwarten, dass wir uns über das Leben, das er geführt hat, freuen, und dass wir nicht wegen seines Todes hysterisch werden.«

Romano hörte, dass seine Mutter nach Luft rang, dann hörte das Keuchen auf. Er wartete auf eine Antwort. Er wusste, wie weit er bei ihr gehen konnte, und er war der Grenze gefährlich nahe gekommen.

Nach langem Schweigen stöhnte Regina leise auf. »Wann findet die Beerdigung statt?«

»Mach dir keine Sorgen, ich fahre dich dann zur Trauerfeier. Sie werden etwa eine Woche brauchen, bis alles organisiert ist. Es wird eine Autopsie durchgeführt, und viele Priester werden von weither anreisen. Ich lass es dich wissen, sobald alles geregelt ist.«

Wieder entstand eine Pause. Dann sagte Regina: »Gib mir Bescheid, sobald du herausgefunden hast, woran er gestorben ist.«

»Sei unbesorgt. Er hat nicht gelitten. Es sieht so aus, als sei er während des Gebets friedlich eingeschlafen.« Romano brachte es nicht über sich, die Stigmata und das FBI zu erwähnen.

»Da bin ich aber erleichtert. Ich warte auf deinen Anruf. Sei vorsichtig.«

Romano hörte es klicken. Wie immer hatte seine Mutter das letzte Wort gehabt.

·14. KAPITEL·

PATER ROMANO ZOG DEN SICHERHEITSGURT über die Brust und ließ ihn einrasten. Auf die Rückfahrt nach New York freute er sich überhaupt nicht. Er war noch immer erschüttert über Teds Tod. Die Ermittler hatten seine Leiche zur Obduktion abtransportieren lassen. Er und Pater Sheldon hatten Kontakt zum Pater Rektor aufgenommen und mit der Organisation der Trauerfeierlichkeiten und der Beisetzung begonnen. Sie waren übereingekommen, dass der Trauergottesdienst im Zentrum stattfinden sollte, in dem Ted die letzten zwanzig Jahre gelebt hatte.

Bevor Romano den Schlüssel im Zündschloss drehen konnte, hörte er, dass jemand seinen Namen rief. Er blickte aus dem Fenster und sah Pater Sheldon, der mit einem Umschlag winkte, während er über die Grasböschung auf das Auto zueilte. Die breite Brust und der stattliche Bauchumfang des geistlichen Leiters führten dazu, dass seine Bemühung zu joggen, eher einem Watscheln gleichkam. Im Laufe seiner Dienstzeit in Wernersville hatte Sheldon sich zu sehr für die reichhaltige holländische Küche Pennsylvanias begeistert und zu wenig für den kleinen Fitnessraum im Untergeschoss des Zentrums.

Romano ließ das Seitenfenster herunter. »Lass dir Zeit, Bill. Warum hast du es so eilig?«

Keuchend kam Sheldon beim Auto an. Er stützte sich am Dach ab und atmete ein paar Mal tief durch, erst dann händigte er Romano den Umschlag aus. »Ich hatte schon befürchtet, dass ich dich nicht mehr erreiche. Tut mir leid, Joseph, bei all der Aufregung habe ich ganz vergessen, dir diesen Brief zu geben. Kurz nach deiner Priesterweihe hat ihn mir Ted gegeben. Er sagte, dass ich ihn dir nach seinem Tod aushändigen solle. Ich hatte dabei den Eindruck, dass es um deine Familie geht. Er hat nie etwas darüber erzählt, und ich habe nicht danach gefragt.«

Auf der Vorderseite des Umschlags stand in Schönschrift geschrieben: *Joseph Romano, SJ – Persönlich und Vertraulich.* Auf der Rückseite befand sich ein leuchtend rotes Siegel mit einem Symbol, das dem stählernen Kreuz ähnelte, welches Ted ihm nach der Priesterweihe geschenkt hatte. Romano starrte auf das Siegel. In all den Jahren hatte er niemals gesehen, dass Ted so etwas benutzte oder gar erwähnte. Der Brief sah schrecklich bedeutsam aus. Er wollte den Umschlag gerade aufreißen, aber dann zögerte er. Vielleicht enthielt er etwas, was Ted wirklich streng vertraulich behandelt wissen wollte.

Romano schob den Umschlag in seine Jacketttasche. »Danke, Bill. Ich bin Teds Testamentsvollstrecker. Wahrscheinlich handelt es sich um Anweisungen, entfernte Verwandte in Europa zu benachrichtigen.« Er startete den Motor, dann streckte er den Arm aus dem Fenster und drückte Sheldon die Hand. »Bill, ich weiß wirklich zu schätzen, was du getan hast. Bitte gib mir sofort Bescheid, wenn du herausfindest, was mit Ted passiert ist. Ich werde mit dem FBI in Kontakt bleiben und dich informieren, sobald ich etwas erfahre.«

Sheldons Kiefer entspannte sich, sodass sein Gesicht und sein Hals scheinbar zu einer einzigen dicken Masse verschmolzen. »Joseph, ich weiß, dass du der Skeptiker bist, wenn es um solche Dinge geht, aber …« Er hielt inne, dann verzog er den Mund ein wenig zu einem vorsichtigen Lächeln. »Ted war genau der Richtige für den

Priesterberuf. Für unseren Orden. Seine Fähigkeit, sich im Gebet zu konzentrieren, war außergewöhnlich. Was meinst du? Besteht die Möglichkeit, dass diese Stigmata durch irgendein religiöses oder mentales Phänomen hervorgerufen wurden?«

Romano schüttelte den Kopf. »Du hast recht, was meine Skepsis in Bezug auf Wunder oder unerklärliche Phänomene anbelangt. Was Ted betrifft, würde ich sagen, dass wenig auszuschließen ist. Aber Stigmata würde ich für sehr unwahrscheinlich halten.« Romano lächelte Sheldon an. »Sagen wir mal so, wir werden eher in der Lage sein, dieses Thema zu vertiefen, wenn wir die Ergebnisse der Autopsie vorliegen haben.«

Romano legte den ersten Gang ein, fuhr langsam an und winkte Sheldon zu. Er fuhr den gewundenen Weg entlang, bis er bei den schmiedeeisernen Toren ankam, dort hielt er am Straßenrand an und schlitzte den Umschlag vorsichtig auf. Darin befand sich ein zweiseitiger handgeschriebener Brief. Er begann mit Teds bewegendem Dank an Romano, dass er ihm gestattet hatte, an seinem Leben teilzuhaben. Auf der nächsten halben Seite drängte Ted ihn, die Beziehung zu seiner Mutter wieder in Ordnung zu bringen, falls er das nicht schon getan habe. Er schrieb, dass Romanos Mutter nur sein Bestes wolle, und wies auf Faktoren hin, die außerhalb ihrer Kontrolle gelegen hätten, und dass er hoffe, Romano würde es eines Tages verstehen.

Dann kam Ted übergangslos auf Romanos Vater zu sprechen. Ted schrieb, dass sie mehr als Freunde gewesen seien. Ihre Beziehung sei viel tiefer gegangen. Sein Vater sei weit mehr gewesen, als Romano im zarten Alter von zwölf Jahren hätte begreifen können. *Ich bete darum, dass der Tag kommen möge, an dem du von den guten Taten deines Vaters erfahren wirst. Gottes Wege sind unergründlich, aber sein Wirken ist wundersam.*

Dann endete der Brief mit der Anweisung, Kontakt zu Pater Nathan Sinclair, SJ, in Schottland aufzunehmen, der ebenfalls ein enger Gefährte seines Vaters und von ihm selbst sei. Ted drängte ihn, auf Pater Sinclair als Mentor und Vertrauten zu setzen, so wie er es mit ihm, Ted, getan hatte. *Zögere nicht, alles mit Pater Sinclair zu besprechen. Ich habe ihn über deinen Werdegang auf dem Laufenden gehalten, sowohl was deinen Wert für die Kirche als Priester anbelangt, als auch über deine Leistungen als hervorragender Wissenschaftler und Lehrer. Benachrichtige ihn umgehend von meinem Tod. Wenn er zu meiner Trauerfeier kommt, könnt ihr beide ja da anfangen, wo unser Abenteuer aufgehört hat. Gott möge dich segnen und behüten. Möge der Herr sein Antlitz auf dich scheinen lassen und dir gnädig sein. Möge der Herr dir seinen Segen geben und dir Frieden schenken. Darum bitte ich im Namen des Vaters, des Sohnes und des Heiligen Geistes.*

Der Brief war mit den kühnen Schwüngen von Teds Unterschrift und etwas unterzeichnet, was wie ein tropfenförmiger Fleck aussah. Ein Fleck, der, wie Romano klar wurde, auch Blut sein konnte.

·15. KAPITEL·

DER FBI-AGENT TOM CUTLER BEENDETE DEN EINTRAG seiner Notizen über Pater Ted Mathews' Tod in seinem Laptop und checkte seine E-Mails. Brian Donahues Blick war auf die Straße geheftet, da er bei der Rückfahrt nach New York mit dem Dienstwagen das Tempolimit deutlich überschritt.

Cutler klappte seinen Computer zu und schaute zu Donahue hinüber. »Brian, bist du ein guter Katholik?«

»Wow – was bringt dich denn da drauf? Macht dir der Tod des Priesters zu schaffen?«

»Nein. Wir haben schon schlimmer zugerichtete Leichen gesehen als diese. Es ist der ganze religiöse Hintergrund, der mir zu schaffen macht. Das könnte so ein Fall sein, der schwer zu knacken ist.«
Cutler stöhnte auf. »Falls die Kirche da die Hand im Spiel hat, können wir unsere Arbeit gleich einstellen.«
»Wieso denn das?«
Cutler fuhr sich mit den Fingern durch die Haare. Er konnte sich nicht erinnern, wann er sich diese Angewohnheit zugelegt hatte. Wahrscheinlich glaubte er, dass er damit die Gehirnzellen anregen könnte. Zumindest lenkte es das Gegenüber ab, sodass er sich eine Antwort zurechtlegen konnte. In diesem Fall kannte er seinen Kollegen jedoch gut genug, dass er seine Gefühle hinsichtlich der Kirche offen aussprechen konnte. »Falls es auch nur einen Hinweis gibt, dass kirchlicherseits jemand darin verwickelt ist, machen die die Schotten dicht. Schau dir doch nur ihre Erfolgsbilanz an.«
»Ich weiß, worauf du hinaus willst.«
»Brian, ich weiß, dass du katholisch bist. Ich habe mich nur gefragt, ob du vielleicht mit irgendeinem Priester befreundet bist.«
Donahue kicherte. »Wahrscheinlich bin ich kein so guter Katholik, wie du annimmst. Ich bin ein Durchschnittskatholik. An allen hohen Feiertagen gehe ich mal in die Kirche, aber normalerweise bin ich am Samstagabend zu lange aus, um am Sonntag regelmäßig den Gottesdienst zu besuchen. Der Pfarrer kennt nicht einmal meinen Namen. Für ihn bin ich nur ein kleines Gemeindemitglied, dem er zunickt und die Hand schüttelt.«
»Maggie und ich sind evangelisch – etwa auf der gleichen Ebene wie du. Hätten wir Kinder, wären wir wahrscheinlich stärker eingebunden.« Cutler klappte sein Handy auf. »Ich rufe im Büro an. Die müssen doch jemanden haben, den wir zur Kirchenpolitik befragen können.«

»Was beunruhigt dich?«
»Die neuesten Informationen, die ich gerade von Interpol über den spanischen Priester bekommen habe. Am dortigen Tatort sah es ähnlich aus wie in Wernersville. Priester haben ihn in seinem Zimmer in seiner Unterwäsche auf dem Bett liegend gefunden – mit den Stigmata. Sogar mit den gleichen Wunden an den Handgelenken.«
»Dann haben wir es wahrscheinlich mit dem gleichen Mörder zu tun. Oder zumindest mit irgendeiner seltsamen Konspiration.«
»Sie haben uns die Autopsieergebnisse für heute am späten Nachmittag oder gleich morgen Früh versprochen.«
»Das wird das Entscheidende sein«, sagte Donahue.
Dieses Mal fuhr sich Cutler mit beiden Händen durch die Haare, dann warf er seinem Kollegen einen fragenden Blick zu. »Und was machen wir, wenn festgestellt wird, dass diese Priester eines natürlichen Todes gestorben sind?«

·16. KAPITEL·

GABRIEL LEHNTE SICH IN DEN SITZ ZURÜCK, als die Maschine ihre Flughöhe erreichte und Richtung New Orleans düste. Er hatte sich die Bequemlichkeit der ersten Klasse verdient. Schließlich handelte er im Auftrag des Herrn, er musste die Unantastbarkeit der Kirche für die letzte Phase der Christenheit retten – der Wiederkunft Christi. Wie konnten diese Schwachköpfe nur glauben, sie könnten das Schicksal aufhalten? Nur Gott bestimmte, wann, wo und wie. Und in den Evangelien stand klar geschrieben, dass der Sohn Gottes mit großer Macht und Herrlichkeit aus den Wolken vom Himmel herabsteigen würde. Nicht durch irgendeinen Betrug der Menschen hier auf Erden.

Gabriel würde da erfolgreich sein, wo Papst Clemens V. versagt hatte, und zwar am Freitag, dem 13. Oktober 1307, als die Soldaten von Philip IV., König von Frankreich, die versiegelten päpstlichen Anweisungen aufbrachen und in ganz Europa Hunderte von Tempelrittern verhafteten. Leider war es dem Papst nicht gelungen, das vom Templerorden so gut gehütete Geheimnis zu lüften. Zahllose Tempelritter wurden hingerichtet und der Orden verunglimpft, doch das Geheimnis blieb gewahrt.

Das Zeichen mit dem Sicherheitsgurt wurde ausgeschaltet. Gabriel löste den Gurt, klappte die Rückenlehne zurück und schloss langsam die Augen. Er wusste, dass er nicht versagen würde. Schließlich war er ja selbst ein entscheidender Teil des Geheimnisses, das die Heiligkeit der Kirche bedrohte. Es war nur eine Frage der Zeit und wann sie abgelaufen sein würde.

Er dachte daran, welche Ironie in seinem Vorgehen lag, Britt bei seinem Auftrag zur Rettung der Christenheit zu benutzen. Irgendwie stimmte es ihn traurig, was sie alles hatte durchmachen müssen. Aber es spielte wirklich keine Rolle. Und es rechtfertigte ihre Reaktion nicht. Sie hatte ihren Glauben verloren, ihre Religion in Zweifel gezogen und schrieb jetzt an ihrem ketzerischen Buch. Wenn Britt nur wüsste, wie nah sie der Wahrheit damit kam – im übertragenen wie im buchstäblichen Sinne.

17. KAPITEL

PATER ROMANO BOG UNMITTELBAR VOR DER 6TH AVENUE von der 56th Street ab und fuhr bis zum Tor neben dem America House. Das riesige Schild ließ keine Zweifel aufkommen: PRIVATE DURCHFAHRT, BITTE FREI HALTEN. Er schloss das Tor auf, stellte den schwarzen Chevrolet, der dem Orden gehörte, auf dem reservierten Parkplatz ab und machte sich daran, die Kartons und Koffer auszuladen.

Von Wernersville war er direkt zum Rose Hill Campus in die Bronx gefahren, um dort die erste Ladung seiner Habe abzuholen. Es war fast so, als habe Ted seinen Tod eigens auf den Tag gelegt, an dem Romano sich das Auto für seinen Umzug ins Jesuitenwohnheim an der 56th Street ausgeliehen hatte. Der Gedanke ließ ihn erschauern. Was war, wenn Ted seinen Tod tatsächlich geplant hatte? Unmöglich. Ted hing am Leben. Was war mit dem Priester in Spanien? Und den Stigmata? Die irrsinnigen Ereignisse des Tages stellten Romano vor so viele Fragen, auf die er keine Antwort wusste.

Das America House stand nur ein paar Blocks von Romanos Büro entfernt. Seit er vor zwei Monaten zum Dekan des neuen Lincoln Centers der Theologischen Fakultät von Fordham ernannt worden war, war er jeden Tag von der Bronx gependelt. Vor dem Umzug hatte er ein wenig Angst gehabt. Er war nicht gerade erpicht darauf, die ganze Zeit im hektischen und lauten Manhattan zu verbringen. An den meisten Abenden freute er sich, nach einem anstrengenden Tag in Manhattan, auf den friedlichen und ruhigen Rose Hill Campus zurückzukehren. Jetzt würde er auf seine Sammlung zeitgenössischer und New Age CDs bauen müssen, um abschalten zu können. Er hoffte, dass die sanften Klaviermelodien von David

Benoit und Jim Brickman und seine Kopfhörer von Bose es mit dem Verkehr in Manhattan aufnehmen konnten.

Romano schleppte seine Taschen und Kartons in seine neue Wohnung hinauf. Er stöpselte seinen Laptop ein und checkte seine E-Mails. Eine emotionale Videobotschaft von Pater Dante Cristoforo war eingegangen, dem Assistenten des Ordensgenerals in Rom. Als er auf den Link klickte, tauchte auf dem Schirm das Bild von Pater Cristoforo auf, der wie gewöhnlich ganz in Schwarz gekleidet an seinem Schreibtisch im Vatikan saß.

Einige der Jesuiten-Professoren an der Universität spotteten, Cristoforo habe sich das Ziel gesetzt, eines Tages Ordensgeneral zu werden, damit er das Konzept des Schwarzen Papstes wieder aufgreifen konnte. Zweihundert Jahre, nachdem der Heilige Ignatius von Loyola die Gesellschaft Jesu gegründet hatte, bezeichneten die einfachen Bürger Roms den Ordensgeneral der Jesuiten als den Schwarzen Papst und setzten damit seine Macht mit der des echten Papstes gleich. Schwarz nannten sie ihn, weil die Jesuiten im Gegensatz zum Papst, der weiße Gewänder trug, stets in schwarze Soutanen gehüllt waren. Im Jahr 1773 schaffte Papst Clemens XIV. die Gesellschaft Jesu ab, entließ die 23 000 Jesuiten und warf den Ordensgeneral und seine Berater in päpstliche Kerker. Erst 1814 setzte Papst Pius VII. den Orden wieder ein. Seitdem hatten die Jesuiten die Auseinandersetzungen insgeheim fortgeführt, aber sie hatten sorgfältig darauf geachtet, nicht in offenen Konflikt zum Papsttum zu geraten.

Cristoforos düsteres Gesicht starrte aus dem Bildschirm. Seine Hände waren auf dem massiven Schreibtisch gefaltet. *Pater Romano, es tut mir so leid, von Pater Mathews' Tod zu erfahren. Ich weiß, dass er ein enger Freund von Ihnen war. Wie Sie vielleicht wissen, ist erst vor wenigen Tagen ein zweiter Priester, Pater Juan Matteo, unter ähnlichen Umständen in Bilbao, in*

Spanien, ums Leben gekommen. Ich möchte Ihnen versichern, dass der Vatikan alles in seiner Macht Stehende tun wird, die Todesursache zu klären. Bitte mailen Sie mir sämtliche Informationen, die uns helfen könnten, diesen tragischen Ereignissen auf den Grund zu gehen. Meine Gedanken und Gebete sind bei Ihnen. Dann wurde der Bildschirm schwarz.

Romano war über Cristoforos Bitte verblüfft. Welche Informationen könnte er wohl nach Meinung des Vatikans liefern? Er schickte Cristoforo eine Antwortmail und versicherte ihm, dass er dem Büro des Ordensgenerals sämtliche Informationen zukommen lassen werde, die zu ihren Nachforschungen beitragen könnten. Er nannte auch die Namen und Kontaktnummern der beiden FBI-Agenten aus New York, die am Schauplatz in Wernersville gewesen waren.

Dann suchte Romano bei Google nach Brittany Hamar. Sie war Professorin am Hunter College und unterrichtete Moderne Theorien über Religion, Glauben und Unglauben. Es gab Hinweise auf zwei Bücher, die sie über die Ursprünge des Christentums geschrieben hatte, wie auch auf ihre zahlreichen Artikel über die Exegese des Neuen Testaments. Die letzten Interneteinträge bezogen sich auf ihre Kommentare zu Nachrichtensendungen über ihr demnächst erscheinendes Buch, in dem angeblich die Theorie einer leiblichen Nachkommenschaft Jesu belegt werden sollte. Er fragte sich, was sie wohl in diese zweifelhafte Richtung getrieben hatte. Seine jahrelangen Forschungen hatten zu keinerlei stichhaltigen oder auch nur halbwegs verlässlichen Belegen einer Nachkommenschaftstheorie geführt – sie waren reine Spekulation.

Romano versuchte zu ergründen, was ihn möglicherweise mit Britt verbinden könnte. Irgendjemand musste einen Zusammenhang zwischen ihnen hergestellt haben. Aber warum? Der einzige gemeinsame Nenner war ihre Religionsforschung und ihrer beider

Veröffentlichungen über das Neue Testament. Das Buch, an dem er gerade schrieb, würde Britts Theorie höchstwahrscheinlich widersprechen. Und er hatte damit gerade erst angefangen. Sein Buch würde frühestens in einem oder zwei Jahren fertig sein, und es klang, als stehe ihres bereits kurz vor der Fertigstellung. Das ergab überhaupt keinen Sinn.

Bis jetzt war der einzige stichhaltige Beweis der anonyme Anruf mit dem Hinweis auf das Jakobusevangelium. Der Attentäter musste der Anrufer gewesen sein. Vielleicht konnte die Polizei den Anrufer identifizieren? Romano bezweifelte es. Wer immer Britt ermorden wollte, hatte es zeitlich bis ins letzte Detail geplant. Der Attentäter hatte mit Sicherheit nicht von einem Telefon aus angerufen, zu dem der Anruf zurückverfolgt werden konnte. Doch letztlich drehte sich alles um die Frage, warum jemand Britt umbringen und dann ihm die Sache in die Schuhe schieben wollte. Romano kam zu dem Schluss, dass die Antwort mit ihrem Buch zusammenhängen musste. Er musste unbedingt mehr über Brittany Hamar und ihre Arbeit herausfinden.

·18. KAPITEL·

»Du wirst es nicht glauben«, rief Tom Cutler seinem Kollegen zu. Er konnte es selbst kaum fassen, welche Resultate seine Computerrecherche geliefert hatte. Er klickte auf »Drucken«, um einen Ausdruck des Berichts in der Hand zu haben.

»Was hast du gefunden?«, fragte Brian, während er in Cutlers Büro stürmte.

»Ich bin froh, dass wir hiergeblieben sind, um die neuesten Informationen von Interpol abzuwarten.« Cutler zog die ersten zwei Blätter aus dem Drucker und reichte sie Donahue. »Die Frau, die den spanischen Priester am Abend, bevor man seine Leiche fand, besucht hat, war eine sehr beschäftigte Dame. Und das ist noch nicht alles.«

Donahue überflog den Bericht. »Sie wohnt hier in Manhattan. Ich bin gespannt darauf, wo sie gestern Abend war.«

Cutler gab Donahue ein weiteres Blatt. »Jedenfalls wissen wir definitiv, wo sie heute Morgen war.«

Donahue blickte auf das Papier, dann zu Cutler. »Das ist ein Bericht der Metropolitan Police.«

»Beachte den Namen des Opfers.«

Donahue hielt in jeder Hand ein Blatt und schaute hin und her. Dann blickte er ungläubig auf seinen Partner. »Das muss ein Witz sein. Auf die Frau, die den spanischen Priester besucht hat, ist heute Morgen in Grand Central geschossen worden?«

»So steht es jedenfalls da.« Cutler reichte ihm noch ein Blatt. »Wirf mal einen Blick auf die Zeugenliste.«

Donahue überflog die Liste und schüttelte den Kopf.

»Genau.« Cutler grinste. »Pater Joseph Romano. Der Priester, den wir heute in Pennsylvania getroffen haben. Und jetzt sag mir bloß nicht, dass das ein Zufall ist.«

·19. KAPITEL·

Brittany Hamar trat aus der Tür des Krankenhauses und holte tief Luft, als sie das erste Glitzern der Sonnenstrahlen über den Häuserdächern sah. Das Bellevue hatte sie so schnell wie möglich verlassen. Sie mochte keine Krankenhäuser, vor allem nicht als Patientin. Sie rückte die Schlinge um ihren linken Arm zurecht, dann hob und senkte sie ihn ein paar Mal. Der Schmerz war kaum noch der Rede wert. Der Arzt hatte gesagt, sie könne umgehend ihr normales Leben wieder aufnehmen, solange sie ihre Schulter nicht zu stark bewegen musste. Er hatte empfohlen, dass sie im Fitnessstudio ein paar Wochen auf das Hanteltraining verzichten sollte. Wahrscheinlich könnte sie die Schlinge schon im Laufe des Tages ablegen.

Sie ging in Richtung 1st Avenue, um ein Taxi anzuhalten, aber als sie dort ankam, beschloss sie, nach Hause zu laufen. Sie brauchte ein bisschen Bewegung. Fast vierundzwanzig Stunden hatte sie auf dem Rücken gelegen. Als sie sich in Bewegung setzte, nahm sie die Geräusche wahr, von denen die City frühmorgens erfüllt war. Aufheulende Motoren, kreischende Bremsen, Gehupe, Menschen, die in ihre Handys brüllten. Manhattan war alles andere als langweilig. Der Lärm half, die Gedanken zu vertreiben, die ihr die ganze Zeit, während sie im Krankenhaus festgelegen hatte, durch den Kopf gegangen waren. Vor allem die quälende Angst, dass derjenige, der auf sie geschossen hatte, nunmehr versuchen könnte, die Sache zu Ende zu bringen.

Als Britt bei der 6th Avenue ankam, hatte sie den Eindruck, jetzt wieder ganz die Alte zu sein. Sie hastete den letzten Block bis zu ihrem Wohnhaus entlang und war erleichtert, dass sich der Aufzug im Erdgeschoss befand. In ihrer Wohnung ging sie als Erstes zu ihrem Computer und schaltete ihn ein. Während er hochfuhr, kickte sie sich die Schuhe von den Füßen und zog sich die Kleider aus, die sie angehabt hatte, als auf sie geschossen wurde, aber auch das Stricktop, das sie sich im Geschenkeshop des Krankenhauses gekauft hatte, um nicht das Oberteil mit dem Einschussloch tragen

zu müssen. Sie zog sich eine graue Hose und eine hellblaue Baumwollbluse an.
Britt setzte sich an ihren Computer, zog die Tastatur-Schublade vor und wollte nach der Maus greifen. Zuerst tastete sie danach, dann bemerkte sie, dass die Maus nicht auf dem Maus-Pad rechts auf ihrem Schreibtisch lag. Sie schaute hinunter und sah sie direkt vor dem Monitor, griff danach und öffnete den Ordner mit den Recherchen zu ihrem Buch. Schließlich scrollte sie zu der Datei, in der sie die Notizen zu der Botschaft gespeichert hatte, die sie von dem mysteriösen Anrufer erhalten hatte. Da war sie. Sie hatte die Notiz sogar in Fettschrift hervorgehoben. Die Stimme des Mannes, der ihr gesagt hatte, dass sie sich mit ihm im Grand Central Terminal treffen solle, hatte anders geklungen als die des *Boten,* der ihr das Manuskriptfragment hatte zukommen lassen. Sie hatte bemerkt, dass er nie auf frühere Telefonate anspielte, sehr kurz angebunden war und immer auflegte, bevor sie antworten konnte.
Während Britt ihre Computerdateien überflog, plagte sie im Hinterkopf der Gedanke, dass die Maus nicht auf dem Pad gelegen hatte. *Was war, wenn jemand während ihres Krankenhausaufenthalts sich Zugang zu ihrem Computer verschafft hatte?* Sie erinnerte sich, dass sie ihre E-Mails gecheckt hatte, bevor sie nach Grand Central aufgebrochen war. Sie war Rechtshänderin und ließ die Maus immer auf dem Pad liegen. Allmählich stieg Panik in ihr auf. Sie untersuchte die Türen und Fenster, fand aber keinen Hinweis auf einen Einbruch. Sogar der Zehndollarschein lag noch immer in der Dekorationsschale auf dem schmalen Tisch direkt neben der Eingangstür. Ihr Schmuck befand sich in den beiden Kästchen, die auf ihrer Kommode standen. Sie überprüfte ihre Aktenschränke, dann zog sie die Schublade mit den Ordnern unter ihrem Schreibtisch auf. Alles wirkte unberührt.

Vielleicht war sie ja paranoid, aber sie hatte die Maus nie vom Pad genommen. Falls das Attentat mit ihrem Buch zusammenhing, könnte jemand versucht haben, ihr Manuskript zu vernichten. Aber ihre Dateien waren alle noch da. Vielleicht hatte jemand auch herausfinden wollen, was ihre Recherchen ergeben hatten. Er hätte nichts entdecken können. Sämtliche Dokumente lagen sicher verwahrt in ihrem Bankschließfach. Irgendwie musste sie herausfinden, ob jemand auf ihren Computer zugegriffen hatte. Ihr fiel Bruce Leonard vom Hunter College ein. Er war ein absoluter Computer-Freak, kam immer früh zur Arbeit und ging spät nach Hause.

Britt wählte Bruces Direktanschluss im College. Wie zu erwarten war, meldete er sich nach dem zweiten Klingeln. »Bruce Leonard, Computerzentrale.«

»Bruce, ich bin's, Britt Hamar.«

»Britt, ich dachte, du hättest dir eine Auszeit genommen und würdest an einem echten Schocker schreiben.«

»Mache ich auch. Deshalb rufe ich dich ja an. Ich brauche den Rat eines Computer-Gurus.«

»Sag jetzt bloß nicht, dass du vergessen hast, deine Daten zu sichern, und dass deine Festplatte kaputt ist.«

»Du lieber Himmel, nein. Die Lektion mit dem Sichern habe ich schon vor Ewigkeiten gelernt. Es klingt vielleicht albern, aber ich habe festgestellt, dass sich meine Maus bewegt hat, während ich außer Haus war. Ich fürchte, jemand hat sich Zugang zu meinem Computer verschafft. Ich weiß, das klingt paranoid.«

»Das lässt sich ganz einfach nachprüfen. Sitzt du an deinem Computer?«

»Ja.«

»Dann gib mir die Version deines Betriebssystems durch und schau genau nach, ob bei dir die Anzeige des Datums und der Uhrzeit stimmt.«

Britt gab Bruce die Informationen, dann wartete sie, während er auf seinem Computer die gleiche Eingangsseite aufmachte.

»Das ist ein Kinderspiel«, sagte Bruce. »Deine Windows-Version speichert die Arbeitszeiten. Mach einen Klick auf Arbeitsplatz, dann klicke auf Verwalten. Jetzt sollte ein Fenster für die Computerverwaltung aufgehen.«

»Ich hab's.«

»Das Fenster bietet dir eine Auswahl an: Anwendung, Sicherheit oder System. Unter Anwendung solltest du den Typ, das Datum und die Uhrzeit erkennen, wann auf den Computer zugegriffen wurde. Überprüfe deine Startup-Dateien, dann kannst du sehen, wann sie geladen wurden.«

Britt scrollte durch die Dateien und sah, dass ihr Computer während ihres Krankenhausaufenthalts hochgefahren worden war.

»Was hast du entdeckt?«, fragte Bruce.

»Bruce, du bist wie immer ein Genie. Ich glaube, ich bin doch nicht paranoid. Jemand war an meinem Computer.«

»Tut mir leid, das zu hören. Ich hoffe, die haben keine wichtigen Dateien gelöscht.«

»Nein, das habe ich schon nachgeprüft. Aber ich denke, sie haben so gut wie alles kopiert.«

»Da kannst du leider recht haben. Und ich bin ja nicht gern der Überbringer schlechter Nachrichten, aber falls sie sich Zugang zu deinen persönlichen Daten verschafft haben, könntest du am Ende das Opfer eines Datenklaus werden.«

»Da erweist sich die Faulheit mal wieder als praktisch«, antwortete Britt. »Meine Bankgeschäfte wickle ich noch immer auf die altmodische Art ab. Per Schneckenpost.«

Bruce kicherte. »Wenn du von deinen Ferien ... entschuldige, ich meine ... deinem Jahr Auszeit zurück bist, müssen wir das mal bei einem Mittagessen besprechen. Bis dahin solltest du dir überlegen, ob du dich nicht mit einem Passwort absichern willst. Zumindest, bis du herausgefunden hast, wer auf deinen Computer zugegriffen hat.«

»Bruce, du hast wie immer recht. Dieses Mittagessen geht in jedem Fall auf meine Rechnung. Jetzt sollte ich erst einmal herausfinden, wer in meiner Wohnung war. Nochmals vielen Dank.«

Britt legte auf und zog ihren Terminkalender aus der Handtasche. Sie suchte Lieutenant Renzettis Nummer heraus und wollte sie gerade wählen, als ihr Blick auf eine Notiz über den *Ordo Templi Orientalis* fiel. Das Attentat hatte dazu geführt, dass ihr ein ganzer Tag verloren gegangen war. Sie durfte die Zeremonie unmöglich versäumen. Schließlich konnte sie dort nützliche Informationen für ihr Treffen mit Felix in Wien erhalten. Sie warf einen Blick in die untere Ecke ihres Computerbildschirms und sah, dass es erst 8 Uhr 32 war. Ihr blieb noch jede Menge Zeit, um zum Gramercy Park zu fahren. Sie stellte das schnurlose Telefon wieder auf die Station. Das war kein günstiger Zeitpunkt, um die Polizei in der ganzen Wohnung herumschwirren zu sehen, denn viel zu viel hing von den kommenden beiden Tagen ab. Sie fuhr den Computer herunter, ging wieder ins Schlafzimmer und zog sich erneut um. Dieses Mal kleidete sie sich ganz in Schwarz.

·20. KAPITEL·

Charlie und Carlota kamen nebeneinander und eine halbe Stunde zu früh in Pater Romanos Büro geschlendert. Romano kicherte. »Habt ihr angefangen, euer Erscheinen aufeinander abzustimmen?«

Carlota nickte Charlie zu.

»Ich habe beschlossen, etwas an meiner Unpünktlichkeit zu ändern.« Charlie hielt sein Handy in die Höhe. »Ab jetzt sorgt Carlota für meine Pünktlichkeit. Sie ruft mich an, wenn sie aus dem Haus geht, und ich tue mein Bestes, um in der Lobby zu sein, wenn sie ankommt. Und wir gehen abwechselnd als Erster an den Computer.«

»Es ist jedenfalls offensichtlich, dass ihr beide im digitalen Zeitalter lebt. Ihr wisst, dass ich kein Handy habe. Vor ein paar Jahren hatte ich eins, aber ich habe mich davon kontrolliert gefühlt. Ich hatte es sogar zum Joggen dabei und habe unterwegs Anrufe entgegengenommen. Am Ende bin ich zu dem Schluss gekommen, dass ich lieber selbst über meine Zeit bestimmen möchte, deshalb habe ich es weggeworfen.«

Charlies Augen blitzten schelmisch auf. »Sie wissen schon, dass Handys einen Knopf zum Abschalten haben, oder?«

Romano schüttelte den Kopf und schmunzelte. »Inzwischen solltest du wissen, dass ich dafür zu zwanghaft bin. Habt ihr je erlebt, dass ich den Anrufbeantworter einen Anruf entgegennehmen lasse, wenn ich im Büro bin?«

Charlie lachte. »Das wissen wir nur allzu gut.«

»Das mit Pater Mathews tut uns wirklich leid.« Carlota schaute ihn betreten an. »Wie war es denn?«

Romano schüttelte den Kopf. »Es war schlimm. Er war wie ein Vater für mich.«

Beide sahen ihn mit trauriger Miene an.
Romano überlegte, wie viel er ihnen anvertrauen sollte. Immerhin waren die beiden hervorragende Studenten, die ihre Zwischenprüfung mit den besten Ergebnissen ihres Jahrgangs abgelegt hatten, und außerdem waren sie seine Mitarbeiter. Charlie besaß einzigartige Gaben, eine Mischung aus Intellekt und kühner Intuition, die ihn jenseits der üblichen Forschungsgrenzen schweifen ließ. Carlota war hochintelligent, gut organisiert und ein Stabilisierungsfaktor für Charlie. Die beiden bildeten ein ideales Team. Romano war bereits zu dem Schluss gelangt, dass sie eine große Hilfe bei der Durchforstung von Brittany Hamars Hintergrund sein könnten, zumal er nicht wusste, wohin ihn Teds Tod führen würde. Er erzählte ihnen so viele Details, dass beide ihn mit aufgerissenen Augen anschauten, als sie an ihrem Schreibtisch Platz nahmen.
»Die Polizei hat keine Ahnung, was passiert ist?«, fragte Charlie.
»Das hängt ganz vom Ergebnis der Autopsie ab«, antwortete Romano.
Charlie lümmelte sich auf seinen Schreibtischstuhl und fing an, sich langsam hin und her zu drehen. »Der Tag gestern war wie aus *Twilight Zone*. Pater, was glauben Sie, geht da vor?«
»Es gibt eine Menge Möglichkeiten. Aber ich glaube, ich halte mich mit Spekulationen zurück, bis wir verlässlichere Informationen haben.« Romano fuhr sich mit einem Finger über seinen struppigen Schnurrbart. »Zum jetzigen Zeitpunkt kann ich euch nur eines sagen. Mir gefällt die ganze Geschichte nicht.« Er beugte sich zu seinen Studenten vor. »Und warum erzählt ihr mir jetzt nicht lieber, was ihr gestern ausgegraben habt, als ich fort war? Dann habe ich nämlich eine Überraschung für euch.«
Carlota rutschte mit ihrem Stuhl vor den Computer, griff nach

der Maus und scrollte durch die Dateien. »Wir sind auf eine erstaunliche Zahl von Hinweisen auf ›mögliche‹ Szenarien gestoßen, wie Jesus die Kreuzigung überlebt haben könnte. Dieser hier ist der interessanteste.« Sie markierte einen Absatz auf dem Bildschirm.

»Es ist die Substitutionstheorie. Ein anderer wurde an Stelle von Jesus gekreuzigt. Wir haben einen Hinweis in einem der *Nag-Hammadi*-Texte entdeckt. Er befand sich in einem koptischen Traktat mit dem Titel ›Der 2. Logos des Seth‹. Darin ist davon die Rede, dass Simon von Cyrene anstelle von Jesus gekreuzigt wurde. In dem Text wird behauptet, Jesus sei nicht am Kreuz gestorben. Jesus soll nach der Kreuzigung gesagt haben: ›Was meinen Tod anbelangt, so war er für sie aufgrund ihrer eigenen Unwissenheit und Blindheit real.‹«

»Gute Arbeit.« Romano nickte. »Die 1945 bei *Nag Hammadi* entdeckten gnostischen Evangelien haben zu der Erkenntnis geführt, dass es weit mehr christliche Gruppierungen gab, als wir angenommen hatten. Ich habe fest vor, in meinem Buch darauf hinzuweisen. Das einzige Problem ist, dass wir nicht wissen, ob die Autoren tatsächlich Augenzeugen waren und was zu Jesu Lebzeiten tatsächlich geschehen ist. Alles wurde mündlich überliefert, was natürlich zu verschiedenen Sichtweisen geführt hat. Es gab zahlreiche Kommentare, die sich damit befassten, die Wunder und andere in diesen Schriften zwischen den Zeilen angedeuteten Dinge aufzuklären. Viele Texte in dieser Sammlung kritisieren, dass die allgemeinen christlichen Glaubensinhalte naive Missverständnisse seien. Sie könnten das Werk von Ungläubigen sein, die versuchten, die frühe orthodoxe christliche Kirche in Misskredit zu bringen. Die *Nag-Hammadi*-Texte wurden wie andere ähnliche Texte von den orthodoxen Christen Mitte des zweiten Jahrhunderts als Ketzerei verschrien.«

Romano hob warnend den Zeigefinger. »Versteht mich nicht falsch. Ich empfehle keineswegs, diese Texte nicht zu berücksichtigen. Ich schlage lediglich vor, dass ihr nach Material suchen solltet, das diese belegt.«

Carlota klickte eine andere Seite an. »Wir haben ein paar weitere Hinweise gefunden.« Sie deutete auf den Bildschirm. »Im Koran steht in Sure 4 unter der Überschrift *Die Frauen*: ›... doch ermordeten sie ihn nicht und kreuzigten ihn nicht, sondern einen ihm ähnlichen ...‹«

»Das ist ein wichtiger Punkt, den wir in unseren Datenbestand aufnehmen sollten«, warf Romano ein. »Aber bedenkt, dass sich der Islam erst im siebten Jahrhundert als neue Religion etabliert hat und deshalb zu den bereits existierenden Religionen in Konkurrenz stand. Mohammed hatte visionäre Offenbarungserlebnisse, die dann im Koran ihren Niederschlag fanden – einige dieser Offenbarungen wurden ihm zuteil, als er sich allein in einer Höhle aufhielt. Wir werden das entsprechend bewerten, wenn wir unser Material zusammen haben.«

Romano sah, dass Carlota und Charlie skeptische Blicke austauschten. »Ich will ganz fair vorgehen«, fuhr er fort. »Bei der Aufnahme von Material in meine Bücher lege ich die gleichen Kriterien zugrunde wie ein Gericht. Alles wird danach beurteilt, wie stichhaltig die Beweise sind, am besten ist es natürlich, sie sind über jeden Zweifel erhaben. Und da kommt ihr ins Spiel. Ich vertraue auf euch, dass ihr mich mit ausgewogenem Beweismaterial versorgt.«

Carlotas Gesicht schien sich zu entspannen, als sie zu einem anderen Zitat scrollte. »Wir sind auch auf ein paar Hinweise aus dem zweiten Jahrhundert gestoßen, und zwar von dem Historiker Basilides von Alexandrien und dem führenden Gnostiker Mani, der geschrieben hat, dass die Kreuzigung manipuliert wurde und ein anderer für Jesus am Kreuz starb.«

»Ihr beide geht die Sache ja wirklich von allen Seiten an. Macht weiter. Wir wollen das ganze Spektrum zur Verfügung haben, damit wir daraus unsere Schlüsse ziehen können.« Romano stellte sich hinter seine beiden Assistenten und klopfte ihnen auf die Schultern. »Bedenkt, dass diese Hinweise von Leuten stammen, die nicht dabei waren, als Christus gekreuzigt wurde und auferstanden ist. Überlegt, wie ihr heutzutage reagieren würdet, wenn euch zum ersten Mal zu Ohren kommen würde, dass jemand angeblich auferstanden sei und ein paar Tage nach seiner Hinrichtung in Manhattan herumspaziere.«

Charlie hob die Hände. »Sie haben ja recht, Pater. Ich würde es für Schwachsinn halten.«

»In diesem Punkt würde ich Charlie wahrscheinlich zustimmen«, warf Carlota ein.

»Deshalb wollen wir doch lieber das ganze Beweismaterial berücksichtigen, bevor wir auf irgendeinen fahrenden Zug aufspringen«, sagte Romano und kehrte zu seinem Schreibtisch zurück. »Ich erinnere mich, irgendwo ein paar Hinweise gesehen zu haben, die andeuten, dass Simon, der Cyrener, ein anderer Name für Simon Zelotes war, nicht für Jesus. Prüft das mal nach. Ich bin mir sicher, ihr werdet noch weit mehr Material über die Substitutionstheorie finden. Unser Job ist es, die ›Möglichkeitsszenarien‹ durchzugehen und die ›Wahrscheinlichkeit‹ einzuschätzen, dass sie irgendeinen sachlichen Gehalt haben.«

»Das wird schwierig werden, Pater.« Charlie schüttelte frustriert den Kopf. »Bei unserer Suche sind wir auch auf ein paar Zweideutigkeiten im Neuen Testament gestoßen. Bei Johannes 18:31 sagt Pilatus zu den Knechten des Hohepriesters: ›So nehmt ihr ihn doch und richtet ihn nach eurem Gesetz.‹ Die Juden antworteten ihm: ›Wir dürfen niemanden töten.‹ Soweit ich herausfinden konnte, hatten die Juden aber doch das Recht, das Todesurteil auszusprechen. Steinigungen kamen häufig vor.«

»In den Evangelien finden sich viele Widersprüche«, antwortete Romano. »Die meisten sind Übersetzungseigenarten zuzuschreiben. Wie ich schon häufig sagte, wurden die Evangelien ursprünglich nur mündlich überliefert. Viele Christen glauben, dass sie tatsächlich von Matthäus, Markus, Lukas und Johannes geschrieben wurden, obwohl in jeder Ausgabe des Neuen Testaments deutlich steht: *Das Evangelium nach Matthäus, nach Markus, Lukas, Johannes.*«

Verlegen blickte Carlota auf. »Ich muss gestehen, dass auch mir das bis zu meinem ersten Seminar über das Neue Testament nicht klar war.«

»Mir ging's genauso«, fügte Charlie an.

Romano nahm eine Bibel von seinem Schreibtisch zur Hand. »Was wir heute lesen, war ursprünglich in Aramäisch, Griechisch und Hebräisch verfasst, bevor es ins Deutsche übersetzt wurde. ›Sanhedrin‹ beispielsweise ist die hebräische Form eines griechischen Wortes, das ›Rat‹ bedeutet und sich auf den Ältestenrat bezieht, auf die Oberpriester und Schreiber, die sich unter Vorsitz des Hohepriesters versammelten, um rechtliche und religiöse Fragen zu klären, die die Interessen Roms nicht tangierten.«

Charlie blickte zu Romano auf. »Dann haben sie Jesus gar nicht zum Tode verurteilen können?«

»Nicht unbedingt«, antwortete Romano und setzte sich. »Inzwischen wisst ihr, dass es bei religiösen Fragen kein Kinderspiel ist, die Glaubhaftigkeit historischer Informationen einzuschätzen. Wahrscheinlich habt ihr euch gerade deshalb für dieses Gebiet entschieden. Ihr beide sucht doch die Herausforderung.« Romano lehnte sich zurück und imitierte Charlie, indem er die Hände hinter dem Kopf verschränkte. »Jüdische Quellen geben keine klare Auskunft über die Kompetenz der Sanhedrin in Jerusalem zur damaligen Zeit, politische Verbrechen zu ahnden und Urteile zu verhängen. Ich bin mir sicher, dass sich die jüdischen Führer Sorgen wegen der Konsequenzen machten, falls sie Jesus töten sollten. Und vergesst nicht, die Römer waren die eigentlichen Strippenzieher. Aber es ist ein wichtiger Punkt, den wir berücksichtigen müssen. Schaut nach, welches historische Material ihr in der jüdischen Geschichte findet.«

Es klopfte. Die Tür ging auf, und ein Mann rollte einen Wagen mit einem Mac Computer herein, identisch mit dem, an dem Carlota saß.

»Das ist die Überraschung«, sagte Romano strahlend. »Jetzt müsst ihr euch nicht mehr darum streiten, wer zuerst an den Computer darf. Aber – « Er hob warnend den Finger. »Jetzt erwarte ich auch die doppelte Menge an Rechercheergebnissen. Ihr könnt damit anfangen, ein paar Hintergrundinformationen über Professor Hamar und ihr neues Buch zu suchen.«

·21. KAPITEL·

FBI-AGENT TOM CUTLER LEGTE DEN HÖRER AUF und konzentrierte sich auf den Computerbildschirm. Der Cursor blinkte. *Komm, mach schon!* Schließlich wurde der Bericht heruntergeladen. Er blickte auf, als Donahue mit einem Aktenstapel im Arm ins Büro geeilt kam.

»Was hat die Metropolitan zu sagen?«, fragte Donahue.

»Du hast die Sache mit den Stigmata für bizarr gehalten. Wart nur ab, bis du den detaillierten Bericht über das Attentat auf Brittany Hamar siehst.«

Donahue ließ die Akten auf eine Ecke des Schreibtischs fallen. »Sag bloß nicht, dass sie die Stigmata ebenfalls hatte.«

»Nein, aber du bist nahe dran. Ich habe gerade mit Lieutenant Renzetti vom NYPD telefoniert, der den Fall mit der Metropolitan bearbeitet. Du wirst es nicht glauben, wie tief Pater Romano in die Sache verstrickt ist.«

Donahue ließ sich auf einen der schwarzen Stühle aus Veloursleder und Chrom vor Cutlers Schreibtisch fallen. »Sag's mir.«

»Renzetti hat Pater Romano im Büro der Metropolitan in der Grand Central Station befragt. Der Priester hatte einem der Beamten geholfen, Frau Hamar bis zum Eintreffen der Sanitäter zu stabilisieren. Bei der Befragung hat Romano ihm eine Manuskriptkassette ausgehändigt, die ihm jemand, wie er sagte, nach dem Attentat an die Brust gedrückt hatte. Und drin lag die verdammte Waffe.«

Donahue blickte Cutler verwirrt an. »Hat *er* auf sie geschossen? Wie in aller Welt ist er gleich danach nach Wernersville gekommen?«

»Renzetti behauptet, sie sind überzeugt, dass er es nicht war. Sie nehmen Romano seine Geschichte ab. Er hat wiederholt ausgesagt, dass er einen anonymen Anruf mit der Aufforderung erhalten hat, er solle zum Bahnhof kommen, um irgendein altes Manuskript entgegenzunehmen. Zwei Zeugen erinnern sich an einen Mann, der vor dem Schuss in diesem Areal stand und eine Kassette in der Hand hatte, aber ihre Beschreibung trifft definitiv nicht auf Pater Romano zu. Der Typ hatte keinen Bart und war andersfarbig gekleidet. Romano hat einen Priesterkragen und ein großes Kreuz aus Stahl getragen. Das übersieht man nicht so leicht.«

»Könnte Romano sich verkleidet haben, als er auf sie schoss, davongerannt, die Verkleidung abgelegt und wieder zum Tatort zurückgekehrt sein?«

»Sie haben Romano auf Schmauchspuren und das Puder von Gummihandschuhen getestet. Beides negativ. Außerdem haben sie sämtliche Mülleimer in dem Bereich nach weggeworfenen Kleidern, Handschuhen und Masken abgesucht. Nichts.«

»Hat Mrs. Hamar den Attentäter gesehen?«, fragte Donahue.

»Renzetti hat sie im Krankenhaus befragt. Sie behauptet, sie habe keine Ahnung, wer auf sie geschossen hat. Sie kann sich an die ganze Sache kaum erinnern.«

»Falls sie irgendetwas mit dem Tod der beiden Priester zu tun hat, hätte dieser Pater Romano jedenfalls ein starkes Motiv.«

Cutler schüttelte den Kopf. »Einer der Bahnhofspolizisten sagte, dass er Pater Romano zehn oder zwanzig Sekunden, nachdem der Schuss gefallen war, zum Tatort rennen sah, während die Menge noch auseinander stob.«

»Was ist, wenn Romano einen Komplizen hatte?«

An einen Komplizen hatte Cutler noch gar nicht gedacht. Er griff nach seiner dunkelbraunen Krawatte mit Paisley-Muster und zog daran, dann steckte er den Finger unter den Kragen, um ihn zu lockern. Dieser Fall wurde allmählich richtig vertrackt. »Wir werden sowohl Pater Romano als auch Brittany Hamar ganz genau unter die Lupe nehmen müssen. Du durchleuchtest die Hamar. Vielleicht ist sie noch im Krankenhaus. Ich schaue, was ich über Romano herausfinde.«

·22. KAPITEL·

Agent Donahue machte das rote Backsteinwohnhaus in der Mitte des Blocks aus. Über vielen der weiß gerahmten Fenster waren Klimaanlagen angebracht, die die Vorderfront des Gebäudes verschandelten. Zwischen zwei weißen Säulen, die den Haupteingang einrahmten, ragte ein dunkelblaues Vordach hervor. Zwei Typen in Jeans und T-Shirts saßen am Rand der offenen Eingangsveranda und schlürften aus Bechern, die mit einer stilisierten orangefarbenen Sonne auf erbsengrünem Hintergrund verziert waren. Brittany Hamar hatte das Bellevue am frühen Morgen verlassen. Donahue hoffte, dass sie nach Hause gegangen war und sich noch immer hier aufhielt. Er betrat den Vorraum und entdeckte die Klingelanlage links an der Wand. Während er die Reihe der Namen überflog, ging die innere Tür zur Lobby auf, und eine sehr attraktive, ganz in Schwarz gekleidete Blondine schritt über den schwarzweißen Marmorboden. Ein erdiger, verlockender Duft erfüllte die Luft, als sie an Donahue vorbeiging. Er bemerkte, dass sie den linken Arm vor dem Bauch hielt.

Donahue folgte ihr zum Ausgang und beobachtete, wie sie die 13th Street entlang in Richtung 6th Avenue eilte. Einer der Kerle auf der Veranda stieß einen Pfiff aus. »Das ist die Professorin von der vierten Etage. Macht die neuerdings auf gothic?«

Der andere reckte den Hals, um ihr nachzuschauen. »Das bezweifle ich, aber es würde mir trotzdem nichts ausmachen, in ihrem Seminar zu sein.«

»War das Frau Professor Hamar?«, erkundigte sich Donahue.

»Ja«, antwortete einer der beiden. »Sind Sie ein Freund von ihr?«

Donahue zuckte die Achseln. »Ich kenne sie vom College.« Er drehte sich um und folgte ihr nonchalant die Straße hinauf.

Donahue hatte Brittany Hamar beinahe eingeholt und wollte sie befragen, aber dann beschloss er, abzuwarten und zu sehen, wohin sie in dieser Aufmachung ging. Ihre Haare waren streng zurück gekämmt, seitlich umgeschlagen und wurden von einer großen schwarzen Spange gehalten. Er erinnerte sich an ihr Gesicht, wie sie in der Lobby an ihm vorbeigegangen war. Ihre Augen waren durch schwarzen Lidschatten betont. Ihre Lippen dunkelrot angemalt und schwarz umrahmt. Sie trug ein kurzes schwarzes Kleid, das an eine Tunika erinnerte, dazu eine Schärpe, schwarze Strümpfe, kurze schwarze Stiefel, und sie hatte eine schwarze Stofftasche dabei, die zum Kleid passte.

Als sie die 6th Avenue erreichte, befürchtete Donahue, sie könnte sich ein Taxi nehmen. Er stieß einen Seufzer der Erleichterung aus, als sie die beiden freien Taxis ignorierte, deren Fahrer, als sie bei ihr vorbeikamen, das Tempo drosselten und sie anglotzten. Britt Hamar bog in die 14th Street ein, ging zum Irving Place und steuerte dann auf den Gramercy Park zu. Vor einem rotbraunen Sandsteingebäude, dessen Fassade zum Park blickte, blieb sie stehen und schaute die Straße hinauf und hinunter. Donahue war sich nicht sicher, ob sie hier mit jemandem verabredet war oder ob sie Verdacht geschöpft hatte, dass sie beschattet wurde. Er hielt auf Abstand und ging auf der anderen Straßenseite an ihr vorbei und weiter bis zur nächsten Ecke. Im Vorbeigehen schaute er kurz hinüber und sah, dass eine kleine Menschengruppe, die ähnlich düster gekleidet war, die Stufen hinaufstieg und im Haus verschwand. Britt Hamar folgte ihnen.

Bis Donahue wieder zu dem Sandsteingebäude zurückkehrte, waren noch mehr Leute eingetroffen. Die meisten waren dunkel gekleidet, was ein Hinweis auf Satanismus oder auf eine Totenwache sein konnte. Donahue war sich jedoch ziemlich sicher, dass es hier um keine Totenwache ging. In seinem anthrazitgrauen Anzug und der burgunderfarbenen Ripskrawatte kam er sich nicht völlig unpassend gekleidet vor, deshalb knöpfte er sich das Jackett zu und folgte einer Gruppe ins Haus. Jeder Besucher blieb im Foyer kurz stehen, zeichnete mit der rechten Hand ein seltsames Symbol in die Luft und betrat einen großen, von Wandleuchtern und Dutzenden von Kerzen zu Füßen eines Altars nur spärlich beleuchteten Raum. Die Fenster waren mit schweren blickdichten Stoffbahnen verhangen und die Wände mit Schwammtechnik in dunklen Grautönen bemalt, sodass es aussah, als seien sie aus Marmor.

Donahue konzentrierte sich auf den Altar am anderen Ende des Raums. Eine Steinplatte lag auf einem Podest, das sich in der Mitte einer dreistufigen Plattform erhob. Auf halber Strecke zum Altar befanden sich auf beiden Seiten des Raums kleinere Podeste, auf denen jeweils ein Räucherstäbchenhalter, Bücher und ein Steinmörser mit Stößel standen. Die Ecke rechts hinter dem Altar war von mehreren Schichten leicht durchscheinender Vorhänge verdeckt. Donahue konnte dahinter eine dunkle rechteckige Form ausmachen. Allerdings konnte er nicht sagen, ob es sich um einen Tisch oder um einen Sarg auf einem Sockel handelte. Er hoffte, dass es kein Sarg war.

Ein Mittelgang trennte die Reihen von Klappstühlen, deren Rückenlehnen mit schwarzen Hussen aus Satin überzogen waren. Donahue fand weit hinten einen Platz neben dem Gang, ließ den Blick über die Gemeinde schweifen und entdeckte Britt Hamar ein paar Reihen weiter vorn. Er schätzte, dass sich über fünfzig Menschen in dem Raum versammelt hatten, aber es war still wie in einem Grab. Keiner sprach. Alle schienen sich auf den Altar zu konzentrieren. Er zog sein Handy aus der Jackentasche und schaltete es

auf Vibrationsalarm um. Das war nicht der geeignete Ort, an dem sein Handy mit der James-Bond-Melodie läuten sollte.
Eine Glocke erklang, und alle Köpfe fuhren gleichzeitig herum. Ein großer Mann mit christusähnlichen langen braunen Haaren und kurz gestutztem Bart schritt durch den Mittelgang. Er trug ein weites weißes Satingewand, das an der Taille mit einer roten Schärpe zusammengebunden war. Während er auf den Altar zuging, bekreuzigte er sich auf Stirn, Brust und Schultern. Dann sagte er etwas in einer Sprache, die für Donahue hebräisch klang, und beschrieb mit zwei ausgestreckten Fingern der rechten Hand ein Pentagramm in die Luft. Dieser Typ war mit Sicherheit kein Priester eines Ordens, den Donahue kannte.
Als der Priester beim Altar ankam, hob er theatralisch beide Arme, breitete sie aus und intonierte die Namen Gabriel, Michael, Raphael und Uriel. Dann rezitierte er etwas, was in Donahues Ohren wie eine Parodie des Nizäischen Glaubensbekenntnisses klang. Donahue bemerkte, dass Britt Hamar eine aufrechtere Haltung annahm, als der Priester sagte: »Ich glaube an die Schlange und den Löwen, an das Geheimnis der Geheimnisse, an Seinen Namen Baphomet.« Als der Name Baphomet fiel, zuckte Brittany Hamar, wie Donahue feststellte, zusammen.
Der Priester richtete den Blick auf die Gemeinde, und wieder erklang eine Glocke. Alle drehten sich um, als eine Frau in einem fließenden weißen Gewand, gefolgt von einem jungen Mann in einem roten Gewand, durch den Mittelgang schritt. Nachdem sie von dem Priester eine Art Segen erhalten hatten, trennten sie sich und gingen zu beiden Seiten um den Altar herum und auf die verhängte Ecke des Raums zu. Der rot gekleidete Mann zog die Vorhänge zur Seite, und beide verschwanden im Dunkel.
Die Gemeinde erhob sich und begann zu singen. Donahue konn-

te die im Chor ständig wiederholten Worte nicht verstehen. Der rhythmische Gesang, der auf Donahue eine hypnotisierende Wirkung hatte, erreichte ein Crescendo. Er starrte auf die Vorhänge, aber er konnte nichts anderes erkennen als dunkle Schatten, die sich im Takt des Gesangs wiegten. Dann schienen die Schatten auf das rechteckige Objekt zu steigen.

Auf einmal hatte Donahue ein unheimliches Gefühl. Entweder hatten die beiden Sex oder sie taten nur so, das aber verdammt gut. Der Gesang wurde lauter und lauter, während sich die Körper zu dem erotischen Rhythmus bewegten. Donahue hielt den Blick fest auf die Schatten hinter der Verblendung gerichtet und ertappte sich dabei, dass er bei dem seltsamen Gesang mitsummte. Dieser erreichte einen Höhepunkt und hörte mit einem Mal auf, als die beiden Schatten übereinander fielen.

Die meisten Gemeindemitglieder umarmten jetzt die Leute neben sich, einige verließen den Raum. Donahue schloss sich der Gruppe an, die hinausging. Im Foyer nahm er eine Broschüre von einem Tisch, verließ das Gebäude, ging über die Straße und steuerte auf den Park zu, von wo aus er nach Britt Hamar Ausschau halten konnte. Er überflog die Broschüre. Soeben hatte er einer rituellen Zeremonie im Tempel des *Ordo Templi Orientalis* beigewohnt. Er wusste nicht, ob das irgendeine verrückte Religion, eine Sekte oder sonst so etwas war.

Genau in diesem Moment verließ Britt Hamar das Gebäude und ging eilig die Straße hinauf. Donahue folgte ihr bis zur Park Avenue, wo sie ein Taxi anhielt. Er notierte sich die Taxinummer. Bis er ein Taxi angehalten hatte, war ihres längst verschwunden. Er rief Cutler an und ging zu seinem Büro ins FBI-Gebäude zurück. Es war Zeit, Brittany Hamars Hintergrund zu durchleuchten und mehr über diesen *Ordo Templi Orientalis* herauszufinden.

·23. KAPITEL·

Britt Hamar fuhr sich mit einem Erfrischungstuch über die Augenlider, zog ein neues aus der Tasche und rieb sich den Lippenstift ab, während das Taxi sich holpernd durch den Verkehr des späten Vormittags schlängelte. Sie konnte es kaum erwarten, in ihre Wohnung zurückzukehren und aus diesen Kleidern zu schlüpfen. Sie fühlte sich schmutzig und von der rituellen Zeremonie erniedrigt.

Es musste eine Beziehung zwischen dieser esoterischen Gesellschaft und dem Orden der Tempelritter bestehen. Schließlich wurden die Tempelritter bezichtigt, den Götzen Baphomet anzubeten. Und erst recht die Erwähnung der Erzengel! Der Bote hatte ihr für die beiden Priester Codewörter gegeben: Uriel und Raphael. Auch Felix hatte die Erzengel erwähnt, wollte ihr aber die genaue Verbindung zu Le Serpent Rouge nicht erklären. Inzwischen könnte sie genügend Informationen haben, um Felix zu drängen, ihr weitere Einzelheiten zu nennen. Allmählich fügte sich das alles zusammen wie die Teile eines komplizierten Puzzles.

Britt kam zu dem Schluss, dass sie nichts zu verlieren hatte. Eine unangenehme Ruhe bemächtigte sich ihrer. Sie hatte keine Angst mehr zu sterben. Die Angst, die sie nach dem Anschlag anfänglich umgetrieben hatte, war verblasst und hatte Visionen von Tyler und Alain Platz gemacht. Visionen, die zwischen liebevollen Erinnerungen und schrecklichen Albträumen schwankten.

Irgendjemand drückte anhaltend auf die Hupe. Auf einmal hatte Britt das Bild von Pater Romanos großem Kreuz vor Augen, dann das gleiche Kreuz von Pater Juan Matteo. Sie brauchte noch mehr Puzzleteile, um weitere Argumente für ihr Buch zu haben. Sie beschloss, sich umzuziehen und dann zur Fordham Universität zu gehen. In

Romanos Büro würde sie sicher sein, auch wenn er auf irgendeine Weise in das Attentat verstrickt zu sein schien. Vielleicht konnte er die Frage nach der Verbindung zu den Jesuiten eher klären.
Kreischend kam das Taxi vor ihrem Wohnblock zum Stehen. Die beiden jungen Männer saßen noch immer auf der offenen Veranda und schlürften ihren Kaffee, den sie sich beim Cosi Café an der Ecke geholt hatten. Während sie auf das Haus zuging, zog sie sich die Spange aus dem Haar und schüttelte es aus.
Schon heute Abend würde sie außer Landes sein. Wer immer auf sie geschossen hatte, würde Schwierigkeiten haben, sie aufzuspüren.

•24. KAPITEL•

»Entschuldigen Sie meine Verspätung.« Agent Donahue kam in den Konferenzraum der Bahnhofspolizei in Grand Central Station gestürmt. »Musste erst noch Informationen über Brittany Hamar einholen.«
Agent Cutler machte Donahue ein Zeichen, dass er sich neben ihn setzen sollte, und stellte ihn Lieutenant Nick Renzetti vom NYPD und Lieutenant Frank Garret von der Bahnhofspolizei, der Metropolitan, vor.
»Du kommst gerade rechtzeitig«, sagte Cutler. »Ich habe die Lieutenants eben über Pater Mathews' Tod ins Bild gesetzt. Die Obduktionsergebnisse sollten wir im Laufe des Tages erhalten. Wir wollten gerade den Bericht über das Attentat auf Frau Hamar durchgehen.«
Renzetti schob Donahue eine Akte zu. »Hier ist eine Kopie des jüngsten Berichts. Ich habe vom Arzt des Bellevue gerade ein me-

dizinisches Update erhalten. Das Geschoss hat ihre Schulter nicht durchschlagen. Der Arzt sagt, dass es keinen Knochen getroffen hat und nur etwa viereinhalb Zentimeter tief eingedrungen ist. Es war ein Neun-Millimeter-Projektil, abgefeuert aus unmittelbarer Nähe. Das kaufe ich ihm nicht ab.«

»Vielleicht Unterschallmunition oder der Typ hat sie selbst hergestellt«, sagte Garret. »Wissen Sie, ein Auftragskiller. Mit schwacher Ladung. Wollte sonst niemanden verletzen.«

Cutler schaute zu Donahue hinüber, der die Augen verdrehte. Dann schüttelte Cutler den Kopf. »Wenn das ein Killer war, dann muss der aber noch ordentlich an seiner Treffsicherheit arbeiten. Hat ihr Herz gerade mal um ganze fünfzehn Zentimeter verfehlt!«

»Könnte es nicht sein, dass das Absicht war?«, überlegte Donahue laut. »Damit sie ihnen bei der Ermordung des Priesters nicht in die Quere kommen konnte?«

»Das kann ich nicht gänzlich ausschließen«, antwortete Renzetti. »Und ich bin mir über diesen Pater Romano noch immer nicht sicher. Die Bahnhofspolizei ist überzeugt, dass er nicht der Attentäter sein kann, aber das bedeutet schließlich nicht, dass er nicht mit von der Partie war. Falls die meinen, Mrs. Hamar könnte mit dem Tod der beiden Priester etwas zu tun haben, dann hätte er jedenfalls ein Motiv.«

»Ich bin gerade an Brittany Hamar dran«, sagte Donahue. »Die ist wirklich ein harter Brocken.« Er berichtete in allen Einzelheiten von der Zeremonie des *Ordo Templi Orientalis.* Dann zog er einen Computerausdruck aus seiner Mappe. »Eine Polizeianfrage hat ergeben, dass die Organisation einige fragwürdige Riten pflegt, aber bis jetzt scheint sie als nicht bedrohlich eingestuft worden zu sein.«

»Wir dürfen das Buch nicht außer Acht lassen«, fügte Renzetti hinzu. »Mrs. Hamar ist davon überzeugt, dass ihr Jesus-Buch der einzige Grund ist, warum sie zur Zielscheibe werden konnte. Sie behauptet, es könnte eine Verbindung zur Kirche bestehen.«

»Meine Herren.« Cutler richtete sich auf. »Zum jetzigen Zeitpunkt haben wir keinerlei konkrete Anhaltspunkte, die uns einen Hinweis darauf geben, wer die Priester umgebracht und auf Mrs. Hamar geschossen hat. Zweck dieses Treffens ist, uns alle auf den gleichen Informationsstand zu bringen und Richtlinien für das weitere Vorgehen festzulegen.«

Bis auf Renzetti nickten alle. Er hatte sich eine Lesebrille aufgesetzt und überflog Donahues Ausdruck über Mrs. Hamar. Er zog die Brille ein wenig tiefer und schaute Donahue über den Rand hinweg an. »Ich habe gerade heute Morgen etwas mehr über Britt Hamar herausgefunden, was hier nicht vermerkt ist. Etwas, was wir berücksichtigen sollten.«

»Was haben Sie herausgefunden?«, fragte Cutler.

»Sie hat ein schlimmes Jahr hinter sich. Jedenfalls schlimm genug, um einen Menschen völlig aus der Bahn zu werfen. Ihr Sohn ist gestorben. Das Kind war nicht einmal ein Jahr alt.«

»Ich habe keinen Hinweis auf einen Ehemann entdeckt«, stellte Donahue fest.

»Den gibt es auch nicht –«, antwortete Renzetti. »So bin ich ja auf diese Information gestoßen. Sie fand sich in einem Polizeibericht über den Ehemann.«

Alle Blicke wandten sich Renzetti zu.

»Das Kind ist offenbar an einer schrecklichen Erbkrankheit gestorben. Als der Mann herausfand, dass er dieses defekte Gen in sich trug, hat er das nicht verkraftet. Er hat sich erschossen.«

Cutler stieß Donahue an. »Brian, beschaff uns Kopien von diesen Polizeiberichten. Wir sollten Brittany Hamar einmal richtig unter die Lupe nehmen.«

•25. KAPITEL•

Britt Hamar zog die kleine Reisetasche aus dem Taxi und versuchte, sie sich über die linke Schulter zu hängen. Der stechende Schmerz machte ihr klar, dass es noch länger dauern würde, bis sie ganz wiederhergestellt sein würde. Sie starrte durch das grüne Blattwerk der Bäume hinauf, die den Gehsteig der 60th und der Columbus Avenue säumten. Ein hoher Betonbau, der den größten Teil des Blocks ausmachte, ragte in den Himmel. Dunkle Schatten klafften wie riesige Reihen von Dominosteinen im Beton und hoben die unzähligen Fenster hervor. Britt steuerte auf das Eingangsgebäude der Fordham Lincoln Universität zu. Der einstöckige Bau, in Königsblau gehalten, wirkte jugendstilartig. Breite Treppen führten um einen im Schachbrettmuster bemalten Turm hinauf, der einen stählernen, zum Flachdach des Anbaus führenden Steg stützte.

Während Britt ihren Koffer für heute Abend gepackt hatte, dachte sie noch einmal über das Treffen mit Pater Romano nach. *Warum war er in Grand Central Station gewesen, als auf sie geschossen wurde? Hatte er tatsächlich auch einen Anruf wegen des Manuskripts erhalten?* Und dann war da das Kreuz. *Konnte das Kreuz auf eine Verbindung zu Pater Matteo hinweisen?* Zudem hatte sie sich Gedanken darüber gemacht, dass sie in den letzten drei Tagen mit drei Jesuiten zu tun gehabt hatte. *Gab es irgendeine Verbindung zu den Jesuiten?* Sie war sich unschlüssig, ob Romano eine Gefahr darstellte oder ob er ihr bei ihren Forschungen über die direkte Nachkommenschaft Jesu weitere Geheimnisse preisgeben könnte. Am Ende aber gelangte sie zu dem Schluss, dass sie nichts zu verlieren hatte, wenn sie sich mit Romano traf.

Als Britt das Gebäude betrat, stand sie direkt vor der Sicherheitsbeamtin, die gleich Romanos Nummer wählte. Sobald sie Britts Namen genannt hatte, nickte sie und wies ihr den Weg zum Auf-

zug, der sie zu Romanos Büro in die neunte Etage bringen würde.
Romano erwartete sie dort bereits. »Nun, Professor Hamar, Sie haben sich aber erstaunlich schnell erholt.« Er führte sie zur ersten Tür. »Ich habe nicht damit gerechnet, dass Sie so bald vorbeikommen würden, um mit mir über die liberale Einstellung der Jesuiten zu diskutieren.«
»Mir wurde gesagt, ich hätte großes Glück gehabt. Die Kugel hat keine schweren Verletzungen verursacht. Die Schulter wird mir wohl noch eine Weile wehtun. Danke, dass Sie mich so unangekündigt empfangen.« Britt lächelte Romano an. »Ich dachte, wir hätten uns auf Britt und Joseph geeinigt.«
»Entschuldigen Sie meine Förmlichkeit, Britt.« Er führte sie in sein Büro. »Und das Chaos hier.«
Das Büro war vollgestellt. Neben Romanos Schreibtisch stand ein Konferenztisch mit zwei Schreibtischstühlen und zwei Mac Computern mit großen Flachbildmonitoren, zwei Aktenschränke, eine Staffelei, ein Bücherschrank und ein paar abgewetzte Besucherstühle. Überall stapelten sich Bücher und Akten, und die beiden Flipcharts an der Seitenwand waren mit Notizen vollgeschrieben. Das war ein Büro, in dem definitiv viel gearbeitet wurde.
Britt musste sich an dem Ersatzschreibtisch vorbeidrücken. Romano zog einen der Stühle zur Seite, damit sie mehr Platz hatte, und nahm ihr, als sie sich hinsetzte, die Tasche ab, die er auf den zweiten Stuhl stellte. Britt war beeindruckt.
»Joseph, ich bin eigentlich nicht hergekommen, um über Ihre religiösen Überzeugungen zu sprechen«, sagte Britt.
»Was wollen Sie dann mit mir besprechen?«
»Genau genommen bin ich gekommen, um mit Ihnen noch einmal darüber zu reden, was uns beide gestern nach Grand Central

Station gelockt hat.« Britt bemerkte, dass Romano sie unverwandt anschaute, während er hinter seinen Schreibtisch ging. Sie erinnerte sich, dass sie in eben diese Augen geblickt hatte, als sie im Bahnhof auf dem Boden gelegen hatte. Sie hatten die sanfte Farbe von Cappuccino. Bohrend, eindringlich, aber mit einer leichten Andeutung von Mitgefühl. Als er sich hinsetzte und sie anlächelte, bemerkte sie die beiden feinen Linien quer über seiner Stirn und den Ansatz zu Krähenfüßen. Wahrscheinlich war Romano Ende Dreißig, aber diese Merkmale verliehen ihm eindeutig das Aussehen eines älteren Wissenschaftlers.

»Für mich war das ganz einfach«, sagte Romano. »Wie ich Ihnen bereits im Krankenhaus erklärt habe, hat mich vorgestern jemand angerufen, der behauptete, im Besitz des Jakobusmanuskripts zu sein. Er hat gesagt, dass ich mich um acht Uhr dreißig im Bahnhof am Eingang zur 42nd und Park Avenue mit ihm treffen solle.«

»Ich habe einen ähnlichen Anruf erhalten«, antwortete Britt. »Allerdings wurde mir gesagt, ich solle in der Haupthalle beim Informationsschalter sein. Er meinte, er würde mich schon erkennen. Und das hat er dann ja auch.«

»Haben Sie eine Ahnung, um wen es sich handeln könnte?«, fragte Romano.

»Nein. Sie?« Britt starrte Romano an und wartete auf seine Antwort.

Er schüttelte ein paar Mal den Kopf. »Keinen Schimmer.«

»Forschen Sie an der Nachkommenschaftstheorie?«, fragte Britt.

»Eigentlich nicht. Ich habe gerade mit der Arbeit an einem Buch angefangen, in dem es um die Geburt, die Kreuzigung und Auferstehung Jesu geht. Es handelt sich um eine Fortsetzung von ›Der Gott des Neuen Testaments‹, das ich vor Jahren geschrieben habe. Dieses wirft jetzt im Licht der aktuellen Forschungsergebnisse und neuesten Technologie einen neuen Blick auf die Geschichte Jesu.«

»Dann müssen Sie aber auch die Theorie einer Nachkommenschaft Jesu in Erwägung ziehen.«

Romano runzelte die Stirn. »Eigentlich nicht«, sagte er. »Meine Assistenten finden die neuesten Nachrichten faszinierend, deshalb beweise ich ihnen, wie liberal ich bin, und erlaube ihnen, einigen der Behauptungen nachzugehen. Damit können sie ihrer Phantasie mal freien Lauf lassen.«

Britt kniff die Lippen zusammen.

»Ich wollte Ihre Forschung nicht diskreditieren«, fügte Romano hinzu. »Beziehungsweise die Schlussfolgerungen, zu denen Sie offenbar gelangt sind. Aber ich habe keine stichhaltigen Beweise gefunden, die die Nachkommenschaftstheorie stützen würden. Ich glaube, ein solches Geheimnis hätte die zweitausend Jahre brodelnde Gerüchteküche nicht überstanden.«

Britt konnte weder Selbstgefälligkeit noch Anspannung aus seiner Stimme heraushören. Und er blinzelte nicht ein einziges Mal. Keinerlei Signal, dass er sie zu täuschen versuchte. Sie bemühte sich, ein Lächeln zu unterdrücken, aber an seiner Reaktion erkannte sie, dass es ihr nicht gelungen war. »Ich denke, ich werde Ihnen einfach einen Vorabdruck meines Buches schicken müssen«, sagte sie.

»Ich freue mich schon darauf, es zu lesen.« Romano behielt seine ernste professionelle Miene bei. Britt konnte nicht das leichteste Funkeln in seinen Augen erkennen.

»Versprechen Sie mir, als geschätzter Kollege, ein paar ehrliche Bemerkungen zu machen?«, fragte sie.

»Selbstverständlich.«

»Rein wissenschaftlich. Nicht von Ihrem Priestergelübde getrübt.«

»Ich sehe, dass Sie mich nicht gut genug kennen.« Romano legte die Fingerspitzen beider Hände zusammen. »Wenn es um die Forschung geht, suche ich nur nach einer Sache, nämlich nach der Wahrheit. Egal, in welcher Form sie daherkommt.« Er strich sich über seinen Schnurrbart. »Gelegentlich erfordern Interpretationen Instinkt und Einfallsreichtum. Leider gibt es, was die Kirche anbelangt, keinen Raum für Instinkt und Einfallsreichtum, nur die im biblischen Kanon beschriebenen Fakten. Ich folge jedoch sämtlichen Fakten, woher sie auch kommen und wohin sie auch führen mögen.«

»Sie sind ein liberalerer Jesuit, als ich gedacht habe.«

»Verstehen Sie mich nicht falsch. Ich würde die Kirche nur herausfordern, wenn ich einen triftigen Grund dafür hätte. Wie ich meinen Studenten immer sage: Versucht nicht, irgendeinen Präzedenzfall zu schaffen, es sei denn, ihr habt jede Menge Beweise auf eurer Seite. Die müssen meine Messlatte überspringen, die da lautet: ›Die Beweise müssen über jeden Zweifel erhaben sein.‹« Romano zog die Augenbrauen hoch. »Vor allem, wenn man vorhat, den Kanon der Kirche infrage zu stellen. Das Christentum hat sich zweitausend Jahre lang verflixt gut gehalten.«

Brittany lächelte. »Ich folge dem Motto von George Iles, ›Zweifel ist der Anfang, nicht das Ende der Weisheit‹.«

»Der Punkt geht an Sie«, antwortete Romano.

Britt bemerkte ein kurzes Leuchten in seinen Augen. Sie entwickelte immer größeren Respekt gegenüber Professor Joseph Romano. *Vielleicht war es an der Zeit, ihn nach den beiden Jesuiten zu fragen.* Sie überlegte, dass das Kreuz ein guter Aufhänger sei.

»Entschuldigen Sie, wenn ich das Thema wechsele«, sagte Britt, »aber mich hat das Kreuz fasziniert, das Sie im Krankenhaus getragen haben. Hat es eine spezielle Bedeutung?«

Romano sah aus, als habe sie ihn mit ihrer Frage völlig überrumpelt. Er starrte Britt einen Augenblick ziemlich verständnislos an. »Ich habe es geschenkt bekommen. Von einem anderen Priester, nach meiner Weihe.« Er warf Britt einen Blick zu. »Warum fragen Sie?«

»Ich habe vor wenigen Tagen erst ein gleiches gesehen. An einem anderen Jesuiten, den ich in Spanien interviewt habe. Pater Juan Matteo. Kennen Sie ihn?«

Ein seltsamer Ausdruck huschte über Romanos Gesicht. Eine Mischung aus Überraschung und Verwirrung. »Pater Matteo ist tot.«

Britt fiel die Kinnlade herunter. Sie starrte Romano verdutzt an.

»Genau wie mein Freund, der mir das Kreuz geschenkt hat«, fuhr Romano fort. »Pater Ted Mathews.«

Britt spürte, wie eine Art elektrischer Stoß ihren Körper durchfuhr, dann überkam sie eine plötzliche Taubheit. Sie versuchte zu sprechen, brachte aber keinen Ton heraus.

Romano sah schockiert aus. »Was ist denn?«, fragte er.

»Ich habe auch Pater Mathews interviewt. Erst vor zwei Tagen. Was ist mit ihnen passiert? Wie sind sie ums Leben gekommen?«

»Pater Teds Leichnam ist gestern Früh entdeckt worden. Warum haben Sie ihn interviewt?«

»Die beiden sind mir empfohlen worden. Es ging um mein Buch.«

»Mein Gott! Das FBI ist eingeschaltet worden«, antwortete Romano. »Die glauben, es könnte eine Verbindung bestehen. Aber warum die beiden? Wer hat sie Ihnen empfohlen?«

Britt senkte den Kopf und fasste sich an die Schläfen. Sie befürchtete, gleich in Ohnmacht zu fallen. »Könnte ich bitte etwas Wasser haben?«

»Unten in der Eingangshalle ist ein Wasserspender. Ich hole welches, bin gleich zurück.«
Britt atmete ein paar Mal tief durch, um die Fassung wiederzugewinnen, bis er zurückkam. Sie musste vorsichtig sein. Und sie musste all ihre Sinne zusammennehmen. Schließlich war sie der Sache so nahe. In drei Tagen würde sie, wie man ihr versprochen hatte, den endgültigen Beweis in Händen halten. Die Wahrheit über den Heiligen Gral. Aber die beiden toten Priester und dass man auch versucht hatte, sie umzubringen … das ging weit über das hinaus, womit sie gerechnet hatte. Und irgendwo da draußen war – *Der Bote.*

***

Während Romano einen Becher Wasser für Britt holte, fragte er sich, warum sie so schockiert war, als sie erfuhr, dass Ted und Matteo tot waren. Und warum hatte sie die beiden interviewt?
Er eilte mit dem Wasser in sein Büro zurück. Britt stürzte es hinunter, legte den Kopf in den Nacken und holte tief Luft. Er gab ihr einen Augenblick, um sich wieder zu fassen, dann fragte er: »Warum haben Sie sich mit Pater Matteo und Pater Mathews getroffen?«
»Ich habe Spuren verfolgt, die darauf hinwiesen, dass eine Verbindung zwischen ihnen und *Le Serpent Rouge* bestehen könnte.«
»Was für eine Verbindung?«, wollte Romano wissen.
»Dass sie über die direkte Nachkommenschaft Jesu Bescheid wüssten und mir wertvolle Informationen liefern könnten.«
»Unmöglich«, antwortete Romano. »Pater Mathews war mein Mentor. Ein enger Freund. Wie ein Vater zu mir. Er wusste nichts von einer leiblichen Nachkommenschaft Christi. Das ist etwas, woran er keinen einzigen Gedanken verschwendet hätte. Er hatte

sich ganz dem Priesteramt verschrieben. Und überhaupt, er war in Religionsfragen konservativ. Sehr konservativ.«

»Hatte er Zugang zu den Geheimarchiven des Vatikan und zu vertraulichen Kirchenforschungen?«, fragte Britt.

Romano konnte sich nicht vorstellen, worauf die Frage abzielen sollte, aber er beschloss, Britt zu beruhigen. Vielleicht würde ihn eine ihrer Fragen zu einer Antwort führen. Zu einer Antwort auf die Frage, warum Pater Ted in der Gerichtsmedizin lag und vielleicht gerade jetzt obduziert wurde.

»Er hat als junger Priester einige Zeit im Vatikan verbracht«, antwortete Romano. »Das ist über dreißig Jahre her. Vielleicht war er in den Archiven. Ich weiß es wirklich nicht. Glauben Sie mir, Pater Mathews hatte keine geheimen Kenntnisse über eine Nachkommenschaft Jesu.«

»Das wissen Sie doch gar nicht«, wandte Britt ein. »Sie sagen, er sei ein sehr frommer Mann gewesen. Wenn er etwas wusste, was der Kirche hätte schaden können, hätte er die Kirche geschützt.«

»Verstehen Sie doch, dieses ganze Konzept von einer Nachkommenschaft Jesu ist lächerlich. Wenn Sie eine seriöse Wissenschaftlerin sind, können Sie doch nicht im Ernst glauben, dass an diesem Blödsinn etwas dran ist.«

»Meine Theorie basiert auf stichhaltigen Beweisen und ist kein Blödsinn.« Britt deutete auf den Poussin-Druck. »Und als was bezeichnen Sie das? Untersuchen Sie etwa die blödsinnigen Theorien, die zu diesem Gemälde und dem Heiligen Gral in Umlauf sind?«

»Ich ziehe es als Beispiel heran«, erklärte Romano. »Um den Studenten zu demonstrieren, wie sich aus diversen Informationen sachfremde Theorien entwickeln und zu absurden Spekulationen auswachsen können. Für mich ist das ziemlich klar. ›ET IN AR-

CADIA EGO‹ auf einem Grabstein bedeutet genau das, was da steht: Ich bin in Arkadien, der verlorenen Welt des idyllischen Glücks.«

Britt zog die Augenbrauen hoch. »Und wo bleiben Instinkt und Einfallsreichtum?«

»Genau deshalb untersuchen es meine Assistenten ja. Um ihren Instinkten zu folgen und ihren Einfallsreichtum einzusetzen, um damit ihre eigenen Schlussfolgerungen zu ziehen. Die aber auf soliden Fakten beruhen. Welche soliden Beweise untermauern Ihre Nachkommenschaftstheorie?«

Britt senkte den Blick, seufzte tief und schien in sich zusammenzusacken. Sie rieb sich über die Stirn, dann schaute sie zu Romano hinüber. »Weil ich einen Teil des Manuskripts habe.«

»Des Originals des Jakobusmanuskripts?«

»Durch die C-14-Methode bestätigt.« Britt sah Romano direkt in die Augen. »Es stammt aus der Zeit Christi. Auf dem Papyrus, das ich habe, ist davon die Rede, dass Maria Magdalena Zwillinge geboren hat. Einen Jungen und ein Mädchen.«

Romano war perplex. Er war sich ziemlich sicher gewesen, dass die ganze Sache mit dem Jakobusmanuskript eine reine Erfindung war. Etwas, was sich die Klatschzeitungen ausgedacht hatten. »Und wie sind Sie daran gekommen?«, fragte er.

»Auf die gleiche Weise, wie Sie gehofft haben, in seinen Besitz zu kommen«, antwortete Britt. »Durch eine anonyme Quelle.«

»Das könnte der Mensch gewesen sein, der auf Sie geschossen hat. Derjenige, der vielleicht auch Pater Ted umgebracht hat.«

Britt schüttelte den Kopf. »Das glaube ich nicht. Der Mann, der mir die Manuskriptseite zugeschickt hat, hat mich ein paar Mal angerufen. Ich würde seine Stimme wieder erkennen. Sie war tief, seine Sprache gepflegt. Er hat mir empfohlen, mit Pater Matteo und Pater Mathews zu sprechen. Der Anrufer, der mich zur Grand Central Station gelockt hat – diese Stimme war ganz anders. Barsch. Derb.«

Romano dachte an seinen Anrufer. »Wissen Sie, genau so würde ich meinen Anrufer auch beschreiben.« Er versuchte, sich an den genauen Wortlaut zu erinnern. »Und da war noch etwas. Er sagte: ›Seien Sie im Grand Central Terminal.‹ Hat Ihr Anrufer auch ›Terminal‹ gesagt?«

Britt schloss die Augen. »Das wissen Sie doch.« Sie schlug die Augen auf und sah Romano eindringlich an.

»Ein New Yorker würde Grand Central Station oder Grand Central sagen.« Romano schüttelte den Kopf. »Wahrscheinlich ist er –«

»Da muss eine Verbindung zur Kirche bestehen«, unterbrach ihn Britt. »Überlegen Sie doch. Ein Priester in Spanien. Ein Priester in Pennsylvania. Wir untersuchen das Leben Christi. Alles deutet auf die Kirche hin.«

»Das bezweifle ich«, erwiderte Romano. »Haben Sie die Kirche in irgendwelche Ihrer Nachforschungen mit einbezogen? Ihre Erkenntnisse irgendwelchen Kirchenoffiziellen vorgelegt?«

»Nicht direkt«, antwortete Britt. »Nur mein Verleger ist mit den Einzelheiten meiner Arbeit vertraut.«

»Dann kann ich nicht notwendigerweise eine Verbindung zur Kirche erkennen. Nach Ihrem Interview wissen neben der Kirche unzählige Leute da draußen, dass Sie eine ungeheuerliche Theorie über eine direkte Nachkommenschaft Jesu vertreten. Ich bin mir sicher, dass es viele Fundamentalisten gibt, die es nicht gern sehen, dass Sie ihren Jesus als Betrüger hinstellen.«

»Das ist Ihre Meinung«, fuhr ihn Britt an. Sie lehnte sich zurück und funkelte ihn wütend an. »Beurteilen Sie meine Arbeit nicht, bevor Sie sie nicht gesehen haben. In diesem Buch werden viele

Theorien über Jesus zur Sprache gebracht. Es präsentiert ein ausgewogenes Spektrum der religiösen Ideologie.«

»Ich würde sagen, dass ›Der Jesus-Schwindel‹ nicht gerade wie der Titel eines ausgewogenen Werks klingt«, antwortete Romano.

»Doch, wenn Sie ›Schwindel‹ wörtlich übersetzen.« Britts Tonfall ließ wenig Zweifel, dass Romano an einen wunden Punkt gerührt hatte. »Eine Täuschung, die absichtlich durchgeführt wird, um sich auf unlautere Weise Vorteile zu verschaffen. Ich behaupte nicht, dass Jesus ein Betrüger war. Ich konzentriere mich darauf, wie die frühe Kirche Jesus dargestellt hat. Genau da hat der Schwindel meines Erachtens angefangen. Die haben vieles von dem, was Jesus gesagt hat, einfach ignoriert und sich auf das konzentriert, was ihnen zu ihrem eigenen Vorteil gereichte.«

»Die frühe Kirche war bei der Einführung des Kanon sehr vorsichtig«, wandte Romano ein. »Die drei Kriterien der apostolischen Experten, Übereinstimmung mit den Glaubenslehren, dauerhafte Akzeptanz und Gebrauch durch die Kirche im Allgemeinen waren hervorragende Sicherheitsklauseln.«

»Gewiss, für die Kirche im Allgemeinen. Sie wollen mir doch nicht weismachen, dass Sie die Motive der frühen orthodoxen Kirchenführer nie infrage gestellt hat. Die wollten klare, harte und schnell wirkende Kriterien, um Abgrenzungen zu schaffen, die ihnen Macht und Kontrolle verliehen. Ich glaube nicht, dass Jesus das wollte.«

»Was wollte Jesus denn?«, fragte Romano.

»Ich glaube, Jesus wurde auf die Erde gesandt, um den Menschen das Wort Gottes zu bringen. Um uns zu lehren, Gott in unseren eigenen Herzen und Köpfen zu suchen.« Britt strich sich ein paar Haarsträhnen aus der Stirn. »Ich weiß, dass Sie mir in diesem Punkt nicht zustimmen, aber ich glaube, Jesus fordert uns klar und deutlich zu einem Erkenntnisprozess auf – und liefert uns nicht nur Glaubensinhalte, die wir entweder akzeptieren oder ablehnen können.«

»Sie haben zu viele gnostische Texte gelesen«, stellte Romano fest.

Romano konnte sehen, dass sich Britts Kiefermuskeln anspannten. Dann schüttelte sie den Kopf. »Joseph, ich bin hierher gekommen, um herauszufinden, ob es eine Verbindung zwischen Ihrer Anwesenheit in Grand Central und dem Attentat auf mich gibt. Und jetzt glaube ich, wir beide wollen darüber hinaus wissen, warum die zwei Jesuitenpriester, die ich befragt habe, tot sind. Über meine religiösen Ansichten können wir ein andermal diskutieren.«

»Ich suche nach den gleichen Antworten«, sagte Romano. »Ich glaube, Sie sind zu sehr darauf fixiert, der Kirche die Schuld in die Schuhe zu schieben. Falls es diese mysteriöse Nachkommenschaft Christi gibt, und diese Nachkommenschaft das Geheimnis aus irgendeinem Grund zweitausend Jahre lang gehütet hat, dann haben diese Leute jede Menge Gründe, Sie davon abzuhalten, die Sache aufzudecken.«

Britt schaute auf einmal traurig und ernüchtert. Sie starrte an Romano vorbei aus dem Fenster hinter seinem Schreibtisch. »Daran habe ich nie gedacht. Ich vermute, ich war zu sehr in meinen eigenen Überzeugungen gefangen, zu sehr darauf konzentriert, die Kirche zu beschuldigen.«

»Deshalb versuche ich immer, wenn ich an einem Buch arbeite, einen Resonanzboden zu haben. Gerade jetzt habe ich zwei hervorragende Assistenten, die sich nicht scheuen, ihre Meinung kundzutun und mir zu sagen, dass sie mir meine Prämisse nicht abkaufen.« Romano spürte, dass seine Bauchmuskeln zuckten. Plötzlich brannten ihm die Augen. Er sah Ted auf dem Bett liegen, die

Hände zum Gebet gefaltet. Und die Stigmata. »Und mein bester Lektor, Pater Ted. Jetzt ist er tot. Ich will wissen, warum. Haben Sie bei Ihrem Interview mit ihm irgendetwas herausbekommen?«
Britt seufzte, als spüre sie seinen Kummer. »Eigentlich nicht. Aber er entspricht genau Ihrer Beschreibung. Als ich ihn nach der Nachkommenschaft gefragt habe, sagte er, das sei ein unglückliches Nebenprodukt der menschlichen Phantasie.«
Romano fühlte, dass die Anspannung seines Körpers plötzlich nachließ. Genau das war Ted. Er fand immer die richtigen Worte. »Ich hab es Ihnen doch gesagt«, erklärte Romano. »Aber es muss einen Grund geben, warum Sie zu ihm geschickt worden sind. Was genau hat der Anrufer gesagt?«
»Er hat mir zwei Namen genannt und mir erklärt, wie ich Kontakt aufnehmen kann. Er sagte, sie würden weiteres Beweismaterial über *Le Serpent Rouge* liefern, aber sie würden mit diesen Informationen nicht freiwillig herausrücken. Ich würde sie ihnen aus der Nase ziehen müssen. Er hat mir für jeden ein Codewort genannt, das ihnen klarmachen würde, dass ich über ihre Verstrickung Bescheid weiß. Bei Pater Matteo war es Uriel, bei Pater Mathews Raphael. Sie leugneten vehement, irgendetwas über eine Nachkommenschaft zu wissen. Doch beide schienen schockiert zu sein, als ich die Codenamen erwähnte.«
Die Namen der Erzengel sagten Romano nichts. Er konnte sich nicht erinnern, ob er je mit Ted über Erzengel gesprochen hatte. Ihm fiel nichts ein, was seinen Mentor mit irgendeiner geheimen Verschwörung in Verbindung bringen könnte. Die ganze Sache war bizarr. Sie ergab überhaupt keinen Sinn. Aber warum war auch Ted zur Zielscheibe geworden? Warum war er selbst in die ganze Sache hineingezogen worden? War das Kreuz möglicherweise der Schlüssel? Er trug es nur bei besonderen Anlässen und bewahr-

te es immer im Büro auf. Er zog die Schreibtischschublade auf und nahm das Kreuz aus dem Samtbeutel. Romano bemerkte, dass Britt zusammenzuckte.

»Vielleicht haben wir das Offensichtliche übersehen«, sagte Romano und legte das Kreuz auf den Schreibtisch. »Vielleicht sollten wir diesem hier mehr Beachtung schenken. Es ist das Einzige, das uns drei direkt miteinander verbindet.« Mit dem Zeigefinger fuhr er am Rand des schweren Stahlkreuzes entlang. »Pater Ted sagte, es sei eine Reliquie. Er sagte, er habe es anlässlich seiner Priesterweihe in der Schweiz geschenkt bekommen. Aber Einzelheiten hat er mir nie erzählt. Er blieb immer vage, meinte nur, dass es über viele Priestergenerationen hinweg weitergereicht worden sei. Woher es wirklich stammte, wusste er nicht.«

»Gibt es eine Möglichkeit, wie wir dem nachgehen könnten?« fragte Britt. »Führt die Kirche kein Register über offizielle Reliquien?«

»In diesem Punkt bin ich Ihnen voraus«, antwortete Romano. »Ich habe es einmal versucht. Habe aber nichts gefunden, was diesem annähernd ähnlich ist. Ich bezweifle, dass dieses Kreuz je von einem Heiligen getragen wurde. Vor allem dann nicht, wenn Sie ein gleiches Kreuz bei Pater Matteo gesehen haben.«

Britt beugte sich vor und betrachtete das Kreuz eingehender. »Das ist komisch. Ich bin mir ziemlich sicher, dass es das Gleiche ist, das ich bei Pater Matteo gesehen habe.«

Romano bemerkte den Umschlag von Pater Ted auf der rechten Seite des Schreibtischs. Er fragte sich, ob Pater Nathan Sinclair möglicherweise etwas über das Kreuz wusste.

Es klopfte zwei Mal kurz an der Tür. Sie ging auf, und zwei junge Gesichter spähten herein. »Tut uns leid, Pater, wir wussten nicht, dass Sie Besuch haben.«

»Kommt rein«, sagte Romano. »Wir könnten zwei frische Gehirne brauchen, die uns helfen.«
Romano stellte Britt Carlota und Charlie vor. Sie murmelten eine Begrüßung, standen in der Tür und schauten einander an. Als Romano ihnen erklärte, dass Britt erst kürzlich Pater Matteo und Pater Mathews interviewt hatte, machten die Assistenten einen verdutzten Eindruck.
»Euer Timing ist perfekt«, sagte Romano zu Carlota und Charlie. »Brittany, falls Sie Zeit haben, können Charlie und Carlota mit Ihnen hinuntergehen und etwas zum Essen holen – ich lade Sie natürlich ein. Bringt es herauf, dann können wir ja weiter nach einem gemeinsamen Nenner dieser tragischen Ereignisse suchen.«
Britt nickte. »Klingt nach einer guten Idee«, sagte sie, als sie aufstand und sich Carlota und Charlie zuwandte.
Romano griff in seine Tasche, zog ein paar Scheine heraus und gab sie Carlota. Britt folgte den Assistenten aus dem Büro. Romano starrte auf Pater Teds Brief. Als er nach dem Telefonhörer griff, fragte er sich, ob Nathan Sinclair vielleicht etwas Licht in das Dunkel bringen konnte.

·26. KAPITEL·

PATER NATHAN SINCLAIR STOPFTE DEN REST seiner Kleidungsstücke in einen schwarzen Seesack. Er legte das hölzerne Kruzifix auf das Kopfkissen und breitete die dunkelblaue Baumwolldecke über das Bett. Dann schaute er sich noch einmal im Zimmer um, um sich zu vergewissern, dass er wirklich alles dabei hatte. Er kritzelte eine Notiz auf ein Blatt Papier, dass er seine Flugpläne in letzter Minute ändern und in aller Eile habe aufbrechen müssen. Zum Schluss dankte er dem Jesuitenzentrum von New Orleans für die gewährte Gastfreundschaft, legte das Blatt auf den Tisch und verließ das Zimmer.

Der Anruf war für Sinclair ein Schock gewesen. Pater Mathews und Pater Matteo waren tot. Er konnte der Nächste sein. Der Rat hatte Maßnahmen ergriffen, um ihn und seine verbliebenen Brüder zu schützen, aber die Zeit war knapp. Minuten konnten über Leben oder Tod entscheiden.

Sinclair hastete durch eine Nebenstraße und ignorierte den Taxifahrer, der ihm an der Ecke zuwinkte. Er kam an einem Geschäft vorbei, das für aphrodisierende Kuchen, Pralinen und Erwachsenenspielzeug warb. Etwas weiter blitzten die roten Neonlichter eines Tattoo-Ladens auf, die verkündeten, dass der Besitzer das Zertifikat vom Roten Kreuz besitze und die Nadeln im Krankenhaus sterilisiert würden. Ladenlokale priesen authentische kreolische Speisen und die Cajun-Küche an. Sinclair befand sich eindeutig im Zentrum von New Orleans.

Wieder drosselte ein Taxi das Tempo, und der Fahrer versuchte, Sinclair mit dem Versprechen zu locken, ihn zu den heißesten Bars im Französischen Viertel zu bringen. Sinclair ignorierte das Taxi und beschleunigte seinen Schritt. Er würde die ganze Strecke bis zum Hotel Royal St. Charles zu Fuß zurücklegen, wo er sich, wie ihm geraten worden war, ein Zimmer nehmen würde. Dort könnte er sich dann in aller Ruhe einen Reim machen auf das, was da eigentlich vor sich ging.

Sinclair war gewarnt worden, dass so etwas immer möglich sei, aber er hatte gedacht, es würde nie so weit kommen. Er hatte die verschiedenen Sicherheitsstufen für unüberwindbar gehalten. Nur der Rat der Fünf kannte die Namen des Inneren Zirkels, und

die Mitglieder wurden immer nur mit ihren rituellen Namen angesprochen. Der ganze Schlamassel musste mit den Nachrichten aus Frankreich zusammenhängen. Irgendjemand hatte wohl eine Verbindung entdeckt, eine Liste, hatte einen Code geknackt beziehungsweise wollte sein Wissen zu Geld machen. Ursprünglich hatte er gedacht, die Geschichten über eine Nachkommenschaft würden auf reiner Spekulation beruhen. Im Laufe der Jahre waren zahlreiche Berichte erschienen, zumeist Arbeiten einfallsreicher Leute und Verschwörungstheoretiker. Aber jetzt fürchtete er, dass jemand hinter die ganze Wahrheit gekommen war.
Sinclair hatte gedacht, dass er sein Leben in Anonymität führen könnte wie so viele seiner Brüder vor ihm, die die Nachfolge Christi angetreten hatten – aber jetzt hatte ein einziger Anruf diesen Traum zunichtegemacht.

·27. KAPITEL·

PATER ROMANO HIELT DEN HÖRER in der Hand und überlegte, ob er das FBI anrufen sollte. Ihm war klar, dass er der Behörde bis nach seiner Unterredung mit Sinclair, der im Moment zu seiner jährlichen Missionsarbeit auf dem Weg nach Guatemala sein musste, nichts Neues mitzuteilen hatte. Aber immerhin gab es Britt und ihre Treffen mit den Priestern, die inzwischen beide tot waren. *Hatte sie etwas mit deren Ableben zu tun? Warum war auf sie geschossen worden?* Sie war völlig schockiert gewesen, als sie von den Todesfällen erfuhr, und sie wirkte auf ihn nicht wie eine kaltblütige Mörderin. Aber er wurde den Gedanken nicht los, dass Ted möglicherweise noch am Leben wäre, wenn Britt ihn nicht besucht hätte!

Er beschloss abzuwarten, bis er mehr über Britt und diese Sache mit der direkten Nachkommenschaft Jesu in Erfahrung gebracht oder Sinclair erreicht hatte.

Romano dachte an Ted – wie er im Bett gelegen hatte. Es hatte ausgesehen, als bete er. *Vielleicht hatte er das ja wirklich getan.* Dann fielen ihm die Wunden ein. Sie hatten künstlich gewirkt, fast ohne Blut. Romano würde Bill Sheldon anrufen, um zu erfahren, ob neue Informationen vorlagen, wie Ted ums Leben gekommen war. Als er gerade die Vorwahl eingeben wollte, kam Britt ins Büro, gefolgt von Charlie und Carlota, die zwei riesige Tüten und ein Tablett mit Getränken trugen. Er legte den Hörer wieder auf.

»Ich hoffe, da ist auch etwas für mich drin«, sagte Romano.

»Wie gewöhnlich Hühnchensalat und ein Vollkornbrötchen für Sie«, antwortete Charlie und stellte beide Tüten auf den Schreibtisch. »Der grüne Tee war Carlotas Idee.«

Romano stand auf und half ihnen, die Computer auf dem Konferenztisch zur Seite zu schieben und für die Tüten und das Tablett Platz zu machen. Nach dem Essen würde er versuchen, einen gemeinsamen Nenner zu finden. Britt musste irgendwie dazu gebracht werden, offener über ihr Buch und ihre Nachforschungen zu reden.

·28. KAPITEL·

GABRIEL HASTETE ZUM ERDGESCHOSS des New Orleans Armstrong International Airport hinunter, trat ins Freie und winkte ein Taxi heran. Seine Maschine war mit Verspätung gelandet, und die Zeit war knapp. Er sagte dem Fahrer, dass er zur St. Louis

Cathedral am Jackson Square wolle. Er wollte keinerlei Aufzeichnung, dass ein Taxi einen Fahrgast vom Flughafen zum Royal St. Charles Hotel gebracht hatte. Die sechs oder acht Blocks von der Kathedrale zum Hotel würde er zu Fuß zurücklegen.

Gabriel nahm im Taxi auf der Rückbank Platz und holte eine zerknitterte Mütze aus seiner Umhängetasche. Er setzte sie auf und bedeckte damit seine akkurat geschnittenen tief schwarzen Haare, dann fuhr er sich mit der Hand über seine Bartstoppeln. In seiner verknitterten Khakihose, dem Polohemd und der Windjacke fühlte er sich unwohl. Das war ein himmelweiter Unterschied zu seiner sonst so gepflegten Erscheinung.

Die Klimaanlage arbeitete auf Hochtouren. Gabriel rieb mit der Handfläche über das kühle, rissige Leder des Polsters und empfand ein unheimliches Gefühl der Erleichterung. Nach dem heutigen Tag blieb nur noch eine letzte Phase. Das Treffen an der Heiligen Stätte würde das Ganze endlich zum Abschluss bringen. Es war die ihm von Gott gestellte Aufgabe, die Blasphemie auszulöschen, die aufgrund von Unwissenheit und Gier dem menschlichen Geist entsprungen war.

In ein paar Tagen würde die Kirche weiterhin die Quelle der Hoffnung für ihre Gläubigen sein – ohne irgendeine Bedrohung durch *Rex Deus.* Die Mitglieder des Rats der Fünf waren als einzige mit der mündlich überlieferten Geschichte von *Rex Deus* und ihrem heiligen Anliegen vertraut. Sie und der Innere Zirkel wären für immer ausgelöscht. Die Wiederkunft Christi würde so verlaufen, wie Gott sie seit jeher hatte haben wollen: Die Worte des Evangeliums würden in Erfüllung gehen – *Dann wird man den Menschensohn mit großer Macht und Herrlichkeit auf einer Wolke kommen sehen.*

·29. KAPITEL·

NACH DEM MITTAGESSEN INFORMIERTEN PATER ROMANO und Britt Carlota und Charlie über den Stand ihrer Diskussion über das Attentat und die Todesfälle. Sie beschlossen, sich auf die Suche nach möglichen Verbindungen zwischen Britt und Romano zu konzentrieren.

Romano trank seinen grünen Tee und schaute zu Britt hinüber. »Ich glaube, der offensichtlichste Faktor sind Ihre Recherchen für das Buch.«

»Die Anrufe wegen des Jakobusevangeliums belegen es«, stellte Charlie fest. »Das hat Sie und Pater Romano in den Bahnhof geführt, und der Kerl, der Ihnen das Fragment geschickt hat, hat den Kontakt zwischen Ihnen und Pater Mathews beziehungsweise Pater Matteo hergestellt.«

»Aber ich bin mir sicher, dass es sich nicht um denselben Mann handelt«, entgegnete Britt.

»Trotzdem haben die beiden von demselben geheimen Evangelium gesprochen«, erinnerte Carlota sie. »Es hat mit Ihrer Theorie einer Nachkommenschaft Jesu zu tun. Die stellt eine Bedrohung für jemanden oder für eine Organisation dar. Oder vielleicht vermutet jemand, Sie wüssten etwas, was Sie in Wahrheit gar nicht wissen.«

»Oder es handelt sich um einen Spinner«, gab Charlie zu bedenken.

Britt fiel Romanos Feststellung über den Resonanzboden ein. Schon nach dieser kurzen Zeit hatte sie Respekt vor Carlotas und Charlies scharfen Analysen. Sie kam zu dem Schluss, dass sie nichts zu verlieren, nur zu gewinnen hatte, wenn sie ihnen mitteilte, wie sie zu ihrer Theorie gekommen war. Vielleicht gab es ja ein paar

Details, die sie selbst nicht richtig hatte einordnen können. Aber sie traute Romano nicht. Vielleicht lag es daran, dass er Priester war. Und sie war nicht bereit, das letzte Kapitel ihres Buches preiszugeben.

»Die ganze Prämisse für mein Buch gründet auf dem Versuch, eine ausgewogene Übersicht über die historischen Daten, die Überlieferung und Mythologie zu präsentieren wie auch über die kanonischen Versionen, die von der Kirche dargestellt werden«, erklärte Britt. »In den Berichten über mein Buch ging es um Sensationsmache, nicht um eine ausgewogene Sichtweise.«

»Aber es klingt, als versuchten Sie, das Christentum zu entzaubern«, wandte Charlie ein.

»Eigentlich nicht, Charlie. Mein Vorhaben ist es, eine breitere Sicht der Möglichkeiten rund um das Leben Jesu Christi darzustellen – im Gegensatz zu der sehr einseitigen Perspektive der Kirche.«

»Aber entzaubern Sie die Kirche nicht, wenn Sie Ansichten rechtfertigen, die der kirchlichen Lehre widersprechen?«, fragte Charlie.

»Wow, Charlie«, meldete sich Romano zu Wort. »Wir wollen hier nicht über Brittanys Buch oder ihre Theorien diskutieren. Dafür haben wir später noch jede Menge Zeit. Warum konzentrieren wir uns jetzt nicht auf ihre Forschung zur direkten Nachkommenschaft Jesu und auf das Jakobusdokument? Ich schließe mich deiner und Carlotas Meinung an, nämlich dass wir da möglicherweise eine Verbindung entdecken können.«

Sie blickten einander an und nickten.

»Das ist fair«, sagte Britt. »Ich bekam Bedenken hinsichtlich der christlichen Glaubensinhalte, als ich Nachforschungen über die *Kohanim* anstellte, die Hohepriester im Tempel von Jerusalem zu Christi Lebzeiten. Für frühere Artikel hatte ich bereits umfangreiche Nachforschungen auf dem Gebiet der gnostischen Evangelien und der Schriften des Heiligen Paulus betrieben. Das hat zu der grundlegenden Frage geführt, ob Jesus als Offenbarer oder als Erlöser gekommen ist.«

»Was ist mit den *Kohanim?*«, fragte Carlota. »Ich habe eine Hausarbeit über sie geschrieben. Es gibt ein paar interessante Theorien über die Beziehung zwischen den *Kohanim* und Jesus Christus.«

»Ich vermute, Sie spielen auf die Theorie an, dass Jesus der Sohn Marias und eines der Hohepriester des Tempels sein könnte.«

»Genau«, antwortete Carlota. »Ich habe gelesen, dass ein Mann nur dann *Kohan,* also Mitglied der *Kohanim* sein konnte, wenn er der Nachkomme eines anderen *Kohan* war. Nur so konnte er diese Stufe des Priestertums erreichen. Einige Historiker glauben, dass die vierundzwanzig Hohepriester des Herodestempels in Jerusalem nicht nur für den Unterricht der Schülerinnen in der Tempelschule zuständig waren, sondern ausgewählte Mädchen darüber hinaus, wenn sie ins gebärfähige Alter kamen, schwängerten und dann mit angesehenen Männern der Gemeinde verheirateten. Wenn die Kinder, die aus dieser Verbindung mit den Priestern hervorgegangen waren, sieben Jahre alt wurden, mussten sie die Tempelschule besuchen. Auf diese Weise wahrten die *Kohanim* die Reinheit ihrer Nachkommenschaft.«

»Du darfst die rituellen Namen der Hohepriester nicht vergessen«, warf Charlie ein.

»Richtig«, sagte Carlota. »Die Codenamen Uriel und Raphael für Pater Matteo beziehungsweise Pater Mathews. Das könnte ein Hinweis sein. Bei Zeremonien standen die Hohepriester ihrem Rang nach auf den Stufen des Tempels. Und sie wurden mit ihren rituellen Namen angesprochen. Barachiel, Michael, Gabriel, Raphael, Uriel. Die Namen der Erzengel.«

»Und einige Theorien besagen, dass Maria von Gabriel, einem der Hohepriester, geschwängert wurde«, fügte Charlie hinzu. »Diese werden sogar mit Passagen aus den Evangelien untermauert, denen zufolge der Engel Gabriel zu Maria gekommen sei und ihr verkündet habe, sie sei von Gott ausersehen und würde einen Sohn empfangen, dem sie den Namen Jesus geben solle.«

Britt nickte. »Ich wünschte mir, ich hätte Sie beide bei mir gehabt, als ich mit der Arbeit an meinem Buch anfing. Ich habe es während meines Sabbat-Jahrs geschrieben, und hatte nicht das Glück, auf die Hilfe zweier solcher Recherchegenies zurückgreifen zu können.«

»Wollen Sie uns sagen, Sie glauben tatsächlich, dass Jesus der Sohn von Maria und eines Hohepriesters war?«, fragte Carlota.

Britt bemerkte, dass Romano gelassen an seinem Schreibtisch saß und der Unterhaltung lauschte. Sie zögerte, Carlotas Frage zu beantworten, beschloss aber schließlich, ganz offen zu sein. Entweder akzeptierten sie, dass sie andere Glaubensvorstellungen hatte, oder sie hielten sie für eine Scharlatanin. Eigentlich war es ihr egal.

»Ich persönlich halte diese Möglichkeit für durchaus denkbar. Außerdem glaube ich, dass Jesus in eine körperliche und eine geistige Existenz gespalten gewesen sein könnte. Gott könnte den spirituellen Christus mit dem körperlichen Wesen verschmolzen haben. Möglicherweise durch Johannes den Täufer. Das spirituelle Wesen könnte auferstanden, den Jüngern und Anhängern erschienen und in den Himmel aufgefahren sein. Der körperliche Christus könnte mit Maria Magdalena Kinder gezeugt haben.«

Charlie und Carlota blickten einander unsicher an, dann schauten sie zu Romano hinüber. Er hatte ein Pokerface aufgesetzt und zeigte keinerlei Reaktion.

»Zudem glaube ich, dass die frühen Christen spirituelle Erleuchtung durch die Wunder gesucht haben, die der einfache Sterbliche nicht begreifen konnte«, fuhr Britt fort. »Gott steht über allem Natürlichen. Warum sollten wir die von der Kirche präsentierten Paradigmen akzeptieren, die die jungfräuliche Geburt Christi, die Kreuzigung, Auferstehung und Himmelfahrt beschreiben? Könnte das, was wirklich geschehen ist, nicht über unser Fassungsvermögen hinausgehen?«

»Ich danke Ihnen für Ihre Offenheit«, sagte Romano. »Und ich glaube, dass wir uns als Kollegen einig sein können, dass wir uns in bestimmten Punkten nicht einig sind. Carlota und Charlie können sich ihre eigene Meinung bilden.«

»Ich bin neugierig«, antwortete Britt. »Ihre Studenten haben offensichtlich eine Menge Nachforschungen über alternative Theorien über Jesus Christus betrieben. Warum haben Sie keiner dieser Theorien mehr Glauben geschenkt oder die orthodoxe Sichtweise infrage gestellt?«

Romano deutete auf Carlota und Charlie. »Das sollen sie selbst beantworten.«

»Für mich ist es ganz einfach«, antwortete Charlie. »Es gab nach Jesu Tod über ein paar Jahrhunderte hinweg zahlreiche Quellen, die das bestätigten, was als die Schriften des Neuen Testaments akzeptiert wurde. Es gibt keine Aussagen von Augenzeugen oder Personen, die Augenzeugen nahestanden und diese alternativen Vermutungen hätten stützen können.«

Carlota nickte und sagte: »Ich stimme Charlie zu. Und ich würde auf das Kriterium der dauerhaften Akzeptanz verweisen. Diese Menschen, die Mitglieder der frühen Kirche waren, haben die Evangelien akzeptiert und sie über Generationen weiter überliefert. Falls sich in den Geschichten gravierende Fehler finden sollten, meinen Sie nicht, dass jemand diese längst korrigiert hätte?«

»Man darf nicht vergessen«, wandte Britt ein, »dass viele Texte aus der Anfangszeit der christlichen Ära von der sich Mitte des zweiten Jahrhunderts entwickelnden orthodoxen Kirche als Ketzerei verunglimpft wurden.« Sie bemerkte, dass Romano aufhorchte. »Als der römische Kaiser Konstantin der Große im vierten Jahrhundert das Christentum zur offiziellen Religion erklärte, gaben die christlichen Bischöfe die Anweisung, den Besitz von Schriften, die als häretisch galten, für strafbar zu erklären. Abschriften dieser Texte wurden verbrannt und zerstört.«

»Aber wir haben die *Nag-Hammadi*-Texte«, meldete sich Charlie zu Wort. »Bestätigen sie nicht, dass damals keine stichhaltigen Beweise vorlagen, die dem christlichen Kanon widersprochen hätten?«

»Entschuldige, dass ich dir ins Wort falle«, sagte Romano. »Aber ich fürchte, das führt uns ganz schnell in die Irre. Es gibt Tausende Bücher, Artikel und Untersuchungen über die *Nag-Hammadi*-Texte. Damit konnte nichts anderes bewiesen werden, als dass zu jener Zeit eine sehr unterschiedliche Mischung aus christlichen, heidnischen und jüdischen Traditionen entstanden ist. Da der Gnostizismus sich mit spirituellen Wahrheiten und der Selbsterkenntnis befasst, enthält er oft mystische Anspielungen, die exakte und sinnvolle Übersetzungen sehr schwierig machen. Diese Texte sind zur *Chronique scandaleuse* der zeitgenössischen Wissenschaft geworden. Weil sie aus akademischer Eifersüchtelei ausgeschlachtet wurden.«

»Und, wohin führt uns das?«, fragte Carlota.

»Ich glaube, wir müssen zu Carlotas Frage ›Meinen Sie nicht, dass jemand die Sache längst korrigiert hätte?‹ zurückkehren«, sagte Britt. Sie schaute erst Carlota, dann Charlie und schließlich Romano an, der sich ein wenig unwohl zu fühlen schien. Vielleicht spürte er ja, was sie sagen wollte.

»Es sieht so aus, als habe jemand das tatsächlich getan«, erklärte

Britt, den Blick noch immer auf Romano geheftet. »Wie ich bereits gesagt habe, bin ich im Besitz eines Papyrusfragments, das mit Hilfe der C-14-Methode als aus der Zeit Christi stammend datiert wurde. Jakobus, der Verfasser, behauptet, dass sein Bruder Jesus Vater von Zwillingen war.«
Britt bemerkte, dass sich an Romanos Hemd unter seinen Achseln kleine Schweißflecke abzeichneten. Mit einem angedeuteten Lächeln fügte sie hinzu: »Das könnte der erste Schritt zur Richtigstellung sein.«

·30. KAPITEL·

CHRISTIEN FORTIER GENOSS DEN AUSBLICK von seinem Penthausapartment im Le Parc Palace. Es war wirklich eine der schönsten Aussichten der Welt. Er ließ den Blick über den Horizont schweifen, als die letzten Sonnenstrahlen über den Berggipfeln rund um Monaco schimmerten und über das tiefblaue Mittelmeer fielen. Ein paar schwache Lichtstrahlen erhellten die glänzend weißen Jachten, die im Hafen vor Anker lagen. Zu seiner Linken ragte das Internationale Konferenzzentrum von dem auf Betonfundamenten am Ufer errichteten Spélegues Komplex ins Meer hinaus. Die sechseckige Mosaikterrasse funkelte in einem herrlichen Farbenspektrum.
Fortier lebte seit fast dreißig Jahren im Fürstentum Monaco. Ursprünglich hatte er seinen Wohnsitz von Frankreich aus rein steuerlichen Gründen hierher verlegt, um das riesige Vermögen zu schützen, das er mit Hilfe des Bankenimperiums des Rates angehäuft hatte. Doch innerhalb von wenigen Jahren hatte er festgestellt, dass Monaco mehr war als nur ein sicherer Hafen für sein Geld. Er war

fasziniert von der ruhigen Eleganz und dem allgegenwärtigen Duft des Meeres sowie der Gärten des kleinen Fürstentums an der Côte d'Azur.

Die Videoüberwachung zeigte die Ankunft der anderen Mitglieder des Rats der Fünf an. Fortier ließ sie herein. Sie waren von ihren Wohnorten in München, Glasgow, Moskau und London nach Nizza geflogen. Dort hatte sie der Helikopter des Rats erwartet und in sieben Minuten zum Hubschrauberlandeplatz von Monte Carlo gebracht. Von dort hatten zwei dunkelgraue Bentleys sie abgeholt und zum Parc Palace gefahren.

Fortier öffnete die Tür, als die Männer in seinem Privataufzug heraufkamen. Er hatte seinen Bediensteten heute Abend freigegeben.

»Meine Herren, ich entschuldige mich für die Unannehmlichkeiten.« Fortier führte die Männer in sein privates Arbeitszimmer. Ein herrlicher Tisch aus Rosenholz stand in der Mitte des Raums unter einem venezianischen Kristallleuchter. Für jeden der Männer standen ein großer Mahagonisessel, bezogen mit italienischem Leder, ein Kristallweinglas mit jeweils einer eigenen Karaffe und ein Laptop bereit.

Nachdem sie sich gesetzt hatten, nahm Fortier am Kopf des Tisches Platz. »Die katastrophalen Ereignisse der letzten Tage haben mich gezwungen, drastische Maßnahmen in Erwägung zu ziehen.«

»Noch nie sind Mitglieder unseres Inneren Zirkels ermordet worden. Was in aller Welt gedenken Sie zu unternehmen?«, fragte Moskau.

»Sind wir denn sicher, dass sie umgebracht wurden?«, wollte Glasgow wissen.

Alle Köpfe wandten sich dem Schotten zu.

»Was zum Teufel wollen Sie damit andeuten?«, fragte London.

»Ich deute überhaupt nichts an«, entgegnete der Schotte. »Wir sind dafür verantwortlich, den Heiligen Orden zu schützen. Wir sind Diener Gottes. Es gibt Dinge, die außerhalb unseres Verständnisses und unserer Kontrolle liegen.«

»Meine Herren, meine Herren.« Fortier klopfte mit den Fingerknöcheln auf den Tisch. »Wir werden schon bald herausfinden, wie Uriel und Raphael ums Leben gekommen sind, aber im Augenblick müssen wir alles in unserer Macht Stehende tun, um die verbliebenen Mitglieder zu schützen. Falls dies der Wille Gottes ist, soll es so sein. Dann liegt es nicht in unserer Hand.«

»Was empfehlen Sie?«, fragte Moskau.

»Ich habe herausgefunden, dass Brittany Hamar Uriel einen Tag, bevor seine Leiche entdeckt wurde, besucht hat und dann in die USA zurückgeflogen ist.«

Die Mienen der Mitglieder waren auf einmal angespannt. Sie blickten einander fragend an.

»Ich habe Philippe Armand sofort beauftragt, sich an ihre Fersen zu heften und sie vorübergehend außer Gefecht zu setzen«, fügte Fortier hinzu.

»Und?«, fragte Moskau.

»Philippe sollte sie verletzen –«

Alle schnappten gleichzeitig nach Luft.

»Er hat mir zugesichert, dass er sie nicht umgebracht hat«, fuhr Fortier fort. »Während sie im Krankenhaus lag, sollte er das Material für ihr Buch kopieren und es nach Monaco bringen, damit wir es unter die Lupe nehmen können. Unmittelbar vor Ihrer Ankunft habe ich die Nachricht von Philippe erhalten, dass er im Hôtel de Paris eingetroffen ist. Das Material ist unterwegs und wird uns von einem Kurier gebracht.«

»Sie meinen, Mrs. Hamar könnte uns auf der Spur sein?«, fragte London.

»Das können wir nicht mit Sicherheit sagen, aber Sie dürfen nicht vergessen, dass wir uns um zwei Dinge kümmern müssen«, antwortete Fortier. »Zwei Todesfälle und die Verhinderung möglicher Lecks, die unseren Heiligen Orden gefährden könnten. Die jüngsten Presseberichte und Brittany Hamars ›Der Jesus-Schwindel‹ haben dazu geführt, dass sie ganz oben auf der Liste steht. Und Sie dürfen Pater Romano nicht vergessen. Philippe wurde instruiert, falsche Fährten so zu legen, dass es so aussieht, als wäre Pater Romano in das Attentat auf Mrs. Hamar verwickelt. Damit werden die beiden vorübergehend aus dem Spiel sein.«

»Raphael hat uns zugesichert, dass Pater Romano keine Bedrohung darstellt«, antwortete der Schotte. »Er weiß von nichts.«

Fortier warf dem Schotten einen wütenden Blick zu. »Raphael ist tot. Das ändert die Sachlage, oder etwa nicht?«

»Ich würde vorschlagen, dass wir die verbliebenen Mitglieder ins Bild setzen. Sie aufteilen. Sie isolieren, bis wir sicher sind, dass die Bedrohung vorüber ist«, sagte Moskau.

»Aber das müssen wir tun, ohne große Aufmerksamkeit auf sie zu lenken«, fügte London hinzu. »Irgendjemand könnte uns beobachten und auf der Lauer liegen. Jemand, der zu viel weiß, könnte gefährlicher sein als jemand mit einer Waffe.«

Als die Klingel ertönte, löste sich die Spannung im Raum. Fortier stand auf. »Das müssen Philippes Bericht und die Kopien von Mrs. Hamars Forschungsunterlagen sein.«

Als Fortier zur Sprechanlage ging, schoss ihm ein anderer Gedanke durch den Kopf. *Konnte jemand aus dem Rat oder dem Inneren Zirkel die Wahrheit über das Manuskript herausgefunden haben? Konnte es sein, dass er in seinem Bestreben, die Grundfesten ihres Heiligen Ordens zu schützen, dessen Niedergang eingeläutet hatte?*

·31. KAPITEL·

ROMANO WAR NICHT SICHER, wie er Britt antworten sollte. Er starrte auf den Notizblock, auf den er einiges gekritzelt hatte. Er wollte die Authentizität des Manuskriptfragments nicht direkt infrage stellen, zweifelte aber ernsthaft daran. Es war schon häufig vorgekommen, dass »angebliche« Artefakte und Dokumente die ersten Datierungstests überstanden und sich später trotzdem als Fälschungen erwiesen hatten. Und er hatte noch immer seine Zweifel in Bezug auf Britt. Hin und wieder schaute sie ihn an und blinzelte dabei so irritierend, als verberge sie etwas. Sie schien ehrlich zu sein, was ihre seltsamen Glaubensvorstellungen anbelangte, aber sie hatte sich eigentlich selbst diskreditiert, indem sie so vielen unkonventionellen Konzepten ernsthaft Glauben schenkte. Irgendetwas an ihr ließ bei ihm ein rotes Warnlicht aufleuchten.

Romano blickte auf und sah drei Augenpaare auf sich gerichtet, die ihn fragend ansahen. »Ich hätte großes Interesse, einen Blick auf dieses Manuskriptfragment zu werfen«, antwortete er schließlich. »Ich habe schon häufig alte Manuskripte interpretiert und begutachtet.«

Britt horchte auf. »Ich würde Ihre professionelle Einschätzung sehr begrüßen«, sagte sie. »Aber unter einer Bedingung: Dass ich Ihre Schlussfolgerungen in meinem Buch zitieren darf.«

Romano freute sich wahrlich nicht, möglicherweise in eine Medienkontroverse hineingezogen zu werden, die die Lehre der Kirche infrage stellte. Aber schließlich hatte er immer hervorgehoben, dass seine Studenten nach der Wahrheit suchen sollten, wohin sie sie auch führen mochte.

»Ich stehe immer hinter meinen Arbeiten«, sagte Romano. »Wann und wo?«

Romano sah, dass Britt einen Blick auf die abgewetzte Ledertasche auf dem Stuhl vor seinem Schreibtisch warf.

»Wie wäre es Anfang nächster Woche?«, fragte Britt. »Montag oder Dienstag? Ich bringe es hierher. Sie können es in Ihrem Labor untersuchen.«

»Montag wäre prima«, antwortete Romano.

»Pater, halten Sie das für eine gute Idee?«, fragte Carlota.

»Was beunruhigt dich?«

»Es spielt keine Rolle, ob ein Verrückter oder eine Verschwörung hinter dem Attentat und den Morden steckt. Wir sind übereingekommen, dass definitiv ein Zusammenhang mit dem Manuskript besteht. Vielleicht hat Professor Hamar recht. Der Anrufer, der ihr das Fragment zugeschickt hat, hat nichts mit dem Attentat zu tun. Was ist, wenn jemand sie beschattet? Die haben Pater Matteo und Pater Mathews umgebracht. Die wissen, dass Sie Pater Mathews sehr nahe standen. Falls er etwas wusste, könnten Sie es auch wissen. Dann haben sie den Anschlag auf Professor Hamar verübt.«

»Wo befindet sich das Fragment?«, wollte Romano wissen.

»Im Augenblick liegt es in einem Bankschließfach«, antwortete Britt. »Aber Carlota bringt einen interessanten Punkt zur Sprache. Während ich im Krankenhaus war, hat sich jemand in meiner verschlossenen Wohnung Zugang zu meinem Computer verschafft.«

»Dann glaubt jemand also definitiv, dass Sie etwas wissen, was Sie nicht wissen sollten, oder die wollen an dieses Fragment herankommen«, stellte Romano fest. »Es sollte in dem Bankschließfach bleiben, bis die Behörden wissen, wer hinter der Sache steckt.«

»Ich habe Begriffe dieser ganzen verrückten Geschichte in meinen Rechner eingegeben«, meldete sich Charlie zu Wort. Er scrollte durch ein paar markierte Passagen auf seinem Computerbildschirm.

»Die offensichtliche Verbindung sind die Telefonanrufe. Ich wette, das FBI kann herausfinden, woher diese Anrufe kamen.«
Romano holte seine Brieftasche heraus und suchte nach Agent Cutlers Visitenkarte. Er zog das Telefon auf dem Schreibtisch nach vorn und reichte Britt die Karte. »Charlie hat recht. Sie sollten das FBI sofort in Kenntnis setzen und denen von den Anrufen und Ihren Treffen mit den inzwischen verstorbenen Priestern berichten.«
Britt legte die Karte auf den Schreibtisch, stand auf und griff nach ihrer Handtasche. »Tut mir leid, das kann ich nicht. Nicht jetzt.« Sie drehte sich um und ging auf die Tür zu.
Romano nahm den Telefonhörer ab. »Wenn Sie das FBI nicht anrufen, dann mache ich es.«

•32. KAPITEL•

PATER SINCLAIR BETRAT DIE LOBBY des Royal St. Charles Hotels und stellte sich an dem runden Rezeptionstisch an. Eine große silberne Säule ragte von der Mitte des Tisches bis zur Decke durch einen breiten silbernen Ring mit eingelassenen Spotlichtern hinauf, die die Tischfläche in blassgelbe Ovale aufteilten. Er fragte sich, warum Gabriel dieses schicke Hotel, nur einen Block vom Französischen Viertel entfernt, ausgesucht hatte. Es war um einiges exklusiver als das, woran Sinclair gewöhnt war, vor allem im Vergleich zu den Unterkünften, die er als Missionar in Guatemala zur Verfügung haben würde. Aber Gabriel war schließlich einen luxuriöseren Lebensstil gewöhnt.
Das Einchecken ging problemlos vonstatten, und Sinclair fühlte

sich erleichtert, als er die Tür zu seinem Zimmer hinter sich abschloss und die Sicherheitskette vorlegte. Er verstaute seine Reisetasche in der Schranknische und schaltete die Kaffeemaschine ein, die auf der Minibar stand. Während der Kaffee durchlief, machte er es sich in einem der Plüschsessel bequem und wartete auf den Anruf von Gabriel. Wenn jemand die Möglichkeit hatte, ihn zu schützen, bis der Rat dem Morden ein Ende machte, dann war es Gabriel.

•33. KAPITEL•

BRITT ERSTARRTE IN DER TÜR. Romanos Stimme klang plötzlich anders. Sie hatte eine Schärfe, wie sie sie bisher nicht gehört hatte. Sie wusste, dass er beim FBI anrufen würde. Deshalb drehte sie sich zu Romano um. Seine sanften Augen kamen ihr außergewöhnlich dunkel vor.

Sie konnte nicht zulassen, dass sich noch ein weiterer Priester in ihr Leben einmischte. Der Gemeindepfarrer hatte sie gedrängt, für Tyler zu beten. »Gott erhört unsere Gebete«, hatte er ihr immer wieder gesagt. Sie hatte jeden Tag wieder und wieder gebetet. Wenn sie mitten in der Nacht aufwachte, hatte sie sich in den Schlaf gebetet. Was hatte es genützt? Tyler war langsam und qualvoll gestorben. Nach Alains Tod hatte ein anderer Priester sie besucht. Auch er empfahl ihr zu beten, um ihren Kummer zu lindern. Es brachte keine Linderung. Sie hatte den Glauben an Gebete, an Pfarrer und die hohlen Lehren der Kirche verloren. Und dann hatte sie Felix kennengelernt. Seine Geschichte, so bizarr sie auch geklungen hatte, überzeugte sie, dass sie »für klare Verhältnisse sorgen« musste.

Dafür hätte sie ihre Karriere, ja falls nötig sogar ihr Leben aufs Spiel gesetzt. Sie konnte nicht zulassen, dass Romano das FBI anrief.

»Bitte, nicht«, sagte Britt. »Ich fliege in wenigen Stunden nach Wien, wo ich jemanden treffen werde, der mir meine Fragen vielleicht beantworten kann. Ich kann es mir nicht leisten, vom FBI aufgehalten zu werden.«

»Sagen Sie bloß nicht, dass Sie sich mit einem Priester treffen, der am Ende ebenfalls tot sein wird«, entgegnete Romano.

Britt stellte ihre Tasche ab, lehnte sich gegen den Türrahmen und schüttelte den Kopf. »Nein, das ist etwas Anderes. Ich bin mit dem Mann verabredet, der mir die ersten Daten zu *Rex Deus* geliefert hat. Ich habe ihn vor einem Jahr bei einer Versammlung der Saunière-Gesellschaft in London kennengelernt.«

»Du lieber Gott«, protestierte Romano. »Das ist eine Vereinigung von Irren, die überall Verschwörungen wittern. Und falls Sie in Ihrem Buch Hinweise auf *Rex Deus* einbringen, können Sie genauso gut auf König Arthur, Sir Lancelot und den Heiligen Gral verweisen.«

Britt spürte, wie die Wut in ihr aufstieg, konnte sich aber zugleich ein Grinsen nicht verkneifen. Romano hatte ja keine Ahnung, wie nahe er der Wahrheit war. Sie war versucht, ihm den eigentlichen Zweck ihrer Reise mitzuteilen, wusste aber, dass er die Nummer des FBI wählen würde, bevor sie fertig erzählt hatte.

»Ich gebe zu, dass einige dieser Theorien in unterschiedliche Richtungen weisen«, antwortete Britt. »Aber sie enthalten alle ein Körnchen historischer Glaubwürdigkeit.«

»Äußerst winzige Körnchen«, hob Romano hervor.

»Körnchen sind Körnchen.«

»Wir sollten lieber wieder zum Thema kommen«, sagte Romano. »Wen treffen Sie in Wien?«

»Ich kenne ihn nur unter dem Namen Felix. Seine Informationen waren es, die mich zur Nachkommenschaftstheorie geführt haben. Er hat von *Le Serpent Rouge* und von Geheimdokumenten gesprochen, die die Theorie einer direkten Nachkommenschaft Christi stützen könnten. Und dann sind vor ein paar Monaten die Artikel in den französischen Zeitschriften erschienen, die auf ein geheimes Jakobusevangelium hinwiesen. Zu diesem Zeitpunkt hat der Anrufer Kontakt zu mir aufgenommen und mir das Manuskriptfragment zugeschickt.«

»Hat der Anrufer erkennen lassen, dass eine Verbindung zu Felix besteht?«, fragte Romano.

»Überhaupt nicht. Ich habe ihn gefragt, ob Felix ihn auf mich aufmerksam gemacht hat. Er hatte keine Ahnung, wer Felix ist.«

»Und warum treffen Sie sich mit diesem Felix?«

»Felix hat mich gewarnt, dass es gefährlich für mich werden könnte, wenn ich die *Le Serpent Rouge*-Spur verfolge und in meinem Buch darauf hinweise. Seither hatte ich keinen Kontakt zu ihm. Vielleicht kann er mir ja sagen, wer hinter all dem stecken könnte.«

»Dann sollten Sie das FBI unbedingt informieren«, beharrte Romano. »Er könnte derjenige sein, der Sie verfolgt. Er könnte der Mörder sein.«

»Das bezweifle ich ernsthaft«, antwortete Britt. »Er gehört nicht zu jenen Menschen, die sich einmischen. Er ist ein komischer, kauziger Kerl. Glauben Sie mir, ich hätte Felix erkannt, wenn er auf mich geschossen hätte. Und die Polizei hätte mittlerweile eine Beschreibung von ihm, falls er sich in der Nähe einer der Tatorte aufgehalten hätte.«

»Aber das FBI sollte auf ihn aufmerksam gemacht werden.«

»Falls sich das FBI einmischt, wird man Felix nie finden. Ich weiß nicht einmal seinen Nachnamen.«

»Wie haben Sie sich dann mit ihm verabreden können?« wollte Romano wissen.
Britt wusste, dass das Folgende in Romanos Ohren dumm klingen würde. »Er hat mir gesagt, ich könnte mit ihm in Kontakt treten, indem ich einem Buchladen in Wien die Anweisung gebe, eine Nachricht in die Ausgabe eines bestimmten Buchs zu legen.«
Romano lehnte sich zurück und verdrehte gespielt verwundert die Augen. »Sie wollen mich wohl zum Narren halten«, sagte er. »Das muss ein Witz sein.«
Britt biss die Zähne zusammen. »Ist es etwa ein Witz, dass zwei Priester tot sind und auf mich geschossen wurde?«, fragte sie.
Britt sah, wie sich Romanos Kiefermuskeln anspannten und dann, während er über ihre Frage nachzudenken schien, wieder entspannten. Sie bemerkte, dass Carlota und Charlie mit ausdrucksloser Miene auf den Boden starrten.
»Nein, das ist bestimmt kein Witz«, antwortete Romano. »Ich will herausfinden, wer Pater Ted umgebracht hat.«
»Ich bin überzeugt, dass Felix ein paar Antworten liefern kann«, sagte Britt. »Warum kommen Sie nicht mit mir nach Wien und überzeugen sich selbst, wenn Sie die Wahrheit herausfinden wollen? Ich vermute, Felix könnte ebenfalls Priester sein. Vielleicht würden Sie ja gern hören, was er zu sagen hat.«
Romanos Augen weiteten sich erstaunt, blinzelten ein paar Mal und strahlten sie dann entwaffnend an. »Ich habe einen guten Bekannten in Wien«, sagte er schließlich. »Vielleicht kennt er diesen Felix ja sogar. Auf welchen Flug sind Sie gebucht? Ich treffe Sie am Flughafen.«

·34. KAPITEL·

DIE MITGLIEDER DES FÜNFERRATS saßen um den Rosenholztisch und blickten gebannt auf die Daten, die auf den Bildschirmen der Laptops aufleuchteten. Sie gingen das Forschungsmaterial durch, das Philippe Armand in Britt Hamars Wohnung kopiert hatte.

Christien Fortier wurde immer unruhiger, während er sich durch die Computerdateien und Digitalbilder kämpfte. Er hatte keine direkten Hinweise entdeckt, die die Arbeit des Rats gefährden könnten, aber es gab Passagen, die der Wahrheit gefährlich nahe kamen. Hamar verwies mehrfach auf *Rex Deus,* aber auf nichts direkt Belastendes. Es wurden keine Namen genannt. Nur die üblichen Theorien aufgestellt, die seit Jahren in Umlauf waren. Über eine rätselhafte Dynastie, deren Angehörige Geheimnisse über Christus und eine mögliche Nachkommenschaft hüteten. Historische Hinweise auf die Thronfolge des Hauses David nach dem ersten Kreuzzug.

»Hier gibt es Hinweise auf Erzengel.« Der kleine Schotte warf den anderen Mitgliedern einen warnenden Blick zu. »Meist mit Bezug auf die Hohepriester des Tempels von Jerusalem. Sie hat eine Menge Recherchen über die *Kohanim* angestellt. Sogar die genetischen Merkmale hat sie herausgefunden.«

»Werden die Erzengel irgendwo im Zusammenhang mit *Le Serpent Rouge* erwähnt?«, fragte Fortier.

»In diesem Abschnitt wird weder *Le Serpent Rouge* noch die Nachkommenschaft erwähnt. Sie scheint sich auf die Unbefleckte Empfängnis konzentriert zu haben. Sie weist auf die Theorie hin, dass Maria von einem Hohepriester des Tempels von Jerusalem geschwängert worden sein könnte.«

»Oho, das ist ein Problem.« Der bullige Russe beugte sich vor und

deutete auf seinen Laptop. »Hier gibt es eine Passage, in der sie andeutet, dass sie in der Lage sein könnte, den Geheimcode von *Rex Deus* zu knacken.« Sein Sessel knarrte, als er mit dem Finger über den Bildschirm fuhr. »Sie meint, Felix sei der Schlüssel. Er könnte die Details liefern, falls sie ihn zum Reden bringt.«
Fortier sprang auf und ging zu dem Russen hinüber. »Sagen Sie bloß nicht, dass sie Kontakt zu Konrad hatte.«
»Hier ist eine Notiz über einen gebuchten Flug nach Wien«, antwortete der Engländer. »Für heute Abend.«
»Sie könnte es auf Michael abgesehen haben. Wir müssen sie sofort stoppen!«, fügte der Russe hinzu.
»Gar keine Frage«, stellte Fortier fest. »Felix Konrad muss Brittany in diese Richtung gelenkt haben. Vielleicht arbeiten sie ja zusammen.«
»Selbst wenn das nicht der Fall sein sollte, wer weiß, was er ausplaudern und sie damit zu gefährlichen Schlussfolgerungen führen könnte«, sagte der Engländer.
»Philippe hat ihn ein Jahr lang beobachtet, nachdem wir herausgefunden haben, dass er die Beichte seines Onkels auf dem Sterbebett gehört und danach dieses seltsame Verhalten an den Tag gelegt hatte«, erklärte Fortier. »Er hat nicht zu erkennen gegeben, dass er über irgendwelche Fakten Bescheid weiß, die unserer Sache gefährlich werden könnten. Wir sind zu dem Schluss gelangt, dass er einfach Teil der Gerüchteküche um eine Verschwörungstheorie geworden ist. Nachdem die Artikel in den französischen Zeitungen mit den Andeutungen über ein geheimes Jakobusevangelium erschienen sind, habe ich Philippe wieder auf ihn angesetzt. Er konnte keine Verbindung zwischen Konrad und den Artikeln feststellen. Er ist in Konrads Haus eingedrungen und hat nichts gefunden, was mit dem Evangelium zu tun haben könnte. Bei unserem letzten Treffen

sind wir übereingekommen, dass die Hinweise in den Zeitschriften frei erfunden waren. Die angeblichen Übersetzungen waren nicht annähernd korrekt.«

»Na ja, nun sieht es so aus, als sei Konrad wieder auf dem Radarschirm aufgetaucht, und wir sollten lieber kein Risiko eingehen«, sagte der Engländer.

Fortier kehrte an den Kopf des Tisches zurück und scrollte wieder durch eine Datei. »Gibt es Hinweise darauf, dass Britt Hamar irgendetwas mit dem Tod von Uriel und Raphael zu tun haben könnte oder dass sie irgendwelche Kenntnisse über den Inneren Zirkel oder unseren Rat besitzt?«

Die Männer sahen einander fragend an.

Der Schotte rutschte nervös auf seinem Sessel herum. »Keine direkten Hinweise.«

»In Philippes Bericht steht, dass sie Raphael nicht umgebracht haben kann«, antwortete der Russe. »Er ist ihr und Raphael in eine Gaststätte gefolgt, und danach hat sie sich am Eingang des Jesuitenzentrums von ihm verabschiedet und ist wieder nach New York zurückgefahren.«

»Aber was ist, wenn sie einen Komplizen hatte, zum Beispiel Konrad?«, fragte der Engländer. »Vielleicht hat sie Uriel und Raphael reingelegt.« Seine Stimme wurde lauter, so erregt war er. »Wissen wir denn, wo sich Konrad aufgehalten hat?«

»Meine Herren, wir haben noch ein weiteres großes Problem«, verkündete der Deutsche.

Fortier ging zu ihm hinüber und blickte auf die Daten auf seinem Bildschirm.

»In dieser ganzen Datei geht es um das Jakobusevangelium«, stellte der Deutsche fest. »Es ist nur ein kleiner Textabschnitt, aber die Übersetzung scheint korrekt zu sein.«

»Das ist unmöglich.« Fortier beugte sich hinab, fuhr mit dem Finger über das Touchpad und scrollte durch die Datei auf dem Bildschirm. »Es ist unmöglich, dass jemand über das echte Jakobusevangelium Bescheid weiß, geschweige denn eine Übersetzung davon vorliegen hat.«

»Könnte jemand von dem Manuskript Kopien angefertigt haben, bevor Sie es an sich gebracht haben?«, fragte der Russe.

»Ich war dabei, als die Urne aufgebrochen wurde«, antwortete Fortier. »Und ich habe das Manuskript sofort in Verwahrung genommen. Der Ägypter konnte nur einen flüchtigen Blick auf den oberen Teil des Papyrus' werfen. Er kann sich unmöglich etwas von der Unzialschrift eingeprägt haben.«

Fortier richtete sich auf und starrte auf den Bildschirm. »Außerdem findet sich der Abschnitt dieser Übersetzung in der Mitte des Textes.«

»Könnten Uriel oder Raphael die Übersetzung geliefert haben?«, fragte der Schotte. »Falls die beiden von ihr in eine Falle gelockt und von ihrem Komplizen möglicherweise gefoltert oder unter Drogen gesetzt wurden.«

»Ich kann mir nicht vorstellen, dass Konrad dazu fähig wäre«, wandte der Engländer ein.

»Diese Datei ist vor ein paar Monaten gespeichert worden«, stellte der Russe fest und scrollte zum Ende der Datei. »Hier steht, dass sie die Übersetzung vom Original gemacht hat. Außerdem ist hier eine Bestätigung über die Echtheit mittels der C-14-Methode.«

»Unmöglich«, sagte Fortier. »Das Evangelium liegt versiegelt in unserem Sicherheitsraum.«

Der Engländer gesellte sich zu Fortier und blickte auf den Bildschirm. »Das hier gerät allmählich außer Kontrolle. Ich würde sagen, wir sollten sofort Maßnahmen ergreifen. Mrs. Hamar ist definitiv eine Belastung. Und wir hätten uns schon viel früher um Konrad kümmern müssen.«

Fortier fuhr sich mit dem Handrücken über die mit Schweißperlen bedeckte Stirn. Es war unmöglich, dass Brittany Hamar im Besitz eines Originalsegments des Jakobusevangeliums sein konnte. Aber sie hatte eindeutig die korrekte Übersetzung eines kleinen Abschnitts. Er musste etwas unternehmen. Drastische Maßnahmen ergreifen.

»Ich bin der gleichen Meinung«, pflichtete ihm Fortier bei. »Ich empfehle, dass wir Philippe nach Wien schicken, damit er beide ausschaltet.«

Die Mitglieder blickten einander beunruhigt an. Der Russe nickte. Dann der Engländer. Dann der Deutsche. Und schließlich auch der Schotte.

·35. KAPITEL·

»Aa... aber, Pater«, stammelte Charlie, nachdem Britt außer Hörweite war. Er hatte die Augen entsetzt aufgerissen. »Sie haben nur Spaß gemacht, oder?«

»Sie fliegen doch nicht wirklich mit ihr nach Wien, oder?«, fragte Carlota. Sie sah eher schockiert als erstaunt aus.

Romano stellte fest, dass er über seine Reaktion selbst ein wenig verblüfft war. Er war sich absolut nicht mehr sicher, was ihn veranlasst hatte, Britt am Flughafen zu treffen und mit ihr nach Wien zu fliegen. Impulsivität zählte eigentlich nicht zu seinen Charaktereigenschaften. Seine Fakultätskollegen hatten ihn als eine Art Stoiker abgestempelt, der darauf bedacht war, keine vorschnellen

Entscheidungen zu treffen. Das eben war nicht nur vorschnell, sondern unüberlegt gewesen.

»Ich habe ihr gesagt, dass ich sie am Flughafen treffe«, antwortete Romano. »Ihr wollt doch sicher nicht, dass ich mein Versprechen nicht einhalte.«

»Aber das ist verrückt«, warf Charlie ein. »So etwas würde man vielleicht mir zutrauen. Nicht aber Ihnen oder Carlota.«

Romano erwiderte schmunzelnd: »Ich vermute, zwei Faktoren haben bei meiner recht schnellen Entscheidung eine Rolle gespielt.«

Charlie grinste anzüglich. »Sie ist eine gut aussehende Dame.«

Carlota gab ihm einen Klaps auf den Arm, bevor er das Wort »Dame« fertig ausgesprochen hatte. »Hast du sie noch alle, Charlie?«

»Jetzt aber mal langsam«, schaltete sich Romano ein. »Charlie hat das Recht, seine Meinung zu äußern. Und dass ich Priester bin, bedeutet ja noch lange nicht, dass mir meine männlichen Chromosomen abhanden gekommen sind.«

Romano sah, wie Carlota die Augen entgeistert aufriss. »Aber das ist keiner der Gründe«, fügte er hastig hinzu. »Sie scheint bei ihrer Forschung über die Nachkommenschaftstheorie gründliche Arbeit geleistet zu haben, und ich würde gern mehr darüber erfahren, wie sie zu ihren Schlussfolgerungen gekommen ist. Ein langer Flug könnte mir dazu eine gute Gelegenheit bieten. Und ich will herausfinden, warum Pater Ted sterben musste. Wieso sie sich im Zuge ihrer Recherchen ausgerechnet an ihn gewandt hat.«

Charlie kramte in seinem Rucksack. Schließlich zog er ein elektronisches Gerät heraus, das wie ein PDA mit eingebauter Minitastatur aussah. Er rollte seinen Stuhl zu Romanos Schreibtisch hinüber.

»Nehmen Sie meinen Blackberry mit.« Charlie hielt Romano das Gerät hin.
Romano hob abwehrend die Hände und schüttelte den Kopf. »Danke, lieber nicht. Ich habe euch ja erzählt, dass ich auf Handys lieber verzichte.«
»Das ist kein einfaches Handy«, entgegnete Charlie. »Sie können rund um die Uhr E-Mails empfangen und schreiben. Es ist ein Quad Band Handy, deshalb funktioniert es über die Deutsche Telekom auch in Europa.«
Carlotas Blick hellte sich auf. »Nehmen Sie es mit, Pater Romano. Dann können wir mit Ihnen in Kontakt bleiben. Sie können uns heimlich Fragen schicken, und wir können für Sie Recherchen anstellen.«
Romano zögerte, aber dann griff er nach Charlies Blackberry. Er warf einen Blick auf seine Uhr. »Sag mir kurz, wie das Ding zu bedienen ist. Dann muss ich packen und zum Flughafen fahren.«
Charlie gab Romano die nötigen Hinweise und schaltete den Blackberry ein, sodass er seine E-Mails empfangen konnte. Romano schickte Carlota eine Testnachricht, in der er sie und Charlie aufforderte, nach ein paar der alternativen Theorien in Bezug auf die Kreuzigung und Auferstehung Christi zu suchen und bis zu seiner Rückkehr in ein paar Tagen die Stellung zu halten.
Charlie und Carlota steckten an einem der Macs die Köpfe zusammen und beantworteten Romanos Mail. Schon nach wenigen Sekunden vibrierte der Blackberry, und Romano öffnete die Nachricht. Charlie und Carlota klatschten einander ab.
»Prüfung bestanden, Pater!« Charlie beugte sich hinüber und klatschte mit Romano ab. »Sie sind wieder im digitalen Zeitalter angekommen.«
Romano blickte auf die Zeitangabe auf dem Blackberry. »Wenn

ich nicht sofort hier verschwinde, spielt es keine Rolle mehr, ob ich im digitalen Zeitalter angekommen bin. Dann schaffe ich es nicht mehr, die Maschine zu kriegen. Das heißt, wenn ich überhaupt noch ein Ticket bekomme.«

Romano warf einen Blick auf seinen Terminkalender, dann stopfte er ihn in seine Umhängetasche und wandte sich zur Tür. »Ich habe in den nächsten paar Tagen keine Termine. Sagt den Kollegen, dass ich nach Wien geflogen bin. Man kann mich über Pater Heinz Müller im Jesuitenkolleg in Wien erreichen. Oder über das da.« Er hob den Blackberry hoch und stürmte hinaus.

·36. KAPITEL·

LANGSAM DREHTE PHILIPPE ARMAND DAS GLAS Château Lafite, hielt es gegen das Licht und beobachtete, wie sich breite Schlieren bildeten, als der rote Bordeaux an den Seiten der Wölbung hinabrann. Er steckte die Nase in das Kristallglas und atmete das starke, vollmundige Aroma von Mandeln und Veilchen ein, dann nahm er einen kräftigen Schluck und genoss den festen, männlichen Geschmack. Er lehnte sich auf seinem Stuhl zurück und tupfte sich den Mund mit einer Stoffserviette ab. In dem todschicken Imperial Room im Hôtel de Paris zu speisen, war eine Vergünstigung, die er zu schätzen wusste. Üppige goldene Volants hingen über den Türen, auf Marmorsockeln standen Alabasterskulpturen, prächtige vergoldete Leuchter hingen von der gewölbten Decke, und die eleganten Steinsäulen waren mit goldenen Kapitellen versehen. Zu dieser abendlichen Stunde waren in diesem Speisesaal Aristokraten, Wirtschaftsgrößen, berühmte Künstler

und Intellektuelle versammelt – die gesellschaftliche Elite der gesamten Welt.
Wann immer Philippe den Auftrag erhielt, seinem mysteriösen Arbeitgeber persönlich seine Berichte zu überbringen, war im Hôtel de Paris in Monaco ein Zimmer auf seinen Namen reserviert. Das Personal des Hotels stand ihm jederzeit zu Diensten. Es war immer der gleiche Ablauf. Er hinterlegte den Bericht beim Einchecken an der Rezeption, dann machte er es sich in seinem Zimmer mit Ausblick auf den äußerst gepflegten und mit stattlichen Palmen bestandenen Park bequem und wartete auf einen Anruf. Heute Abend hatte er ein paar Stunden in seinem Zimmer verbracht und dann ein exquisites Mahl im Imperial Room genossen. Er hatte sich sogar seine Lieblingsgänseleberpastete gegönnt, in bestem alten Cognac mariniert und mit Trüffeln garniert.
Ein paar Mal war Philippe versucht gewesen, heimlich dem Kurier zu folgen, der seine Berichte bei der Rezeption abholte und seine Rechnung bar bezahlte. Es interessierte ihn brennend, wer sein Arbeitgeber wirklich war. Aber sein Vater hatte ihn gewarnt, dass es besser sei, wenn er sich darüber nicht den Kopf zerbrach, wenn er den Rest seines Lebens im gleichen Luxus verbringen wollte wie sein Vater – mit Betonung auf »Rest des Lebens«.
Philippes Vater, Carlos Armand, hatte sein ganzes Berufsleben als Angestellter desselben Arbeitgebers verbracht. Nachdem Philippe sein Universitätsstudium erfolgreich beendet hatte, wurde er von Carlos ausgebildet, damit er in seine Fußstapfen treten konnte. Er hatte seinem Sohn all die Fertigkeiten beigebracht, die von einem Privatdetektiv beziehungsweise von einem Agenten in Regierungsdiensten verlangt wurden. Und noch eine weitere Kunst hatte er ihm beigebracht: Wie man tötet und verschwindet, ohne Spuren zu hinterlassen. Sein Vater hatte ihn auf den Tag vorbereitet, an dem

diese Kunst von ihm erwartet werden würde, so wie von Carlos im Jahre 1967. Damals hatte Carlos vier Männer unter ganz speziellen Umständen töten müssen. Den Ersten hatte er aus dem Schnellzug Paris-Genf geworfen, um eine wichtige Aktenmappe in seinen Besitz zu bringen. Drei weitere Männer hatte er foltern und erhängen müssen, um an Geheimdokumente über ein privat gedrucktes Werk mit dem Titel *Le Serpent Rouge* zu gelangen, das diese in der Bibliothèque Nationale in Paris deponiert hatten.

Häufig hatte Carlos seinem Sohn erzählt, dass er für eine geheime Organisation mit starken Verbindungen zur Kirche arbeite. Viele seiner Bewachungsjobs hatten mit streng religiösen Dingen zu tun und drehten sich um kirchenkritische geheime Dokumente oder Organisationen. »Tu einfach, was man von dir verlangt und stell keine Fragen«, hatte Carlos zu ihm gesagt. »Neugierde kann vorzeitiges Ableben zur Folge haben«, war ein weiterer Satz, den sein Vater ihm eingetrichtert hatte.

Auf Brittany Hamar zu schießen, war gar nicht so schwierig gewesen, wie er gedacht hatte. Als er den Abzug drückte und sie die Augen entsetzt aufriss und dann zu Boden ging, hatte er sogar einen Adrenalinschub wahrgenommen. Doch jetzt, während er auf den Anruf wartete, war er besorgt. Ihm schwante, dass die Sache sehr schnell eskalieren und er Hilfe gebrauchen könnte, aber sein Vater, der immer seine Stütze gewesen war, war von der Bildfläche verschwunden. Vor fast vier Jahren hatte Carlos einen Sonderauftrag angenommen. Er hatte Philippe gesagt, dass er zwei Monate fort sein würde. Aber er war nicht nach Paris zurückgekehrt, und Philippe hatte nie herausgefunden, was ihm zugestoßen war. Er blieb einfach wie vom Erdboden verschluckt. Insgeheim dachte Philippe, dass sein Vater die Schwelle zur Neugierde möglicherweise überschritten hatte.

Als Philippe gerade sein letztes Glas des feinen Bordeaux austrank, spürte er, dass sein Handy vibrierte. Schnell verließ er den Imperial Room, um den Anruf entgegenzunehmen, und fand in der riesigen Hotelhalle hinter einer der Steinsäulen einen ruhigen Platz. Die durch die bunte Glaskuppel einfallenden Lichtstrahlen tauchten ihn in ein unheimliches Licht. Die Stimme klang, als sei sie elektronisch verfälscht. Philippe wusste nie, ob der Anrufer immer derselbe war. Aufmerksam lauschte er den Instruktionen.
Als sein Arbeitgeber aufgelegt hatte, spürte Philippe, dass ihm ein Schauer über den Rücken lief. Sein Magen krampfte sich zusammen. Der Tag, vor dem ihn sein Vater immer gewarnt hatte, war schließlich doch noch gekommen. Das rief Emotionen wach, die in ihm geschlummert hatten, Emotionen, die er in den Augen seines Vaters wahrgenommen hatte, als dieser ihm von den Ereignissen von 1967 berichtete. Damals hatte er nicht gewusst, ob es sich um Angst oder Aufregung handelte.
Philippe holte seine Tasche aus dem Zimmer und fuhr zum Flughafen, um die nächste Maschine nach Wien zu nehmen. Dort würde er zwei Menschen umbringen und spurlos verschwinden müssen. Aber die Sache hatte einen Haken – er musste einen Priester mitnehmen, den er, koste es, was es wolle, zu beschützen hatte.

·37. KAPITEL·

Pater Romano riss einen der Kartons auf, die noch in seiner neuen Wohnung im America House aufgestapelt waren. Er kramte darin herum und zog einen Lederrucksack heraus, den er immer auf kurzen Reisen mitnahm. Dann holte er seinen Pass aus der

Schreibtischschublade und machte sich ans Packen. Auf dem Weg zu seiner Wohnung hatte er darüber gegrübelt, warum er eigentlich so überstürzt nach Wien fliegen wollte. Das Ganze war letztlich eine impulsive Entscheidung gewesen. Er versuchte, sich selbst einzureden, dass es seine intellektuelle Neugier gewesen sei, aber noch ein anderer Gedanke ließ ihm keine Ruhe. Britt Hamar hatte etwas an sich, was er nicht fassen konnte. Etwas in ihren Augen. Der Art und Weise, wie sie sprach. Es beunruhigte ihn und machte ihn nervös.

Romano stopfte seinen Toilettenbeutel in den Rucksack und überprüfte noch einmal, ob er auch nichts vergessen hatte. Er war fasziniert von Britts verbissenem Festhalten an einer allgemeinen Philosophie, die bestens geeignet zu sein schien, die kanonischen Lehren der Christenheit zu widerlegen. Doch nichts von dem, was sie mit ihm und seinen Assistenten besprochen hatte, konnte eine so strittige Theorie auch nur annähernd belegen. Selbst wenn ein Dokument existierte, das als authentisch und aus der Zeit Jesu stammend bestätigt war, konnte es von einem Radikalen oder von einem jüdischen Hohepriester verfasst worden sein, der versucht hatte, die aufkommende christliche Bewegung zu diskreditieren. Die Interpretation und Bewertung antiker Dokumente erforderten weit mehr, als nur die Bestimmung des Alters mit Hilfe der C-14-Methode. Außerdem hatte er das Gefühl, dass es Faktoren gab, die Britt nach wie vor verheimlichte. Irgendetwas hatte sie auf diese Fährte gelockt. Etwas, vor dem sie sich entweder fürchtete oder das ihr peinlich war. Und vielleicht konnte dieses Etwas die Antwort auf die Frage liefern, wer oder was Ted umgebracht hatte.

Romano war schon fast aus der Tür, als ihm Pater Cristoforo einfiel. Er griff nach dem Telefon und wollte den Assistenten des Ordensgenerals anrufen, aber dann wurde ihm klar, dass es in Rom bereits spät am Abend war. Schnell schrieb er an seinem Computer eine E-Mail, durch die er Cristoforo über das Attentat auf Brittany Hamar in Kenntnis setzte. Er erwähnte ihre Besuche bei beiden inzwischen verstorbenen Priestern sowie den mysteriösen Anrufer, der ihr die Namen genannt und angedeutet hatte, dass sie Informationen über die Nachkommenschaftstheorie besäßen. Romano hob hervor, dass Britt erschrocken gewesen sei, als sie erfuhr, dass Pater Mathews tot sei, und dass er sicher sei, dass sie nicht direkt etwas mit den Todesfällen zu tun hatte. Er teilte ihm mit, dass er mit Britt nach Wien reisen werde, um sich dort mit einem Priester zu treffen, der möglicherweise Informationen hatte, die zur Aufklärung der Todesfälle beitragen könnten. Er beschrieb den seltsamen Brief von Pater Mathews, in dem er gedrängt werde, Kontakt zu Pater Sinclair aufzunehmen, und erklärte, dass er Cristoforo über die weiteren Entwicklungen auf dem Laufenden halten würde. Als Romano die Mail abschickte, wurde ihm klar, wie schrecklich dumm er war. Er hatte Charlies Blackberry bei sich und hätte diese Mail schreiben können, während er auf dem Flughafen am Schalter in der Schlange stand.

Romano warf einen Blick auf seine Uhr und geriet in Panik. Er würde einen Taxifahrer mit Bleifuß brauchen, wenn er noch eine Chance haben wollte, rechtzeitig am Flughafen zu sein, um einen Platz in Britts Maschine zu buchen und durch die Sicherheitskontrollen zu kommen. Er warf sich den Rucksack über die Schulter, eilte durch den Seitenausgang aus dem Gebäude, rannte die 56th Street hinunter zur 6th Avenue und winkte wie wild dem ersten vorbeikommenden Taxi. Der Fahrer bremste scharf ab und strahlte übers ganze Gesicht, als Romano JFK sagte.

Während das Taxi mehrfach schnell um die Ecken bog, um durch den Queens Midtown Tunnel auf den Long Island Expressway zu fahren, machte es sich Romano auf dem Rücksitz bequem und atmete tief durch. Er war sich noch immer nicht ganz sicher, warum er eigentlich so überstürzt nach Wien fliegen wollte – und das mit »einer gut aussehenden Dame«, wie Charlie es ausgedrückt hatte.

·38. KAPITEL·

GABRIEL ZOG SICH DEN SCHILD seiner Kappe der New Orleans Saints tief in die Stirn und steuerte auf eine Telefonzelle an der St. Charles Avenue zu. Vor dem Royal St. Charles Hotel flatterte eine amerikanische Flagge im Nachmittagswind. Er wählte die Nummer des Hotels und wurde sofort zu Pater Sinclair durchgestellt.

»Ich bin gerade angekommen«, sagte Gabriel. »Ich müsste in Kürze im Hotel sein. Hatten Sie irgendwelche Probleme?«

»Bis jetzt ging alles glatt. Aber ich werde erleichtert sein, wenn Sie mich informieren, was eigentlich los ist.«

»Sind Sie sicher, dass Ihnen niemand gefolgt ist?«

»Ich bin die ganze Strecke zum Hotel zu Fuß gegangen und habe niemanden bemerkt. Ich bin sogar ein paar Straßen zurückgelaufen, um mich zu vergewissern. Wo fahren wir hin? Wie sieht der Plan aus?«

Gabriel schaute die Straße hinauf und hinunter. Wie üblich drängten sich die Fußgänger in Richtung Französisches Viertel, um rechtzeitig zur Happy Hour dort zu sein. »Alles ist in Ordnung«, sagte er. »Alles ist unter Kontrolle. Ich erkläre es Ihnen, sobald ich in Ihrem Zimmer bin. Welche Nummer haben Sie?«

»Zweihundertsechzehn. Direkt neben dem Aufzug.«

»Ich bin in ein paar Minuten bei Ihnen.«

Gabriel legte auf, schulterte seine Umhängetasche und ging die Straße hinauf Richtung Hotel. Am Eingang wartete er, bis eine Frau in einem geblümten Kleid und einem komischen rosafarbenen Hut und ein Mann in einem »Ragin-Cajun«-T-Shirt durch die Drehtür verschwanden. Er folgte ihnen, und als die beiden in die kleine Bar der Lobby gingen, steuerte er direkt auf den Lift zu.
Während der kurzen Fahrt in die zweite Etage zog er sein Zigarrenetui aus der Umhängetasche und steckte es in seine Jacketttasche. Als der Aufzug mit einem Ruck zum Stehen kam, griff er in seine Seitentasche und legte die Hand um einen Elektroschocker.
Er klopfte einmal an die Tür mit dem Schild 216. Sofort ging sie auf, Gabriel stürmte hinein und drückte Sinclair den Elektroschocker an die Brust. Der Priester riss verdutzt die Augen und den Mund auf und sackte auf dem Teppich zusammen. Sein Körper zuckte, als Gabriel die Tür verschloss und den Sicherheitsriegel vorlegte. Gabriel öffnete das Zigarrenetui, zog die Spritze heraus, stach sie Sinclair in die Brust und injizierte ihm den gesamten Inhalt langsam ins Herz.
Er steckte die leere Spritze wieder ins Etui und holte aus der zweiten Zigarrenhülse eine kleine Phiole heraus. Er öffnete die Phiole, betupfte seinen Zeigefinger mit ein paar Tropfen Öl und machte auf Sinclairs Stirn das Kreuzzeichen. »Durch diese heilige Salbung helfe dir der Herr in seinem reichen Erbarmen, er stehe dir bei mit der Kraft des heiligen Geistes.« Dann salbte er auch Sinclairs Handflächen mit dem Kreuzzeichen und sagte: »Der Herr, der dich von deinen Sünden befreit, rette dich, in seiner Gnade richte er dich auf. Amen.« Die Hände zum Gebet gefaltet, beobachtete er, wie Sinclair ins Koma fiel und starb.
Vorsichtig zog Gabriel die Leiche ins Bad, entkleidete sie und legte sie in die Badewanne. Dann öffnete er die dritte Zigarrenhülse und

holte einen Eisennagel mit einem Kopf in Form eines abgeflachten Kreuzes heraus. Aus seiner Umhängetasche zog er einen kleinen Hammer und schlug den Nagel durch Sinclairs Handgelenke und Füße und stimmte unterdessen einen lateinischen Gesang an, der wie ein Glaubensbekenntnis klang. Er hielt inne, um sich mit dem Handrücken die Schweißperlen von der Stirn zu wischen, dann stieß er Sinclair mit einer scharfen Klinge in die Seite und stach ihm rund um seinen Schädel in die Kopfhaut.

Als Gabriel fertig war, wischte er das Blut mit Toilettenpapier ab und spülte es hinunter. Dann hob er die Leiche vorsichtig aus der Badewanne und schleppte sie ins Zimmer, wo er sie auf die schöne Bettdecke legte. Er faltete ihm die Hände, drückte dem Priester die Augen zu und sprach ein letztes Gebet. Dann rief er die Polizei von New Orleans an und sagte, sie solle nach Pater Sinclair sehen, dem im Royal St. Charles Hotel möglicherweise etwas zugestoßen sei.

Schnell verließ Gabriel das Hotel und ging durch das nahe Französische Viertel, wo er ein Taxi anhielt, um zum Flughafen und zum letzten Teil seines religiösen Auftrags zu fahren. Eine seltsame Ruhe bemächtigte sich seiner. Es war, als gerate er in das Auge des Sturms.

·39. KAPITEL·

BRIAN DONAHUE BETRAT DAS STRATEGISCHE EINSATZZENTRUM, SIOC, im fünften Stockwerk des Hoover Gebäudes. Das SIOC war der Ort, an dem die kapitalen Fälle ermittelt wurden. Tom Cutler brachte gerade ein FBI-Team über die Todesfälle der Priester auf den neuesten Stand. Donahue reichte ihm ein Update und nahm dann am Kopf des Tisches Platz.

Cutler überflog den Ausdruck und legte ihn in einen Scanner, der neben seinem Lesepult stand. Ein Bericht von der Dienststelle in Louisiana erschien auf der Leinwand hinter ihm. »Sie sind hier, weil die Bedeutung der Fälle, die ich soeben dargelegt habe, gerade heraufgestuft worden ist. Wir haben einen dritten toten Priester. Dieselbe Auffindungssituation wie bei den ersten beiden, allerdings wurden dieses Mal Spuren eines Elektroschockers auf der Brust der Leiche gefunden. Brian, liegen inzwischen die Obduktionsergebnisse der ersten beiden vor?«

»Darauf warte ich noch. Die ersten Ergebnisse deuten auf das gleiche Gift hin. Es werden noch weitere Tests durchgeführt und mit Spanien koordiniert. Morgen sollten wir die Resultate auf dem Schreibtisch haben.«

Cutler legte eine Nahaufnahme von Pater Mathews ein, die die Stigmata zeigte. »Zumindest können wir ein göttliches Eingreifen mit großer Wahrscheinlichkeit ausschließen.« Vereinzeltes Kichern war zu vernehmen. »Meine Damen und Herren, das ist ein ernster Fall. Da draußen läuft ein Serienkiller herum, und wir haben keinerlei stichhaltige Anhaltspunkte. Brian, wie sieht es mit Brittany Hamar aus?«

»Wir haben einen Beamten vor ihrer Wohnung postiert. Bislang ist sie nicht aufgetaucht. Einer ihrer Nachbarn meinte, er habe sie mit einer Reisetasche weggehen sehen.«

»Ich möchte sie zur Befragung in diesem Büro sehen.«

»Wir prüfen gerade sämtliche Flug- und Bahnreservierungen.« Donahue deutete auf die Leinwand. »Es ist unmöglich, dass sie dafür nach New Orleans gereist sein kann.«

Cutler schlug mit der Faust auf sein Lesepult. »Das ist mir egal.

Bislang ist sie unser einziger Anhaltspunkt. Ich will nicht, dass hier in den USA vor unseren Augen noch mehr Priester umgebracht werden. Marcia und Tim, ich möchte, dass Sie sich mit New Orleans abstimmen. Ich will wissen, mit wem dieser Priester sich in den letzten Tagen getroffen und unterhalten hat. Die Übrigen von Ihnen kennen ihre Aufgaben.«

Das Team verließ den Raum. Cutler wandte sich an seinen Partner. »Brian, wir bleiben hier, bis wir Brittany Hamar aufgespürt haben. Es ist mir egal, wenn wir eine Nachtschicht einlegen müssen. Treib die Leute, die die Reservierungen prüfen, zur Eile an. Ich werde noch ein paar Kollegen für die Befragung ihrer Nachbarn abstellen. Ich bin überzeugt, dass da draußen irgendein Irrer herumläuft, und es wird nicht lange dauern, bis noch ein Priester tot aufgefunden wird.«

·40. KAPITEL·

PATER ROMANO WAR DER LETZTE PASSAGIER, der an Bord der Austrian-Airlines-Maschine nach Wien ging. Er fand seinen Platz, als die Stewardess sich gerade bereit machte, mit ihren üblichen Passagierinformationen und den Sicherheitshinweisen zu beginnen.

»Entschuldigen Sie bitte, Madam. Ich glaube, der Platz neben Ihnen ist meiner.« Romano lächelte auf Britt hinab.

Sie blickte verdutzt auf. »Das ist aber eine Überraschung!«

»Es war knapp, aber ich bin hier.« Romano öffnete das Handgepäckfach und schob seinen Rucksack zwischen zwei Reisetaschen.

Britt löste ihren Sicherheitsgurt, stand auf und ließ ihn vorbei. »Mit Ihnen habe ich nun wahrlich nicht mehr gerechnet!«

Er rutschte auf den mittleren Sitz. »Es gibt eine Menge zu besprechen, und nichts ist dafür geeigneter als ein langer Flug.«
»Falls Sie mich lange genug wach halten können.« Britt seufzte. »Die letzten Tage waren anstrengend.«
»Dann unterhalten wir uns eben zwischen Ihren Nickerchen. Ich gebe zu, dass ich mich von dem Schock über Pater Teds Tod noch nicht ganz erholt habe. Aber ich bin überzeugt, dass etwas in Ihren Nachforschungen zu diesen Todesfällen und zu dem Attentat auf Sie geführt hat.«
Der Lärm der Düsentriebwerke erfüllte die Kabine, und der Airbus A 330 nahm auf der Startbahn Geschwindigkeit auf. Britt umklammerte die Armlehne zwischen ihnen so fest, dass ihre Fingerknöchel ganz weiß wurden. »Ich sehe, dass Sie kein Flug-Fan sind.«
Sie drückte sich in ihren Sitz, als das Flugzeug weiter beschleunigte und von der Startbahn abhob. Während des steilen Steigflugs holte Britt tief Luft und hielt sie eine Weile an. Als die Maschine wieder etwas waagerechter flog, schien Britt sich ein wenig zu entspannen. »Tut mir leid. Gleich geht es mir wieder besser.«
Romano wartete, bis Britt die Umklammerung gelöst und ein paar Mal normal durchgeatmet hatte. »Ich habe mir Ihren Verdacht durch den Kopf gehen lassen, dass die Kirche ihre Hand im Spiel haben könnte. Warum sollte die Kirche ihre eigenen Priester umbringen? Ich kann mir dafür nicht einmal die bizarrste Rechtfertigung vorstellen.«
»Was ist, wenn sie auf Fakten gestoßen sind, die sich nachteilig auf die Kirche auswirken könnten? Falls irgendeine kirchliche Gruppe mir gefolgt ist und beobachtet hat, dass ich mich mit den beiden Priestern getroffen habe, könnten sie deren Tod und das Attentat auf mich befürwortet haben, um die Kirche zu schützen.«

Romano schüttelte den Kopf. »Glauben Sie mir. Ich bezweifle, dass die Kirche Geheimagenten hat, die herumlaufen und Leute umbringen.«

»Joseph, Sie müssen zugeben, dass die Hände der Kirche nicht frei von Blut sind.«

»Sie schließen vom Mittelalter auf heute. Es hat sich eine Menge verändert. Und verändert sich weiter. Es gibt keine kirchliche Geheimpolizei, und die Kurie kontrolliert die exekutiven, judikativen und legislativen Behörden des Heiligen Stuhls. Es gibt viele Sicherheitssysteme.«

»Aber Sie müssen zugeben, dass der Papst, die Kardinäle und die Bischöfe große Macht besitzen. Und es ist noch nicht allzu lange her, da sind wegen ähnlicher Forschungen wie meinen Morde begangen worden.«

Romano warf Britt einen skeptischen Blick zu. »Forschungen zur Nachkommenschaft Jesu?«

»Felix, der Mann, den ich in Wien treffen werde, hat mich gewarnt, dass ich mich in große Gefahr begebe, wenn ich meine Forschungen fortsetze. Er hat auf vier Morde im Zusammenhang mit *Le Serpent Rouge* hingewiesen, die 1967 in Frankreich begangen wurden. Ich bin seiner Aussage nachgegangen und habe herausgefunden, dass ein österreichischer Miniaturenhändler, Leo Schidlof, mit Werken zu tun hatte, die den Titel ›Dossiers Secrets‹ trugen, und der angeblich Dokumente über eine Nachkommenschaft Jesu besaß. Nach seinem Tod wurde eine Aktenmappe mit seinen Papieren einem Mann namens Fakhar ul Islama ausgehändigt, der aus dem Schnellzug Paris-Genf geworfen und dessen Leiche auf den Schienen entdeckt wurde. Die Aktenmappe wurde nie gefunden. Einen Monat nach Islamas Tod wurde ein geheim gedrucktes Werk mit dem Titel ›Le Serpent Rouge‹ in der Bibliothèque Nationale de Paris hinterlegt. Es enthielt einen merowingischen Stammbaum und zwei Landkarten von Frankreich zur Zeit der Merowinger sowie Hinweise auf unser Poussin Gemälde ›Les Bergers d'Arcadie‹. In diesem Werk war von einer roten Schlange die Rede, die sich über die Jahrhunderte durch Frankreich winde, eine direkte Anspielung auf eine leibliche Nachkommenschaft Jesu beziehungsweise einen Stammbaum. Alle drei Autoren von ›Le Serpent Rouge‹ wurden erhängt aufgefunden. Es wurde nie ein schriftlicher Nachweis ihrer Veröffentlichung entdeckt.«

»Das ist eine faszinierende Geschichte, aber Sie müssen zugeben, dass es nicht den Hauch eines verlässlichen Beweises für eine Nachkommenschaft Jesu gibt.«

»Genau das ist der Punkt«, antwortete Britt. »Die Leute, die im Besitz des Beweises gewesen sein könnten, sind tot, und der Beweis ist verschwunden. Ich habe einen Abschnitt eines Evangeliums, das die Bemühungen beschreibt, Jesus nach der Kreuzigung wieder zu beleben, und erwähnt, dass Maria Magdalena schwanger war.«

Romano konnte nicht glauben, was er da gerade gehört hatte. »Sie behaupten also, dass das in Ihrem Besitz befindliche Manuskriptfragment detailliert auf die Kreuzigung eingeht – und auf ein Kind?«

Britt drehte sich in ihrem Sitz und schaute Romano direkt an. »Das ist richtig. Es beschreibt, dass Simon Zelotes den Einsatz von gesäuertem Wein, gemischt mit einem Schlangengift, angeordnet hat, der Jesus am Kreuz verabreicht werden sollte, um ihn in einen komatösen Zustand zu versetzen. Als Jesus am Kreuz das Getränk zum ersten Mal angeboten wurde, lehnte er ab. Unmittelbar vor seinem Tod tränkte ein Zuschauer einen Schwamm mit dem Wein, steckte ihn an einen Stab und hielt ihn Jesus hin. Gleich nachdem er davon getrunken hatte, sagte Jesus: ›Es ist vollbracht‹, senkte das Haupt und gab den Geist auf. In der Passage, die ich habe, ist davon die Rede, dass er zum Familiengrab gebracht wurde, wo –«

»Wow!« Romano schüttelte den Kopf und hob den Finger. »Was meinen Sie mit ›Familiengrab‹?«

»Das ist nur ein weiteres Beispiel dafür, dass die Kirche es, wenn es ihr passt, einfach unterlässt, die Bedeutung bestimmter Passagen der Schrift genauer zu untersuchen.«

»Ich kann Ihnen nicht folgen.«

»Die katholische Kirche ist dezidiert der Meinung, dass Jesus keine Brüder und Schwestern hatte. Meiner Ansicht nach versucht sie einfach zu belegen, dass die Jungfrau Maria ihr Leben lang Jungfrau war. Sie interpretiert die griechischen Wörter ›Bruder‹ und ›Schwester‹ als unter den Juden zur Zeit Jesu gebräuchliche Begriffe und verweist darauf, dass diese auch Neffen, Nichten und Cousinen bedeuten könnten.«

»Ich räume ein, dass das unter Gelehrten und anderen christlichen Glaubensrichtungen ein Zankapfel ist. Aber was hat das mit einem Familiengrab zu tun? Das Grab, in dem Jesus bestattet wurde, gehörte Joseph von Arimathäa, einem angesehenen Mitglied der Sanhedrin.«

»In einigen der Evangelien steht, dass Joseph ein Jünger Jesu war.«

Romano nickte. »Aber das heißt noch lange nicht, dass er zur Familie gehörte.«

»Wenn ich die Logik des damaligen Sprachgebrauchs anwende, kann ich Ihnen darlegen, dass Joseph von Arimathäa ein Bruder Jesu gewesen sein könnte.«

Romano konnte Britts Gedankengang nicht folgen. »Ich sehe da keinen Zusammenhang.«

»Das ging mir zunächst auch so. Aber als ich es strikt nach dem damaligen Sprachgebrauch analysierte, habe ich allmählich eine Verbindung gesehen.«
»Und?«
»Würde es einen Sinn ergeben, dass man den Leichnam der Familie Jesu zur Bestattung überlassen hat?«
»Vielleicht unter normalen Umständen bei einem Dieb oder einem anderen Kriminellen. Jesus wurde jedoch der Volksverhetzung angeklagt. Ich sehe keine Verbindung zum damaligen Sprachgebrauch.«
Die Kabinenbeleuchtung wurde gedämpft. Die Frau, die auf der anderen Seite von Romano saß, kuschelte sich in ihren Sitz und legte den Kopf gegen ein Kissen, das sie zwischen ihren Sitz und das Fenster geklemmt hatte.
Britt drehte sich herum, bis sie Romano direkt anschauen konnte. Das schwache Kabinenlicht und die flackernden Overhead Bildschirme, in denen der neueste Kinofilm lief, warfen weiche Schatten auf ihr Gesicht. »Bitte haben Sie Geduld mit mir.«
»Glauben Sie mir, die habe ich.« Romano senkte die Stimme und beugte sich zu Britt hinüber, damit er die andere Frau nicht störte. »Sie haben meine ganze Aufmerksamkeit. Ich sehe nur nicht, worauf Sie mit der Sprachinterpretation hinauswollen.«
»Es geht darum, wer Joseph von Arimathäa wirklich war. Viele Personen werden in den Evangelien nicht bei ihrem richtigen Namen genannt. Der heilige Matthäus wird beispielsweise als ›Levi von Alphaeus‹, ›Levi, Sohn des Alphaeus‹ oder ›Levi, der Nachfolger‹ bezeichnet. Das Wort Arimathäa ist eine Verbindung aus dem hebräischen *ha ram* oder *ha rama,* was das Höchste bedeutet, und dem griechischen *theo,* Gott. Zusammengesetzt heißt es also vom höchsten Gott, *Ha Rama Theo,* beziehungsweise Göttliche Herrlichkeit.«

Romano konnte noch immer keine direkte Verbindung erkennen. »Aber es gibt keinen Hinweis auf einen Joseph mit Ausnahme von Marias Mann, der als Zimmermann beziehungsweise Handwerker beschrieben wird.«

»Ich glaube nicht, dass dieser Joseph gemeint ist. Ich glaube, es bezieht sich auf Jakobus, den Bruder Jesu, der in den Reihen der jüdischen Gemeinde seine eigene Anhängerschaft hatte.«

»Da wird die wissenschaftliche Freiheit aber arg strapaziert. Wie kommen Sie darauf, dass Jakobus als Joseph bezeichnet werden kann?«

»Die meisten Gelehrten sind der Meinung, dass Jesus der Anwärter auf den Thron Davids war. Der patriarchalische Titel von Joseph wurde auf den nächsten in der Thronfolge übertragen. Da Jesus als David betrachtet wurde, wurde sein ältester Bruder, Jakobus, als Joseph bezeichnet.«

Romano klopfte mit den Fingerspitzen seiner Rechten in die linke Handfläche, um feierliches Applaudieren anzudeuten. »Ich gebe Ihnen recht, Britt, das ist eine interessante Theorie. Aber Sie werden weit mehr brauchen, wenn Sie diese vor einer akademischen Kollegenjury als glaubhaft verteidigen wollen.« Er überlegte einen Augenblick. »Was ist, wenn Joseph von Arimathäa als respektiertes Mitglied der hebräischen Gemeinde sein Grab freiwillig den Sanhedrin und den römischen Behörden angeboten hat, damit es bewacht wurde, sodass der Leichnam nicht gestohlen werden konnte und weitere Spannungen vermieden wurden?«

»Führt das nicht weiter von den bekannten Fakten weg als die Vermutung, dass Jesus in einem Grab bestattet wurde, das seiner eigenen Familie gehörte? Und wäre es für Pilatus nicht sinnvoller, dem respektierten Bruder von Jesus die Verantwortung zu überlassen? Das würde auch erklären, warum die Frauen aus Jesu Familie die von Jakobus getroffenen Entscheidungen widerspruchslos akzeptierten.«

Romano kratzte seinen Schnurrbart und runzelte die Stirn. »Ich muss sagen, dass ich Ihre Phantasie und Ihre gründliche Forschung bewundere. Sie haben mein Interesse geweckt. Ich freue mich darauf, das Evangeliumssegment zu analysieren. Das könnte mich Ihrer Theorie näher bringen. Aber zum gegenwärtigen Zeitpunkt ist es nichts als eine Theorie. Sie müssen bedenken, dass ich selbst abweichende Theorien über Jesus und das Christentum untersucht habe. Das Endresultat ist in allen Fällen, dass ihnen die stichhaltigen Beweise fehlen. Die in das Neue Testament aufgenommenen Evangelien wurden über die Jahrhunderte gründlich untersucht und als die verlässlichsten ausgewiesen.«

»Ich bitte um nichts anderes als Unvoreingenommenheit. Der letzte Abschnitt des Dokuments bezieht sich auf die Jünger, die heimlich Aloe und Myrrhe als Laxativum eingesetzt haben, um Jesus wieder zu beleben.« Britt hatte allem Anschein nach damit zu kämpfen, die Augen offen zu halten. »Bei Johannes heißt es, dass Nikodemus hundert Pfund dieser Pflanzen zur Grabstätte gebracht hat.«

»Aber wenn Jesus am Kreuz gestorben ist, wäre es dann nicht eher eine Auferstehung als eine Wiederbelebung gewesen?«

»Ich habe Ihnen erzählt, dass in meinem Evangeliumssegment von Schlangengift die Rede ist und davon, dass Jesus in einen komatösen Zustand versetzt wurde.«

»Aber hätte das seinen Tod durch Ersticken nicht beschleunigt? So weit ich mich erinnere, werden bei einer Kreuzigung die Brustmuskeln und das Zwerchfell gedehnt, was die Brust in die Einatmungsposition bringt. Um ausatmen zu können, musste sich der Gekreuzigte auf die Füße stellen, damit die Muskelspannung nachließ. Mit der Zeit trat Erschöpfung ein. Er konnte sich nicht mehr aufstellen. Konnte also nicht mehr atmen. Falls Jesus ins Koma fiel, müsste er sehr rasch erstickt sein.«

»Ich bin zu der gleichen Schlussfolgerung gelangt, bis ich mir den Bericht genauer angesehen habe. Als die Soldaten zu Jesus kamen, nachdem sie den beiden anderen, die mit ihm gekreuzigt wurden, die Beine gebrochen hatten, sahen sie, dass er tot war, und einer der Soldaten stieß ihm seine Lanze in die Seite, und aus der Wunde flossen Blut und Wasser. Mediziner sind der Meinung, dass das Wasser sich in der Membran rund um Herz und Lunge angesammelt und das Ersticken beschleunigt hat. Als die Lanze herausgezogen wurde, floss die Flüssigkeit ab, was das Ersticken verzögert haben könnte.«

Romano legte die Fingerspitzen vor seinem Mund zusammen und nickte. »Ich muss zugeben, das ist eine interessante Theorie, aber was sagt das Jakobusevangelium über die angebliche Wiederbelebung? War sie erfolgreich? Und was ist mit dem Körper, ob nun tot oder lebendig, geschehen?«

Britt senkte den Blick. »Leider endet das Evangeliumssegment, bevor das geklärt wird. Deshalb habe ich auch keinen Augenblick gezögert, zur Grand Central zu gehen, um auch den Rest zu bekommen.« Sie blickte zu Romano auf. Ihre Augen waren vor Müdigkeit ganz glasig, aber sie schaffte es dennoch, ihm ein schwaches Lächeln zuzuwerfen.

Romano gelang so etwas wie ein Grinsen. »Bei mir war es genauso. Und das ohne einen Schimmer, was in diesem so genannten Evangelium stehen könnte.«

»Aber in meinem Dokument gibt es einen Hinweis, dass Maria Magdalena schwanger war. Um genau zu sein, dass sie Zwillinge erwartete.«

»Na, das ist eine Vorstellung, die in jeder alternativen Theorie auftaucht.« Ein anderer Gedanke schoss Romano durch den Kopf. »Sie wissen, dass Maria Magdalena zudem Ihre Theorie stützt, dass Joseph von Arimathäa eigentlich Jakobus gewesen sein könnte. Ich habe eine Reihe von wissenschaftlichen Abhandlungen gelesen, in denen behauptet wird, Maria sei in Wahrheit Miriam gewesen, die aus dem Fischerdorf Magdala stammte.«

Britt klappte ihren Sitz ein wenig nach hinten und lehnte sich zurück. »Ich denke, es besteht ein Hoffnungsschimmer, dass Sie meine Theorie vielleicht am Ende doch noch unterstützen.«

»Ach, bis dahin ist es noch ein sehr weiter Weg.« Romano klappte seinen Sitz genauso weit nach hinten wie Britts. »Ich würde sagen, wir befinden uns in dem Stadium, dass wir uns einig sind, verschiedener Meinung zu sein.«

»Na ja, immerhin ein Fortschritt.«

Romano bemerkte, dass Britt die Augen geschlossen hatte. »Warum schlafen wir nicht ein Weilchen und reden weiter, wenn unsere Gehirne nicht mehr so erschöpft sind? Ich bin jedenfalls fix und fertig.«

Britt murmelte: »Großartige Idee.« Dann kippte ihr Kopf auch schon ein Stück zur Seite.

Romanos Lider fühlten sich schwer an. Er würde gleich einschlafen, aber er war froh, dass er diese Reise angetreten hatte. Er sah Britt Hamar bereits in einem etwas anderen Licht. Auch wenn ihre Theorien auf einigen fragwürdigen Prämissen basierten, so schien sie in ihren Überzeugungen jedenfalls aufrichtig zu sein. Aber er konnte den unterschwelligen Groll auf Britt, der in ihm über das nagte, was Ted zugestoßen war, nicht ganz loswerden. Er schüttelte den Kopf. Vielleicht war die Einschätzung voreilig, dass Britt auch nur indirekt für Teds Tod verantwortlich war.

Er schaute zu Britt hinüber. Ihre Brust hob und senkte sich langsam im Schlaf. Sie machte einen so unschuldigen Eindruck, wie sie sich ihre verletzte Schulter hielt und fest schlief. Plötzlich zuckte ihr Körper, und sie rutschte näher zu ihm heran. Ihr Kopf fiel langsam tiefer, bis er schließlich auf seiner Schulter lag.

Romano wischte sich seine verschwitzten Hände an der Hose ab und schloss die Augen. Das Bild von Marta tauchte in der Dunkelheit immer wieder vor seinem inneren Auge auf. Egal, wie sehr er sich bemühte, er konnte dieses Bild, das sich in sein Gehirn eingebrannt hatte, nicht auslöschen oder die Gedanken beiseite schieben, wie sein Leben mit ihr hätte verlaufen können. Die Wut auf seine Mutter schwelte immer im Hintergrund. Er versuchte, das Geschehene mit Pater Teds Worten zu rechtfertigen: *Vielleicht war es eine göttliche Prüfung, um dich zum Priestertum zu führen, damit du auf viele Leben einwirken kannst.* Wie sehr er sich auch bemühte, er konnte das, was geschehen war, nicht akzeptieren.

Martas lächelndes Gesicht verschwand in einem immer dunkler werdenden Nebel, und Romano bemerkte, dass sein Atem den gleichen langsamen Rhythmus annahm, in dem sich die Brust der warmen Gestalt an seiner Schulter hob und senkte.

•41. KAPITEL•

AGENT TOM CUTLER MAMPFTE DEN ZWEITEN ENERGIERIEGEL aus dem Vorrat, den er in seiner Schreibtischschublade für solche Gelegenheiten aufbewahrte. Er saß über seinen Computer gebeugt und ging die neuesten Berichte seines Teams durch. Seine Frau Maggie war sicher nicht begeistert, dass er wieder sehr spät nach Hause kommen würde, falls er nicht sogar eine Nachtschicht würde ein-

legen müssen. Aber Cutler hatte das Gefühl, dass diese Mordserie noch nicht vorüber war, und er musste denjenigen aufhalten.
Seine Beamten hatten sämtliche Nachbarn von Brittany Hamar befragt, und nur einer von ihnen hatte sie mit einer kleinen Reisetasche das Haus verlassen sehen. Sie war nicht in ihre Wohnung zurückgekehrt, und bislang war sie die einzige direkte Verbindung zu mindestens zwei Todesfällen. Und dann wurde auch noch auf sie geschossen. Das Ganze entpuppte sich als absolutes Chaos. Sobald die Details über die Toten und die Stigmata in die Medien gelangten, würden sich die Skandalblätter darauf stürzen. Dann würde die Polizei mit Anrufen von allen möglichen Irren und Verschwörungsfanatikern bombardiert werden.

Donahue kam in Cutlers Büro, einen Stapel Papier im Arm. »Tom, wir haben Brittany Hamar aufgespürt.«

»Klasse. Hervorragend.« Cutler griff nach seinem Jackett. »Los, befragen wir sie.«

Donahue legte die Papiere auf den Schreibtisch und hob die Hand. »Warte, Tom, heute Abend erwischen wir sie nicht mehr. Sie sitzt in einer Maschine nach Wien.«

Cutler nahm den Telefonhörer ab. »Wien ist in der Nähe vom Flughafen Washington Dulles International. Ein paar Beamte der dortigen Flughafenpolizei sollen sie nach der Landung der Maschine festhalten. Ich kümmere mich um einen Flug nach Dulles.«

»Tut mir leid, das ist nicht das Wien in Virginia. Sie fliegt nach Österreich.«

»Scheiße.« Cutler wollte den Hörer gerade wieder auflegen, hielt dann aber inne. »Buch mir einen Platz für die nächste Maschine nach Österreich. Ich werde das National Central Bureau anrufen und feststellen, ob sie es einrichten können, dass ich mich in Wien mit einem Mann von Interpol treffen kann. Wir haben nicht genug in der Hand, um sie gleich festzunehmen, aber zumindest können sie sie im Auge behalten, bis ich dort bin.«

»Tut mir leid, aber der nächste Flug geht erst morgen.« Donahue deutete auf das oberste Blatt des Papierstapels, den er auf Cutlers Schreibtisch gelegt hatte. »Wirf zuerst einen Blick darauf.« Er deutete mit dem Finger auf einen Namen auf der Kopie der Passagierliste. »Pater Joseph Romano sitzt in der gleichen Maschine.«

»Verdammt.« Cutler schlug sich an die Stirn. »Jetzt sag bloß nicht, dass er das nächste Opfer sein wird.«

·42. KAPITEL·

CHARLIE SCHLOSS DIE DATEI ›Die verlorenen Christen‹, griff nach seinem Kaffeebecher und rollte seinen Stuhl vom Schreibtisch zurück. »Wow, ich dachte, nach dem Vordiplom hätten wir die Schufterei hinter uns.«

Carlota lachte. »Ich würde das nicht als Schufterei bezeichnen. Ich finde es faszinierend.«

»Ja, ich auch.« Charlie nahm einen großen Schluck aus seinem Becher. »Ich denke, wir sind uns einig, dass Brittany Hamar auf dem Holzweg ist.«

Carlota legte den letzten der von Britt Hamar verfassten Artikel auf den Stapel neben ihren Computer. »Ich habe mir nach unserer Diskussion Notizen gemacht. Sie hat eindeutig die Tendenz, sich immer weiter von der reinen Lehre der Kirche zu entfernen.«

»Ich glaube, es hat mit ›Die verlorenen Christen‹ angefangen«, sagte Charlie. »Das hat ihre Aufmerksamkeit auf die gnostischen Evangelien gelenkt und ihre Begeisterung für Rituale geweckt, für die Mysterien und die Suche nach Gnosis, das heißt die wahre Erkenntnis durch die Lehren Jesu.«

»Und das hat sie zu ihrem letzten Buch geführt.« Carlota nahm ›Der heilige Paulus – der Apostel, der Jesus nie begleitet hat‹ zur Hand. »Das ganze Buch stellt die Grundfesten des Christentums infrage. Darin wird behauptet, dass Paulus die junge Kirche von der Philosophie, die Erlösung erwachse aus der Erkenntnis durch die Lehren Jesu und durch gute Taten, abgebracht und den Glaubensgrundsatz aufgestellt habe, Erlösung sei nur dann zu erlangen, wenn Jesus als Erlöser durch seine Kreuzigung und Auferstehung akzeptiert werde.«

Charlie trank seinen Kaffee aus. »Ich glaube, Brittany Hamar ist dabei insgeheim irgendwie zur Gnostikerin geworden.«

»In ihren jüngsten Artikeln verhehlt sie das gar nicht.« Carlota breitete die Kopien von fünf Artikeln auf dem Tisch aus. »Sie sagt ganz unverblümt, dass die Kirche, als sie ihr Kredo aufstellte, einen bequemen Weg gewählt und schlicht vereinfacht hat, wofür Jesus stand – dafür hat sie die generelle Vergebung der Sünden durch die Beichte angeboten.«

»Ich hoffe, Pater Romano weiß, mit wem er es bei Professor Hamar in Wahrheit zu tun hat.«

»Ich treffe mich morgen mit einer ihrer Studentinnen. Offenbar ist irgendetwas passiert, was sie in diese Richtung geführt hat. Ich glaube nicht, dass es sich um etwas rein Wissenschaftliches handelt.«

»Ich bin froh, dass er den Blackberry mitgenommen hat. Ich informiere ihn über das, was wir herausgefunden haben.« Charlie rollte mit dem Stuhl wieder zum Computer und machte sich ans Tippen.

·43. KAPITEL·

Helles Sonnenlicht blitzte durch die Kabine, als einige Passagiere die Fensterblenden hochschoben und die Flugbegleiter mit dem Austeilen des Frühstücks begannen. Romano nahm den unverkennbaren Kaffeeduft wahr und blinzelte, um sich an das helle Licht zu gewöhnen. Britt lehnte sich noch immer an ihn. Von der allgemeinen Unruhe geweckt, rührte sie sich schließlich und schlug die Augen auf. Sie sah verträumt aus, als wisse sie nicht so recht, wer und wo sie war.

Britt blinzelte ein paar Mal und blickte sich in der Kabine um. Sie verdrehte die Augen und schüttelte den Kopf. »Ich habe einen Moment gebraucht, mich zu orientieren. Ich habe gerade geträumt, dass auf mich geschossen wurde. Ich dachte, ich sei noch immer im Krankenhaus.«

Eine Flugbegleiterin rollte einen Wagen durch den Gang und arretierte neben ihnen die Radbremse. Sie lächelte, reichte ihnen die Frühstücktabletts und schenkte ihnen Kaffee ein, während sie sich daranmachten, die Folien von den Platten mit dem Rührei zu ziehen.

»Ich könnte jetzt wahrlich meinen Morgenespresso brauchen«, sagte Romano, nachdem er die Hälfte seines Kaffees in einem Zug hinuntergeschüttet hatte.

»Ich hätte Sie gar nicht für einen Espressotrinker gehalten.« Britt drückte mit der Hand gegen ihre linke Schulter und zuckte zusammen.

»Alles in Ordnung?«

»Tut nur ein bisschen weh. Ich bin es nicht gewöhnt, angeschossen zu werden. Aber ist bald wieder gut. Ist der Morgenespresso ein Ritual?«

»Ja. Das ist eines meiner Laster. Ich brauche einen kochend heißen Espresso, um mit Schwung in den Tag zu starten.«

»Machen Sie ihn selbst?«

Romano warf Britt einen schuldbewussten Blick zu. »Ich besitze einen geheimen Luxus, meine preisgekrönte italienische Espressomaschine von Francis Francis. Ich mahle meine eigene Kaffeemischung, drücke sie genau richtig fest, und nach zwölf Sekunden Durchlauf erscheint oben eine köstliche goldene Crema. Nach ein paar Schlucken springt mein Gehirn an.«

Britt kicherte. »Dann werden Sie bald im siebten Himmel sein. In Wien gibt es unglaubliche Kaffeehäuser. Aber ich habe gehört, dass man nicht zu viele von ihren Kuchen essen sollte.«

Romano biss von seinem Croissant ab, dann trank er seinen Kaffee aus. »Ich war schon ein paar Mal in Wien. Mein Motto ist: ›Wenn ich in Rom bin, halte ich es wie die Römer‹, also trinke ich mehrere Espressi am Tag und stopfe mich mit Süßigkeiten voll. Mein ehemaliger Zimmergenosse vom College wohnt im Jesuitenkolleg in Wien und ist ebenfalls Religionsforscher. Ich hoffe, dass er uns mit diesem Felix behilflich sein kann. Übrigens, ist das Treffen verabredet? Haben Sie ihn erreicht?«

Kaum merklich senkten sich Britts Mundwinkel, und sie wischte etwas von ihrem Pullover. »Ich habe Ihnen doch gesagt, dass er ein Geheimniskrämer ist.« Dann blickte sie mit einem unsicheren Lächeln wieder zu Romano auf. »Ich habe mich bei dem Buchladen erkundigt. Die Botschaft wurde abgeholt …«

»Hat er sich denn mit Ihnen in Verbindung gesetzt? Was hat er gesagt?«

»Es war vereinbart, dass ich in meiner Nachricht angebe, wann ich in Wien ankomme und in welchem Hotel ich absteige. Er wird Kontakt mit mir aufnehmen, wenn ich im Hotel bin.«

Romano konnte es nicht fassen, was er da gerade gehört hatte. Er saß in einem Flugzeug, das bald in Wien landen würde, und Britt hatte mit dem mysteriösen Mann nicht einmal eine feste Verabredung getroffen. Damit hatte er nun wahrlich nicht gerechnet.

»Sie sagen mir also damit, dass wir diesen Felix möglicherweise gar nicht zu Gesicht bekommen?«

»Ich weiß, dass es verrückt klingt, aber ich vertraue Felix. Ich habe ihn vor einigen Monaten unter denselben Umständen getroffen. Ich habe ihm in der Buchhandlung eine Botschaft hinterlassen und bin nach Wien geflogen, nur um ihn auf dem Rückweg in die Staaten kurz zu sehen, und habe im NH Hotel beim Flughafen übernachtet. Als ich eingecheckt habe, lag bereits eine Nachricht für mich vor, und wir haben uns am selben Abend in einem nahegelegenen Restaurant getroffen. Bei dieser Gelegenheit hat er mich gewarnt, dass ich meine Nachforschungen über *Le Serpent Rouge* einstellen soll, und mir von den Morden in Frankreich erzählt.«

Romano beschloss, die Zeit, die er mit Britt hier zusammen saß, zu nutzen, um weitere Details über ihr Buch zu erfahren. Vielleicht würde er ja ein echtes Motiv für die Ermordung der beiden Priester entdecken. Falls das Treffen mit Felix ins Wasser fallen und er mit der nächsten Maschine nach New York zurückfliegen sollte, hätte er zumindest seine Zeit genutzt, und vielleicht fand sich ein Detail, was dem FBI helfen könnte, Teds Mörder auf die Spur zu kommen.

Nachdem die Stewardess die Frühstückstabletts wieder eingesammelt hatte, blickte Romano Britt an und strich sich über den Bart.

»Irgendwas beunruhigt mich noch immer an der Grundprämisse Ihres Buches.«

»Dass sie den Lehren der Kirche widerspricht?«

»In meinem Büro haben Sie betont, dass Sie eine ausgewogene Sicht der historischen Daten, Überlieferung und Mythologie sowie

der kanonischen Version der Kirche darlegen wollen. Allem Anschein nach konzentrieren Sie sich aber auf begrenzte Fakten und graben isolierte Theoreme aus, um diese Fakten zu untermauern. Ich hoffe, Sie haben den erdrückenden Beweisen, die die kanonische Version stützen, angemessenes Gewicht verliehen.«
Ein verärgerter Ausdruck huschte über Britts Gesicht. Ihre strahlenden Augen wirkten auf einmal ängstlich, und sie kniff die Lippen zusammen. »Und Sie haben betont, Sie seien nur an der Wahrheit interessiert. Sie werden feststellen, dass ich den Dingen, die es verdient haben, genügend Gewicht beigemessen habe.«
»Und was ist die *Wahrheit*?«
»Vielleicht sind Sie einfach noch nicht bereit, sie zu akzeptieren.«
Romano spürte, wie die Wut in ihm aufstieg. »Versuchen Sie es.«
»Was ist, wenn das Attentat auf mich und die Ermordung der beiden Priester eine göttliche Tat war, weil die Welt noch nicht bereit ist, die Wahrheit zu akzeptieren?«
»Das ist lächerlich. Jetzt verhalten Sie sich wie ein Verschwörungsfanatiker.«
Britt schaute ihn wütend an. »Vielleicht haben Sie ja eine bessere Erklärung, warum Ihr Freund tot ist. Sie haben gesagt, es könnte an meinen Nachforschungen liegen. Ich habe Ihnen mehrfach erklärt, was meine Forschungen ergeben haben, und Sie scheinen mich einzig und allein als eine Person abstempeln zu wollen, die sich auf irrationale Theorien konzentriert oder schlimmer noch, die irgendwelchen Verschwörungsphantasien nachhängt.«
Romano wurde klar, dass er zu weit gegangen war. »Entschuldigung. Ich möchte Ihre Forschung nicht herabsetzen. Ich versuche nur, Ihren Ansatz besser zu verstehen.«

»Den größten Teil meines Lebens und meiner Karriere bin ich den Kirchenlehren blind gefolgt, bis mir klar wurde, dass die Kirche vielleicht nicht die ganze Geschichte erzählt. Dass die die Kirchendoktrin möglicherweise zu etwas gemacht haben, was ihren menschlichen Schwächen entgegenkam: dem Hunger nach Macht und Kontrolle. Das hat mein Interesse am Gnostizismus und an den gnostischen Evangelien geweckt. Vielleicht sollten Sie diesen mal das angemessene Gewicht beimessen.«

Romano beschloss, der Sache weiter auf den Grund zu gehen. »Ich habe über die gnostischen Evangelien geforscht.«

»Nun, dann müssen sie Ihnen doch gewiss jede Menge zu denken gegeben haben. Was macht Sie beispielsweise so sicher, dass Jesus eine Einheit aus körperlichem und spirituellem Mensch war? Ist das eine Wahrnehmung? Oder gibt es logische, eindeutige Theorien und stichhaltige Fakten, die diese Vorstellung untermauern?«

Romano versuchte herauszufinden, in welche Richtung Britt mit ihren Argumenten steuerte, und beschloss, dass es das Beste sei, ausweichend zu antworten. »Ich würde sagen, dass wir mit unserem heutigen wissenschaftlichen und technologischen Wissen den spirituellen Aspekt dieser Frage kaum beantworten können. Doch andererseits war die Wissenschaft in zweitausend Jahren nicht in der Lage, die Lehren der Kirche und die Grundaussagen des Neuen Testaments zu widerlegen.«

»Sie beschuldigen mich also, der kanonischen Version nicht genügend Gewicht beizumessen. Sie scheinen die Alternativen nicht einmal in Erwägung zu ziehen. Mein Glaube hat sich in den letzten Jahren dramatisch verändert. Ich glaube, dass Jesus nicht unbedingt ein homogenes Wesen gewesen sein muss. Es könnte auch so sein, dass das körperliche Wesen Jesu gekreuzigt, gestorben und begraben wurde und das spirituelle Wesen auferstanden und in den Himmel aufgefahren ist.«

Romano nickte, während er versuchte herauszufinden, warum Britt so stur die akzeptierte Kirchendoktrin widerlegen wollte. »Ich vermute, ich muss auf eine von Charlies Lieblingsaussprüchen zurückgreifen: Das führt uns in eine sehr ernste Sackgasse. Aufgrund des spirituellen Faktors kann weder die Wissenschaft noch irgendeine Untersuchung eine der beiden Positionen beweisen beziehungsweise widerlegen. Deshalb stecken wir in einem Dilemma. Aber nur, damit das klar ist: Wie erklären Sie das leere Grab, wie es in den Evangelien beschrieben wurde, oder die jüngsten Untersuchungen des Grabtuchs von Turin?«

»Wenn Sie meiner Theorie folgen, dass Jesus in dem Familiengrab bestattet wurde, wie es in der Erklärung im Jakobusevangelium heißt, dann eröffnet das mehrere Möglichkeiten. Jesus könnte gestorben und sein Leichnam von seiner Familie und seinen Jüngern versteckt worden sein. Oder er könnte wiederbelebt worden und mit Maria Magdalena nach Südfrankreich geflohen sein, wo sie ihre Zwillinge aufzogen.«

»Und das Grabtuch?«

»Das war eines meiner Lieblingsprojekte, und ich glaube, die Kirche steht da auf ziemlich wackeligem Boden.«

»Und wieso?«

»Viele Wissenschaftler haben bestätigt, dass das Abbild auf dem Grabtuch mit hoher Wahrscheinlichkeit das von Jesus ist, und zwar durch irgendeinen physio-chemischen Prozess entstanden, der im Grab stattfand. Ärzte, Radiologen, Kriminologen und Gerichtsmediziner sind übereingekommen, dass alle Anzeichen auf eine authentische Abbildung des gekreuzigten Jesus verwiesen bis hin zu den Wunden der Dornenkrone und der Nägel durch die Handgelenke, nicht etwa durch die Hände wie in allen konventionellen mittelalterlichen Darstellungen. Sogar die Daumen waren nach innen verdreht – und zwar aufgrund der Schädigung des Mediannervs, als die Nägel in die Handgelenke getrieben wurden. Außerdem wird darauf hingewiesen, dass der Leichnam nicht gewaschen wurde, wie es den jüdischen Gebräuchen und Gesetzen entsprochen hätte. Stattdessen wurde er mit großen Mengen kostbarer Salben einbalsamiert und in ein Leichentuch gehüllt. Das scheint die Theorie zu untermauern, dass man versuchte, Jesus durch den Einsatz von Aloe und Myrrhe wiederzubeleben.«

Romano hob einen Finger. »Erlauben Sie mir, den Advocatus Diaboli zu spielen. Falls das Grab Joseph gehörte, einem Mitglied des jüdischen Rats, und falls ihm der Leichnam von den römischen Soldaten übergeben wurde, ist es dann nicht trotzdem möglich, dass sie die jüdischen Bräuche nicht befolgt haben? Schließlich war Jesus von den Sanhedrin und den römischen Behörden wegen der Anschuldigung der Gotteslästerung und des versuchten Anzettelns eines Aufstands gefangengenommen worden. Sie haben ihn als König der Juden verspottet.«

»Da sind wir wieder bei widersprüchlichen Theorien und stecken erneut in Charlies Sackgasse. Warum betrachten wir nicht einfach, was von stichhaltigen wissenschaftlichen Fakten bewiesen ist?«

Romano nickte. »Einverstanden.«

»Die mikroskopische Untersuchung der Fasern hat ergeben, dass das Tuch aus dem Gebiet von Palästina rund um das Tote Meer stammt. 1988 wurden an der Universität von Arizona, dem Schweizer Bundesinstitut für Technologie und einem Forschungslabor in Oxford unabhängige Untersuchungen mit der C-14-Methode durchgeführt. Sie alle kamen zu dem Ergebnis, dass das Leichentuch von Turin mit einer Sicherheit von 99,9 Prozent aus der Zeit

zwischen 1000 und 1500 nach Christus und mit einer Sicherheit von 95 Prozent aus der Zeit zwischen 1260 und 1390 stammt.«
»Und dagegen sind sämtliche Konspirationsfanatiker Amok gelaufen.«
Jetzt drohte Britt mit dem Finger. »Aber Sie dürfen nicht vergessen, dass auch die Kirche erleichtert war, als sich das Grabtuch als Fälschung herausstellte, weil es bewiesen hätte, dass Jesus noch am Leben hätte sein können, als er vom Kreuz genommen wurde.«
»Das ist noch reine Spekulation«, sagte Romano. »Das bringe ich nur zur Sprache, weil Sie gewiss gleich mit den neuesten wissenschaftlichen Erkenntnissen aufwarten. Entweder stammte die getestete Probe von einer späteren Reparatur des Grabtuchs oder ein Feuer, das 1532 in der Kapelle ausbrach, in der das Grabtuch aufbewahrt wurde, hat das silberne Reliquar schmelzen lassen und Einfluss auf das Ergebnis der C-14-Methode gehabt.«
»Vergessen Sie die biogenetischen Schichten nicht, die im Laufe der Jahre auf den Fasern des Grabtuchs durch Bakterien und Pilze abgelagert wurden. Was da in Wahrheit getestet wurde, das waren weniger als vierzig Prozent Stoff und mehr als sechzig Prozent lebende Organismen.«
Romano runzelte die Stirn. »Ich sehe, Sie haben die Ergebnisse über das Leichentuch akribisch studiert. Warum einigen wir uns nicht darauf, dass das Grabtuch *höchstwahrscheinlich* aus der Zeit Jesu stammt?«
Britts Augen riss erstaunt die Augen auf. »Ich kann es kaum fassen. Wir sind mal einer Meinung.«
»Ich glaube, unsere einzige Meinungsverschiedenheit besteht darin, dass wir den verschiedenen Theorien unterschiedliches Gewicht beimessen. Ich bin nur auf eine einzige unbestreitbare Gewissheit gestoßen.« Romano reckte den Kopf und schaute Britt direkt in

die Augen. »Die Idee der *ewigen Wahrheit* ist ein Mythos, den wir uns zusammenbasteln, während wir um das Dasein in einer unvollkommenen Welt kämpfen.«

Britt deutete ein Lächeln an. »Und ich glaube, Gott lebt in unserer Suche nach der *ewigen Wahrheit,* und Jesus wurde uns gesandt, damit er uns zu einem besseren Leben in einer unvollkommenen Welt führt.«

»Meine Damen und Herren, bitte nehmen Sie Ihre Plätze ein und schließen Sie Ihre Sicherheitsgurte. Wir beginnen jetzt unseren Landeanflug auf Wien.«

Romano klappte ihre Tischchen hoch. »Nun, ich denke, Sie hatten das letzte Wort.«

Die Maschine neigte sich, weil sie gerade eine Kurve beschrieb. »Schauen Sie nur, was für ein Ausblick!« Britt deutete zum Fenster.

Als das Flugzeug durch eine lockere Schicht Kumuluswolken sank, tauchten mit einem Mal die kleinen Bauernhöfe vor Wien auf. Die Landschaft sah wie ein sorgfältig genähter Patchworkquilt aus. Romano dachte versonnen, dass man von hier oben alles viel deutlicher erkennen konnte – wie einzelne Pinselstriche, wie ein schönes Bild.

Vielleicht konnte man ihm ja vorwerfen, dass er nur das Gesamtbild sah und nicht allen Fakten das angemessene Gewicht einräumte. Es war durchaus möglich, dass er, wie Britt, nur das sah, was er sehen wollte. Er musste sein Blickfeld einengen, die Details betrachten. Er dachte an das Kreuz, das Ted ihm geschenkt hatte, das gleiche Kreuz, das Britt an Pater Matteo gesehen hatte. Vielleicht wusste Pater Sinclair ja über dessen Bedeutung Bescheid. Vielleicht sollte er sich eingehender mit Teds Leben befassen. Er wusste nichts über seine Jahre in der Schweiz, nur, dass er zusammen mit Pater Hans

Josef, dem Leiter des Wiener Jesuitenkollegs, in Innsbruck studiert hatte. Vielleicht konnte Pater Josef ja irgendwie zur Aufklärung von Teds Tod beitragen.

Und dann Britt. Romano spürte, dass er nicht die wahre Brittany Hamar vor sich hatte, dass sie mit etwas hinter dem Berg hielt. Ihre Entschlossenheit, die Kirchendoktrin anzugreifen, gründete sich auf mehr als nur wissenschaftliche Neugier. Sie vermittelte den Eindruck, eine Frau mit einer Mission zu sein. Bis jetzt hatte er noch keine Ahnung, worin diese Mission zu bestehen schien. Er blickte auf ihre linke Hand, die jetzt krampfhaft ihre gemeinsame Armlehne umklammerte. Keine Ringe. Das war ihm bisher noch gar nicht aufgefallen.

•44. KAPITEL•

DAS TAXI SCHLÄNGELTE SICH NEBEN DEN BRAUNEN FLUTEN des Donaukanals durch den morgendlichen Verkehr in Richtung Wiener Innenstadt. Britt war von dem eigentümlichen Charme der Stadt fasziniert. Sie blätterte einen Reiseführer mit Stadtplan durch, den sie sich im Flughafen gekauft hatte. Die Beschreibungen Wiens verströmten die Heiterkeit und Ordnung einer alten Welt, die es in Amerika so nicht gab. Diese zeigte sich sogar an dem Taxi, das sie am Flughafen Schwechat genommen hatten. Der glänzende schwarze Mercedes besaß Ledersitze, und der Fahrer trug einen schwarzen Anzug und ein strahlend weißes Hemd sowie eine Krawatte. Das hatte wenig mit den ramponierten und beschädigten gelben Taxis zu tun, die in den Straßen New Yorks unterwegs waren.

Britt bemerkte, dass Romanos Aufmerksamkeit noch immer auf

ein PDA mit integrierter Tastatur gerichtet war, das er aus seinem Rucksack gekramt hatte, sobald das Taxi vom Flughafen losgefahren war. Er hatte während der zwanzigminütigen Fahrt kein einziges Wort gesagt. »Ich hoffe, Sie spielen da kein Computerspiel und verpassen so den wunderschönen Ausblick.«

Romano schaute von dem Gerät auf. »Ich checke meine E-Mails. Charlie hat darauf bestanden, dass ich seinen Blackberry mitnehme, damit ich rund um die Uhr Nachrichten empfangen kann, und er hat mich angewiesen, ihn im Flugzeug auszuschalten.« Er richtete den Blick wieder auf das Display. »Ich versuche, auf dem Laufenden zu sein, bevor wir im Hotel ankommen. Leider bin ich im Umgang mit diesen elektronischen Geräten nicht gerade geschickt.«

Britt fragte sich, was wohl so wichtig sein konnte, dass er die Fahrt nach Wien hinein nicht genießen wollte, nachdem er so viele Stunden in einem Flugzeug eingepfercht gewesen war. Romano hielt den Blackberry von ihr abgewandt, sodass sie nicht einmal einen flüchtigen Blick auf das Display werfen konnte.

Der Fahrer bog nach links auf eine Brücke über den Kanal ab. Sie fuhren durch eine kleine Nebenstraße auf das dicht bebaute Stadtzentrum zu, das von den in den kristallblauen Himmel ragenden kunstvollen Türmen der zahlreichen Kirchen geprägt war. Während der nächsten Kilometer bewunderte Britt die aneinandergrenzenden Dachreihen der mehrstöckigen Gebäude, die die Straßen säumten und den Ersten Wiener Bezirk in einen wahren Irrgarten verwandelten. Die Architektur war eine Mischung aus Renaissance und Barock, zumeist sauber renovierte Gebäude. Die konservativen Österreicher hielten an einer nahtlosen stilistischen Einheitlichkeit fest, die keinen Widerspruch zum reichen Erbe der Herrschaft der Habsburger aufkommen ließ.

Bei der nächsten Kreuzung bogen sie in eine breitere Straße ein, und Britt bemerkte ein blauweißes Schild an der Ecke eines Gebäudes, auf dem zu lesen war, dass dies die Singerstraße war, in der ihr Hotel stand.

Romano verstaute den Blackberry in einer Seitentasche seines Rucksacks und blickte sie verwirrt an. »Ich habe gerade über diese ganze Abfolge bizarrer Ereignisse nachgedacht, und ein Faktor taucht immer wieder auf.«

»Und der wäre?«

»Ich bin davon überzeugt, dass es Ihre Nachforschungen waren, die Sie zur Zielscheibe gemacht haben. Und das Eigentümliche daran sind nur Ihre Treffen mit Felix und die Anrufe des *Boten*. Sie haben mir gesagt, dass Sie niemandem Details Ihrer Theorie anvertraut haben.«

»Ich sage Ihnen doch andauernd, dass sich jemand an Felix erinnert hätte, wenn er in die Morde verwickelt wäre. Er zählt nicht gerade zu den Menschen, die man leicht übersieht. Und ich habe ihn definitiv nicht gesehen, als auf mich geschossen wurde.«

»Kamen die ersten Anrufe des *Boten* nach Ihrem Treffen mit Felix?«

»Sie fingen zwischen den Treffen mit Felix an. Aber glauben Sie mir, ich hätte die Stimme von Felix wiedererkannt, wenn er der *Bote* gewesen sein sollte.« Frustriert verdrehte Britt die Augen. »Er ist es nicht.«

»Sind Sie nicht auch der Meinung, dass deshalb auf Sie geschossen wurde, weil Sie bei Ihren Nachforschungen auf etwas Besonderes gestoßen sind?«

»Ich bin mir auch sicher, dass es mit meinen Nachforschungen zu tun hat.«

Romano kniff verwirrt die Augen zusammen. »Was macht Sie so sicher?«

»Sie müssen bedenken, dass jemand sich Zugang zu meinem Computer verschafft hat, während ich im Krankenhaus lag. Das muss entweder der Attentäter oder ein Komplize gewesen sein. Es wurde nichts gelöscht, also haben sie wohl nichts Belastendes entdeckt. Ich hoffe, Felix kann mir die entscheidenden Hinweise geben, wie das alles miteinander zusammenhängt, vor allem jetzt, da er auch in Gefahr schweben könnte.«

»Sein Leben ist in Gefahr?«, fragte Romano. »Ist mir da vielleicht etwas entgangen?«

»Es waren die Informationen von Felix, die mich veranlasst haben, mich intensiv mit der Nachkommenschaftstheorie zu befassen. Wie Sie es wohl ausdrücken würden: Er hat mich dazu gebracht, dieser Theorie mehr *Gewicht* beizumessen. Falls Felix nichts mit dem Attentat auf mich und der Ermordung der beiden Priester zu tun hat, könnte er selbst in großer Gefahr sein, und ich muss ihn warnen.«

»Woher sollte irgendjemand etwas von Felix erfahren haben?«

»Ich habe schließlich in meinen Anmerkungen mehrfach auf ihn verwiesen.«

»Falls er so paranoid ist, wie Sie ihn darstellen, heißt er wahrscheinlich in Wahrheit gar nicht Felix.« Romanos Miene erstarrte, dann drehte er sich zu Britt um. »Es sei denn, irgendjemand ist Ihnen gefolgt.«

»Dann sind wir alle in Gefahr.« Britt zuckte mit den Achseln. »Aber für Felix würde das keine Rolle spielen. Ich habe in meinen Anmerkungen beschrieben, wo ich ihn kennengelernt habe und worüber wir uns unterhielten. Da er ein so unvergesslicher Mensch ist, bin ich mir sicher, dass sie ihn problemlos aufspüren würden.«

»Umso wichtiger ist es, Felix alles zu erzählen. Ich glaube, es ist

Zeit, dass Sie ihm gegenüber ganz offen sind. Erzählen Sie ihm alles. Wenn er glaubt, es könnte auch für ihn gefährlich werden, rückt er vielleicht eher mit der Sprache heraus, wer dahinter stecken könnte.«

Oder er macht vollkommen dicht und taucht ganz unter. Britt beschloss zu improvisieren und vor Ort zu entscheiden. Vielleicht würde sie Felix ab heute ja gar nicht mehr brauchen.

Dann lief ihr ein Schauer über den Rücken, als sie der Wahrheit ins Auge sah. Falls Felix in die Sache verwickelt war oder beschattet wurde, könnten sie und Romano ernsthaft gefährdet sein.

»Bald wissen wir, ob wir Felix treffen werden oder nicht.« Britt deutete nach vorn. »Mein Hotel ist da vorne, unmittelbar an der Fußgängerzone.«

Das Taxi hielt vor dem verglasten Eingang des Hotel Royal an, und Romano stieg aus, holte Britts Reisetasche aus dem Kofferraum und bezahlte den Fahrer. Britt ging hinein, um einzuchecken und nachzusehen, ob eine Botschaft von Felix vorlag. Während sie das Anmeldungsformular ausfüllte, reichte ihr die Rezeptionistin einen versiegelten Umschlag, auf dem ihr Name in Schönschrift geschrieben war. Sie hielt inne und riss ihn dann auf. Auch die Nachricht war in einer ausgefallenen Schrift verfasst. *Mrs. Hamar: Ich rufe Sie kurz nach Ihrer Ankunft an, um ein Treffen zu verabreden. Kein Grund zur Sorge, ich beobachte Sie. Sie werden nicht lange warten müssen. Felix.*

Britt spürte einen unangenehmen Stich in der Magengrube, als sie den Kopf drehte und durch die Glasfront des Hotels hinaus blickte. Romano kam gerade mit ihrer Reisetasche durch die Tür. Hinter ihm konnte sie eine Traube von Touristen und eine kleine Gruppe sehen, die draußen in dem Straßencafé saß, eingerahmt von Pflanztrögen mit einer Vielzahl von gestutzten Büschen, kleinen Bäumen und Blumen, die üppig über die Ränder herabhingen.

Sie konnte Felix nicht ausmachen. Sie schaute die Straße hinauf und suchte den Platz am Anfang der Fußgängerzone ab. Es gab zahllose Stellen, an denen er sich verstecken und sie unbemerkt beobachten konnte. Die an der Straße geparkten Autos, die Reihe von überdachten Telefonzellen an der Ecke, ja sogar ein Fenster in der zweiten Etage von McDonald's gegenüber konnten Felix als Versteck dienen.

Romano stellte die Tasche neben Britt ab. »Eine Nachricht von Felix?«

Britt deutete auf das Blatt. »Ich glaube, Sie sollten gehen, bis ich mit Felix gesprochen habe. Er ist ein komischer Kauz, um es gelinde auszudrücken. Ich will nicht, dass er sich weigert, sich mit mir zu treffen, wenn er mich mit einem Fremden sieht. Ich gehe jetzt in mein Zimmer hinauf und melde mich, sobald er angerufen hat.«

Romano überflog die Nachricht. »Ich checke im Kolleg ein und warte dann auf Ihren Anruf.« Er schrieb die Nummer auf die Rückseite von Felix' Umschlag. »Das ist die Zentrale des Jesuitenkollegs. Ich sage dort Bescheid, dass ich einen sehr wichtigen Anruf erwarte.«

Romano schulterte seinen Rucksack, verließ das Hotel und verschwand in der Menschenmenge, die die Kuchenauslage im Schaufenster der Konditorei Aida an der Ecke bestaunte.

Britt hoffte, dass sie keinen Fehler begangen hatte, als sie Romano in ihre Nachforschungen miteinbezogen hatte. Sie wollte Felix vor der Weiterreise unbedingt treffen und befürchtete, er könnte abgeschreckt werden, wenn er sie mit Romano sah. Sie hoffte, dass Felix Details liefern konnte, die für die letzte Überarbeitung ihres Buches entscheidend sein konnten – und wichtiger noch, dass er in Geheimnisse eingeweiht sein könnte, die ihr das Leben retten konnten.

Aber dann wurde sie wieder von dem Angstgespenst gepackt. Falls sie sich jedoch täuschte, konnte sie das ihr Leben – und auch das von Romano – kosten!

·45. KAPITEL·

DIE SONNE BRACH DURCH DIE SCHICHT FEINER WOLKEN, die am blauen Himmel verstreut waren, und ein starker Wind fegte durch die engen Gassen, während Romano auf die Alte Universität zusteuerte. Er hatte beschlossen, einen flotten Spaziergang zum Kolleg neben der Jesuitenkirche unweit der Alten Universität zu machen, anstatt mit dem Taxi zu fahren. In den letzten paar Tagen hatte er nicht gejoggt, und er brauchte dringend Bewegung, allerdings wusste er, dass ein paar flotte Märsche die verpassten Kilometer nicht wettmachen würden. Doch seine Sorge über die ausgelassenen Laufrunden war nicht annähernd so groß wie seine Schuldgefühle darüber, dass er seine tägliche Gewissenserforschung versäumt hatte. Seit seiner letzten Erforschung waren über vierundzwanzig Stunden vergangen. Er befolgte das tägliche jesuitische Ritual stets gewissenhaft, weil es seine Konzentration verbesserte und ihn Gott und seiner Berufung als Priester näher brachte.

Am gestrigen Abend hatte er vorgehabt, im Flugzeug vor dem Einschlafen damit anzufangen. Aber kaum hatte er die Augen geschlossen und damit begonnen, sich die Gegenwart Gottes ins Gedächtnis zu rufen, hatte er Britts Kopf an seiner Schulter gespürt und war sehr verwirrt gewesen. Er hatte sich nicht auf die restlichen fünf Schritte konzentrieren können. In seinem Gehirn blitzten Bilder von Angst, Schwäche, Verzweiflung, ja sogar Wut auf. Schließlich konzentrierte er sich auf Gebete um Versöhnung und Beistand, weil er spürte, wie sehr er Gottes Sorge um ihn und seine menschlichen Schwächen bedurfte. Dann war er schließlich in einen unruhigen, von Traumfetzen unterbrochenen Schlaf gefallen, die er vergeblich zu unterdrücken versucht hatte.

Charlies und Carlotas Mail hatte Romano nicht überrascht. Seine Gespräche mit Britt während des Flugs hatten ihn Details ihrer stetigen Abkehr von der orthodoxen Kirchendoktrin erahnen lassen. Die gründliche Recherche seiner Assistenten und deren wohldurchdachte Interpretation von Britts Werk ließen ihn deutlicher erkennen, welche Richtung sie eingeschlagen hatte und dass sie wirklich auf Abwege geraten war. Aber er verstand nicht, warum sie so rasch zu einer derart radikalen Interpretation des Lebens und Leidens Christi gelangt war.

Romano beschloss, Britt ganz direkt darauf anzusprechen und sie gezielt danach zu fragen, was genau sie bei ihren Treffen mit Ted und Pater Matteo herauszufinden versucht hatte. Außerdem wollte er ihr genauere Informationen über den *Boten* entlocken. Warum hatte der mysteriöse Anrufer sich als *Der Bote* bezeichnet? Da jeder der Priester einen Codenamen, den Namen eines Erzengels, besaß, konnte *Der Bote* dann nicht ebenfalls ein Codename sein? Der Erzengel Gabriel war der im Alten Testament und im Koran erwähnte himmlische Bote. Konnte da irgendeine Verbindung zu den Erzengeln bestehen?

Romano hastete an dem eleganten Gebäude der Österreichischen Akademie der Wissenschaften entlang, kam zur Ecke des Dr.-Ignaz-Seipel-Platzes und überquerte die große gepflasterte Freifläche. Direkt vor ihm erhob sich die imposante Jesuitenkirche, die der Jungfrau Maria geweiht war und von zwei mit Patina überzogenen Kuppeln überragt wurde. Er steuerte auf den neben der

Kirche gelegenen Eingang zum Zentrum der österreichischen Ordensprovinz zu.

Drinnen wurde er von der Empfangssekretärin herzlich begrüßt, die ein Dauerlächeln im Gesicht hatte und ihn aufforderte, doch bitte Platz zu nehmen, während sie einen Priester rufe, damit dieser ihm sein Zimmer zeige. Sie war eine Studentin aus Polen und demonstrierte stolz, wie gut sie Englisch sprach. Sie entschuldigte sich überschwänglich im Namen seines Freundes, Pater Heinz Müller, und des Pater Rektor, Hans Josef, die im Moment anderweitige Verpflichtungen in der Universität hätten und erst nach dem Mittagessen zurückkommen würden. Er erklärte ihr, dass das überhaupt kein Problem sei, zumal er auf einen Anruf wegen einer wichtigen Verabredung warte, die ihn so unverhofft nach Wien geführt habe.

Das Telefon auf dem Schreibtisch läutete, und die Empfangssekretärin winkte Romano zu. »Pater, Ihr Anruf.« Sie deutete auf ein Telefon, das auf dem Tisch neben ihm stand. »Ich leite den Anruf auf diesen Apparat.«

Romano nahm ab. »Britt, das ging aber schnell!«

»Felix muss uns, wie er sagte, beobachtet haben. Das ist mir nicht ganz geheuer.«

»Ist das Treffen vereinbart?«

»Er hat sehr zurückhaltend reagiert, als ich erwähnt habe, dass ich Sie mitbringe. Ich habe ihm gesagt, dass Sie ein Kollege sind, ein Professor, der mir bei meinen Nachforschungen hilft.«

»Ich fühle mich geehrt, dass Sie mich in den Status eines Kollegen erhoben haben.«

Britt lachte. »Das war nur, dass ich Sie zu dem Treffen mitnehmen darf. Letztlich entscheide ich, wenn ich Ihren Bericht über mein Manuskript gesehen habe.«

»Wann und wo findet das Treffen statt?«
»Um zehn Uhr im Café Zum Alten Blumenstock. Er sagt, dass es Ecke Ballgasse und Blumenstockgasse ist, ein paar Blocks von meinem Hotel entfernt. Ich habe auf dem Stadtplan nachgeschaut. Sieht so aus, als sei es eine kleine Seitenstraße, die von der Weihburggasse abgeht.«
»Ich hole Sie in einer Stunde in Ihrem Hotel ab.«
Romano stand auf, als ein junger Priester mit ausgestreckter Hand auf ihn zukam. Er begrüßte ihn, und sie tauschten auf dem Weg zu seinem Zimmer ein paar höfliche Floskeln aus. Romano zog eine leichte Windjacke aus seinem Rucksack und steckte einen Notizblock und einen Stift in die Innentasche. Er entschuldigte sich, dass er wegen einer Verabredung so schnell wieder gehen müsse, schnappte sich den Blackberry und hastete aus dem Kolleg.
Auf dem Weg zum Hotel dachte Romano über die Ereignisse der letzten Tage nach. Je mehr er darüber grübelte, desto größer wurde seine Befürchtung, dass es dabei weitreichende Verbindungen zur Kirche selbst gab.

·46. KAPITEL·

ROMANO BLIEB ABRUPT STEHEN, als er und Britt den Anfang der Ballgasse erreichten. Auf dem Stadtplan hatte es ausgesehen, als handele es sich um eine Straße, die von der Weihburggasse unweit der Franziskanerkirche abzweige, doch hier wirkte sie wie der Eingang in einen Innenhof, nicht wie eine Straße. Ein Steinbogen mit einem Engelsgesicht in der Bogenspitze spannte sich zwischen zwei Häusern. Die schmale, dunkle Gasse dahinter war nicht das, was er sich als Treffpunkt mit Britts mysteriösem Informanten vorgestellt hatte.

Britt schüttelte den Kopf. »Das ist nicht das, was ich erwartet habe.«

»Das geht mir genauso. Sie haben gesagt, dass er ein seltsamer Vogel ist. Ich hoffe, dieses ›Seltsam‹ bedeutet nicht auch gefährlich.«

Romano trat in den Durchgang der schmalen, gepflasterten Gasse und warf einen Blick auf die Reihe von Schildern, die an der Mauer neben dem Steinbogen angebracht waren. Sie warben für ein Restaurant, einen Antiquitätenladen, einen Möbeltischler, einen Möbelrestaurator und ein Café. Er schaute durch die Passage jenseits des dunklen Eingangs. Licht fiel aus den Häusern auf ein Café an der Ecke, wo eine weitere Gasse auf die Passage traf.

Romano machte Britt ein Zeichen, und sie setzten ihren Weg durch die schmale Kopfsteingasse fort auf ein eigentümliches Café zu, an dessen Vorderfront Schiefertafeln standen, auf denen die Tagesspezialitäten aufgelistet waren. In drei beleuchteten Schaukästen an der Außenwand war die gesamte Speise- und Getränkekarte ausgehängt. Über den Eingang war eine bunte Lichterkette drapiert.

Als sie hineingingen, blieb Britt plötzlich stehen, Romano stieß gegen sie und packte sie an den Schultern, um zu verhindern, dass sie umfiel. Kaum hatte sie das Gleichgewicht wiedergewonnen, deutete sie auf eine neben einem vergoldeten Barockspiegel aus der Wand ragende Steinskulptur. Der Spiegel war in einen Schaukasten für die Auswahl kostbarer Schnäpse, mit welchen das Café aufwarten konnte, umgebaut worden. »Das ist Baphomet. Ich habe erst gestern in New York an einer gnostischen Messe des *Ordo Templi Orientalis* teilgenommen, in der von Baphomet die Rede war. Er

ist einer der Götzen, den angeblich die Templer angebetet haben sollen, und er ist das moderne Symbol des Teufels.«
»Sie wollen mir doch bitte nicht erzählen, dass Sie die Mythen der Templer in Ihre Nachkommenschaftstheorie eingebaut haben.« Romano trat näher heran und betrachtete die Skulptur eingehend. »Das ist Bacchus, der Gott des Weines. Beachten Sie die Trauben und Weinblätter um seinen Kopf.«
Britt deutete auf die Hörner. »Bacchus hat keine Hörner. Wegen der Gefahr, die mit der Anbetung Baphomets verbunden war, wurde sein Abbild häufig getarnt.«
»Jetzt werden Sie mir gleich erklären, dass das ehrwürdige Haupt Johannes des Täufers in Wahrheit Baphomet war, den die Templer angebetet haben.« Langsam bewegte Romano den Kopf von einer Seite zur anderen. »Britt, das sind schlicht Ammenmärchen, die jeder Grundlage entbehren.«
Bevor Britt antworten konnte, trat ein zwergenhafter Mann mit dem schlaffen Gesicht eines Bluthunds auf sie zu. Er trug ein Sportjackett aus Tweed und ein goldenes Halstuch, das er in sein braunes Hemd gesteckt hatte. »Hören Sie auf sie, mein Herr.« Er hob den Finger warnend in Richtung Romano. »Frau Professor Hamar hat recht, sie hat recht.«
»Joseph, das ist Felix. Felix, das ist Joseph, der Kollege, von dem ich Ihnen am Telefon erzählt habe.«
Ängstlich blickte sich Felix in dem Café um, dann deutete er zu einem kleinen Raum neben dem Tresen. »Dort hinein. Wir nehmen einen Tisch dort. Ist ruhiger.«
Romano betrachtete Felix, während sie in den leeren Raum gingen. Ihm wurde klar, warum Britt so oft betont hatte, dass man Felix leicht erkennen könne. Der kleine Mann konnte als Karikatur einer Wachsfigur aus Madame Tussaud's durchgehen, die von einem

Schwall heißer Luft getroffen worden war. Seine Gesichtshaut hing ihm in Falten herab, und seine Augen waren wegen der schlaffen Lider nur noch schmale Schlitze.

Als Romano Platz nahm, staunte er über das Gemälde, das hinter Felix an der Wand hing. Es zeigte eine schwarzhaarige Frau, die aus den Wolken an einem ansonsten tiefblauen Himmel auftaucht und von einem Cherub auf den Mund geküsst wird. Das geflügelte Kind mit dem unschuldig rosigen Gesicht liebkoste mit seinen kleinen Fingern den Hals der Frau.

Felix bemühte sich, seine Augenbrauen hochzuziehen, seine Augen strahlten beinahe, und er zeigte ein müdes Lächeln. »Aha, aha. Ich sehe, dass Sie von Sophia fasziniert sind.«

»Das ist etwas, was ich Ihnen noch nicht mitgeteilt habe«, erklärte Britt. »Felix ist überzeugt, dass die Dekodierung von Baphomet durch die Atbash-Geheimschrift eine perfekte Verschlüsselung von *Sophia* ergibt, das griechische Wort für *Weisheit*.«

»Sehr faszinierend«, antwortete Romano. »Welcher Zusammenhang besteht dabei mit Ihrer Nachkommenschaftstheorie?«

»Einige Forscher, Felix eingeschlossen, glauben, dass die *Rex Deus* die Tempelritter ins Leben riefen, um *Le Serpent Rouge* zu beschützen und einen großen Schatz zu heben, der unter dem Tempel von Jerusalem vergraben war. Sie glauben, die Tempelritter und *Rex Deus* folgten den ursprünglichen Lehren Jesu insofern, als die wahre Erkenntnis beziehungsweise Gnosis im Inneren zu finden sei. Baphomet ist ihr Symbol für die Suche nach diesem Wissen.«

Wieder versuchte Felix zu lächeln. »Gut erklärt, Frau Professor. Ich hoffe, Sie sind jetzt bekehrt.« Er warf Romano einen wirren Blick zu. »Trifft das auf Sie zu?«

»Ich will es mal so sagen: Ich bin noch nicht so weit wie Brittany. Sie hat mir erzählt, dass Sie beträchtliche Nachforschungen über

eine mögliche Nachkommenschaft von Jesus angestellt haben.« Romano wandte den Kopf Britt zu. »Wir hoffen, dass Ihre Informationen uns bei der Klärung der Frage helfen können, wer versucht haben könnte, sie umzubringen.«
Zum ersten Mal öffneten sich Felix' Lider ganz, und in seinen dunklen Augen war die nackte Angst zu erkennen.
»Jemand hat versucht, Sie umzubringen, Sie umzubringen?«, fragte Felix mit zitternder Stimme. »Ich habe gewarnt. Ich habe Sie gewarnt. Diejenigen, die die Kontrolle über die Nachkommenschaft haben, werden Sie aus dem Weg räumen, ganz bestimmt.«
»Deshalb wollte ich mich ja mit Ihnen treffen. Ich muss wissen, wer versucht haben könnte, mich zu erschießen. Das Einzige, auf das ich gestoßen bin, was eine Bedrohung darstellen könnte, ist ein Originalabschnitt eines von Jakobus verfassten geheimen Dokuments.«
Mit einem Mal zuckte Felix' Kopf in alle möglichen Richtungen. Seine Augen blinzelten bei jedem Zucken, als würde er von einer Stechmücke angegriffen. Dann starrte er zur Decke hinauf und kratzte sich mit beiden Händen am Kinn, als suche er nach einem verlorenen Faktum oder einer verblassenden Erinnerung. Schließlich blickte er Britt über den Tisch hinweg an. »Jakobus? Es gibt kein geheimes Jakobusdokument. Das ist verrückt, einfach verrückt. Die französischen Zeitschriften. Lügen, alles Lügen. Welches geheime Dokument haben Sie?«
Während Britt den Text beschrieb, legte Felix das Kinn in die gefalteten Hände und warf ihr einen kalten, argwöhnischen Blick zu. Als sie verstummte, schüttelte er den Kopf. »Ich habe diese Details in vielen verschiedenen Schriften entdeckt. Ja, wirklich. Es gibt kein Evangelium. Wo haben Sie es her?«
»Ich denke, man könnte sagen, dass es von einer solchen Quelle

stammt, wie Sie eine sind.« Britt schaute zu Romano hinüber. »Ein anonymer Anrufer, der sich selbst als *Der Bote* bezeichnet, hat vor ein paar Monaten nach dem Treffen der Saunière-Gesellschaft in London Kontakt zu mir aufgenommen. Er hat mir den Abschnitt geschickt und gesagt, ich würde das ganze Dokument zu Gesicht bekommen, wenn die Zeit dafür reif wäre.«

»Es wurde auf Sie geschossen. Wer hat auf Sie geschossen?«

Britt erzählte ihm von dem Anrufer, der sie aufgefordert hatte, zur Great Central Station zu gehen, um das Manuskript entgegenzunehmen. Sie beschrieb das Attentat, dann hob sie hervor, sie sei sicher, dass der Anrufer nicht mit dem *Boten* identisch gewesen sei.

»Ich habe über diesen Anrufer nachgedacht«, sagte Romano. »Er hat Ihnen die Codenamen der Priester, Uriel und Raphael, genannt. Der Erzengel Gabriel gilt als der himmlische Bote, vielleicht –«

»Priester, welche Priester?« Felix brüllte beinahe.

Britt erzählte, dass *Der Bote* ihr gesagt habe, Pater Matteo und Pater Mathews hätten Informationen über die Nachkommenschaft Jesu, und dass die Codenamen Uriel und Raphael die beiden vielleicht veranlassen würden, etwas kooperativer zu sein. Felix beugte sich zu ihr vor und lauschte aufmerksam jedem Wort. Als sie erwähnte, dass die Priester tot und von Stigmata gezeichnet waren, lehnte er sich ruckartig zurück, und der Ausdruck des Entsetzens huschte über sein faltiges Gesicht.

»Waren das Jesuiten, Jesuitenpriester?«, fragte Felix.

»Ja, das waren sie«, antwortete Romano. »Inwiefern ist das wichtig?«

Felix richtete sich auf und blickte nervös hin und her, als überlege er, was er sagen solle. »Ich war Priester, Gemeindepfarrer.« Seine Stimme wurde beinahe zu einem Flüstern. »Ich habe eine Beichte

abgenommen. Die hat mich sehr beunruhigt. Ich habe mich über die Jesuiten schlaugemacht. Hmm, hmm. Ich war misstrauisch. Ich glaube, *Rex Deus* hat die Jesuiten unterstützt. Ja, ja, das glaube ich. Deshalb sind die Jesuiten so mächtig geworden. Schneller Aufstieg, großer Reichtum. Die Templer haben die Schätze entdeckt. Oh, ja. Unter dem Tempel von Jerusalem. *Rex Deus* haben diesen Reichtum eingesetzt, um ihr Geheimnis zu wahren. Ignatius von Loyola war derjenige.« Felix nickte unentwegt. »Er war derjenige. Er hat ihnen gegeben, was sie brauchten. Dem Jesuitenorden. *Die Nachfolger von Jesu.* Gibt es einen besseren Platz, um die Nachkommenschaft zu verstecken?« Felix hob warnend den Finger. *»Tretet die Nachfolge Jesu an.«*
Romano war verblüfft, als er hörte, dass die Jesuiten in eine Verschwörung verwickelt sein sollten, um eine geheime Nachkommenschaft Jesu zu verbergen. Den Jesuiten war im Laufe der Jahre vieles vorgeworfen worden, aber das schoss nun wahrlich den Vogel ab. Bevor er antworten konnte, kam ein Kellner und nahm ihre Bestellung von zwei Espressi, einem Milchkaffee für Britt und diverser Gebäckstücke auf.

»Sie haben nicht über die Jesuiten nachgeforscht. Tun Sie das … tun Sie das«, sagte Felix, nachdem der Kellner wieder außer Hörweite war. »Forschen Sie nach, dann werden Sie ja sehen.«

Romano schaute zu Britt hinüber, die den Kopf schüttelte. »Ich habe keine Hinweise auf die Jesuiten gefunden«, stellte sie fest.

»Und ich sage Ihnen, dass das wahrlich weit hergeholt ist«, fügte Romano hinzu. »Wenn jemand Grund haben könnte, eine zweifelhafte Vergangenheit des Jesuitenordens zu vermuten, dann wäre ich ja wohl derjenige. Ich bin Theologieprofessor an der Fordham Universität und Jesuit.«

Die Falten um Felix' Augen vertieften sich, und sein seltsames Gesicht schien sich noch stärker zu verziehen. Einen Moment hatte es den Anschein, als falle das schwache Licht, das in dem Raum herrschte, in den schmalen Schlitzen seiner Augen zusammen. Während Romano Gedanken über eine Verbindung zu den Jesuiten durch den Kopf schossen, brachte der Kellner den Kaffee.

·47. KAPITEL·

DIE MORGENDÄMMERUNG HATTE KAUM EINGESETZT, als Charlie sein Mountainbike am Fahrradständer vor dem Fordham Lincoln Center Campus anschloss. Er joggte zum Haupteingang und stellte fest, dass die Imbisswagen, die normalerweise am Gehsteig standen, noch nicht aufgestellt waren, deshalb würde er jetzt ohne seinen dampfenden Morgenkaffee auskommen müssen. Er würde später nach unten rennen, sobald Carlota angekommen war und der Campus offiziell in diesen Arbeitstag startete.

Er ging in Romanos Büro und kramte einen CD-Behälter aus seiner ausgefransten Stofftasche hervor. Bis sein Computer endlich hochgefahren war, balancierte er die CD mit der neuen Software auf dem Zeigefinger. Charlie hatte sich das raffinierte Programm, das Anagramme erstellte, von einem Freund aus der Computerszene beschafft und die letzten Tage damit verbracht, eine Datei mit lateinischen Wörtern anzulegen. Er war gespannt, ob das Programm neue Anagramme der Grabinschrift auf Poussins Gemälde, ET IN ARCADIA EGO, liefern würde. Bis jetzt waren er und Carlota nur auf ET IN ARCA DEI AGO gekommen, »Und ich handle im Auftrag des Gottesbundes«.

Charlie installierte das Programm und übertrug die lateinische Datei von einer anderen CD. Er gab den Satz ein und trank den letzten kleinen Schluck lauwarmen Wassers aus der Flasche vom Vortag, während er wartete, bis das Programm seine Arbeit getan hatte. Bevor er das Wasser hinuntergeschluckt hatte, erschien das Anagramm auf dem Bildschirm, und gleich darauf ein zweites: I TEGO ARCANA DEI. Beinahe hätte er sich verschluckt, als er hastig nach dem Lateinlexikon auf Romanos Schreibtisch griff.

Nachdem er die Übersetzung mehrere Minuten immer wieder überprüft hatte, schrieb Charlie sie mit Filzstift auf die Stellwand neben die anderen. I TEGO ARCANA DEI, »Hinweg, ich bewahre die Geheimnisse Gottes«. Zufrieden lehnte er sich auf seinem Stuhl zurück und grinste stolz. Das konnte wahrlich Auswirkungen auf ihre Forschung haben! Bis jetzt hatten er und Carlota die Inschrift nur für einen Code gehalten, der sich auf die Arbeit des in dem Grab bestatteten Menschen bezog, oder bestenfalls für Hinweise auf einen geheimen Schatz der Katharer. Dieses neue Anagramm eröffnete eine neue Möglichkeit. Es konnte bedeuten, dass man das Geheimnis selbst direkt vor der Nase hatte, in dem Grab nahe Rennes-le-Château in Frankreich, das auf Poussins Gemälde dargestellt war.

Charlie rief die Forschungsdateien über Rennes-le-Château auf und startete eine Suche im Internet, die Hunderte von Links mit Bezug auf das winzige Dorf hoch in den Pyrenäen ergab. Er sortierte die ihm am glaubhaftesten erscheinenden Daten aus und schrieb eine E-Mail an seinen Blackberry, um Romano von seiner Entdeckung zu berichten. Dann erinnerte er sich an Pater Romanos Bemerkungen, dass er sich *vom Handy kontrolliert fühle,* und dass *seine Zeit ihm gehöre.* Er griff zum Telefonhörer und wählte die Nummer des Jesuitenkollegs in Wien.

·48. KAPITEL·

Felix trank seinen Espresso, als kippe er sich einen Schluck Whisky hinter die Binde. Dann holte er rasselnd tief Luft. »Sie werden *Rex Deus* niemals aufdecken. Die sind gut versteckt. Über ganz Europa verstreut. Ich habe es jahrelang versucht. Nein, nein, nein.« Felix schüttelte wie ein Besessener den Kopf. »Ich habe Sie gewarnt, habe Sie gewarnt. Sie sind zu nahe dran, zu nahe. Sie haben es versucht. Und die werden Sie kriegen.«

»Oder könnte es sein, dass *Rex Deus* gar nicht existiert?«, fragte Romano.

»Glauben Sie mir, Herr Professor, diese Vereinigung gibt es.« Wieder hatte Felix einen Anfall von Zuckungen. Dann nickte er und fügte hinzu: »Ebenso wie *Le Serpent Rouge*. Es gibt ein Gasthaus unweit von Rennes-le-Château. Dort könnte das Geheimnis liegen. O ja, o ja. Santa Maria, Santa Maria. Sie besitzt den Schlüssel. Vielleicht sogar den des Heiligen Grals.«

»Worin besteht denn dieses Geheimnis?«, fragte Britt. »Und was genau ist eigentlich der Heilige Gral?«

»Nein, nein, nein. Das habe ich bei der Beichte gehört.«

»Verstehen Sie.« Romano beugte sich zu Felix vor. »Das hier ist kein Spiel. Menschen, gute Menschen, sind umgekommen, und vielleicht haben Sie Informationen, die weitere Morde verhindern könnten. Alles, was Sie wissen, könnte den Behörden helfen, herauszufinden, wer dahinter steckt.«

»Pater, Sie sind Priester. Ja, ja, Sie sind Priester. Die Beichte ist heilig. Nein, nein, nein. Ich werde mein Gelübde nicht brechen. Ich werde das, was ich gehört habe, mit ins Grab nehmen. Ja, ja, ins Grab.«

Romano deutete auf Britt. »Möchten Sie, dass derjenige, der auf Britt geschossen hat, es wieder tut?«

Felix klopfte mit dem Löffel nervös gegen seine leere Tasse und wandte den Blick von beiden ab. »Das Geheimnis, von dem ich Kenntnis habe, würde nicht weiterhelfen. Sie werden sie nicht finden. Nie, niemals. Brittany, Sie sollten untertauchen. Die werden Sie sonst aufspüren.«
»Warum lassen Sie das nicht die Behörden entscheiden?«, fragte Romano. »Einer der toten Priester war wie ein Vater für mich.«
Felix blickte Romano an, und Argwohn huschte über sein Gesicht. Er klappte den Mund auf. »Wer war denn Ihr wirklicher Vater?«
Romano kam die Frage seltsam vor, aber vielleicht konnte sie als Hebel eingesetzt werden, um mehr über Felix und sein Geheimnis herauszubekommen. »Mein Vater war Gregorio Romano. Er ist gestorben, als ich zwölf war. Pater Ted Mathews war ein guter Freund von ihm und wurde mein Mentor. Er ist derjenige, der mich zum Jesuitenorden geführt hat. Und wie wäre es, wenn Sie uns jetzt Ihren Nachnamen nennen würden?«
Felix starrte Romano an und schaute gleichzeitig durch ihn hindurch. »Woher stammte er? Was hat er gemacht?«
»Er war Amerikaner wie ich. Hat als Banker gearbeitet und eine europäische Bankengruppe vertreten und vor seinem Tod deren Filiale in den USA aufgebaut.« Romano erwiderte Felix' starren Blick. »Jetzt sind Sie an der Reihe.«
Abrupt stand Felix auf. »Ich habe Ihnen schon mehr erzählt, als ich sollte. Zu viel, zu viel.« Er schob seinen Stuhl zur Seite und hastete aus dem Café.
Romano griff in seine Jackentasche und zog ein paar Euroscheine heraus, die er auf dem Flughafen getauscht hatte. »Schauen Sie, wohin er geht. Ich bezahle und komme gleich nach.«
Britt eilte zur Tür und blickte die schmale Gasse hinauf und hinunter. Romano bemühte sich, die Summe zu entziffern, die der

Kellner auf den Zettel gekritzelt hatte, legte ein paar zerknitterte Euroscheine auf den Tisch und hastete hinter Britt her. Als er sie einholte, stand sie am Ende der Gasse und schaute die angrenzende Straße hinauf und hinunter.

Britt drehte sich zu Romano um und zuckte mit den Achseln. »Ich weiß nicht, in welche Richtung er gegangen ist. Als ich hier ankam, war keine Spur mehr von ihm zu sehen. Entschuldigung.«

»Ich müsste mich entschuldigen«, sagte Romano. »Ich weiß nicht, was wir hätten tun sollen, wenn wir ihn eingeholt hätten. Ich glaube, die Wiener würden es nicht so gerne sehen, wenn ich auf der Straße einen alten Mann am Schlafittchen gepackt hätte.«

Britts Lippen zuckten, weil sie ein Schmunzeln unterdrückte. »Ich vermute, da haben Sie recht. Aber es gibt noch so viele Fragen, die ich Felix gern stellen möchte.«

»Es tut mir leid, aber ich muss das loswerden.« Romano schüttelte den Kopf. »Ich halte das, was er gesagt hat, für wenig glaubwürdig. Dieser Mann hat ernsthafte Probleme. Ich denke, er müsste in eine Anstalt eingeliefert werden. Ich bin kein Psychologe, aber ich würde sagen, sein Zustand grenzt an Schizophrenie oder irgendeine andere psychotische Erkrankung.« Romano warf einen Blick auf seine Uhr. »Kommen Sie, wir gehen ins Jesuitenkolleg. Inzwischen müsste mein Freund wohl von der Universität zurück sein. Vielleicht hat er eine Idee, wer Felix wirklich ist.«

Britt blickte ebenfalls auf die Uhr, und ihr Gesichtsausdruck veränderte sich. Sie machte in diesem Augenblick einen schwachen und verletzlichen Eindruck, als sei ihr plötzlich klar geworden, dass sie hoffnungslos in eine Sache verstrickt war, die ihr längst weit über den Kopf gestiegen war.

»Ist alles in Ordnung?«, fragte Romano.

Britt runzelte die Stirn. »Mir geht es gut. Ich weiß, dass Felix wie ein Spinner wirkt, aber ich glaube, sein ganzes Leben dreht sich um die Suche nach alternativen Theorien. Was auch immer er da bei der Beichte gehört haben mag – es hat ihn völlig aus der Bahn geworfen. Das bedeutet aber nicht, dass er verrückt ist. Ich kann nur sagen, dass ich zu dem, was er mir erzählt hat, Beweismaterial gefunden habe. Beim Treffen der Saunière-Gesellschaft hatte er zwei Aktenmappen mit detaillierten handgeschriebenen Notizen samt Zitaten dabei. Er mag ja verrückt sein, aber was *Rex Deus* und *Le Serpent Rouge* anbelangt, ist er eher ein Gelehrter.«

Romano empfand irgendwie Mitleid mit Britt. Sie schien sich an alles zu klammern, was ihre aberwitzige Theorie untermauerte. Aber er konnte die Tatsache nicht unberücksichtigt lassen, dass jemand versucht hatte, sie zu töten. »Nun, wir haben noch eine andere Möglichkeit«, sagte Romano. »Mein Freund, Pater Müller, hat jede Menge Untersuchungen über Randtheorien des Christentums angestellt. Ich denke, Sie werden ihn interessant finden, und vielleicht kann er Ihnen zusätzliche Einblicke in Ihre Theorien geben. Außerdem stehen die Chancen nicht schlecht, dass er etwas über Felix weiß – beziehungsweise wer er ist, vor allem, wenn wir ihn genau beschreiben.«

Wieder warf Britt einen Blick auf ihre Uhr. »Warum versuchen Sie nicht herauszufinden, ob Pater Müller etwas über Felix weiß und ob er mir etwas Zeit erübrigen kann. Ich muss im Hotel etwas nachprüfen. Holen Sie mich dort um zwei Uhr ab, dann können wir entscheiden, wie wir weiter vorgehen.«

Romano begleitete Britt zum Hotel Royal zurück und ging dann in Richtung Kolleg weiter. Unterwegs dachte er über Britt und die Episode mit Felix nach. Er hatte schon eine Menge aus der Luft gegriffener Geschichten und verrückter Theorien über das Christentum gehört, aber er konnte nicht begreifen, wie eine gebildete

Professorin wie Britt auf diesen Schwachsinn hereinfallen konnte. Sie schien einfach alles und jedes, dem sie begegnete, zu akzeptieren. Je mehr er von Britts Vorstellungen erfuhr, desto klarer wurde ihm, dass sie die Fundamente historisch akzeptierter Werte hinter sich gelassen hatte. Aber vielleicht war er ja naiv, wenn er diese Theorien kurzerhand abtat.

Er machte sich Gedanken über das, was Felix über den Jesuitenorden und die Verbindungen zu *Rex Deus* und einer Nachkommenschaft Jesu gesagt und dass er die Tempelritter erwähnt hatte. Er wurde den nagenden Verdacht nicht los, dass er etwas übersah ... oder bewusst ausblendete.

·49. KAPITEL·

DIE REZEPTIONISTIN LÄCHELTE NOCH IMMER über das ganze Gesicht, als Romano ins Kolleg zurückkehrte. »Pater Romano, ich hoffe, Ihre wichtige Verabredung ist gut verlaufen.«

»Danke, alles war ... wie erwartet.«

»Joseph!« Ein Priester mit kurz gestutztem Bart und einer Lesebrille mit schwarzem Rand eilte auf Romano zu. Er sah aus wie ein sehr gepflegter Robin Williams, als er Romano überschwänglich in die Arme nahm. »Ich habe das von Ted gehört und dich in meine Gebete eingeschlossen.« Er trat einen Schritt zurück, hielt Romanos Schultern aber noch immer umklammert. »Wir haben uns viel zu lange nicht gesehen. Was führt dich nach Wien?«

»Danke für die Gebete, Heinz. Ich kann Teds Tod noch immer nicht fassen. Das ist einer der Gründe, warum ich in Wien bin.«

Müller warf Romano einen fragenden Blick zu und musterte ihn skeptisch. Dann wandte er sich dem Flur zu. »Komm, wir gehen in mein Büro, wo wir uns unterhalten können.«

Romano folgte Müller in ein kleines, spärlich beleuchtetes Büro, einem hohen Raum mit gebohnertem Holzboden und spartanischer Möblierung. Dann informierte er ihn in Kurzfassung über die merkwürdigen Ereignisse der letzten Tage. Müller sog die Luft durch die Zähne ein und gab ein pfeifendes Geräusch von sich, als Romano beschrieb, dass er selbst gesehen hatte, dass Teds Leiche mit den Stigmata gezeichnet war.

Als Romano schließlich den zwergenhaften Felix erwähnte, stöhnte Müller auf. »Ich würde sagen, dass es sich bei deinem Felix höchstwahrscheinlich um Felix Konrad handelt, einen ehemaligen Dorfpfarrer, der verrückt ist.«

»Was weißt du über ihn?«

»Das ist eine lange Geschichte, aber ich fasse sie hier kurz zusammen. Wir können die Einzelheiten seiner fragwürdigen Theorien mit deiner Frau Professor Hamar besprechen. Sie sollte sämtliche Informationen, die er ihr gegeben hat, mit größter Skepsis betrachten.«

»Das habe ich ihr bereits gesagt. Ich hoffe, Britt wird deinen weisen Rat eher beherzigen.«

»Konrad war schon immer als exzentrisch verschrien, selbst als er noch Pfarrer war. Als er sein Elternhaus und den beachtlichen Grundbesitz erbte, hat er das Priesteramt aufgegeben und angefangen, Kontakt zu Randgruppen und Verschwörungstheoretikern in ganz Europa aufzunehmen. Es kursierten Gerüchte, dass er einem Onkel, der ebenfalls Pfarrer war, die Beichte abgenommen habe – und dies habe das Ganze ausgelöst. Meine persönliche Meinung ist, dass er das Armutsgelübde nicht sonderlich ernst genommen hat. Er verbringt seine Zeit damit, auf der Jagd nach jeder verrückten Idee, die gerade aufkommt, durch Europa zu reisen. Dein Felix ist nichts weiter als ein Spinner oder Crackpot, wie ihr es ausdrücken würdet.«

»Lebt er hier in Wien?«

»In Hietzing. Ich glaube in der Gloriettegasse. Eine ziemlich schicke Adresse. Zu Maria Theresias Zeiten haben die Adligen dort den Sommer verbracht. Es ist oberhalb der berühmten Gloriette-Arkade auf dem Hügel hinter Schloss Schönbrunn.«

In diesem Moment läutete das Telefon, und Müller nahm ab. Er sprach ein paar Worte auf Deutsch, dann schaute er zu Romano hinüber. »Es ist für dich, Joseph, dein Assistent. Der Anruf wurde hier hereingelegt.« Er reichte Romano den Hörer und grinste. »Du musst ein strenger Vorgesetzter sein. In den Staaten ist es doch noch früh am Morgen.«

Romano lauschte Charlie, der ihn daran erinnerte, den Blackberry immer eingeschaltet zu lassen, wenn er nicht gerade im Flugzeug saß. Er war auf Vibration eingestellt, sodass außer ihm niemand merken würde, dass er einen Anruf oder eine E-Mail erhielt. Romano zog den Blackberry aus seiner Jacketttasche und schaltete ihn ein, während Charlie ihm von dem neuen Anagramm erzählte. Nachdem er Charlie versichert hatte, dass die lange E-Mail eingegangen war, erzählte ihm Charlie, dass Carlota sich noch im Laufe des Vormittags mit einer von Britts Studentinnen treffen würde, die Einblick hatte, warum sie einen so radikalen Weg eingeschlagen hatte. Sie würden ihm die Informationen per E-Mail schicken, sobald Carlota ins Büro zurückgekehrt war.

Romano gab Müller das Telefon zurück. »Danke, das war einer meiner Assistenten, der mich ausgeschimpft hat, weil ich dieses elektronische Ding nicht eingeschaltet hatte, um Tag und Nacht seine E-Mails zu empfangen.«

»Was täten wir nur ohne die moderne Technik?«

Romano überflog die E-Mail. »Wahrscheinlich hätten wir wesentlich weniger Stress.« Er notierte sich die Zusammenfassung einer Reihe von Internetrecherchen über Rennes-le-Château mit Schwerpunkt auf den Dorfpfarrer, Bérenger Saunière, der großen Reichtum angehäuft und in dem kleinen, abgelegenen Bergdorf viele seltsame Bauten errichtet hatte. »Könnte ich diese Mail vielleicht irgendwo ausdrucken?«

Müller kritzelte etwas auf ein Blatt Papier und reichte es Romano. »Schick sie an meine Adresse, dann drucke ich sie dir aus.« Er setzte sich an den Computer, der auf dem Tisch hinter dem Schreibtisch stand, und loggte sich ins Internet ein, während Romano die Mail an ihn weiterleitete.

»Ich muss Britt in ein paar Minuten abholen. Können wir uns heute am späteren Nachmittag mit dir treffen? Ich bin mir sicher, dass Britt viele Gebiete untersucht hat, auf denen du weit bewanderter bist als ich. Und du kannst sie vor Konrad warnen.«

Müller druckte die E-Mail aus und gab Romano das Blatt. »Ich freue mich sogar, sie kennenzulernen. Es kommt nicht alle Tage vor, dass ich die Autorin von ›Der Jesus-Schwindel‹ zu überreden versuche, sich die Prämissen des Buchs noch einmal durch den Kopf gehen zu lassen.«

»Glaub mir, das wird eine schwierige Aufgabe.«

Romano überflog den Ausdruck und bemerkte die vielen Hinweise auf Rennes-le-Château. Er fragte sich, ob das Interesse an dem kleinen französischen Dorf hoch oben in den Pyrenäen möglicherweise eine ganz neue Bedeutung bekommen könnte.

·50. KAPITEL·

Britt und Romano saßen vor dem Hotel Royal unter einer rot-weiß gestreiften Markise an einem Tisch. Sie tranken Kaffee und aßen die frischen knusprigen Kipferln, die Romano im Café Aida an der Ecke gekauft hatte, während er darauf wartete, dass Britt von ihrem Zimmer herunterkam. Er hatte die Adresse von Felix in einem Telefonbuch gefunden, das er sich an der Hotelrezeption geborgt hatte.

Romano gab Britt den Ausdruck von Charlies E-Mail. »Ich glaube, das wird Sie interessieren. Charlie hat ein neues Programm zur Erstellung des Anagramms benutzt.«

Sorgfältig las Britt die E-Mail durch und nickte, als sie zu einigen der Entdeckungen kam. »Ich habe in meinem Manuskript Hinweise auf dieses Anagramm und das Zitat gefunden. Ich glaube, die Geheimnisse Gottes beziehen sich auf den Gral beziehungsweise *San Graal* und die leibliche Nachkommenschaft Jesu. Bérenger Saunière hat den Gral vielleicht in diesem Grab entdeckt, und das könnte die Grundlage seines Reichtums gewesen sein.«

»Warum haben Sie dieses Anagramm nicht erwähnt, als wir in meinem Büro über das Gemälde von Poussin gesprochen haben?«

»Es war in diesem Moment nicht relevant. Wir haben meine Theorie nie wirklich diskutiert, die sich damit beschäftigt, dass Maria Magdalena der *Graal* ist, GRAAL.«

Romano warf Britt einen langen Blick zu. »Der Heilige Gral beziehungsweise *Graal*, ist kein Thema, das ich je sonderlich ernst genommen habe. Bitte, klären Sie mich auf.«

»Es gibt bezüglich des Begriffs Heiliger Gral ein paar Denkmodelle. Manche Gralsforscher sehen darin eine Abwandlung des Wortes *sangraal* und *gradales*, was im altfranzösischen provenzalischen

Dialekt ›Becher‹ oder ›Becken‹ bedeutet. Einige gehen noch einen Schritt weiter und trennen das Wort *sangraal*, sodass *sang raal* entsteht, was ›königliches Blut‹ bedeutet. Meine Theorie ist, dass der Heilige Gral in Wahrheit Maria Magdalena war, die das königliche Blut in ihrem Schoß nach Südfrankreich brachte. Ich glaube, der Heilige Gral, das sind die Gebeine von Maria Magdalena, die irgendwo bei Rennes-le-Château begraben liegen.«

»Gibt es noch weitere Geheimnisse, über die ich Bescheid wissen sollte?«

»Ich habe beschlossen, dem Rätsel um das Grab selbst nachzugehen. Wer weiß, vielleicht bin ich ja diejenige, die den legendären Heiligen Gral entdeckt.«

»Das kann doch nicht Ihr Ernst sein!«

»Ich habe für morgen Früh einen Flug nach Frankreich gebucht.«

»Ich bin sicher, dass über die Jahre Tausende von Schatzsuchern die Gegend umgepflügt haben.«

»Aber sie haben nach einem Kelch oder nach Geheimdokumenten gesucht. Ich werde nach etwas Ausschau halten, was alle womöglich direkt vor Augen hatten, dem sie aber keinerlei Bedeutung beimaßen.« Britts Augen blitzten selbstsicher auf. »Nach Gebeinen auf einem Friedhof.«

»Aber es gibt keine Möglichkeit, nachzuweisen, ob irgendwelche Gebeine tatsächlich die von Maria Magdalena sind.«

»Darüber habe ich schon gründlich nachgedacht.« Britt verschlang den Rest ihres Kipferls, dann lächelte sie. »Die Gebeine können mit der C-14-Methode datiert werden, um zu belegen, dass sie aus der Zeit Maria Magdalenas stammen. Und Sie dürfen Felix' Feststellung nicht vergessen, dass er auf Informationen über ein Gasthaus unweit von Rennes-le-Château gestoßen ist, von dem er behauptet, dass sich dort das Geheimnis um die Nachkommenschaft und den Heiligen Gral finden könnte. Er hat Santa Maria erwähnt.«

»Ich bin froh, dass Sie darauf zu sprechen kommen. Vielleicht können wir jetzt diesen ganzen Mutmaßungen über eine direkte Nachkommenschaft ein Ende bereiten«, sagte Romano. »Heinz ist sicher, dass Ihr Felix mit Nachnamen Konrad heißt und ein ehemaliger Pfarrer ist, der eine große Erbschaft gemacht hat und jetzt seine Zeit damit verbringt, durch Europa zu reisen und mit Verschwörungstheoretikern zu verkehren. Ich habe seine Adresse. Wir können ihn besuchen, und wenn ihm klar wird, dass wir wissen, wer er ist, wird er vielleicht weniger geheimniskrämerisch daherkommen. Sie können ihm von Ihrer Theorie erzählen und selbst sehen, wie er darauf reagiert.«

Britt trank einen großen Schluck Kaffee, tupfte sich die Lippen mit einer Serviette ab und stand auf. »Großartig, dann gehen wir.«

Romano verspürte einen Anflug von Zufriedenheit, dass er vielleicht endlich einen Schritt getan hatte, der Britt klarmachen würde, dass sie falschen Hoffnungen nachjagte. Vielleicht würde Felix, wenn er sie nicht absichtlich hinters Licht führte, schließlich zugeben, dass es letztlich gar keine »Geheimnisse« preiszugeben gab. Dass diese Geheimnisse nur in seiner verschrobenen Phantasie existierten.

•51. KAPITEL•

PHILIPPE ARMAND LIESS DAS TAXI AM HAUPTEINGANG von Schloss Schönbrunn anhalten und stieg aus. Er war mit dem Zug nach Wien gefahren, weil er in seiner Aktenmappe eine Pistole mit sich trug. Sein Arbeitgeber hatte ihm sogar seine Lieblingswaffe besorgt, eine Glock 17, mit verändertem Lauf und Schalldämpfer. Er hatte klar gemacht, dass die Zeit drängte und er nicht in der Lage sein würde, an die Waffen heranzukommen, die er in den größten Städten in der EU und den Vereinigten Staaten in Bankschließfächern deponiert hatte.

Er bezahlte das Taxi, dann mischte er sich unter die Touristen, die sich am Eingang zu einer der größten Sehenswürdigkeiten Wiens versammelt hatten. Sobald das Taxi mit neuen Fahrgästen davongebraust war, ging Philippe schnell zu einer Ecke des Schlossgartens und dann weiter die Maxingstraße hinauf. Er kannte sein Ziel genau und hoffte nur, dass sein erstes Opfer zu Hause war oder sich zumindest in Wien aufhielt, denn die Uhr tickte.

Philippe bog in die Gloriettegasse ein und schlenderte lässig am Haus von Felix Konrad vorbei. Das große Anwesen stand etwas von der Straße zurückversetzt und war von einem Eisenzaun mit kunstvollen Spitzen umgeben. Das Haupttor war angelehnt, aber mit einem leuchtend gelben Schild versehen, auf dem Besucher gebeten wurden, die Einfahrt frei zu halten. Zu dieser Tageszeit waren weder Fußgänger noch Autos unterwegs. Philippe war versucht, sofort zum Haus zu gehen und die Sache unverzüglich zu erledigen, aber als er über der Tür eine Videokamera entdeckte, überlegte er es sich anders. Das war etwas Neues, womit er nicht gerechnet hatte. Er beschloss, die Straßen in der Nachbarschaft in Augenschein zu nehmen, für den Fall, dass es Komplikationen gab und er schnell verschwinden musste.

Als er vor ein paar Monaten das letzte Mal hier gewesen war, hatte Konrad noch keine Alarmanlage gehabt. Er war ins Haus eingedrungen, während Konrad verreist war, und hatte die unzähligen Stapel handgeschriebener Forschungsunterlagen fotografiert, die der kleine Mann in seiner Bibliothek ordentlich in Schubladen verwahrte. Er hatte es komisch gefunden, dass einige in Deutsch, einige in Französisch und wieder andere in Englisch geschrieben waren. Der kleine Kerl war ein richtig gebildeter Mensch und ein sehr produktiver Schreiber.

Philippe fiel ein, dass ihn noch etwas anderes beunruhigt hatte. Es hatte mit einem Nachbarn in der angrenzenden Straße zu tun. Er ging um den Block zur Weidlichgasse, der Straße, die hinter Konrads Haus verlief, und bemerkte die Überwachungskameras an der langen hohen Mauer und die beiden kleinen Wachhäuschen zu beiden Seiten der Einfahrt. Er wechselte die Straßenseite und stellte fest, dass beide Wachhäuschen besetzt waren. Jetzt wusste er, dass er ganz besonders darauf achten musste, keinen unnötigen Lärm zu machen, denn hinter Konrads Haus war der Sitz der amerikanischen Botschaft.

Er beschloss, zu Konrads Haus zurückzugehen und nachzusehen, ob der alte Mann daheim war, im Idealfall allein. Falls nicht, könnte das ein Problem darstellen, da er sich in dieser schicken Gegend nun schon zu lange herumgetrieben hatte. Sicher kamen hier regelmäßig Polizeistreifen vorbei. Er würde im Haus nachsehen müssen, ob neben der Videokamera weitere neue Sicherheitsanlagen installiert waren, dann würde er eindringen und improvisieren.

Philippe spürte, dass sich sein Puls beschleunigte, während er sich dem Haus näherte. Als er noch einen Block entfernt war, öffnete er den obersten Knopf seines Jacketts und schob sich den Riemen seiner Aktenmappe über den Kopf, sodass ihm die weiche Ledertasche vor der Brust hing. Er machte die Tasche auf und vergewisserte sich, dass seine mit Schalldämpfer versehene Glock griffbereit war. Dann holte er eine Wollkappe mit kurzem Schild, eine rechteckige metallene Anstecknadel und einen großen Umschlag aus seiner Mappe. Die Anstecknadel steckte er über seiner

Jacketttasche fest, setzte sich die Kappe auf, dann steuerte er auf das Haus zu.

·52. KAPITEL·

FELIX KONRAD GING IN SEINER BIBLIOTHEK auf und ab und kaute nervös an seiner Unterlippe. Er hätte sich nicht mit Brittany und Romano treffen sollen. Hätte er nur gewusst, dass Romano Jesuit war! Nein, nein, das konnte nicht sein. Es war zu verwirrend, zu verwirrend, geriet außer Kontrolle. Auf Hamar war geschossen worden, Priester waren umgekommen, er steckte in Schwierigkeiten. In bösen Schwierigkeiten. Das wusste er. Wirklich schlimm.

Er hatte das Geheimnis bewahrt, nie ausgeplaudert. Sein Onkel hatte ihn gewarnt. Nimm es mit ins Grab, nimm es mit ins Grab. Jahrelang hatte er nach anderen gesucht. Nach anderen, die ebenfalls darüber Bescheid wussten. Er hatte keinen gefunden. Einige hatten Theorien aufgestellt, immer nur über Einzelaspekte. Aber keiner kannte sein Geheimnis. Selbst Brittany glaubte, sie hätte den Code des Heiligen Grals geknackt. Die Gebeine der Maria Magdalena. Er war versucht gewesen, ihr zu sagen, wie sehr sie sich täuschte.

Felix atmete in kurzen, krächzenden Stößen ein und aus. Was sollte er tun? Verschwinden? Er würde sich irgendwo verstecken. Irgendwo, wo sie ihn nicht finden würden. Aber wenn sie Brittany entdeckten, würden sie auch ihn aufspüren. Vielleicht hatten sie ihn ja zusammen mit ihr gesehen. Er konnte einfach nicht klar denken, nicht klar denken. Ihm drehte sich der Kopf, seine Gedanken gerieten außer Kontrolle. Er musste atmen, musste atmen, musste atmen.

Die Klingel! Jemand war an der Tür. Er spürte, wie sein Kopf von einer Seite zur anderen, nach oben und unten zuckte. Er hatte Lichtblitze vor Augen, dann fühlte sich sein Kopf an, als sei er in einen Schraubstock gespannt. Das war ein Zeichen. Sein Gehirn hatte Gefahr gewittert. Er erwartete niemanden. Die Videokamera. Er hatte die Anlage vor einem Monat installieren lassen, als die Angst einfach zu groß geworden war. Die Bösen waren nicht gekommen. Niemand war gekommen, nur Paket- und Postboten. Er blickte auf den Monitor und sah einen Mann in einem Anzug mit einer Kappe und einer Ledermappe vor der Brust. Außerdem trug er eine Art Abzeichen oder Namensschild. Felix konnte es nicht erkennen. Der Mann hielt einen großen weißen Umschlag in der Hand.

Felix atmete erleichtert aus. Nur ein Bote. Vielleicht die neuesten Berichte der Saunière-Gesellschaft. Er schluckte ein paar Mal und ging zur Tür. »Bitte legen Sie den Umschlag neben die Tür. Danke«, sagte er.

»Ich brauche eine Unterschrift«, antwortete der Mann.

Felix spähte durch das kleine Fenster in der Mitte der Tür und sah, dass der Mann in sein Jackett griff und einen Stift herauszog. Felix öffnete den Schließriegel, machte die Tür einen Spalt auf und hielt die Klinke fest in der Hand. Er gab dem Mann ein Zeichen, ihm den Umschlag zu reichen. Der Mann streckte den Arm und gab Felix den Umschlag, dann stieß er die Tür auf, schob Felix in den Flur, wo er ihn an der Gurgel packte und rückwärts hinein drängte, während er die Tür hinter sich zuknallte.

Felix spürte, wie eine Hand ihm die Kehle zudrückte. Dann wurde ihm etwas gegen die Brust gerammt. Es folgten ein ploppendes Geräusch und ein stechender Schmerz. Er zitterte heftig, Blitze schossen ihm vor Augen, und Geräusche hallten in seinem Kopf wider, als eine eisige Kälte ihn durchfuhr und alles schwarz wurde.

·53. KAPITEL·

BRITT UND ROMANO STIEGEN DIE STUFEN HINUNTER, die zur U-Bahn unter dem Fußgängerplatz vor dem Hotel führten. Sie kamen an einer verglasten High-Tech-Kommandozentrale vorbei, wo Sicherheitsleute sich auf Videobildschirme und die Aufnahmen der Kameras konzentrierten, die die vielen Stationen und die zwischen den wichtigsten Punkten der Stadt verkehrenden U-Bahn-Züge überwachten.

Die Fahrt nach Hietzing schien mit der U-Bahn eine Kleinigkeit zu sein, und sie mussten nur einmal umsteigen.

»Hier müssen Sie mir helfen«, sagte Romano, während er auf den Kartenautomat starrte.

Britt überflog die Anleitung. »Ich glaube, Sie müssen nur Erwachsener, Zone 4 drücken, dann erscheint die Anzeige, wie viele Euro Sie einwerfen müssen.«

Britt sah zu, wie Romano mehrfach irgendwelche Knöpfe drückte und eine Handvoll Euro parat hielt. Schließlich rief er: »Heureka!«, als zwei Fahrscheine und etwas Wechselgeld in das Fach unten am Automaten fielen.

Romano gab Britt ihren Fahrschein, und sie steuerten auf den Eingang zur Linie U1 zu. Sie steckten die Tickets in den Stempelautomaten und folgten der farblichen Markierung zu ihrem Bahnsteig, wo sie sich zu der Pendlerschar gesellten, die auf den nächsten Zug wartete. Britt war über das moderne, blitzsaubere U-Bahn-System Wiens freudig überrascht. Die Glas- und Stahlfronten waren poliert, die Böden sauber, und es gab keinerlei Graffiti.

Während sie auf den nächsten Zug warteten, war Britt bei dem Gedanken, Felix aufzusuchen, nicht ganz wohl. Wer wusste schon, wohin eine Konfrontation führen konnte. Romano war die ganze

Sache offensichtlich ohnehin unheimlich, und er schien ihr mit jeder neuen Information stärker zu misstrauen. Sie war sich nicht sicher, ob es für ihn ein Fehler war, sie auch nur zu begleiten. Aber sie fühlte sich sicherer, wenn er bei ihr war. Er hatte sie auf eine harte Probe gestellt, aber immerhin schien er sich echte Sorgen zu machen. Sie hatte es seit langem nicht mehr erlebt, dass sich jemand um sie sorgte. Es fühlte sich gut an.

Britt hatte von Felix bereits im Café erfahren, was sie wissen wollte. Er hatte keine Ahnung, wer die Mitglieder von *Rex Deus* waren, allerdings schien er zu glauben, dass sie sich in ganz Europa versteckt hielten. Und die Verbindung zu den Jesuiten – das war ein Knaller gewesen. Falls die Nachkommenschaft im Jesuitenorden verborgen war, würde das den Tod der Priester erklären. Vielleicht wussten sie, wer die Mitglieder von *Le Serpent Rouge* waren … Oder bestand gar die Möglichkeit, dass sie selbst zu den Nachkommen gehörten? Das ließ immer noch einige gravierende Fragen offen – wer hatte die Priester umgebracht, und wer hatte das Attentat auf sie selbst verübt?

Vor ihnen kam ein Zug zum Stehen, die Türen gingen auf, und Pendler strömten heraus. Britt stieg hinter Romano ein und setzte sich auf den erstbesten freien Platz, während er sich an einem von der Decke hängenden Griff festhielt. Bei jeder Haltestelle nannte eine Stimme den Namen der Station, und sie hatten keine Schwierigkeiten, am Karlsplatz in die U4 umzusteigen. Es dauerte nicht lange, dann verkündete die Stimme, dass sie in Hietzing angekommen waren. Romano hatte während der gesamten Fahrt kein Wort gesprochen. Britt war überzeugt, dass er der Meinung war, ein weiteres Treffen mit Felix würde ihm die Möglichkeit eröffnen, ihr zu beweisen, dass viele ihrer Theorien eher auf erfundenen Gerüchten basierten als auf Fakten.

Britt und Romano stiegen aus der U-Bahn zusammen mit einer Schar Touristen aus, die mit Kameras beladen waren und in Richtung Schloss Schönbrunn strömten. Als die Touristen sich am Haupteingang zu Schloss und Park anstellten, gingen Britt und Romano weiter an der Schlossmauer entlang zur Maxingstraße. Auf der Straße, die direkt am Schlosspark vorbeiführte, herrschte dichter Auto- und Lastwagenverkehr.

Britt hatte zu kämpfen, um mit Romanos ausgreifenden Schritten mitzuhalten. Sie bemerkte, dass seine Schultern leicht nach vorn fielen, aber ansonsten hatte er die Haltung eines selbstbewussten Athleten. Sie hatte bisher nicht darüber nachgedacht, aber abgesehen von seinem Besuch im Krankenhaus hatte sie ihn immer nur in Khakihosen, Hemden mit offenem obersten Kragenknopf und in einer Sport- oder einer Windjacke gesehen. Aber der Rucksack übertraf alles. Joseph Romano war definitiv kein typischer Professor mit Fliege und Tweedjackett – oder gar ein typischer Priester.

Britt holte Romano ein, hakte sich bei ihm unter und bremste ihn. »Das mache ich nur, damit ich nicht noch Seitenstechen bekomme.«

Romano schaute mit einem verkniffenen Lächeln zu ihr hinab. »Tut mir leid, manchmal lasse ich mich hinreißen. Ich versuche, täglich fünf oder zehn Meilen zu joggen. Wenn ich nicht dazu komme, rebelliert mein Körper und versucht, den Bewegungsmangel auszugleichen. Geben Sie das Tempo vor, ich folge Ihnen. Es sollte aber sowieso nicht mehr weit sein.«

Als sie die Straße, in der Felix wohnte, fast erreicht hatten, kamen sie an einem hübschen kleinen Haus vorbei, das wie aus einem Märchenbuch aussah. Romano verlangsamte den Schritt und deutete auf ein Schild, auf dem geschrieben stand, dass Johann Strauß einst in diesem Haus gelebt habe. »Ich frage mich, wie viele Häuser von Johann Strauß es wohl in Wien gibt? Vielleicht geht es ihm ja wie George Washington.«

Britt schaute ihn an, als sei er leicht verrückt. »Ich glaube, Sie leiden unter dem Jetlag.« Dann deutete sie die Straße hinauf. »Ist das die Gloriettegasse?«

Romano kniff die Augen zusammen, um das blauweiße Schild an der Ecke eines Gebäudes weiter vorn zu lesen. »Falls ja, ist bewiesen, dass Sie wahrscheinlich einen halben Block besser in die Ferne sehen als ich.«

Nach einem weiteren halben Block ließ Britt Romanos Arm los und stupste ihn an. »Das ist die Gloriettegasse. Jetzt wissen wir, dass Sie zwar fitter sind als ich, dafür habe ich die besseren Augen.«

Sie bogen in Felix' Straße ein, und Britt wurde klar, warum Hietzing als Sommerresidenz der Aristokratie berühmt geworden war. Anstelle der ockerfarbenen riesigen Wohnblocks, die die Maxingstraße säumten, gab es hier große Anwesen mit schönen Gärten und eleganten, in Pastelltönen gestrichenen Häusern, von welchen viele kunstvolle schmiedeeiserne Balkongitter besaßen.

»Nun, ich denke, das beweist, dass Felix sein Dasein als armer Dorfpfarrer weit hinter sich gelassen hat«, stellte Britt fest.

»Pater Müller hatte also recht«, antwortete Romano. »Er sagte, Felix sei kein Anhänger des Armutsgelübdes.«

Ein kleines Stückchen weiter machten sie das Haus von Felix Konrad aus, das von der Straße zurückgesetzt stand und von einem hohen schwarzen Eisenzaun umgeben war. Das Tor war nicht verschlossen, und Romano hielt es für Britt auf. Vorsichtig folgte sie ihm den Weg durch den kleinen Vorgarten, der aussah, als bräuchte er dringend etwas Pflege durch einen Gärtner. Als sie auf die Haustür zugingen, bemerkte Britt, dass sie nur angelehnt zu sein schien. Ihre Besorgnis wuchs, als sie zu der Videokamera hinaufspähte, die über dem Eingang angebracht war.

Romano drückte zweimal auf die Klingel und schaute sich zu Britt um. Sie hörte es im Haus läuten, aber nichts rührte sich.

Romano reckte den Kopf zu dem kleinen Fenster in der Tür und spähte hinein.

»Sehen Sie etwas?«, fragte Britt.

»Nein, nur die Seite des Vorraums. Herr Konrad!«, rief Romano.

Britt schob die Tür ein Stück weiter auf und streckte den Kopf hinein. »Felix. Ich bin's, Brittany Hamar.« Sie trat in den Vorraum und blickte zu dem großen Wohnzimmer hinüber. Und da entdeckte sie Felix Konrad. Sein Seidenschal war ihm über den Mund gezogen, und er lag ganz verrenkt auf dem Teppich im Eingang zum Zimmer.

»Oh, mein Gott!« Sie drückte sich an Romano vorbei ins Haus.

Romano folgte Britt, kniete sich neben Felix nieder und tastete nach dem Puls. »Man hat auf ihn geschossen.« Er deutete auf ein blutiges Loch in Felix' Brust.

»Lebt er noch?«

Romano schüttelte den Kopf. »Ich kann keinen Puls fühlen.« Er ging zu einem Telefon, das auf einem Tischchen in der Ecke des Zimmers stand. »Wissen Sie, unter welcher Nummer man hier den Notarzt ruft?«

Britt packte ihn am Arm. »Ich habe keine Ahnung. Aber ich glaube nicht, dass wir jemanden anrufen sollten.«

»Was sagen Sie da?« Romano warf Britt einen entgeisterten Blick zu.

»Ich glaube nicht, dass wir da hineingezogen werden sollten. Ich habe Pater Matteo besucht … tot. Ich habe Pater Mathews besucht … tot. Jetzt Felix … er ist tot. Und wir können nichts tun.«

Britt ließ Romanos Arm los. »Wenn Sie anrufen, gehe ich. Und reise aus Österreich ab. Sofort.«

»Wir können ihn doch nicht hier liegen lassen, ohne etwas zu unternehmen!«

Britt war klar, dass sie nicht in eine weitere Mordermittlung verwickelt werden durfte. Vor allem nicht in einem fremden Land, und nicht in den nächsten beiden Tagen. Es stand zu viel auf dem Spiel. Danach konnte passieren, was wolle. »Sie sind Priester. Sprechen Sie die erforderlichen Gebete, dann gehen wir. Irgendjemand wird ihn schon finden.« Sie legte die Finger über die Lippen. »Falls Sie das für moralisch verwerflich halten, dann rufen Sie von einer Telefonzelle an.«

Romano warf Britt einen besorgten Blick zu, dann faltete er die Hände und senkte den Kopf im Gebet. Britt spähte in das angrenzende Zimmer, dessen Wände mit Bücherregalen vollgestellt waren. Während Romano betete, ging sie in den Raum und stellte fest, dass es sich um eine Bibliothek und Arbeitszimmer mit alten Aktenschränken aus Eiche und einem antiken Schreibtisch handelte. Sie machte die Schränke auf und entdeckte Stapel handgeschriebener Berichte. In jedem Schrank fanden sich Unterlagen in einer anderen Sprache. In einem die französischen, in einem anderen die deutschen und wieder einem anderen die englischen. Die Handschrift sah aus, als sei sie äußerst sorgfältig mit Füllfederhalter geschrieben.

Britt blätterte die englischen Dokumente durch und stellte fest, dass sie nach Datum geordnet waren. Sie ging den jüngsten Stoß durch und entdeckte Stammbäume und Notizen zu den Habsburgern, zu Rennes-le-Château und Abbé Saunière. Auf einem Blatt wurde die Villa Santa Maria bei Rennes-le-Château erwähnt. In Anführungsstrichen stand daneben: »Beherbergt die Geheimnisse Gottes.«

Britt schnappte sich den jüngsten Stapel und fing an, ihn sich in ihren Matchbeutel zu stopfen.

»Was zum Teufel machen Sie denn da?«, schrie Romano.

»Das sind die jüngsten Forschungen von Felix. Sie könnten etwas sehr Wichtiges enthalten.«

Romano stürmte ins Arbeitszimmer und griff nach Britts Tasche. »Sie nehmen aus dem Haus dieses Mannes nichts mit. Es ist mir egal, für wie wichtig Sie das halten.« Er zog die Dokumente aus ihrer Tasche, legte sie wieder in den Aktenschrank und knallte die Schublade zu. Dann deutete er auf das Telefon auf dem Schreibtisch. »Und wenn Sie nicht wollen, dass ich anrufe, gehen wir jetzt sofort.«

Britt warf sich den Riemen der Tasche über die Schulter und steuerte auf die Haustür zu. Sie brannte nicht unbedingt darauf, Felix' Notizen durchzugehen, aber sie hatte etwas anderes zu tun, und das war viel wichtiger. *Der Bote* hatte ihr gesagt, wo und wann sie sich treffen würden, und sie würde sich durch nichts davon abhalten lassen.

·54. KAPITEL·

PHILIPPE ARMAND STAND VOR DEM K&K PALASTHOTEL und spähte sorgfältig die Gegend aus. Es war nicht das Hôtel de Paris, aber es besaß die einzigartige Mischung aus altem Charme und modernem Luxus. Und die Lage bot ihm das, was für ihn wichtiger war, nämlich Sicherheit und die Möglichkeit, falls nötig, schnell zu verschwinden.

Das historische Gebäude am Rudolfsplatz hatte einst der Kaiserfa-

milie gehört und stand gegenüber einem Park mit dichten Bäumen und hohen Büschen. Jenseits des Parks verlief der Franz-Josef-Kai, eine Hauptdurchgangsstraße neben dem Donaukanal. Jede der Seitenstraßen führte direkt ins Zentrum des ersten Wiener Bezirks. Sein Vater hatte immer hervorgehoben, dass man mehrere große Fluchtwege brauchte, wenn es hart auf hart kommen sollte.
Der Eingang und die Lobby des Hotels waren in schwarzem eloxiertem Aluminium und Glas gehalten, was ihnen eine Art-déco-Touch verlieh. Philippe hatte um ein Zimmer mit Blick auf den Park gebeten, damit er eine unverstellte Sicht auf die Straße vor dem Hotel hatte. Er verplemperte beim Einchecken keine Zeit und ging sofort auf sein Zimmer, um sich gleich auf die Suche nach Brittany Hamar zu machen. Er zog das Telefonbuch aus dem Nachttisch und schlug die Seite mit den Hotels auf.
Er begriff nicht, warum dieser blöde Auftraggeber gefordert hatte, dass Brittany Hamar in New York nur verletzt, jetzt in Wien aber getötet werden sollte. Er dachte an eine weitere Warnung seines Vaters und erschauderte, als ihm die Ironie klar wurde. *Es ist nicht unsere Aufgabe, uns über das Warum Gedanken zu machen, unsere Aufgabe besteht einfach darin, es zu tun – oder zu sterben.*
Er wählte die Nummer des ersten Hotels auf der Liste und erkundigte sich nach der amerikanischen Professorin.

·55. KAPITEL·

ALS SIE DIE STUFEN VON DER U-BAHN zum Stephansplatz hinaufstiegen, war Romano noch immer über den entsetzlichen Mord an Felix und die Tatsache erschüttert, dass er nicht die Polizei gerufen hatte. Er war sich nicht sicher, warum er Britts verrücktem Beharren, sich da nicht hineinziehen zu lassen, nachgegeben hatte. Sie waren darin verwickelt – und zwar bis zur Halskrause. Und jetzt befürchtete er, dass ihnen jemand folgte.

Auf der Rückfahrt in den ersten Bezirk hatte er in jedem der U-Bahn-Waggons nach jemandem Ausschau gehalten, der verdächtig wirkte. In seiner Paranoia war ihm die Hälfte der Fahrgäste verdächtig vorgekommen, bis ihm klar wurde, dass Wien ein Schmelztiegel Europas und des Nahen Ostens war und sich hier außerdem Unmengen von Touristen tummelten.

Romano entdeckte in der Ecke des Fußgängerplatzes ein paar Telefonzellen. Er ging hinüber, betrat eine leere Zelle und nahm den Hörer ab. »Warten Sie einen Augenblick. Ich rufe die Polizei an.«

Britt sah ihn erschrocken an.

»Machen Sie sich keine Sorgen, ich sage denen nur, dass sie bei dieser Adresse nachschauen sollen, weil ich einen Schuss gehört habe, dann hänge ich auf. Falls Sie irgendetwas aus Ihrem Hotel holen müssen, bevor wir zum Kolleg gehen, könnten Sie das jetzt machen.«

Britt stand in der leeren Zelle neben der von Romano, während er die Null wählte, und darum bat, mit der Polizei verbunden zu werden. Er hatte den Eindruck, Britt wollte einfach hören, wie viel er der Polizei verriet.

Als er aufhängte, fühlte sich Romano ein wenig erleichtert. Zumindest würde man sich bald angemessen um Felix Konrads Leiche kümmern.

Auf dem Weg zum Kolleg beschwerte sich Britt nicht über das Tempo. Allem Anschein nach war sie äußerst erpicht darauf, Pater Müller kennenzulernen, nachdem Romano erwähnt hatte, dass

Müller eine Vorliebe für nichtamtliche Versionen der Kirchengeschichte besaß und eine Menge über Felix zu wissen schien.
Als sie im Kolleg ankamen, hielt sich Pater Müller gerade im Empfangsbereich auf und führte sie gleich durch einen düsteren Gang in sein Büro. Mit einem schwarzen Anzug, einem makellos weißen Hemd und einer schmalen schwarzen Krawatte bekleidet, wirkte er eher wie ein Priester als der immer so leger daherkommende Romano. Nach den üblichen Begrüßungsfloskeln kamen sie zum Thema.
»Bevor ich über Felix Konrad spreche«, erklärte Müller, »muss ich Ihnen sagen, dass ich von Ihrem bald erscheinenden Buch ›Der Jesus-Schwindel‹ fasziniert bin. Ich bin gespannt darauf, jetzt zu erfahren, worin der ›Schwindel‹ genau besteht.«
»Leider würde das jetzt mehr Zeit in Anspruch nehmen, als uns zur Verfügung steht«, antwortete Britt. »Es genügt wohl, wenn ich Ihnen sage, dass viele Leute einen falschen ersten Eindruck haben. Es ist nicht der Zweck des Buches, Jesus als einen Betrüger darzustellen. Mein Ziel war es, ein paar Ungerechtigkeiten rund um das Thema, wie Jesus und seine Lehren der Welt dargestellt wurden, zu korrigieren.«
Müller faltete die Hände vor der Brust und lehnte sich in seinem Sessel zurück. Ein Lächeln breitete sich auf seinem Gesicht aus. »Kann ich davon ausgehen, dass Sie dem Denkmodell anhängen, dass Jesus auf die Welt gekommen ist, um sie aufzuklären? Dass die Erlösung durch Wissen und durch gute Taten erlangt wird, nicht nur dadurch, dass Jesus aufgrund seiner Kreuzigung und Auferstehung als Erlöser akzeptiert wird?«
Britt erwiderte sein Lächeln. »Pater Müller, ich sollte Sie dazu bringen, den Klappentext für mein Buch zu schreiben.«
»Nur weil ich weiß, woher Sie kommen, heißt das noch lange nicht,

dass ich Ihnen zustimme. Ich glaube, dieser Gnostizismus ist ein bequemer Ausweg für all jene, die befürchten, dass ihre religiösen Einstellungen einer kritischen Prüfung unterzogen werden.« Müller rückte seine Designerbrille ostentativ gerade. »Und ich stimme der gegen Paulus gerichteten religiösen Bewegung absolut nicht zu.«

»Heinz, lass uns nicht mit Paulus anfangen. Britt hat das Buch ›Der Heilige Paulus – der Apostel, der Jesus nie begleitet hat‹ verfasst. Da könnten wir schnell den Kürzeren ziehen. Warum erzählst du uns nicht, was du über Felix Konrad weißt? Er hat sie mit Material versorgt, das sie auf einige der Theorien gebracht hat, die sie in ihrem neuen Buch vertritt.«

»Tut mir leid.« Müller grinste. »Ich bin sicher, Joseph hat Ihnen erzählt, dass ich gern vom Thema abschweife.«

»Nein, ich habe keine deiner, wie soll ich sagen, deiner Eigenheiten verraten«, sagte Romano.

»Dann sollten wir lieber wieder zum Thema kommen, bevor du damit anfängst.« Müller zog die Augenbrauen hoch. »Wie ich Joseph bereits erzählt habe, war Felix Dorfpfarrer, der, wie Sie in den Vereinigten Staaten vielleicht sagen würden, durchgeknallt ist. Er hat seinem Onkel, der Abbé Bérenger Saunière die letzte Beichte abgenommen hatte, die Sterbesakramente erteilt. Nach der Begegnung mit seinem im Sterben liegenden Onkel soll Konrad angefangen haben, ein sehr seltsames Verhalten an den Tag zu legen. Es kursierten Gerüchte, dass er in das Geheimnis eingeweiht worden sei, das Saunìere angeblich in Rennes-le-Château entdeckt und das ihm einen beachtlichen Reichtum eingebracht hatte. Konrads Gemeindemitglieder beschwerten sich, dass er angefangen habe, in seine Predigten seltsame mystische Andeutungen einfließen zu lassen. Bevor die Kirche Schritte unternahm, sein Verhalten zu hinterfragen, starb seine Mutter, und er war der alleinige Erbe eines beträchtlichen Familienvermögens. Als Diözesanpfarrer hätte Konrad das Erbe antreten und trotzdem Gemeindepfarrer bleiben können. Stattdessen beantragte er in Rom die Entbindung vom Priesteramt. Er hatte den Eindruck, einem Bischof nicht länger den nötigen Gehorsam entgegenbringen zu können. Konrad wurde aus dem Priesteramt entlassen, zog in sein Elternhaus nach Hietzing und fing an, sich mit merkwürdigen Organisationen zusammenzutun und ungeheuerliche Äußerungen von sich zu geben.«

»Waren seine Äußerungen deshalb so ungeheuerlich, weil sie nicht mit Ihrer Kirchendoktrin übereinstimmen?«, erkundigte sich Britt.

»Eigentlich nicht. Es liegt daran, dass sie mit Fehlern und Auslassungen und ganz offensichtlich unkorrekten Fakten gespickt waren. Ich würde Ihnen empfehlen, alles, was Sie von Felix Konrad gehört haben, zu ignorieren, es sei denn, Sie haben hieb- und stichfeste Beweise. In den letzten Jahren ist er immer mehr aus der Spur gekippt. Ich hielte es durchaus für möglich, dass Konrad behaupten könnte, der Papst sei der Antichrist oder Mutter Theresa sei eine direkte Nachfahrin von Maria Magdalena.«

»Verstehen Sie, ich war jahrelang skeptisch«, antwortete Britt. »Aber nachdem ich Tonnen von Forschungsmaterial durchgearbeitet habe, wurde mir klar, dass viele dieser Geschichten nicht einfach abgetan werden sollten.«

»Ich sage ja nur, dass Sie jede Menge erhärtender Beweise haben sollten, bevor Sie irgendetwas von Konrad in Ihrem Buch verwenden. Konrad ist total verrückt.«

Britt musterte Romano. Aus seinem Blick sprach nicht gerade Erleichterung. »Könnten Sie uns ein paar Beispiele nennen? Zum Beispiel über das Geheimnis, das Saunière entdeckt hat, und über seinen späteren Reichtum? Ich habe Bilder von seiner Villa Bethania und dem Magdala-Turm gesehen. Diese Bauten übersteigen die Möglichkeiten eines einfachen Dorfpfarrers bei Weitem.«

Müllers Blick hellte sich auf. Er zog einen Aktenordner aus einem Stapel auf seinem Schreibtisch. »Es gibt so viele Geschichten, wie Saunière zu seinem Reichtum gekommen ist. Sie reichen vom Fund westgotischen Goldes aus dem Schatz von Salomon, über Dagoberts Kriegsschatz, dem Katharerschatz, der aus Montségur verschwand, bis hin zu Überfällen auf Geldtransporte über die spanische Grenze auf Geheiß des Grafen von Rennes. Und dann natürlich der Heilige Gral, die Menora, die Bundeslade und Geheimdokumente, mit denen Saunière die Kirche oder die Habsburger erpresst hat. All diese Geschichten sind selbstverständlich ein gefundenes Fressen für Verschwörungstheoretiker.«

Britt lauschte aufmerksam. In ihren Augen blitzte Interesse auf. »Und welche davon würden Sie unterstützen?«

Müller klappte den Hefter auf und reichte Britt ein paar Fotokopien. »Das sind Kopien von Materialien, die ich in einem meiner Seminare an der Universität ausgeteilt habe. Die schenke ich Ihnen. Sie enthalten Dokumente, die belegen, dass Abbé Saunière von der Kirche aus seiner Pfarrei abberufen und von der Diözese in Carcassonne verurteilt wurde, mit Messen gehandelt zu haben. Er wäre vielleicht der erste Priester gewesen, der auf das lukrative Geschäft des Internet-Verkaufs von Seelenmessen an fromme Katholiken gesetzt hätte. Er hat in religiösen Zeitungen und Zeitschriften geworben. So ist er zu seinem Reichtum gekommen.«

»Aber ich habe viele Bücher und Artikel über Saunière aufgespürt, und alle spielen darauf an, dass er seinen Reichtum einem Geheimnis verdankte.«

»Was soll ich dazu sagen?« Müller zuckte die Achseln. »Mit

Geheimnissen verkauft man mehr Bücher als mit einfachen Fakten.«

»Britt ist davon überzeugt, dass sich in Rennes-le-Château vielleicht das Geheimnis des Heiligen Grals findet«, meldete sich Romano zu Wort. »Britt, macht es Ihnen etwas aus, wenn ich Heinz Ihre Theorie über den Gral und Ihre Beweise darlege?«

Britt schüttelte den Kopf. »Machen Sie nur. Ich würde mich wundern, wenn er hier nicht einen Ordner hätte, in dem meine Theorie widerlegt wird.«

Romano bemerkte, dass Müller sich anspannte. »Britt ist im Besitz eines Originalfragments des so genannten geheimen Jakobusevangeliums«, fügte er hastig hinzu. »Es ist in die Zeit Christi datiert worden.«

Müller riss die Augen auf. Er fasste an seine Brille, nahm sie sich mit einem schnellen Ruck von der Nase und starrte Britt und Romano mit offenem Mund an. Dann sagte er: »Das kann nicht Ihr Ernst sein!«

Britt hielt die Kopien, die Müller ihr gegeben hatte, hoch. »Ich meine es so ernst, wie Sie damit.«

»Sie hat mir erzählt, dass die Übersetzung den Schluss zulässt, dass Maria Magdalena von Jesus schwanger war, als er gekreuzigt wurde«, sagte Romano. »Man hat sich bemüht, Jesus wiederzubeleben, aber auf dem Fragment steht nicht, wie es ausgegangen ist.«

Britt beugte sich zu Müller vor. »Ich glaube, Maria ist nach Südfrankreich gegangen, wo sie Zwillinge zur Welt gebracht hat, einen Jungen und ein Mädchen. Damit war die Nachkommenschaft Jesu begründet. Und dass Maria Magdalena als diejenige, die die Nachkommenschaft hervorbrachte, der Heilige Gral war. Ich glaube, die Gebeine Maria Magdalenas könnten irgendwo bei Rennes-le-Château begraben sein.«

Müller setzte die Brille wieder auf, formte mit der Hand ein Zelt und klopfte die Fingerspitzen gegeneinander. »Schön, schön, das weckt natürlich mein Interesse. Joseph, hast du das Dokument untersucht?«

»Ich kann es analysieren, sobald wir wieder in New York sind.«

»Falls es echt ist, würde das Ihrer Theorie natürlich etwas mehr Glaubwürdigkeit verleihen. Aber ich muss hinzufügen, dass ich der Theorie einer direkten Nachkommenschaft Christi sehr skeptisch gegenüberstehe.«

Romano sah, dass Britts Augen kurz aufblitzten.

»Maria Magdalena und Südfrankreich sind ein anderes Thema«, fuhr Müller fort. »Es gibt zwei sich hartnäckig haltende Theorien, die von einigen historischen Fakten gestützt werden. Die eine besagt, dass Maria Magdalena Johannes den Täufer nach Ephesus, dem heutigen Selçuk in der Türkei, begleitet hat, wo sie auch gestorben ist. Die andere geht davon aus, dass sie sich vielleicht in der Provence niedergelassen hat, wo sie bis zu ihrem Tod dreißig Jahre lang als Einsiedlerin in einer Berghöhle lebte. Falls dies der Wahrheit entsprechen sollte, könnten ihre Gebeine irgendwo in der Gegend beerdigt sein.«

»Dann könnte sie also bei Rennes-le-Château bestattet worden sein«, sagte Britt voller Begeisterung.

Müller kratzte sich an der Stirn. »Das würde mich sehr wundern. Es gibt Hunderte von Geschichten über vergrabene Schätze, religiöse Rätsel und Geheimgesellschaften. Diese Gegend ist zum bevorzugten Ziel von Schatzjägern und Anhängern von Verschwörungstheorien geworden. Seit über hundert Jahren werden die Einheimischen von Leuten belästigt, die Gräber aufbuddeln und jeden Flecken Land umgraben, der in irgendeinem verschrobenen Buch erwähnt wird.«

»Aber sie haben nicht nach ganz bestimmten Knochen gesucht«, platzte Britt heraus.
Müller klopfte wieder die Finger aneinander und runzelte die Stirn. »Ich vermute, Sie haben recht. Ich bin sicher, die haben nach einem richtigen Schatz gesucht. Aber wie wollen Sie feststellen, dass irgendwelche Knochen, die man in der Gegend findet, tatsächlich von Maria Magdalena stammen?«
»Felix hat Britt gesagt, dass es bei Rennes-le-Château ein Gasthaus gibt, in dem die Geheimnisse des Heiligen Grals und der Nachkommenschaft zu finden sind.«
Müller schüttelte den Kopf und verdrehte die Augen. »Das führt uns direkt zum Saunière-Geheimnis zurück. Glauben Sie mir, diese ganze Geheimnissache ist nichts als reine Phantasie. Und es ist nicht nur Felix Konrad. Viele Leute haben an der Vorstellung einer wertvollen Entdeckung Gefallen gefunden, gewöhnlich aus persönlicher Gier. Vielleicht sind Sie ja bereits auf die Geschichten eines Franzosen gestoßen, Pierre Plantard, der einen ganzen Mythos um die Prieuré von Sion und eine Beziehung zu Saunières Geheimnis geschaffen hat. Er hat um der Berühmtheit und des Prestiges willen sogar Dokumente gefälscht.«
»Es besteht sogar eine Verbindung zu den Jesuiten«, fügte Romano hinzu. »Die Prieuré wurde von den Jesuiten übernommen. Plantard hat angedeutet, dass seine Prieuré eine Verbindung zu den Merowingern habe und dass es darum gehe, die Geheimnisse zu schützen, die durch diesen Zweig der Nachkommen des Hauses David weitergegeben wurden.« Während er das sagte, spürte Romano wieder einen Stich ins Herz – es gab also eine weitere Verbindung zwischen dem Jesuitenorden und einer möglichen Nachkommenschaft.
Britt wandte den Kopf ruckartig Romano zu. Ihr Gesichtsausdruck

schwankte zwischen Verwirrung und Erstaunen. »Das untermauert Felix' Behauptung, dass *Rex Deus* die Jesuiten unterstützt hat, um das Geheimnis der Nachkommenschaft zu wahren.«

Müller richtete sich steif auf. Er schaute eindeutig erstaunt drein. »Wo ist das zur Sprache gekommen? Vor oder nach seiner Behauptung, dass der Papst der Antichrist sei?«

»Genau genommen war das sehr einfallsreich«, stellte Romano fest. »Er hat kombiniert, dass das Prinzip des *Tretet die Nachfolge Jesu an* der ideale Ort sei, um das Geheimnis einer Nachkommenschaft zu hüten. Und er hat den raschen Reichtum des Jesuitenordens der Finanzierung durch *Rex Deus* zugeschrieben.«

Müller wirkte völlig verdutzt. Er wandte sich Britt zu. »Dem würde ich an Ihrer Stelle gründlich nachgehen, bevor ich es in das Buch aufnehmen würde. Ich bin mir sicher, Sie wissen, dass der Jesuitenorden 1773 von Papst Clemens XIV. aufgelöst wurde –«

»Sie können sicher sein, dass ich meine Nachforschungen anstelle, bevor irgendetwas in mein Manuskript gelangt«, platzte Britt heraus. »Bevor ich zu viel Ihrer Zeit in Anspruch nehme, würde ich noch gerne Ihre Meinung zu einer österreichischen Angelegenheit erfahren. Sie haben vorhin die Habsburger erwähnt. Was halten Sie als Fachmann von möglichen Zusammenhängen zwischen der Dynastie der Habsburger und *Rex Deus* beziehungsweise den *Merowingern*?«

»Ich bin mir sicher«, antwortete Müller, »Sie haben inzwischen bemerkt, dass ich den Theorien rund um eine leibliche Nachkommenschaft Christi keinen großen Glauben schenke. Aber davon abgesehen, kursieren ein paar faszinierende Gerüchte über die Habsburger. Sie waren die Herrscher des Heiligen Römischen Reiches, obwohl bei vielen Habsburgern keine Kaiserkrönung durch den Papst stattfand. Es gab Spekulationen, dass die Kirche sich Sorgen über die

Geschichten machte, die Habsburger hätten Verbindungen zu den Merowingern und stammten daher direkt vom alttestamentarischen Hause David ab. 1889 wurde der dreißig Jahre alte Erzherzog Rudolf zusammen mit seiner Geliebten, der Baronesse Mary Vetsera, in der Jagdhütte der Habsburger in Mayerling tot aufgefunden. Allem Anschein nach handelte es sich um einen gemeinsamen Selbstmord. Erzherzog Rudolf war der intelligente und progressive Thronfolger der Habsburger, dem möglicherweise die Geschichten keine Ruhe gelassen haben, er könnte ein Mitglied von *Rex Deus* oder sogar ein Nachkomme Davids sein beziehungsweise, um Ihrer Theorie zu folgen, der Nachkommenschaft Jesu angehören.«

»Das ist eine neue Überlegung, von der ich noch nie gehört habe«, stellte Romano fest. »Britt, sehen Sie, ich habe Ihnen ja gesagt, dass Pater Müller auf den Gebieten, mit denen Sie sich befassen, bewanderter ist als ich.«

»Ach, es gibt aber noch eine andere Variante der Rudolf-Geschichte«, fuhr Müller fort. »Er hat seinem Cousin, Erzherzog Johann, der nach Rudolfs Tod auf seinen Titel verzichtete, ein verschlossenes Stahlkästchen hinterlassen. Johann segelte nach Südamerika, und weder er noch das Kästchen wurden je wiedergesehen.«

Britt sah ihn fragend an. »Jetzt klingen Sie eher wie Felix Konrad.«

Müller schmunzelte. »Ich lasse Sie nur wissen, dass mir die kursierenden Gerüchte nicht unbekannt sind. Das bedeutet aber nicht, dass ich ihnen Glauben schenke. Falls Sie irgendwelche stichhaltigen Beweise für Ihre Theorien haben wollen, gehen Sie ins Mausoleum von Kaiser Maximilian I. in Innsbruck. Angeblich soll er das Mausoleum selbst entworfen haben. Darin befinden sich vierzig überlebensgroße Statuen seiner Vorfahren. Zum Beispiel Gottfried von Bouillon, der Merowingerkönig Chlodwig, Königin Elisabeth von Ungarn, Erzherzog Sigismund und König Theoderich. Diese Statuen werden als die Crème de la Crème einer möglichen Nachkommenschaft von *Rex Deus* betrachtet.«

Britt schien begeistert zu sein. Sie spitzte die Lippen und starrte Müller eindringlich an. »Glauben Sie, das sind Mythen oder sichtbare Beweise einer historischen Wahrheit?«

Müller lachte. »Ich glaube, da sollte ich Sie an den Meister verweisen. Joseph hat eine Arbeit über historische Wahrheiten geschrieben.«

Britt wandte sich Romano zu. »Schön, Herr Professor, klären Sie mich bitte auf.«

Romano strich sich ein paar Mal über seinen Bart und versuchte, ganz wie ein Professor zu wirken. »Im Grunde sind Dogma und Geschichte nicht notwendigerweise die Wahrheit.«

Jetzt war Britt mit dem Lachen an der Reihe. »Wollen Sie mir etwa sagen, dass Geschichte mystische Einbildung ist?«

»Dogma und Geschichte sind lediglich die Interpretation der auf bewiesenen Fakten basierenden Wahrheit. Wenn wir weitere Fakten sammeln oder die Technik Fortschritte macht und wir genauere Definitionen von Fakten entdecken, können sich Dogma und Geschichte entsprechend verändern.«

»Dann leben wir also in einer Phantasiewelt«, stellte Britt fest.

»Das trifft in gewisser Weise zu. In meiner Arbeit habe ich vorgeschlagen, dass uns am meisten damit gedient ist, wenn wir anerkennen, dass Dogma und Geschichte im Fluss sind und sich mit den Zeiten verändern.«

»Dann räumen Sie also ein, dass sich die Kirchendoktrin mit den Zeiten ändern könnte.«

Romano faltete die Hände und stützte das Kinn darauf. »Offen gesagt, ich glaube, das Dogma der Kirche ist höchstwahrscheinlich die Wahrheit, bis das Gegenteil bewiesen ist. Deshalb weise ich dauernd auf die Tatsache hin, dass es seit über zweitausend Jahren dem Test der Zeit und äußerst kritischen Untersuchungen standgehalten hat.«

Britt drehte sich auf ihrem Stuhl um, sodass sie sowohl Romano als auch Müller eindringlich ansehen konnte. »Dann ist die Interpretation der Bibel, weil sie mit Allegorien nur so gespickt ist, in Wahrheit dem Einzelnen überlassen und durch die Fakten bestimmt, die mithilfe der jeweils neuesten Technik nachgewiesen werden.«

Romano hoffte noch immer, die Diskussion mit Müller würde Britts entschlossenem Bemühen, die akzeptierte Kirchendoktrin zu diskreditieren, wenigstens einen Dämpfer aufsetzen. Er wusste, dass sie sich nicht so leicht davon abbringen lassen würde, aber schließlich wollte er nur, dass sie dem Beweismaterial das entsprechende Gewicht beimaß. »Das ist in etwa die Zusammenfassung«, sagte er.

»Wenn ich also ein Dokument finde, das mit der neuesten Technik untersucht und als aus der Zeit Jesu stammend ausgewiesen wird und der Inhalt besagt, dass Jesus und Maria Magdalena zusammen Kinder hatten, würde das dann eine Nachkommenschaftstheorie stützen und ein Überdenken des Kirchendogmas erforderlich machen?«

Romano und Müller tauschten besorgte Blicke aus. »Ein Überdenken, ja«, antwortete Müller hastig. »Aber ohne zusätzliche stichhaltige Beweise würde es wahrscheinlich nicht ernst genug genommen werden, um einen Dogmenwandel herbeizuführen. Es könnte von radikalen Individuen verfasst worden sein, die versuchten, der neuen, sich entwickelnden Religion zu schaden – oder eine damalige Ausgabe von Felix Konrad könnte das geschrieben haben.«

Es klopfte an der Tür, und ein stämmiger Mann in dunklem Anzug und Priesterkragen kam herein. Er strahlte eindeutig Wichtigkeit aus und wirkte Respekt gebietend. Der Pater Rektor hatte Romano schon immer an eine etwas ältere, pausbackigere Ausgabe von Pater Ted erinnert.

Romano stand sofort auf und begrüßte Pater Hans Josef.

»Es tut mir leid, zu stören, aber da ist ein sehr wichtiger Anruf für Pater Romano vom Büro des Ordensgenerals.«

·56. KAPITEL·

DIE BÜROTÜR GING AUF, und Charlie wäre beim Anblick von Carlota beinahe von seinem Stuhl gekippt. Er hatte sie noch nie in einer solchen Verfassung gesehen. Sie war außer Atem, und Schweiß glänzte auf ihrer Stirn und den Wangen. Offensichtlich hatte irgendetwas diese zurückhaltende, ausgeglichene, stets beherrschte Graduierte aus Topeka, Kansas, zutiefst erschüttert.

»Du wirst nicht glauben, was ich über Brittany Hamar herausgefunden habe.«

Charlie drehte sich mit seinem Stuhl um. »Komm schon, was ist der Knüller?«

»Ich habe mit ihrer Assistentin gesprochen. Na ja, ihrer früheren Assistentin.«

»Und?«

»Brittany Hamar ist die letzten zwei Jahre durch die Hölle gegangen. Sie hat ihr Baby verloren, der Junge ist am Tay-Sachs-Syndrom gestorben.«

Charlie fuhr zusammen. »Klingt schlimm, nicht?«

Carlota erschauderte. »Nach dem, was mir Paula erzählt hat, ist

es schrecklich. Die Krankheit zerstört das Zentralnervensystem. Das Baby erblindet, bleibt geistig zurück, Lähmungen treten ein, es leidet unter Krampfanfällen. Ich kann dir gar nicht erzählen, was sie durchgemacht haben muss.«
»Und dann wird auf sie geschossen. Kein Wunder, dass sie ausflippt.«
»Charlie, das ist noch nicht alles. Offenbar müssen beide Elternteile Träger des Tay-Sachs-Gens sein, und es kommt meist bei jüdischen Nachkommen aus Mittel- und Osteuropa vor.«
»Sie ist Jüdin und hält Seminare über das Neue Testament?«
»Genau«, sagte Carlota. »Sie wurde als Kind adoptiert und ist als Katholikin aufgewachsen. Sie wusste nichts von ihren richtigen Eltern. Ihr Mann war Frankokanadier, und es hat sich herausgestellt, dass auch die, wie die Cajuns aus Louisiana, zur Risikogruppe zählen.«
»So ein Pech!«
»Und jetzt kommt der Gipfel, Charlie.« Carlota ließ sich auf ihren Stuhl plumpsen und stieß einen Seufzer aus. »Ihr Mann hatte solche Schuldgefühle, dass er Selbstmord begangen hat.«
Charlie schlug sich so fest die Hände an den Kopf, dass er seine Kappe herunter stieß. »Mann, das ist ja kaum zu fassen! Ich frage mich, ob sie in psychologischer Behandlung ist.«
»Paula sagte, dass sie nach dem Tod ihres Mannes völlig zusammengebrochen ist. Es war am Ende des Semesters, und Paula hat sie erst im Herbst wieder gesehen. Paula sagt, sie sei wie ausgewechselt gewesen. Bis dahin war sie sehr religiös und hat fest an die Macht des Gebets geglaubt, vor allem in der Zeit, als ihr Sohn im Sterben lag. Bei Semesterbeginn arbeitete sie bereits an dem Konzept für ihr Buch und ließ Paula eine Menge Recherchen über religiöse Philosophien anstellen, die Paula als an Ketzerei grenzend bezeichnet

hat. Paula ist der Meinung, dass ›Der Jesus-Schwindel‹ die Rache dafür ist, dass ihre Religion sie im Stich gelassen hat. Brittany war von der Frage besessen, wie ein liebevoller Gott nur all ihre Gebete unerhört lassen und ein unschuldiges Kind auf so fürchterliche Weise sterben lassen konnte.«

»Wer könnte ihr da Vorwürfe machen?« Charlie griff hinter seinen Stuhl und hob seine Kappe auf.

»Sie hat sich darauf konzentriert, alles, was mit dem Christentum in Verbindung steht, infrage zu stellen, und das hat sie zum Gnostizismus geführt. Sie kam zu der Überzeugung, dass Jesus ein Prophet war, der von Gott als Lehrmeister gesandt wurde, um den Menschen zu helfen, zur inneren Erkenntnis zu finden. Sie glaubt, dass Jesus zwei getrennte Einheiten darstellte. Der spirituelle Jesus nahm körperliche Gestalt an, als er von Johannes getauft wurde. Paula sagte, sie sei über die neue Brittany Hamar total erschrocken gewesen, und war erleichtert, als die Uni ihr schließlich zwei Freisemester gewährt hat, damit sie an ihrem Buch arbeiten und sich wahrscheinlich helfen lassen konnte.«

»Ich frage mich, wer wohl so stinksauer auf sie ist, dass er sie umbringen will?«, sagte Charlie. »Und wo passt Pater Romano in die ganze Geschichte hinein?«

»Ich habe Paula gefragt, ob sie einen Blick in eines von Pater Romanos Büchern oder Veröffentlichungen geworfen hat. Sie sagte, sein Name sei nie gefallen.«

»Wow, das ist wirklich verrückt.« Charlie rollte seinen Stuhl wieder an den Schreibtisch und fing an, in die Tastatur zu hauen. »Ich schicke Pater Romano eine E-Mail. Wer weiß, mit wem sie sich da eingelassen hat? Sie könnte sich irgendwelchen Extremisten angeschlossen haben, die wirklich Schlimmes im Schilde führen.«

»Paula sagte, dass sie irgendwann angefangen habe, zu allen möglichen

Treffen von sektenartigen Organisationen zu gehen.« Carlota deutete auf das Poussin-Gemälde. »Sie ist sogar nach London geflogen, um an dieser Konferenz der Saunière-Gesellschaft teilzunehmen.«

»Was diese Frau anbelangt, habe ich allmählich ein ganz schlechtes Gefühl«, sagte Charlie. »Ich frage mich, was die beiden in Wien eigentlich vorhaben.«

»Pater Romano ist einfach zu nett«, stellte Carlota fest. »Zu vertrauensselig.« Sie erschauderte. »Ich hoffe nur, dass es für ihn nicht gefährlich wird.«

»Je mehr ich über diesen mysteriösen Felix nachdenke, desto mehr glaube ich, dass er in die Morde an den Priestern, das Attentat und das alles verwickelt sein könnte. Ich kann es nicht fassen, dass Pater Romano einfach so nach Wien geflogen ist.«

Charlie hatte die E-Mail fertig getippt, rollte seinen Stuhl zurück und deutete auf den Bildschirm. »Wirf mal einen Blick drauf. Schau, ob ich alle Einzelheiten erwähnt habe. Und sag mir, ob du meinem Rat zustimmst, in die guten alten Vereinigten Staaten zurückzukommen und sich von Professor Hamar fernzuhalten, bis das alles geklärt ist.«

Carlota überflog die E-Mail, reckte die Daumen, und Charlie klickte auf »Senden«.

·57. KAPITEL·

»Ich war schockiert, als ich von Pater Teds Tod erfuhr. Er war ein guter Freund.« Pater Hans Josef legte die Hand auf Romanos Schulter, als sie zu seinem Büro gingen. »Ich weiß, wie nahe er dir stand. Er wird schmerzlich vermisst werden.«

Romano schaute Pater Josef an. Er bemerkte seine traurige Miene, spürte aber zugleich, dass sein Blick tiefere Besorgnis verriet.
Josef machte die Tür zu seinem Büro auf und deutete auf das Telefon auf dem Schreibtisch. »Pater Cristoforo ist am Apparat. Er sagte, es sei lebenswichtig, dass er sofort mit dir spricht.«
Romano setzte sich in einen der schicken braunen Ledersessel gegenüber Josefs antikem Mahagonischreibtisch und griff nach dem Hörer. »Pater Cristoforo.«
»Pater Romano, ich bin erleichtert, dass ich Sie endlich erreiche. Wir sind von Interpol informiert worden. Haben Sie sich mit diesem Pfarrer getroffen?«
Romano spürte einen Anflug von Panik. Das war nicht der geeignete Zeitpunkt, um vom Auffinden der Leiche zu berichten, und Cristoforo war nicht der Mensch, dem er sich anvertrauen wollte.
»Ja. Wir haben uns nur ganz kurz in einem Café getroffen. Es hat sich herausgestellt, dass er Felix Konrad heißt und früher Pfarrer war. Pater Müller sagt uns, dass er ein verrückter Verschwörungsfanatiker ist.« Romano überlegte kurz, ob er Felix' Theorie über die Jesuiten zur Sprache bringen sollte, entschied sich aber dagegen. »Es gab nichts, was mit dem Tod von Pater Mathews in Zusammenhang stehen könnte. Was haben Sie gehört?«
»Ich rufe an, um Sie vor Brittany Hamar zu warnen. Wir haben von Interpol erfahren, dass wegen der Morde an Pater Mathews und Pater Matteo gegen sie ermittelt wird.«
»Ich glaube nicht, dass sie in die Morde verwickelt ist.«
»Überlassen Sie das den Behörden. Wo ist sie abgestiegen?«
»Im Hotel Royal unweit vom Stephansdom. Im Augenblick sitzt sie in Pater Müllers Büro. Wir versuchen gerade sie davon zu überzeugen, dass sie ihre Theorien noch einmal überdenkt, bevor sie sie in ihrem Buch veröffentlicht.«

»Das ist ein weiterer Grund, weshalb Sie vorsichtig sein sollten. Lassen Sie es mich wissen, wenn sie aus dem Hotel auscheckt und aus Wien abreist, damit ich Interpol informieren kann.«

Als Romano auflegte, starrte Pater Josef ihn sehr besorgt an. »Pater Cristoforo hat mir erzählt, dass diese Frau Hamar im Fall von Pater Mathews und Pater Matteo verdächtigt wird. Wie gut kennst du sie?«

»Gut genug, um zu wissen, dass sie keinen Grund hatte, die beiden umzubringen. Und sie wurde an dem Tag, als die Leiche von Pater Mathews gefunden wurde, in New York beinahe selbst getötet.«

»Das hat nichts zu sagen. Ich habe gehört, dass sie sowohl Pater Matteo als auch Pater Mathews an dem Tag, bevor die beiden jeweils tot aufgefunden wurden, besucht hat.«

»Sie meint, jemand könnte ihr aufgrund ihrer Nachforschungen gefolgt sein. Ihr wurde gesagt, dass beide Priester Kenntnisse über eine leibliche Nachkommenschaft Christi hätten.«

»Das ist absurd. Wir beide haben Pater Mathews besser gekannt als irgendjemand sonst. Er hätte keinen einzigen Gedanken an einen solchen Blödsinn verschwendet. Und falls sie mit Felix Konrad zu tun hat, könnte sie psychisch labil sein.«

»Ich habe vor, sie zur Rückkehr nach New York zu überreden, damit sie sich dort mit dem FBI in Verbindung setzt.«

»Ich glaube, das wäre im Interesse aller.«

Josef ging hinter seinen Schreibtisch und setzte sich in seinen Ledersessel mit hoher Lehne, der mit glänzenden Messingknöpfen versehen war. »Und dir schlage ich vor, dich sobald wie möglich von ihr fernzuhalten.« Sein Blick ließ keinen Zweifel aufkommen, dass das mehr als nur ein Vorschlag war.

·58. KAPITEL·

Romano deutete auf das Café Inigo auf der anderen Seite des Platzes gegenüber vom Jesuitenkolleg. »Wie wäre es, wenn wir jetzt gleich zu Abend essen würden? Ich habe einen Bärenhunger. Das Essen im Flugzeug und ein Hörnchen reichen mir nicht aus.«

Er sah, dass Britt einen Blick auf ihre Uhr warf und ihn dann über den Platz schweifen ließ. Auf dem kleinen Platz war niemand zu sehen bis auf ein älteres Paar, das identische Strohhüte trug und einen Stadtführer studierte. Die beiden reckten die Hälse und deuteten auf die elegante Barockfassade der Akademie der Wissenschaften neben der Kirche. Ein paar Autos waren an dem Platz geparkt.

»Ich glaube, das Inigo ist ein sicherer Ort, wo wir essen und uns über diesen Schlamassel unterhalten können«, sagte Romano. Er bemerkte Britts verwirrten Gesichtsausdruck. »Hier verkehren zumeist Jesuiten, Professoren und Gelehrte. Aber wir sind früh dran, vor der Abendessensstoßzeit.«

Britt nickte und folgte Romano zum Café. Das Inigo war genau so, wie Romano es in Erinnerung hatte. Ein altes hohes Klavier und ein Drehhocker, der mit hellem Paisleystoff bezogen war, standen neben dem Eingang zu einem kleinen Nebenraum. Der von eingelassenen Spotlichtern und Wandleuchtern erhellte Hauptspeiseraum war mit kleinen Tischen möbliert, die mit weißen Tischdecken bedeckt waren und auf denen Vasen mit frischen Blumen standen. Gerahmte Fotografien und moderne Kunst schmückten die Wände, und hinter der Theke hing ein kleines Holzkreuz.

Ein Kellner in einem makellos weißen Hemd und blauer Schürze kam auf sie zu und begrüßte sie. Romano bat um einen Tisch in der hinteren Ecke des Speiseraums, wo er beobachten konnte, wer hereinkam, wo sie aber dennoch für sich sein würden. Sie bestellten zwei Gläser Rotwein und überlegten, was sie essen sollten.

Britt schaute auf die Speisekarte. »Ich brauche Ihre Hilfe. Hoffentlich ist Ihr Deutsch besser als meines.«

Romano fuhr mit dem Finger die erste Seite hinunter. »Vielleicht kriege ich die Tagesspezialitäten heraus.« Er atmete hörbar aus. »Zum Glück sind es nur drei Gerichte, und ich glaube, ich habe eine Ahnung, worum es sich handelt. Da gibt es das Hühnchen in Tomaten- und Rosmarinsauce mit Spaghetti. Ein Truthahnschnitzel. Das ist ein mit Tomaten und Mozzarella gebackenes Kotelett, dazu wird Kräuterreis serviert.«

»Stopp.« Britt hob die Hand. »Wir sind in Wien. Ich nehme das Schnitzel.«

Romano deutete auf die letzte Zeile der Tageskarte. »Es gibt auch noch ein Schweineschnitzel.«

Britt zog eine Grimasse. »Nein, danke. Ich bleibe beim Truthahn.«

»Prima, das bestelle ich auch, und wir haben bis zum Dessert Ruhe.«

Nachdem der Kellner ihnen den Wein gebracht und sie die Bestellung aufgegeben hatten, hob Romano sein Glas. »Darauf, dass wir dieses ganze Durcheinander klären und dabei am Leben bleiben.«

Britt wirkte sehr besorgt, als sie mit ihm anstieß und einen kräftigen Schluck nahm. »Meinen Sie wirklich, dass wir hier in Wien in Gefahr sind?«

»Ich glaube, jemand ist Ihnen auf den Fersen. Felix Konrad ist tot, und wir haben noch immer keine Ahnung, wer hinter all dem steckt.«

»Felix war davon überzeugt, dass *Rex Deus* existiert und die Nachkommenschaft schützt. Aber falls sie uns zusammen mit Felix gesehen haben, warum haben sie uns nicht gleich alle in dem Café umgebracht?«

»Die Gelegenheit«, antwortete Romano. »Vielleicht haben sie uns von draußen beobachtet. Sie haben gesehen, dass wir uns mit Felix getroffen haben, sind ihm gefolgt, als er hinausgestürmt ist, und haben ihn in seinem Haus ermordet. Ohne Zeugen.«

In Britts besorgte Miene mischte sich so etwas wie Angst. »Das bedeutet, dass sie hinter mir her sein könnten.«

»Deshalb sollten wir zur Polizei gehen.«

»Nicht in Österreich«, schnauzte Britt. »Falls die meinen Namen überprüfen, könnte dabei herauskommen, dass ich mich in Spanien mit Pater Matteo getroffen habe. Ich kann es nicht zulassen, dass ich in diese Morde verwickelt werde. Nicht jetzt.«

»Verstehen Sie doch, die Sache läuft aus dem Ruder.« Romano holte ein kleines Lederetui aus seiner Tasche, zog Cutlers Karte heraus und legte sie vor Britt auf den Tisch. »Hier, rufen Sie den FBI-Agenten Cutler an. Er bearbeitet Pater Mathews' Fall. Wir sollten so schnell wie möglich nach New York zurückfliegen. Offensichtlich wollen Sie hier in Wien nicht in eine Mordermittlung hineingezogen werden. Glauben Sie mir, das werden Sie, wenn herauskommt, dass wir uns nur ein paar Stunden, bevor Felix Konrad umgebracht wurde, mit ihm getroffen haben, und wenn die Überwachungskamera aufgezeichnet hat, dass wir in sein Haus gegangen sind.«

Romano bemerkte, dass Britt die Lippen genauso zusammenkniff wie vor wenigen Tagen, als sie ihn im Krankenhaus aus dem Zimmer geschickt hatte. »Sie fliegen nach New York zurück und gehen zum FBI.« Britt schob Romano die Visitenkarte wieder zu. »Ich fliege morgen Früh nach Marseille und dann weiter nach Rennes-le-Château.«

Romano starrte Britt verblüfft an. »Warum?«
»Sie haben doch selbst gehört, was Felix gesagt hat, und Sie haben die Notizen über die Villa Santa Maria gesehen. Es ist nur ein kurzer Flug in die Pyrenäen, und ich werde diese Chance nicht ungenutzt lassen, um aufzudecken, was dort verborgen liegt.«
»Wissen Sie, ob es diese Villa Santa Maria überhaupt gibt? Und Sie haben Pater Müller gehört. Felix Konrad war verrückt. Was könnten Sie dort entdecken, was Hunderten von Schatzjägern entgangen ist?«
Romano konnte sehen, dass sich Britts Kiefermuskeln anspannten. »Er ist tot, nicht wahr?«, fragte sie. »Warum sollte ihn jemand umbringen, wenn er einfach nur verrückt war?«
»Weil er sich mit Ihnen getroffen hat. Genau wie Pater Mathews und Pater Matteo.«
Britt senkte den Kopf und starrte auf den Tisch. Als sie schließlich wieder aufblickte, wischte sie sich ein paar Tränen aus dem Gesicht.
Romano streckte die Hand aus und legte sie auf Britts Arm. »Tut mir leid, aber Sie scheinen sich in irgendeine Phantasievorstellung verrannt zu haben, die Sie irrational werden und nach jedem Strohhalm greifen lässt.«
Britt tupfte sich mit der Serviette die Tränen ab und zog ihren Arm unter Romanos Hand weg. Sie atmete ein paar Mal tief durch und schaute ihn an, als suche sie nach etwas, was ihr völlig entfallen war. Er bemerkte eine leichte Blässe auf ihren sonst rosigen Wangen.
»Ich kann nicht erwarten, dass Sie es verstehen«, sagte Britt. »Für mich ist es keine Phantasievorstellung. Es ist die Suche nach einer Antwort, warum mein Leben in die Brüche gegangen ist. Eine Rechtfertigung dafür, dass alle meine Hoffnungen und Gebete unerhört geblieben sind.« Tränen standen ihr in den Augen, und sie

schluckte, um sie zurückzuhalten. »Dieser kurze Flug in die Pyrenäen ist meine Chance, Antworten auf etwas zu finden, was ...« Britts Blick strahlte neue Entschlossenheit aus. »Ich muss aus sehr persönlichen Gründen dorthin fliegen, auch wenn mein Leben auf dem Spiel steht.«

Der Kellner kam mit ihrem Essen. Romano fühlte sich frustriert und verwirrt. Er fragte sich, was Brittany Hamar wohl verheimlichte. Hier ging es nicht nur um alternative Theorien über Jesus Christus. Sie hatte schon lange geplant, nach Rennes-le-Château zu reisen.

Romano spürte, dass der Blackberry in seiner Tasche vibrierte.

·59. Kapitel·

Philippe unterbrach die Verbindung und hielt die Taste weiter gedrückt. Sie wohnte nicht im Hotel Römischer Kaiser. Er war sich nicht sicher, was er als Nächstes unternehmen würde, sollte er sie durch die Anrufe in den Hotels nicht aufspüren. Vom Bereich um den Flughafen hatte er sich durch den größten Teil Wiens durchgearbeitet. Er hatte die Hotels im Viertel Belvedere angerufen, die im Rathaus- und Museumsbezirk. Und jetzt war er beim Viertel um den Stephansdom im Zentrum der Stadt angelangt.

Philippe wählte die Nummer des Hotel Royal. Als er nach Brittany Hamar fragte, sagte der Angestellte: »Einen Augenblick bitte«, dann hörte er ein Klicken, das Telefon in ihrem Zimmer fing zu läuten an, und er legte auf. Er schaute auf den Stadtplan, den er auf seinem Bett ausgebreitet hatte, und suchte nach der Singergasse Nummer 3. Er grinste, als er sah, dass das Hotel unweit der von Touristen am meisten bevölkerten Ecke Wiens stand: Kärnter Straße, Stephansplatz und Graben. Es war viel leichter, in einer Touristenmenge unterzutauchen als in einer wenig frequentierten Nebenstraße.

Alles fügte sich bestens. Das Schicksal meinte es gut mit ihm. Philippe beschloss, die Gegend rund um das Hotel auszukundschaften und sich einen Plan zurechtzulegen, wie er zuschlagen und verschwinden würde. Er hatte nur einen Schuss gebraucht, um Konrad auszuschalten, deshalb steckten im Magazin seiner Glock 17 noch sechzehn Patronen. Mehr als genug, um sie zu töten und den Priester zu beschützen, bis er ihn in den sicheren Unterschlupf nach Monte Carlo gebracht hatte.

Philippe wusste nicht, wie lange er den Priester würde verstecken müssen. Er hätte sich weit wohler gefühlt, wenn sein Vater noch mit von der Partie gewesen wäre. Sie beide hätten den Priester problemlos rund um die Uhr beschützen können. Sein Auftraggeber hatte ihm versichert, dass der Unterschlupf gut gesichert sei. Sobald er seinen Plan mit Mrs. Hamar erledigt hätte, würde er Kontakt zu dem Priester aufnehmen und den Treffpunkt vereinbaren sowie die Ausreise aus Österreich organisieren. Sein Auftraggeber hatte ihm erklärt, er solle den Satz »Ich bin der Beschützer, es ist Zeit« sagen, und hatte ihm das Codewort »Michael« genannt.

·60. KAPITEL·

Das Taxi hielt vor dem Hotel Royal an. Britt hatte beim Dessert, Mangotorte mit Schlagsahne, noch einmal darauf hingewiesen, dass derjenige, der versucht hatte, sie umzubringen, sich möglicherweise Zugang zu ihrem Computer verschafft hatte und so auf Felix gestoßen war. Sie waren übereingekommen, dass es am sichersten sei, wenn sie heute Abend auf ihren Zimmern blieben. Romano würde Britt morgen in ihrem Hotel abholen und mit ihr zusammen zum Flughafen fahren.

Vorsichtig öffnete Britt die Tür des Mercedes, dann rannte sie ins Hotel. Romano beobachtete, wie sie hinter den spiegelnden Glastüren verschwand, und sagte dem Fahrer, er solle noch warten. Er schaute sich nach irgendwelchen Verdächtigen um. Keine Menschenseele war in der Singerstraße in unmittelbarer Nähe zu sehen, und die Leute auf dem Fußgängerplatz schenkten dem Hoteleingang keine große Beachtung. Das Straßencafé war bereits geschlossen, und niemand befand sich in der Nähe der Telefonzellen.

Romano nannte dem Fahrer die Adresse des Jesuitenkollegs. Unterwegs las er auf dem Blackberry die Nachricht, die er im Café erhalten hatte. Er war erleichtert, dass er sie nicht in Anwesenheit Britts geöffnet hatte. Während er las, was Britt in den letzten Jahren alles durchgemacht hatte, kam es ihm vor, als lege sich ein dunkler Schatten auf sein Gemüt. Als er Zeile für Zeile durchging, tauchte ein neues Bild von Brittany Hamar auf: Ein zutiefst erschütterter Mensch, der buchstäblich durch die Hölle gegangen war.

Er fragte sich, ob sie unter dem Druck zusammengebrochen war und unter Wahnvorstellungen litt. Warum wollte sie nach Rennes-le-Château reisen? Es war klar, dass Charlie und Carlota überzeugt waren, Britt sei psychisch labil und habe sich aus Rache dafür, dass ihre Religion sie im Stich gelassen hatte, in den ›Jesus-Schwindel‹ verrannt. Konnte sie noch immer unter einer Psychose leiden? Gab es eine verborgene Brittany Hamar, der es zuzutrauen war, dass sie Priester umbrachte?

Romano dachte an Felix Konrad. Sie hätte Konrad töten können –

oder? Zwischen zwölf Uhr dreißig und zwei Uhr war er im Kolleg gewesen und davon ausgegangen, dass sie sich im Hotel aufhielt. Aber woher hätte sie sich die Waffe besorgen können?

Gerade als Romano Charlies E-Mail durchgelesen hatte, vibrierte der Blackberry. Die neue Nachricht von Charlie trug den Betreff »911!«. Romano öffnete die Mail und scrollte sie durch. In den Fernsehnachrichten war die Meldung gekommen, dass in einem Hotel in New Orleans ein weiterer Priester tot aufgefunden worden war, der unter denselben seltsamen Umständen ums Leben gekommen war wie die Priester in Pennsylvania und Spanien. Sogar die Stigmata waren erwähnt worden. Ungläubig starrte Romano auf die unterste Zeile auf dem Display. *Der Priester war als Pater Nathan Sinclair identifiziert worden.*

Als er beim Jesuitenkolleg ankam, machte sich Romano sogleich auf die Suche nach Pater Müller und Pater Josef. Sie waren nicht in ihren Zimmern, und keiner wusste, wo sie sich aufhielten. Und bis jetzt war die Nachricht von Pater Sinclairs Tod noch nicht bis nach Wien gedrungen.

Romano versuchte, die drei Todesfälle richtig einzuordnen. Eines stand fest, nämlich dass Brittany Hamar Pater Sinclair nicht hatte in New Orleans umbringen können. Zu dessen Todeszeitpunkt hatte sie in Romanos Büro gesessen. Ein Aspekt war augenscheinlich: Irgendwie hingen alle drei Todesfälle mit einer Geheimorganisation zusammen, mit *Rex Deus.*

Was konnten die drei Priester gewusst haben? Ein Priester kam aus Spanien, einer aus Schottland, und Pater Ted stammte ursprünglich aus der Schweiz. Alle drei hatten in der Mission gearbeitet, und Pater Ted hatte in den letzten zehn Jahren das Jesuitenzentrum in Wernersville mit geleitet. Es gab eine Verbindung nach Europa. Sie alle waren Jesuiten.

In dem Kolleg herrschte eine irritierende Stille, als Romano sich in sein Zimmer zurückzog. Mit militärischer Präzision war eine braune Baumwolldecke über das Bett gespannt und am oberen Rand ein makellos weißes Leintuch umgeschlagen. Vorsichtig nahm Romano das kunstvoll geschnitzte Holzkreuz vom Kopfkissen und legte es auf den kleinen Tisch in der Ecke des Zimmers. Er nahm den leichten Geruch von Bleichmittel wahr, als er sich auf das Bett setzte und aus den Schuhen schlüpfte. Dann zog er sich bis auf die Unterhose aus, legte sich aufs Bett, und sein Kopf sank aufs Kissen.

Als er die Augen schloss und die Hände faltete, hatte Romano mit einem Mal Pater Ted vor Augen, wie er in fast der gleichen Haltung, versehen mit den Stigmata, dagelegen hatte. Er fragte sich, ob Ted sich gerade seiner täglichen Gewissenserforschung gewidmet hatte, als er starb. Er hatte so viele Fragen an seinen Mentor. Er atmete in ungleichmäßigen Stößen, und seine Augen füllten sich mit Tränen.

Sobald Romano sich wieder gefasst hatte, begann er mit seiner täglichen Einkehr, und zwar in der Hoffnung, das Geschehene richtig einordnen zu können. Als er an dem Schritt ankam, an dem es zu überdenken galt, wie er den Tag verbracht und was er getan hatte, wurde ihm klar, dass er womöglich eine Reihe katastrophaler Entscheidungen getroffen hatte, angefangen damit, dass er die österreichische Polizei nicht umgehend informiert hatte, als sie Felix Konrads Leiche entdeckten. Aber dann dachte er an Britts Schwierigkeiten und dass es doch jemanden geben musste, der zu ihr hielt.

Romano sprach zum Schluss das Gebet um Versöhnung und Erlösung. Ihm war klar, wie sehr er Gott brauchte, und er erinnerte sich, dass Ted ihm immer gesagt hatte, Gott lasse die Dinge aus

einem bestimmten Grund geschehen. Vielleicht war er ja in Wien, um Britt zu unterstützen, und sie wieder zum Glauben zurückzuführen.
Während Romano sich bemühte, endlich Schlaf zu finden, schwirrten ihm unzählige Gedanken durch den Kopf. Sein Streit mit seiner Mutter, Bilder von Marta, Ted, Britt, ja sogar die verrenkte Leiche von Felix. Und dann war da Felix' Behauptung, dass der Jesuitenorden eine Nachkommenschaft Jesu verbergen könnte. Das war unvorstellbar, aber Jesuitenpriester wurden umgebracht, und Menschen, die über *Rex Deus* und *Le Serpent Rouge* Nachforschungen anstellten, waren tot oder es wurde auf sie geschossen. Und er konnte das Offensichtliche einfach nicht ignorieren: Pater Ted hatte ihn an Pater Sinclair verwiesen, und jetzt war auch Sinclair tot und unter den gleichen seltsamen Umständen ums Leben gekommen wie Ted. Es war unbestreitbar, dass es da einen Zusammenhang geben musste.
Romanos letzter Gedanke, bevor er endlich einschlief, war das entsetzliche Gefühl, dass Pater Ted möglicherweise in etwas verstrickt gewesen war, was über *Alles zur größeren Ehre Gottes* hinausging.

·61. KAPITEL·

ALS AGENT CUTLER IM FLUGHAFEN SCHWECHAT durch das Ankunftsgate für internationale Flüge ging, konnte er den Kontaktmann von Interpol gar nicht übersehen. Der korpulente Mann mit dem fleischigen roten Gesicht und der Knollennase, die aussah, als sei sie ein- oder zweimal gebrochen gewesen, hielt ein Blatt Papier hoch, auf dem mit blauer Tinte »CUTLER« gedruckt war. An seiner bösen Miene konnte Cutler ablesen, dass der Beamte der Wiener Kriminalpolizei nicht gerade begeistert war, ihn um acht Uhr morgens vom Flughafen abholen zu müssen.

Cutler ging auf ihn zu. »Kommissar Braun, Tom Cutler, FBI. Tut mir leid, dass Sie so früh hierherkommen mussten.«

»Ach, das ist kein Problem.« Der Kommissar schaffte es, ein schwaches Lächeln aufzusetzen. »Genau genommen glaube ich, dass Sie mir behilflich sein können. Gestern hatten wir hier unseren eigenen Priestermord. Na ja, genauer gesagt, war es ein ehemaliger Pfarrer. Vielleicht gibt es ja eine Verbindung zu Ihren Ermittlungen. Ein englisch sprechender Mann, der seinen Namen nicht nennen wollte, hat den Mord gemeldet.«

Cutler horchte sofort auf. »Es könnte tatsächlich eine Verbindung geben. Die Frau, die wir befragen wollen, Brittany Hamar, könnte mit Pater Joseph Romano, einem Jesuitenpriester, unterwegs sein.«

»Unser Opfer war als Spinner bekannt, wie Sie es vielleicht ausdrücken würden. Er hatte Kontakt zu verrückten Organisationen. Die Leute glauben ja an alle möglichen Verschwörungen. Man hat ihm in seinem Haus direkt ins Herz geschossen.«

»Mein Kollege ist Mrs Hamar gestern zu einem Treffen einer Organisation gefolgt, die Sie vielleicht als verrückt bezeichnen würden. Hier könnte ein Zusammenhang bestehen. Ich werde Ihrem Büro die Ergebnisse der Untersuchung des Projektils zukommen lassen, das man in New York vor zwei Tagen aus Brittany Hamar herausoperiert hat. Es würde mich wundern, wenn mit der gleichen Waffe geschossen worden wäre, aber es lohnt sich, das nachzuprüfen. Vielleicht handelt es sich um den gleichen Täter, aber ich bezweifle, dass es die gleiche Waffe ist. Falls ja, würde es mich verdammt interessieren, wie die Waffe von New York nach Wien geschafft wurde.«

Braun führte Cutler zügig durch den österreichischen Zoll und die Gepäckausgabe zum Ausgang im unteren Geschoss. Ein weißer VW-Kombi, auf dem in schwarzen Buchstaben POLIZEI prangte, stand am Straßenrand. Hinter dem Steuer saß ein Beamter in lodengrüner Uniform.

Als Braun an das Rückfenster klopfte, öffnete der Beamte die Ladeklappe, und Cutler warf seine Reisetasche hinein. Nachdem sie auf der Rückbank Platz genommen hatten, schenkte Braun Cutler ein verkniffenes Lächeln. »Mein Kommissariat steht schon in Kontakt mit Interpol, und wir sind bereit, mit dem FBI zusammenzuarbeiten. Was können wir für Sie tun?«

»Ich möchte Mrs Hamar und Pater Romano so schnell wie möglich aufspüren.«

Braun lehnte sich zurück, griff nach seinem Handy und drückte eine Kurzwahltaste. »Meine Leute versuchen bereits, Brittany Hamar ausfindig zu machen. Ich werde sie anweisen, die Suche auf Pater Romano auszuweiten.«

»Er heißt Joseph Romano. Und ist Jesuitenpriester.«

»Das sollte die Sache erleichtern«, sagte Braun. »Wahrscheinlich übernachtet er im Kolleg. Falls nicht, werden die wohl wissen, wo einer der Ihren sich aufhält.«

Das Polizeiauto fuhr mit heulenden Sirenen vom Flughafen los Richtung Innenstadt. Braun veränderte mehrfach die Kopfhaltung und musterte Cutler aus verschiedenen Blickwinkeln.

»Erinnere ich Sie an jemanden?«, wollte Cutler wissen.

»Ach, ich frage mich nur, ob Sie sich die Ihre im Job geholt haben.«

Cutler sah ihn verständnislos an.

Braun tippte sich an die Nase und zuckte mit den Achseln.

Cutler lachte. »Es wäre mir lieb, wenn ich behaupten könnte, dass es in Ausübung meiner Pflicht passiert sei. In meiner Collegezeit war ich in der Box-AG – und ich war nicht gerade gut, wenn es darum ging, Schläge ins Gesicht abzublocken.«

Braun schnaubte. »Ich wünschte, ich könnte das Gleiche sagen. Ein Verdächtiger hat seine Wohnungstür aufgemacht, und als er sah, dass ein Polizist davor stand, hat er mir die Tür in die Fresse geknallt.« Wieder schnaubte er verächtlich und schob mit dem Zeigefinger seine geäderte Nasenspitze hin und her. »Und mein österreichischer Lieblingswein hat ebenfalls seine Spuren hinterlassen.«

Cutler lachte und lehnte sich in den Sitz zurück, während der VW auf die Stadt zuraste. Es sah so aus, als würde sich Braun am Ende doch als guter Kerl entpuppen. Er würde ihn bitten, einen Blick in die Akte des ehemaligen Pfarrers werfen zu dürfen. Brauns Feststellung über verrückte Organisationen und Verschwörungen erinnerte zu sehr an die Fälle von Mathews und Sinclair, und Cutler gehörte nicht zu jenen, die an Zufälle glaubten. In Anbetracht von Donahues Bericht über das zeremonielle Ritual, an dem Hamar gestern teilgenommen hatte, mochte sie vielleicht nicht die Mörderin sein, aber sie stand in jedem Fall verdammt weit oben auf der Liste.

•62. KAPITEL•

Gabriel schaltete den Gang des silbergrauen Citroën C5 herunter und bog in einen Kiesweg ein, der durch ein dichtes Waldgebiet führte. Er hatte sich das Auto in Carcassonne gemietet und war durch die Pyrenäen zum letzten Ort seiner Mission gefahren. Die vier Kisten im Kofferraum, auf denen »Zerbrechlich – Computerausrüstung« stand, würden ihm helfen, die letzte Station seines göttlichen Auftrags zu Ende zu bringen.

Er fuhr vor einem riesigen Stall- und Gehegekomplex vor, der verborgen in einem Kiefernwald stand. Zwei Männer mit Waffen tauchten wie aus dem Nichts auf und starrten durch die Seitenfenster. Die Männer entspannten sich, als sie Gabriel erkannten.

»Wir haben Sie erst viel später erwartet, Monsieur«, sagte der Mann auf der Fahrerseite.

Gabriel stieg aus und ging zum Kofferraum. »Ich muss die Computer updaten, bevor der Rat ankommt.« Er öffnete den Kofferraum und deutete auf die vier Kisten. »Helfen Sie mir, sie hineinzuschaffen. Seien Sie aber vorsichtig, die Sachen sind sehr empfindlich.«

Die Männer hoben die Kisten aus dem Kofferraum und folgten Gabriel durch eine Seitentür in die Scheune. Sie gingen zur hintersten Ecke des Gebäudes, wo Gabriel einen Code in ein Tastenfeld eingab, worauf sich eine Tür zu einem kleinen Vorraum öffnete, der zu einem Aufzug führte. Die Männer stellten die Kisten in den Lift und verließen den Vorraum.

Gabriel legte den Daumen auf einen Sensor, und die Türen schlossen sich. Als der Aufzug langsam einen tiefen Schacht hinabglitt, sprach Gabriel ein Gebet und dankte Gott dafür, dass er ihm die Kraft gab, diese Mission durchzuführen. Bald würde die Kirche endgültig von diesen falschen Propheten befreit sein, die ihre Ketzereien seit der Kreuzigung Jesu mündlich überliefert hatten. Morgen war der Tag, den *Rex Deus* als den wahren Todestag und den Tag der Wiedergeburt des spirituellen Jesus begehen würde. Der Rat würde es niemals versäumen, den heiligsten aller Tage zu feiern. In vierundzwanzig Stunden war sein Auftrag erfüllt, und er würde für immer die Herrlichkeit Gottes schauen dürfen.

Schließlich kam der Aufzug mit einem Ruck zum Stehen. Gabriel senkte ehrfurchtsvoll den Kopf, als sich die Tür öffnete. Er hatte versucht, die Unschuldigen zu verschonen, aber jetzt lag ihr Schicksal in Gottes Hand.

•63. KAPITEL•

CUTLER GING NOCH IMMER zusammen mit einem Übersetzer den Bericht über den Mord an Felix Konrad durch, als Kommissar Braun in sein Büro zurückkehrte.

»Wir haben Brittany Hamar ausfindig gemacht«, sagte Braun und nippte an seinem Kaffeebecher. »Sie ist im Hotel Royal im Ersten Bezirk abgestiegen. Das ist nicht weit vom Stephansdom entfernt in der Altstadt.«

Cutler warf einen Blick auf seine Uhr, dann wurde ihm jedoch klar, dass er sie nicht auf die österreichische Zeit umgestellt hatte. »Brauchen wir lange bis dorthin?«

Braun schüttelte den Kopf und nahm sein Jackett von der Stuhllehne. »Unser Fahrer bringt uns im Handumdrehen hin.«

»Irgendetwas von Pater Romano?«

»Er wohnt nicht in dem Hotel. Ich glaube, er hält sich wahrscheinlich im Jesuitenkolleg auf. Ich würde sagen, dass wir dort persönlich vorbeischauen, sobald Mrs Frau Hamar ausfindig gemacht haben.« Braun runzelte die Stirn und wiegte den Kopf hin und her. »Wissen Sie, wenn wir dort anrufen, kann es sein, dass er nicht da ist. Wenn wir vorbeischauen, treffen wir ihn vielleicht an. Sie wissen, was ich meine?«

Cutler nickte. »Ganz wie Sie wünschen. Das ist Ihr Revier.«

·64. KAPITEL·

Romano hörte das Piepen seiner Armbanduhr und drückte auf den Knopf, um den Alarm zu stoppen. Als er die Hand wieder auf das Bett fallen ließ, wurde ihm bewusst, dass er noch immer auf der Decke lag. Seine Augen waren geschlossen, seine Lider schwer vom tiefen Schlaf. Er hasste diese Zeit, kurz bevor er klare Gedanken fassen konnte und ihm wirre Dinge durch den Kopf gingen. Wirre Vorstellungen, die er nicht unter Kontrolle bringen konnte.

Die Gedankenfetzen sprangen von seiner Mutter zu Marta, von Britt zu den toten Priestern, hin zu seiner Einsamkeit und wieder zu seiner Wut auf seine Mutter und auf sich selbst, weil er nicht fähig war, zu verzeihen und zu vergessen. Warum waren Marta und ihre Familie verschwunden? Er wusste, dass seine Mutter sie fortgeschickt hatte. Marta hatte ihm alles bedeutet … und er hatte nicht ein einziges Mal mit ihr geschlafen. Begehren, Streicheln, Nähe, die Wärme eines anderen Körpers, Einsamkeit, die große Angst vor einem enthaltsamen Leben. All diese Gedanken schossen ihm durch den Kopf und verschmolzen zu Verwirrung, Begehren …

Romano spürte, wie ihm der Schweiß aus den Poren drang, und kämpfte gegen die Gedanken an, die sein Gehirn morgens häufiger marterten, als er sogar seinem Therapeuten eingestand. Allmählich bekam er Kopfschmerzen, die die auf ihn einstürzenden Gedanken blockierten.

Romano schlug die Augen auf. Er setzte sich auf die Bettkante und rieb sich die Schläfen. Das Schwitzen ließ nach. Dann fiel sein Blick auf das Kreuz, das auf dem Tisch gegen die Wand gelehnt stand, und er schloss wieder die Augen. Dieses Mal holte er tief Luft und betete um das Ende der Qualen, die Britt durchmachen musste. Er betete für Ted und flehte schließlich um Hilfe, dass es ihm gelingen möge, endlich seine eigenen Dämonen zu bezwingen.

·65. KAPITEL·

PHILIPPE NIPPTE AN DEM KAFFEE, den er sich in der Konditorei an der Ecke gekauft hatte, und behielt den Eingang des Hotel Royal im Auge. Er hatte sich unter die Wiener gemischt, die auf dem Weg zur Arbeit waren, unter die Lieferanten und Touristen, die sich früh in der Fußgängerzone tummelten, und war in der vergangenen Stunde immer in Blickweite zum Hotel die Singerstraße auf und ab gelaufen. Bis jetzt war nur ein junges Paar aus dem Hotel gekommen.

Die neueste Kurier-Zeitung unter den Arm geklemmt, ging er auf eine Reihe von Telefonzellen gegenüber dem Hotel zu. Er hatte den Eingang voll im Blick. Wieder rief er besorgt im Jesuitenkolleg an, weil er bisher keinen Kontakt zu dem Priester hatte aufnehmen können. Er hatte schon mehrfach angerufen, aber es war niemand an den Apparat gegangen. Dieses Mal antwortete eine Frau. Sie sagte, sie habe den Pater heute Morgen noch nicht gesehen und erkundigte sich nach seinem Namen und seiner Telefonnummer. Er sagte, er würde wieder anrufen und legte auf.

Früher oder später musste Hamar aus dem Hotel kommen. Dann würde er die Glock unter die Zeitung stecken, auf sie zugehen, und dieses Mal würde er ganze Arbeit leisten. Bis irgendjemandem klar wurde, dass die Frau tot war, würde er längst verschwunden sein.

·66. KAPITEL·

ROMANO DUSCHTE, zog sich hastig an, stopfte seine Sachen in den Rucksack und rief Britt im Hotel an. Sie nahm beim ersten Läuten ab, als der Anruf in ihr Zimmer durchgestellt wurde.

»Joseph?«

»Erwarten Sie sonst noch einen Anruf?«

»Nein, nein. Ich bin noch immer wegen unseres Gesprächs gestern nervös. Dass jemand mir hierher gefolgt sein könnte.«

»Ich bin auf dem Weg zu Ihnen. Warum checken Sie nicht schon einmal aus und bitten die Rezeption, dass man uns ein Taxi ruft, das uns zum Flughafen bringt? Bleiben Sie im Hotel, bis ich da bin.«

»Ich warte in der Lobby auf Sie.«

Romano verließ das Kolleg und hastete durch Nebenstraßen in Richtung Hotel Royal. Eine große Straßenkehrmaschine mit der Aufschrift »Der Saubermacher« kam gerade um eine Ecke und rumpelte, den Rinnstein putzend, an ihm vorbei. Romano beschleunigte den Schritt und bog in die Wollzeile ein, wo Geschäftsleute in weißen oder grünen Kitteln Fenster, Stufen und Gehsteige vor ihren Läden säuberten. Er konnte sich nicht erinnern, so etwas in New York häufig gesehen zu haben.

Als er die Gegend um den Stephansdom erreichte, standen überall in der Fußgängerzone Lastwagen und Lieferautos, die die Geschäfte an der Kärntner Straße und am Graben belieferten. Menschen hasteten in alle Richtungen zur Arbeit. Zu dieser frühen Stunde waren noch nicht viele Touristen unterwegs, die die Gebäude bestaunten. An der Ecke zur Singerstraße drängten sich jedoch viele Menschen, die sich in der Café-Konditorei Aida ihren Morgenkaffee und Gebäck besorgen wollten.

Als er um die Ecke bog und durch die Singerstraße auf das Hotel zuging, sah er Kellnerinnen in rot-weiß-gestreiften Uniformen, die das Straßencafé herrichteten. Vor dem Royal fuhr ein Taxi bis zum Ende der Straße an der Fußgängerzone vor und blieb stehen. Romano trat an das Taxi heran.
»Sind Sie da, um Mrs Hamar und mich zum Flughafen zu bringen?«, fragte er den Fahrer.
»Das Hotel sagte, zwei Fahrgäste. Ein Mann und eine Frau.«
»Das sind wir«, antwortete Romano. Er drehte sich um und sah Britt durch die Glastür der Lobby winken und auf ihn zukommen.

·67. KAPITEL·

EIN MANN IN EINER KHAKIHOSE und einem Polohemd, der einen Rucksack auf dem Rücken trug, blieb stehen und redete mit dem Fahrer des Taxis, das gerade vor dem Hotel angekommen war. Irgendwie kam der Mann Philippe bekannt vor. Dann fiel ihm auf, dass er keinen Priesterkragen trug. Das war Pater Joseph Romano. Was hatte Romano in Wien und vor Brittany Hamars Hotel zu suchen?
Philippe spürte das Blut in seinen Adern pulsieren. Jetzt war da jemand, der ihn möglicherweise von Grand Central Station wiedererkannte und ihm den Weg zu Hamar verstellte. Romano drehte sich um und ging zum Eingang. Philippe sah eine blonde Frau mit einer Reisetasche über der Schulter, die dem Priester von der Lobby des Hotels zuwinkte und auf die Glastüren zusteuerte. Er zog die Glock aus seinem Jackett, steckte sie unter die Zeitung und ging auf den Gehsteig zu.

Das würde nicht der Schuss ins Herz aus unmittelbarer Nähe werden, wie er ihn geplant hatte. Er würde schnell drei Schüsse auf Hamar abgeben und in der Menge untertauchen. Sein Finger lag auf dem Abzug, als er die Zeitung anhob und die Waffe auf die Frau richtete.

***

Das Polizeifahrzeug hielt vor der Fußgängerzone, Ecke Singerstraße. Kommissar Braun und Agent Cutler stiegen aus und liefen auf das Hotel zu. Als sie um die Ecke bogen und an einer Traube von Menschen vorbeihasteten, die vor dem Straßencafé wartete, trat ihnen ein Mann in den Weg.

Cutler sah, wie der Mann unter einer zusammengefalteten Zeitung eine Pistole hielt. Er stupste Braun an, der nickte, und zog seine Waffe aus dem Holster.

***

Als Romano sich umdrehte und Britt die Tür aufhielt, sah er, dass jemand auf ihn zukam. Der Mann hatte eine Zeitung über seine rechte Hand gelegt. Noch etwas anderes erregte Romanos Aufmerksamkeit, als er dem Mann ins Gesicht schaute. Sein Gehirn schaltete auf Zeitlupe um, und auf einmal hatte er Grand Central Station vor Augen.

Die Narbe. Es war derselbe Mann. Romano packte Britt und schob sie gerade in dem Augenblick zur Seite, als ein Schuss fiel. Er spurtete los und zog Britt hinter sich her. Als sie an der Ecke ankamen, hatte Britt endlich ihre Schritte beschleunigt, und sie rannten an den Geschäften beim Stephansdom entlang.

***

Kommissar Braun hielt seine Waffe auf den Mann gerichtet, der hinter dem Taxi auf dem Boden lag.
Cutler kickte die Pistole, die neben der Hand des Mannes lag, zur Seite, ging in die Knie und fühlte seinen Puls. Zu Braun aufblickend sagte er: »Er ist tot.«
Braun steckte seine Waffe ins Holster. »Laufen Sie ihnen nach. Ich erledige das hier.«
Cutler schlängelte sich durch die Menge, die sich um die Leiche geschart hatte. Als er in die Fußgängerzone gelangte, schaute er den Graben und die Kärnter Straße hinauf, dann zum Stephansdom. Er war sich nicht sicher, in welche Richtung die beiden gerannt waren. Er konnte Britt Hamars blonde Haare zwischen den vielen Leuten und Lastwagen nirgends entdecken. Als er den blauen Kreis mit dem U ausmachte, der den Eingang zur U-Bahn-Station kennzeichnete, schüttelte er den Kopf. In der Wiener Untergrundbahn fuhren die Züge pünktlich in alle Stadtgebiete ab. Soweit er sich erinnern konnte, hatte Britt Hamar eine Reisetasche über ihrer Schulter und Romano einen Rucksack getragen. Sie konnten auf dem Weg zu Zügen, Flugzeugen, ja sogar zu den russischen Tragflächenbooten sein, die die Donau hinauf- und hinunterfuhren.
Cutler machte kehrt und ging zu Braun zurück, zu dem sich der uniformierte Beamte gesellt hatte, der sie von der Polizeistation hierhergebracht hatte. Der Polizist hielt die Leute an, vom Tatort zurückzutreten, und Braun sprach gerade in sein Handy.
Als Cutler näher kam, klappte Braun das Handy zu. »Meine Leute sind unterwegs. Haben Sie sie entdeckt?«
»Ich vermute, sie sind zur U-Bahn-Station gerannt.«
Braun schüttelte den Kopf. »Die U 1 und U 3 gehen von hier unten ab. So früh am Morgen fahren die Züge alle paar Sekunden los.

Wir geben meiner Abteilung und unseren Streifenpolizisten eine Beschreibung der beiden.«

»Sie haben beide Gepäck dabei gehabt. Wir könnten uns im Hotel erkundigen. Ich glaube, sie wollten abreisen.«

Braun klappte sein Handy auf. »Ich lasse meine Leute bei den Fluglinien nachfragen. Falls sie den Zug nehmen, haben wir Pech.«

Cutler deutete auf den Toten. »Wer ist das?«

»Er heißt Philippe Armand. Hat einen französischen Pass.«

In der Ferne war das Heulen von Sirenen zu hören. Cutler wurde klar, dass er sich jetzt voll und ganz auf die österreichische Polizei verlassen musste, um Brittany Hamar ausfindig zu machen.

·68. KAPITEL·

ROMANO NAHM BRITT DIE TASCHE VON DER SCHULTER und griff nach ihrer Hand, als sie auf der Rückseite des Stephansdoms entlangliefen. Er folgte der schmalen Gasse hinter der Kirche und bog dann nach rechts in die nächste Seitenstraße ein. Er schaute sich ein paar Mal um, sah aber niemanden, der sie verfolgte. Das war die gleiche Route, die er vom Kolleg hierhergenommen hatte, allerdings unter völlig anderen Bedingungen. Er wandte sich bei der nächsten kleinen Straße nach links und stieß einen Seufzer der Erleichterung aus, als sie die Wollzeile erreichten.

Romano zog Britt um die Ecke auf die belebte Straße und verlangsamte das Tempo zu einem flotten Laufen. »Vielleicht finden wir an der Wollzeile ein Taxi. Falls nicht, führt sie uns zum Ring, wo wir eines finden werden, das weiß ich.«

Britt schnaufte, als hätte sie einen schnellen Sprint hinter sich.

»Das darf ja wohl nicht wahr sein«, sagte sie.
Romano legte ihr den Arm um die Schulter. »Wir haben ganz schön Schwein gehabt. Ich habe einen Polizisten auf das Hotel zulaufen sehen, als wir um die Ecke gebogen sind. Vielleicht haben sie den Kerl ja geschnappt.«
»Das ist mir egal, ich will nur weg von hier.«
Romano sah ein Taxi und hielt es an. »Machen Sie sich keine Sorgen, wir fahren direkt zum Flughafen.«
»Schwechat Flughafen«, sagte Romano zum Fahrer. Er schaute zu Britt hinüber. »Ich bin mir sicher, dass es der gleiche Mann war, der auf Sie geschossen hat«, flüsterte er.
Britt starrte ihn an, und er sah, dass ihr Tränen in die Augen stiegen. »Woher wissen Sie das? Ich dachte, Sie könnten sich nicht erinnern, wie der Mann in Grand Central Station ausgesehen hat?«
»Es war die Narbe. Er hatte eine Narbe auf der Stirn, genau wie dieser Typ hier. Deshalb habe ich Sie gepackt. Als ich ihn gesehen habe, ist es mir plötzlich wieder eingefallen. Ich hatte das Gesicht schon einmal gesehen.« Romano beugte sich zu Britt hinüber. »Vielleicht sollten wir zur Polizei gehen.«
»Nein, das kommt nicht infrage. Nicht jetzt. Ich muss meine Maschine nach Marseille kriegen.«
Romano konnte kaum glauben, wie rasch Britt sich verändern konnte. Noch vor ein paar Sekunden hatte sie Tränen in den Augen gehabt, jetzt zeigte sie Wut und wilde Entschlossenheit. Ihre Augen verrieten alles. Es gab etwas, womit sie hinter dem Berg hielt.
»Wollen Sie nicht wissen, ob die Polizei den Mann geschnappt hat, der auf Sie geschossen und vielleicht Felix getötet hat? Und vielleicht sogar die Priester ermordet hat?«
»Und was ist, wenn sie ihn nicht geschnappt haben?«, fragte Britt in scharfem Tonfall. »Soll ich ihm noch eine Chance bieten? Falls

sie ihn haben, werden wir es erfahren, falls nicht, möchte ich lieber weit weg sein von hier.«
Ihre Antwort überraschte Romano. Unter Druck gelang es Britt, sich schnell wieder zu stabilisieren. Von verletzlich zu unbesiegbar. Was immer sie verheimlichte, es hatte mit Rennes-le-Château zu tun.

•69. KAPITEL•

DAS POLIZEIFAHRZEUG KAM AUF DEM GEPFLASTERTEN PLATZ vor dem Jesuitenkolleg mit quietschenden Reifen zum Stehen. Cutler folgte Braun die Steinstufen zu der schweren dunklen Holztür hinauf. Braun öffnete sie und die beiden betraten den düsteren Empfangsbereich des Kollegs, wo eine junge Frau von einem Schreibtisch aufblickte, sie anlächelte und auf Deutsch etwas zu Braun sagte. Dieser zeigte ihr seinen Dienstausweis, und sie unterhielten sich kurz miteinander. Aus den letzten Sätzen hörte Cutler das Wort »englisch« heraus.
Braun schaute zu Cutler hinüber. »Die junge Frau ist Studentin, und sie spricht ausgezeichnet Englisch.«
Cutler lächelte und nickte der Studentin zu. »Danke, es tut mir leid, meine Fremdsprachenkenntnisse sind leider alles andere als gut.«
»Kein Problem, Sir …« Cutler sah, dass sie sich einen Stift auf dem Notizblock zurechtlegte.
»Entschuldigung. Tom Cutler, FBI.« Cutler streckte ihr seinen Ausweis hin, und die Frau notierte seinen Namen unter dem von Kurt Braun.

»Könnten Sie bitte den Pater Rektor holen?«, bat Braun. »Wir sind hier in einer Sache, in der Interpol ermittelt.«
Besorgnis huschte über das Gesicht der Empfangssekretärin. »Pater Hans Josef ist nicht im Haus. Kann ich Ihnen vielleicht weiterhelfen?«
»Wann erwarten Sie Pater Josef zurück?«, wollte Braun wissen.
Die junge Frau wirkte nervös. »Ich bin mir nicht sicher.«
»Wo ist er denn?«, fragte Cutler.
»Er … er hat es nicht gesagt.« Die junge Frau errötete. »Wir haben ihn heute noch nicht gesehen. Normalerweise geht der Pater nicht aus dem Haus, ohne uns Bescheid zu geben.« Sie griff nach dem Telefon. »Ich rufe einen der Priester an. Vielleicht sind sie besser informiert als ich.«
»Genau genommen suchen wir nach Pater Joseph Romano aus den Vereinigten Staaten«, erklärte Braun.
Die junge Frau schien auf einmal erleichtert und schaffte es, ein Lächeln zu zeigen. »Pater Romano ist heute Morgen abgereist. Ich glaube, er ist auf dem Weg zurück in die Staaten.« Sie drückte auf dem Telefon ein paar Tasten. »Ich rufe Pater Müller. Er hat sich gestern lange mit Pater Romano und Frau Professor Hamar unterhalten. Vielleicht weiß er auch über Pater Josef besser Bescheid.«
Während sie auf Pater Müller warteten, ging Cutler ein beunruhigender Gedanke durch den Kopf. Er gab Braun ein Zeichen, ihm zum anderen Ende des Empfangsbereichs zu folgen, wo ein seltsames rundes Ölgemälde an der Wand hing. Die kiesgrauen dunklen Farbtöne des Bildes wurden von dem feinen Schimmern eines dünnen, aus der Ferne einfallenden Lichtstrahls durchbrochen.
Sie betrachteten das Gemälde, und Cutler beugte sich zu Braun hinüber. »Ich habe Sie nicht wegen des Bildes hier herüber gebeten. Die Rezeptionistin scheint wegen Pater Josef nervös zu sein.

Ich fürchte, hier im Kolleg weiß keiner, wo er steckt.« Er zog die Augenbrauen hoch. »Drei Jesuiten sind bereits ermordet worden. Ich hoffe, hier liegt kein vierter Mordfall vor.«

»Meine Herren, ich bin Pater Heinz Müller. Was kann ich für Sie tun?« Ein Mann in einem gut geschnittenen Anzug kam auf sie zu.

»Wir versuchen, Pater Joseph Romano zu finden«, sagte Cutler.

»Ich würde vorschlagen, Sie probieren es am Flughafen, aber ich würde Ihnen empfehlen, sich zu beeilen.« Ostentativ schob Müller den Ärmel seines Jacketts zurück und warf einen Blick auf seine allem Anschein nach teure Armbanduhr. »Er ist vor ein paar Stunden gegangen. Mittlerweile könnte er schon in der Luft sein.«

»Wir versuchen auch, Brittany Hamar zu finden«, fügte Cutler hinzu.

»Frau Professor war gestern mit Pater Romano hier. Wir haben über ihre Nachforschungen für ihr Buch gesprochen. Es tut mir leid, aber ich habe keine Ahnung, wo sie sich aufhalten könnte. Ich war davon ausgegangen, dass sie zusammen nach New York zurückfliegen.«

»Wir holen gerade Informationen von den Fluglinien ein«, sagte Braun. »Wir haben gehofft, Sie könnten uns sagen, welchen Flug sie nehmen.«

Müller schüttelte den Kopf. »Tut mir leid, da kann ich Ihnen nicht weiterhelfen. Darf ich fragen, worum es eigentlich geht?«

Braun schaute zu Cutler hinüber und nickte.

»Wir ermitteln im Fall dreier ermordeter Jesuitenpriester, und Brittany Hamar besitzt vielleicht Informationen, die uns weiterhelfen könnten.«

Müller blinzelte ein paar Mal, dann sah er sie verständnislos an. »Ich wusste bisher nur von Pater Matteo in Spanien und Pater Mathews in den Staaten.«
»Pater Nathan Sinclair wurde vor zwei Tagen in New Orleans unter ähnlichen Umständen tot aufgefunden.«
»Du lieber Gott. Er war ein guter Freund von Pater Josef … und Pater Mathews. Du meine Güte«, seufzte Müller. »Wir müssen Pater Josef finden. Ich habe ihn seit gestern nicht mehr gesehen.«

•70. KAPITEL•

Britt bahnte sich im Terminal den Weg zwischen Passagieren hindurch in Richtung der Schlange, die sich vor dem Check-in-Schalter der Air France gebildet hatte. Sie wandte sich an Romano, der ihre Reisetasche von der Schulter nahm und sie ihr gab.
»Nun, ich denke, hier trennen sich unsere Wege.« Britt war verlegen. Sie war versucht, ihm einen Kuss auf die Wange zu drücken, aber sie hatte noch nie einen Priester geküsst, nicht einmal als Dankeschön. Sie lächelte und sagte: »Na dann, ich rufe Sie an, wenn ich wieder in New York bin.«
Britt wurde unsicher bei dem Gedanken, Romano zu verlassen. Einerseits hatte er ihr das Leben gerettet, und sie empfand eine seltsame innere Ruhe, wann immer er bei ihr war. Andererseits war sie erleichtert, dass er nicht darauf gedrängt hatte, sie nach Rennes-le-Château zu begleiten. Sie fürchtete die Reaktion des *Boten*, wenn er sie zusammen mit Romano sah. Sie konnte es nicht riskieren, ihn zu verschrecken.

Romano sah sie mit einem Blick an, den sie nur als besorgt oder respektvoll beziehungsweise mitfühlend bezeichnen konnte, oder vielleicht war es sogar eine Mischung aus allen dreien. Obwohl er mit der Richtung ihrer Forschungen nicht einverstanden war, drohte er nicht und bemühte sich auch nicht, ihr die Kirchendoktrin aufzuzwingen. Vielleicht war es der Lehrer in ihm, der versuchte, sie dazu zu bringen, das Licht zu sehen, ohne sie mit dem Fernlicht zu blenden. Sie würde ihm gerne absolut vertrauen, aber sie war den letzten Antworten zu nahe, um dieses Risiko eingehen zu können.

Romano sah aus, als suche er nach den richtigen Abschiedsworten. Dann schaute er sie bedeutungsschwanger an. »So einfach werden Sie mich nicht los«, sagte er mit demselben verschmitzten Gesichtsausdruck, den sie schon einmal in seinem Büro an ihm gesehen hatte. »Ich gehe zum Ticketschalter und erkundige mich, ob es in Ihrer Maschine noch freie Plätze gibt.« Er zuckte die Achseln, schenkte ihr kurz ein Lächeln und so etwas wie ein angedeutetes Zwinkern. »Können Sie sich vorstellen, wie meine Glaubwürdigkeit bei meinen Studenten steigen würde, wenn ich ihnen sagen könnte, dass ich dabei war, als Professor Brittany Hamar den Heiligen Gral entdeckt hat?«

Mit diesen Worten ging Romano davon und stellte sich in die Schlange vor dem Ticketschalter der Air France.

Britt geriet in Panik. Damit hatte sie nicht gerechnet. Sie dachte daran, was *Der Bote* gesagt hatte. Er hatte sie nicht gebeten, allein zu kommen, und er war ihr nie als Bedrohung erschienen. Ganz im Gegenteil, er hatte sie vor der Gefahr gewarnt, in die sie sich begab. »In die wir uns beide begeben«, hatte er hervorgehoben.

Was konnte sie Romano nur sagen? Sie könnte ihm die Wahrheit erzählen. Er würde sie für verrückt erklären, dass sie Vertrauen in jemanden setzte, den sie noch nie gesehen hatte. Aber es war immerhin jemand, mit dem sie etwas Besonderes verband – Blutsbande.

•71. KAPITEL•

Romano war erleichtert, als die Maschine vom Gate zurückgeschoben wurde und bis dahin niemand den dritten Platz in ihrer Reihe eingenommen hatte. Er hoffte, Britt würde ihm endlich offen sagen, was sie in Rennes-le-Château tatsächlich zu finden hoffte.

Er beobachtete, wie Britt beim Start wieder mit weißen Fingerknöcheln die Armlehne umklammerte. Als sie ihre Flughöhe erreicht hatten, drehte sie über sich ein Luftventil auf und streckte das Gesicht in den kühlen Wind. Dann schaute sie zu Romano hinüber. »Tut mir leid, dass Sie meine Schwierigkeiten beim Starten und Landen mitbekommen.«

»Wir haben alle unsere kleinen Eigenheiten. Sie haben meine nur noch nicht herausgefunden.«

Britt schmunzelte. »Dafür ist immer noch Zeit.«

Romano spürte, dass er errötete. Es war an der Zeit, Britt eindringlich zu fragen, wieso sie unbedingt in dieses umstrittene Pyrenäendorf wollte. »Wie sehen Ihre Pläne genau aus, wenn Sie in Rennes-le-Château sind?«

Britt antwortete nicht sofort, sondern schien sich irgendetwas durch den Kopf gehen zu lassen. »Ich möchte einen Blick in Saunières Kirche werfen, die Kirche der Heiligen Magdalena. Vermutlich findet sich dort allerlei Symbolisches, das mit meinen Forschungsergebnissen übereinstimmt. Vor allem interessiert mich der Friedhof. Saunière soll die Inschrift auf der Grabstätte der Blancheforts entfernt haben. Die Marquise d'Hautpoul de Blanchefort war angeblich die Lieferantin der geheimen Dokumente, die Saunière in dem westgotischen Stützpfeiler des Altars in der Kirche der Heiligen Magdalena entdeckt hat.«

»Wonach suchen Sie genau?«

Britt zuckte mit den Achseln. »Ich weiß es selbst nicht. Es ist etwas, was ich einfach tun muss. Nach all meinen Recherchen könnte ich vielleicht etwas entdecken, was einige der Puzzlestücke zusammenfügt. Trotz der Aussage von Pater Müller bin ich überzeugt, dass in Rennes-le-Château Beweise zu finden sind, die die Theorie einer Nachkommenschaft Jesu stützen und mein Jakobusdokument bestätigen. Manchmal hat man die Antwort direkt vor Augen, man muss nur wissen, wonach man sucht.«

»Was ist mit Maria Magdalena? Sie scheinen davon überzeugt zu sein, dass sie der Heilige Gral war und ihre Gebeine irgendwo bei Rennes-le-Château liegen.«

»Deshalb will ich ein paar Leute, die in der Gegend wohnen, fragen, ob sie von einer Villa Santa Maria gehört haben. Außerdem will ich mehr über eine Statue von Maria Magdalena wissen, die Saunière im ›Garten von Golgotha‹ auf dem Dorfplatz hat aufstellen lassen. Sie ist vor Jahren verschwunden. Es deutet so vieles auf Maria Magdalena hin, dass ich überzeugt bin, dass sie der wahre Schlüssel zu Saunières Geheimnissen war.«

»Welche Bedeutung hat die Statue?«, fragte Romano.

»Es sind so viele Behauptungen über kodierte Botschaften in Verbindung mit Bérenger Saunière aufgestellt worden, dass ich mich frage, ob es an der Statue keinen Hinweis auf die Stelle gibt, an der Maria Magdalenas Überreste zu finden sind. Es wurde beobachtet, dass Saunière im Tal des Flüsschen Bals dekorative Steine gesammelt und sie in einem Kohleeimer in sein Dorf gebracht hat. In einer Ecke des Gartens hat er mit den Steinen eine seltsame Grotte gebaut, und da hinein stellte er das Standbild der Maria Magdalena. Ich frage mich, ob er in diesem Eimer mehr als nur Steine transportiert hat. Was ist, wenn er die Gebeine von Maria gefunden und ihr einen Schrein errichtet hat?«

»Das ist ziemlich weit hergeholt. Jede Menge Spekulationen. Dafür gibt es keinerlei stichhaltige Beweise. Ich sage es nur ungern, aber Sie jagen Chimären hinterher.«

Britt schaute ihn verärgert an. »Wenn man genügend Stücke eines Puzzles zusammen hat, beginnt sich ein klares Bild abzuzeichnen. Es hat mich Jahre der Zweifel und der Nachforschungen gekostet, aber allmählich sehe ich das Bild deutlicher vor mir.«

Romano schüttelte langsam den Kopf. »Aber Sie haben nur vorgefasste Stücke ausgewählt, die in Ihr Puzzlekonzept passen, deshalb erhalten Sie vielleicht ein klares Bild eines Mythos, den Sie selbst in die Welt gesetzt haben.«

»Aber vielleicht ist es ein Bild, das geschaffen werden muss, damit die Menschen ihre Entscheidungen aufgrund solider Informationen treffen können. Das gebe ich zu. Ich habe die Nase voll von all den Rätseln, der Geheimniskrämerei und den Ritualen der römisch-katholischen Kirche. Ich glaube, die frühe Kirche hat eine Bürokratie aufgebaut, die sich auf Macht und Reichtum konzentrierte, anstatt die Lehren Jesu zu verbreiten.«

»Sie haben ein Buch über den Gnostizismus geschrieben, und ich glaube, es hat bei Ihnen an einen wunden Punkt gerührt oder ein Bedürfnis ausgelöst. Sie scheinen von den Lehren der Kirche weg in Richtung Gnostizismus zu driften.«

Britt hielt den Kopf wieder unter den Luftstrahl. »Bitte stempeln Sie mich nicht als Gnostikerin ab. Sie verstehen es nicht.« Sie

holte tief Luft. »Vielleicht werden Sie es nach dem morgigen Tag verstehen.«
»Sie haben recht, ich verstehe es nicht. Sind Sie so überzeugt, dass Sie bei Ihrer Wanderung durch ein Dorf eine Offenbarung erfahren und in der Lage sein werden, das zu widerlegen, was zweitausend Jahre lang ketzerischen Behauptungen, akribischen Analysen und entmutigender Kritik standgehalten hat?«
»Okay.« Britt starrte Romano wütend an. »Und was ist mit den Forschungsergebnissen, die ich in Fachzeitschriften gefunden habe? Über die frühe Kirche in Jerusalem, die von Jakobus geführt wurde, der *möglicherweise* der Bruder Jesu war, und die die jüdischen Gesetze befolgte und die Lehren Jesu hervorhob, die unter anderem lauteten, dass der Mensch nach Erleuchtung streben soll.«
»Im Zweifelsfall stimme ich mit Ihnen überein, dass Jakobus mit Jesus verwandt war und sich die frühe Kirche auf Erleuchtung konzentriert hat. Aber selbst das ist schwer durch irgendwelche Schriften zu belegen, die nur annähernd aus dieser Zeit stammen.«
Romano sah das Funkeln in Britts Augen. Sie verteidigte ihre Nachkommenschaftstheorie jedenfalls leidenschaftlich. Aber er hatte nach wie vor den Eindruck, dass sie ihm nicht die ganze Wahrheit erzählte. Er kaufte es einer hervorragenden Wissenschaftlerin einfach nicht ab, dass sie aus einer schlichten Laune heraus in ein kleines Dorf in den Pyrenäen reiste.
Sie zögerte, dann fuhr sie fort: »Aber Sie müssen mir beipflichten, dass die frühen Anhänger der Apostel in Jesus nicht den Erlöser gesehen haben. Und sie beteuerten auch nicht, dass der Glaube an Jesus und die Beichte ohne sonstige gute Taten zur Vergebung ihrer Sünden führen würde.«
»Die christliche Religion hat sich über die Jahrhunderte zu dem entwickelt, was wir heute kennen«, antwortete Romano. »Zehn

der ursprünglichen Jünger wurden grausam ermordet, weil sie an ihrem Glauben festhielten. Gewiss wäre die Korrektheit der Information über Jesus angezweifelt worden, wäre sie nur ein Gerücht gewesen.«

»Es geht nicht um die Informationen über Jesus selbst.« Frustriert schüttelte Britt den Kopf. »Mein Problem liegt in der Interpretation dessen, was Jesus für die Welt bedeutet, und seine Rolle für das Christentum. Das Konzept von Jesus als dem Erlöser stammt von Paulus. Er glaubte, dass Jesus, nachdem er für die Sünden der Menschen gestorben ist, im Himmel als Stellvertreter Gottes für das Jüngste Gericht vorgesehen sei. Jene, die an ihn glaubten und ihn als Herrn anerkannten, würden am Tag des Jüngsten Gerichts durch ihn erlöst werden. Der Glaube an Christus als dem Erlöser wurde die Grundlage in den Predigten des Paulus.«

Romano zuckte mit den Achseln. »Und was soll daran falsch sein?«

»Was daran falsch sein soll? Das kann doch nicht Ihr Ernst sein!« Britt sah ihn völlig entgeistert an. »Ich stimme mit Martin Luther überein. Ich bin von der dogmatischen Auslegung des Erlösungsgedankens enttäuscht. Er lässt viel zu wünschen übrig. Nehmen wir einen brutalen Mörder, der an Jesus glaubt und zur Beichte geht. Wird ihm dann einfach verziehen? Ich bitte Sie!«

Romano hob die Hände zum Zeichen, dass er sich geschlagen gab. »Ich gebe auf – vorläufig zumindest. Wir gelangen in Bereiche, die mindestens ein Semester ernster akademischer Betrachtung erfordern.«

Bevor er weitersprechen konnte, sackte das Flugzeug plötzlich ab und ruckelte ein paar Mal. Das Signal mit dem Sicherheitsgurt leuchtete auf, und die Stimme des Piloten war über die Sprechanlage zu hören. »Bitte legen Sie Ihre Sicherheitsgurte an, wir geraten in eine Zone mit Turbulenzen. Entschuldigen Sie mögliche Unannehmlichkeiten.«

Romano bemerkte, dass Britt sich wieder krampfhaft an den Armlehnen festkrallte. Für den Moment war ihr Gespräch beendet. Er warf einen Blick auf seine Uhr und stellte fest, dass sie bald in Lyon landeten, von wo aus sie nach Marseille weiterfliegen würden. Er fragte sich, ob der Mann mit der Waffe in Wien festgenommen worden war und ob er etwas mit den Morden an seinen Jesuitenbrüdern zu tun hatte. Er war versucht, nach ihrer Landung eine E-Mail an Pater Müller oder Pater Cristoforo im Vatikan zu schreiben, aber er hatte ihre Adressen nicht im Kopf. Sie anzurufen, kam nicht infrage. Er wusste nicht, wie er ihnen erklären sollte, dass er mit Brittany auf dem Weg nach Rennes-le-Château war, um dort nach Beweisen für eine Nachkommenschaft Christi zu suchen.

·72. KAPITEL·

IM HAUPTQUARTIER DER WIENER KRIMINALPOLIZEI herrschte große Hektik, als Cutler und Braun vom Jesuitenkolleg zurückkamen, wo sie keine Spur von Pater Hans Josef entdeckt hatten. Ein uniformiertes Einsatzkommando war ins Hotel Royal geschickt worden, aber Gott sei Dank fand sich dort in keinem der Zimmer ein toter Priester.

Pater Müller hatte erleichtert gewirkt, als sie Pater Josefs Zimmer durchsuchten und feststellten, dass seine Toilettensachen und seine Lieblingsreisetasche verschwunden waren. Sie hatten die anderen Priester befragt, aber keiner hatte eine Ahnung gehabt, wohin ihr

Pater Rektor gereist sein könnte. Er war kurz nachdem sich Romano und Brittany mit Müller getroffen hatten, zum letzten Mal gesehen worden. Einer der Priester erwähnte, dass er die beiden im Café Inigo auf der anderen Seite des Platzes beim Essen gesehen habe, doch Josef sei nicht bei ihnen gewesen.

Müller erzählte Cutler und Braun von den Diskussionen über Felix Konrad und Rennes-le-Château. Er war sichtlich erschüttert, als sie ihm berichteten, dass Konrads Leiche noch am gleichen Tag in seinem Haus in Hietzing mit einer Kugel im Herzen aufgefunden worden war. Die Stimme versagte ihm, als er ihnen erklärte, dass er Romano gegenüber erwähnt habe, wo Konrad wohnte. Er machte sich Sorgen, dass er die beiden womöglich in Gefahr gebracht hatte – dass der Mörder sie vielleicht bei Konrads Haus gesehen und deshalb vor dem Hotel auf sie geschossen hatte.

Als die beiden Brauns Büro betraten, gab ein Beamter ihm ein Zeichen. Nach einer kurzen Unterredung sah Braun Cutler mit zufriedener Miene an. »Die beiden sind gerade in Marseille gelandet.«

»Haben Sie eine Karte von Frankreich?«, fragte Cutler.

Braun kramte in einem Aktenschrank, zog eine Landkarte heraus, die schon deutliche Gebrauchsspuren aufwies, und breitete sie auf seinem Schreibtisch aus. Mit seinem dicken Finger tippte er auf eine Stelle unten am Golf von Lyon. »Da sind sie gelandet.« Er schüttelte den Kopf. »Ich fürchte, es ist zu spät, die französischen Kollegen zu bitten, dass sie sie festnehmen.«

»Ich glaube, ich weiß, wohin sie wollen.« Cutler starrte auf die Landkarte, bis er fand, wonach er suchte. Rennes-le-Château war ein kleiner Fleck in den Pyrenäen südlich von Carcassonne. Das einzige Symbol, woran man es erkannte, war ein schwarzer Punkt mit einem Kreuz, der kennzeichnete, dass es in dem winzigen Dorf eine Kapelle gab. »Pater Müller glaubt allem Anschein nach, dass Brittany Hamar sich für Rennes-le-Château interessiert.«

Braun hob den Kopf und starrte durch den unteren Teil seiner Gleitsichtbrille auf die Landkarte. »Vielleicht können Sie ja nach Carcassonne fliegen. Ich kann jemanden nachsehen lassen, wann der nächste Flug geht.«

»Danke.«

»Kein Problem, mein Freund. Wenn Sie wollen, kontaktiere ich die französischen Behörden dort und lasse Sie abholen.« Braun zog seine dichten Augenbrauen hoch und schaute über den Rand seiner Brille zu Cutler hinüber. »Für mich könnte es einfacher sein als für einen Amerikaner. Ich habe einen Kollegen im französischen Büro von Interpol, der mir noch einen Gefallen schuldig ist.«

»Das wäre sehr nett.« Cutler klopfte Braun auf die Schulter. »Sie sind ein guter Mensch, Herr Braun.«

Es würde schwierig sein, die Franzosen dazu zu bewegen, Hamar und Romano festzunehmen, da sich keiner der Morde in Frankreich ereignet hatte. Wenn sie ihm nur halfen, sie ausfindig zu machen, dann würde er den Rest schon selbst erledigen.

Bevor er nach Frankreich flog, wollte er so viel wie möglich über den Wiener Attentäter, Philippe Armand, in Erfahrung bringen. Es bestand schließlich die Möglichkeit, dass Armand hinter all den Morden steckte und dass auch Pater Romano auf seiner Liste stand. Aber da stellte sich die Frage nach dem Motiv und die weitere Frage, ob Armand Einzeltäter war. Und dann musste man sich noch um Pater Hans Josef Sorgen machen. Alle diese Priester kannten einander. Bis auf Pater Sinclair hatte die Professorin jedes der Opfer besucht. Es musste einen gemeinsamen Faden geben, der diese Fälle miteinander verband. Und Cutler hätte gewettet, dass Brittany Hamar wusste, worum es sich handelte.

·73. KAPITEL·

Romano und Britt assen im Bistrowagen des Zuges von Marseille nach Carcassonne kleine Baguette-Sandwiches und teilten sich eine Flasche Burgunder. Auf dem kurzen Flug von Lyon nach Marseille war zwischen Britts Panikattacken wenig Zeit für ein Gespräch geblieben.

Romano trank einen Schluck Burgunder und genoss den weichen, süßen Geschmack. Pater Ted hatte einmal einen seltenen alten Tropfen mit ihm geteilt. Als sie die Flasche fast geleert hatten, hob Ted sein Glas, deutete ein Lächeln an und sagte: »Ein guter Burgunder ist wie das fein geschnittene Gesicht einer Frau mit gutem Knochenbau: Er ist schön.« Romano hatte sich immer gefragt, ob Ted je in Gesellschaft einer Frau gewesen war, die die Züge eines guten Burgunders besessen hatte.

Britt blickte ganz in Gedanken versunken aus dem Zugfenster. Sie schien mit sich im Reinen zu sein. Trotz allem, was sie durchgemacht hatte, konnte sie noch sanft lächeln. Es wirkte natürlich, nicht übertrieben. An Britt war überhaupt nichts übertrieben, abgesehen vielleicht von dem Eifer, den sie im Zusammenhang mit ihrem Buch an den Tag legte.

»Ich weiß, dass die Kirche nicht vollkommen ist«, sagte Romano. »Im Leben ist nichts vollkommen, mit Ausnahme vielleicht des Lebens Christi. Sie müssen mir zustimmen, dass es möglich ist, dass Gott Jesus gesandt hat, damit er uns den Weg weist, auch wenn Sie seine Rolle als Erlöser infrage stellen.«

Britt wandte sich, noch immer mit sanftem, strahlendem Blick, Romano zu. »Sie wissen, dass ich damit überhaupt kein Problem habe. Wie Sie so treffend hervorgehoben haben, stimmt es mit meinen gnostischen Ansichten überein.« Ihre Miene wurde ernst.

»Wieso sind Sie Priester geworden?«

Romano lächelte. »Ach, das ist eine Geschichte, die ich besser ein andermal an einem anderen Ort erzähle. Meine ursprünglichen Motive waren nicht die allerbesten. Aber ich denke, das Ergebnis hat sich als weit besser erwiesen, als ich es mir jemals erträumt habe.«

»Dem entnehme ich, dass es für Sie sehr befriedigend ist, Priester zu sein.«

»Sind Sie gerne Theologieprofessorin?«

»Ich genieße meinen Beruf sehr. Er verschafft mir große Befriedigung. Aber Priester zu sein ist kein Beruf, sondern umfasst das ganze Leben. Und das ist ein sehr reglementiertes Leben obendrein.«

Romano füllte ihre Gläser auf und nahm einen Schluck. »Ich denke, es ist an der Zeit, dass ich etwas von meinen Eigenheiten preisgebe. Es ist nicht leicht, Priester zu sein. Ich denke über die Liebe einer Frau nach, über die Einsamkeit im Alter und über Sex. Sehr oft sogar.«

»Wow, ich hätte nie gedacht, dass ein Priester zugeben würde, dass er zuallererst und in erster Linie ein Mann ist.«

»Ich bin zuallererst und in erster Linie Priester. Aber im Grunde genommen sind wir alle Menschen mit all den Fehlern und Schwächen, die damit verbunden sind. Ich denke oft über die Restriktionen und die Strenge des Priesteramts nach. Hat Christus das Zölibat gefordert? Nein, das waren die frühen Kirchenväter, die damit ein menschliches Thema angetastet hatten, ein praktisches Dilemma. Sie haben gesagt, dass Sie den Eindruck haben, dass die frühe Kirche eine Bürokratie aufbaute, die sich auf Macht und Reichtum konzentrierte. Ich sehe es eher als den Aufbau einer Struktur, die in einer alles andere als vollkommenen Welt überleben konnte. Das Christentum mag nicht vollkommen sein, aber

insgesamt hat es über zweitausend Jahre lang einen noblen Zweck verfolgt.«
»Wenn Sie die Tatsache, dass Menschen im Namen der Kirche massakriert wurden, in die Kategorie ›deutlich weniger als vollkommen‹ einordnen, dann könnte ich Ihnen zustimmen.«
»Jeder von uns hat sein Kreuz zu tragen«, antwortete Romano. »Ich … ich bin mir sicher, auch Sie hatten Ihr Päckchen an Enttäuschungen und Tragödien zu tragen.«
Britt blickte auf den kleinen Tisch hinab. »Normalerweise können wir, wenn wir ehrlich genug uns selbst gegenüber sind, erkennen, dass wir zu einem großen Teil an unseren Tragödien selbst schuld sind.« Sie schluckte, allem Anschein nach hatte sie zu kämpfen, um ihre Tränen zurückzuhalten. Dann blickte sie zu Romano auf. »Ich habe meinen Sohn und meinen Mann verloren, und ich hätte es verhindern können. Mein Sohn starb am Tay-Sachs-Syndrom.«
»Sie können sich nicht für eine solche Tragödie die Schuld geben.«
Britt nickte. »Doch, das kann ich. Ich wurde adoptiert und wusste nicht, wer meine leiblichen Eltern sind. Hätte ich mich testen lassen, dann hätte ich es verhindern können.«
»Aber woher hätten Sie es denn wissen sollen?«
»Das Gleiche gilt für meinen Mann. Er war Frankokanadier und völlig ahnungslos, dass er in seinen Erbanlagen das Risiko des Tay-Sachs-Gens in sich trug. Er hat sich jedenfalls schuldig gefühlt.«
Britts Augen verrieten keinerlei Emotionen. Sie starrte durch Romano hindurch, als wäre er gar nicht da. »Er hat sich nämlich umgebracht.«
Romano sah, dass sich in Britts Augen Tränen gesammelt hatten, aber keine einzige lief ihr über die Wangen. »Tut mir leid. Ich

kann wohl nicht annähernd nachempfinden, was Sie durchgemacht haben.«

»Und wie Ihnen inzwischen bestimmt klar ist, mache ich dafür auch meine Religion verantwortlich. Ich habe für mein sterbendes Kind gebetet und gebetet, und Gott hat meine Gebete nicht erhört. Wie kann ein liebender Gott zulassen, dass ein Kind einen so schrecklichen Tod stirbt? Vielleicht hat mich das dazu gebracht, über das, was mir meine Religion eingetrichtert hat, hinauszublicken. Über die hohlen Phrasen von Vergebung hinaus.«

»Ist es möglich, dass Sie gar nicht wollen, dass Ihnen vergeben wird? Suchen Sie nach einer Möglichkeit, sich selbst für schuldig zu erklären, egal, wie es ausgeht?«

Britt wischte sich die Tränen aus den Augen. »Ich verstehe Sie nicht.«

»Wenn Sie beweisen, dass Kreuzigung und Auferstehung Jesu nicht stattgefunden haben und es daher keine Erlösung und Vergebung der Sünden gibt, haben Sie gewonnen. Selbst wenn Sie sich täuschen und Jesus der wahre Erlöser ist, würde Ihre Abkehr vom Glauben garantieren, dass Ihnen nicht vergeben wird.«

»Nun, das ist eine Sicht der Dinge, der nur ich mich stellen kann.«

»Richtig! Aber ich glaube, es ist wichtig zu begreifen, welche Motivation möglicherweise hinter Ihren enormen Anstrengungen steckt, um die akzeptierte Grundlage vieler christlicher Glaubensrichtungen zu widerlegen.«

»Aber ich bin erst durch die Krankheit meines Sohnes darauf gestoßen.«

Etwas ratlos sagte Romano: »Ich verstehe nicht.«

»Es waren meine Nachforschungen über das Tay-Sachs-Syndrom, die mich davon überzeugt haben, dass es vielleicht doch einen Weg gibt, die Existenz von *Rex Deus* zu beweisen. Als ich mich mit diesem genetischen Defekt beschäftigt habe, der Tay-Sachs auslöst, habe ich herausgefunden, dass es ein weiteres genetisches Merkmal gibt, das sämtliche *Kohanim* weltweit in sich tragen.«

»Spielen Sie auf die Juden des Priesterstammes an, die vom Hohepriester Aaron abstammen?«

Britt nickte. »Genau. Eben diese *Kohanim,* die die vierundzwanzig Hohepriester des Tempels von Jerusalem stellten. Nur ihre männlichen Nachfahren konnten *Kohanim* werden. 1997 haben israelische Wissenschaftler eine einzigartige genetische Übereinstimmung unter den Juden in der ganzen Welt entdeckt, die behaupten, dem Priesterstamm der *Kohanim* anzugehören. Sie haben herausgefunden, dass sie alle das gleiche besondere Y-Chromosom besitzen, das nur Männer haben und das vom Vater auf den Sohn vererbt wird.«

»Inzwischen gibt es sicher Tausende oder Hunderttausende Nachkommen, die dieses Gen in sich tragen«, stellte Romano fest.

»Falls meine Annahme zutrifft, dass Maria von einem der Hohepriester des Tempels von Jerusalem geschwängert wurde, der als Engel Gabriel bezeichnet wurde, dann wäre Jesus ein *Kohan* gewesen. Genauso wie die Mitglieder von *Rex Deus.* Einige Wissenschaftler behaupten, dass sich die Priester nach der Ermordung von Jakobus und noch vor der endgültigen Zerstörung des Tempels über ganz Europa verbreitet haben. Die Überlebenden gaben sich die Bezeichnung *Rex Deus,* Könige Gottes.«

Dieses neue Puzzleteil von Britts persönlichem Mythos einer Nachkommenschaft beunruhigte Romano. »Wer kennt die Einzelheiten Ihrer Theorie vom Y-Chromosom und von *Rex Deus*?«

»Die Öffentlichkeit kennt von meinem Buch lediglich das allgemeine Konzept einer Nachkommenschaft, auf das ich in meinem

Interview hingewiesen habe.« Britt trank ihr Glas aus. »Ein paar Menschen kennen auch die Details. Aber zumeist hat es damit zu tun, was sie selbst zu meinen Nachforschungen beigetragen haben.«

»Für irgendjemanden scheint die Sache jedenfalls sehr ernst zu sein.«

Der Zug drosselte das Tempo, und Romano sah Schilder, die anzeigten, dass sie Carcassonne bald erreichen würden. Je mehr ihm Britt von ihrem Buch erzählte, desto besorgter wurde er. Sie hatte sich in so viele unkonventionelle Bereiche vorgewagt, dass sie zahlreichen Fanatikern ins Gehege gekommen sein musste. Er war sich noch immer nicht sicher, ob nicht irgendwer Britt auf den Fersen war, und Pater Ted und die anderen Priester in dem Glauben ermordet worden waren, diese stünden irgendwie mit ihren verrückten Theorien in Zusammenhang.

Nervös ließ Romano den Blick durch den Bistrowagen schweifen. Er hätte sich weit besser gefühlt, wenn er definitiv gewusst hätte, dass der Mann mit der Narbe und der Waffe inzwischen in einem Wiener Gefängnis saß. Doch selbst wenn er dem Polizisten entkommen war, bezweifelte Romano, dass er ihnen zum Flughafen gefolgt sein konnte und herausgefunden hatte, welche Maschine sie genommen hatten, es sei denn …

»Gab es in Ihrem Computer irgendwelche Buchungsbestätigungen von Fluggesellschaften, als jemand sich Zugang zu Ihrem Rechner verschafft hat?«

Britt überlegte. Sie drehte den Stiel ihres leeren Glases zwischen den Fingern. »Ich habe meine Flüge online gebucht. Und ich hatte Notizen über meine Verabredung mit Felix.«

»Aber Sie haben erst in Wien beschlossen, diesen Abstecher zu machen?«

Britt schaute Romano verlegen an. »Der Flug nach Marseille war in meinem Computer vermerkt. Aber ich hatte keine Informationen über Bahnverbindungen.« Sie sah aus, als wolle sie noch etwas hinzufügen, hielt aber inne und blickte aus dem Fenster. »Gleich sind wir im Bahnhof. Wann geht unser nächster Zug?«

Romano fragte sich, was Britt sonst noch verheimlichte. Er zog eine kleine Lederbörse aus seiner Tasche und zählte seine Euro nach. »Wir sollten uns besser erkundigen, wie viel ein Taxi nach Rennes-le-Château kostet. Wir werden durch ziemlich verlassene Gegenden in den Pyrenäen kommen. Von einem Taxi aus könnten wir besser sehen, ob wir verfolgt werden. Ich würde mich weit sicherer fühlen, wenn ich wüsste, dass dies nicht der Fall ist.«

Sein Instinkt sagte ihm, dass er den nächsten Zug zurück nach Marseille nehmen und nach New York fliegen sollte, aber irgendetwas bewog ihn, Britt zu begleiten und herauszufinden, wo ihre Suche schließlich enden würde.

•74. KAPITEL•

Gabriel hatte gerade die letzten Geräte installiert. Er legte den Daumen auf den Sensor, und die Tür zu dem kleinen Raum, der das Computersicherheitssystem beherbergte, öffnete sich. Er trat ein, gab seine persönliche Geheimzahl ein und nahm die letzten Veränderungen vor. Alles lief nach Plan. Als er die massive Stahltür zu dem unterirdischen Komplex schloss und den Aufzug betrat, spürte er, wie seine Anspannung wuchs. Jetzt würde es nicht mehr lange dauern. Er war der Sache so nahe.

Als Gabriel die Scheune betrat, atmete er die berauschende Kombination von Pferdegeruch, Stroh und Mist ein. Das war ein angenehmer Schock für seine Nase. Er war eher an die Autoabgase auf der Via della Conciliazione und die Dieselwolken der Touristenbusse auf dem riesigen Petersplatz gewöhnt. Gabriel nahm eine Handvoll Heu aus einer Futterkrippe und warf es in die Luft. Welche Ironie, dachte er. Jesus wurde nach seiner Geburt in eine Krippe gelegt, und der letzte Akt würde hier stattfinden.

Gabriel verließ die Scheune und steuerte an den Stallungen vorbei durch ein kleines Ilexwäldchen auf das Hauptgebäude zu. Er ging in sein Zimmer und trat auf den gefliesten Balkon mit Blick auf die umstehenden Berggipfel, auf die durch die Wolkenfetzen vereinzelte Sonnenstrahlen fielen. Er schob seinen Stuhl so hin, dass er eine unverstellte Sicht auf die Zufahrt hatte, und wartete auf Michael.

Sie beide waren die letzten verbliebenen Mitglieder des Inneren Zirkels.

***

Michael hatte im Taxi den rechten Arm um seine Lederreisetasche geschlungen, während es sich die schmalen Bergstraßen hinauf und hinunter schlängelte. Er hatte noch immer panische Angst wegen des Anrufs von Gabriel, in dem dieser ihn aufgefordert hatte, das Kolleg augenblicklich zu verlassen und sich in der Stille des heiligen Komplexes mit ihm zu treffen. Es gelte, keine Zeit zu verschwenden. Irgendjemand töte den Inneren Zirkel, und er könne der Nächste sein.

Das Taxi bog in die Kieseinfahrt zur Hôtellerie du Cheval ein. Die Reifen knirschten auf den Steinchen, und der Fahrer schaltete einen Gang herunter, um den steilen Anstieg zu nehmen. Michael umklammerte seine Tasche und betete, dass dieser Horror bald ein Ende haben möge. Er und seine Brüder waren die letzten aktiven Mitglieder des Inneren Zirkels. Der Rat der Fünf hatte beschlossen, auf die moderne Technik zu setzen, um ihrer heiligen Pflicht nachzukommen, den Heiligen Orden bis zur Wiederkehr des Herrn zu erhalten. Er hatte gehofft, die ihm verbleibenden Lebensjahre in Frieden und Anonymität verbringen zu können, bis vor ein paar Tagen das Grauen mit Uriel in Bilbao seinen Anfang genommen hatte.

Als das Taxi vor dem eleganten Gasthaus mit angegliedertem Reiterhof vorfuhr, war Michael erleichtert, Gabriel vor dem Hauptgebäude stehen zu sehen. Gabriel schloss Michael in die Arme, während das Taxi wendete und die Auffahrt wieder hinunterfuhr.

»Ich bin froh, dass du heil hier angekommen bist.« Gabriel nahm Michael die Tasche ab.

»Bestimmt nicht so froh wie ich. Wie lauten die Anweisungen aus dem Vatikan? Wissen wir, wie sie ums Leben gekommen sind?«

»Komm, wir gehen rein, dort sind wir wirklich sicher.« Gabriel setzte sich in Richtung Stallungen und Scheune in Bewegung. »Der Rat kommt morgen Früh, damit wir den heiligsten aller Tage feiern können. Er wird darüber beschließen, wie wir weiter vorgehen werden.«

Als sie sicher im Aufzug standen, wandte sich Michael an Gabriel. »Gibt es irgendwelche Informationen, wie sie gestorben sind?«

Gabriel schüttelte den Kopf. »Nein, bis jetzt nicht, und das einzig Auffällige ist, dass sie alle mit den Stigmata gefunden wurden.«

»Hast du eine Ahnung, warum Brittany Hamar und Joseph Romano nach Wien gekommen sind und Fragen über eine Nachkommenschaft, Rennes-le-Château und die Habsburger gestellt haben? Ich fürchte, sie hat etwas herausgefunden.«

»Deshalb habe ich dich ja so gedrängt, sofort hierher zu kommen.«

Michael spürte einen Stich in der Magengrube. »Sind sie darin verwickelt?«

»Brittany hat Uriel und Raphael einen Tag, bevor ihre Leichen gefunden wurden, befragt. Ich dachte, dass dies Grund genug sei, dich aus Wien herauszuholen und sofort hierherkommen zu lassen. Ich bin mir sicher, der Rat untersucht jede Möglichkeit.«

»Sie hat großes Interesse an Rennes-le-Château gezeigt. Glaubst du nicht, dass sie über diesen Ort hier auch Bescheid weiß?«

Gabriel öffnete die Aufzugtür und trat hinaus. »Das bezweifle ich. Ich bin mir sicher, dass sie bei ihren Recherchen auf Rennes-le-Château gestoßen ist, aber ich glaube, wir sind hier sicher, bis der Rat diese Krise gelöst hat.«

Gabriel blickte Michael eindringlich an. »Wir müssen zudem auf die Möglichkeit vorbereitet sein, dass diese Todesfälle das Werk Gottes sein könnten. Sie könnten die Vorbereitung für die Wiederkehr des Herrn sein.«

Plötzlich lief Michael ein kalter Schauer über den Rücken.

·75. KAPITEL·

ROMANO SPÄHTE AUS DEM RÜCKFENSTER des Taxis, während es die gewundene Straße in die Berge hinauffuhr. Er hatte kilometerweit Ausblick auf diese trostlose Pyrenäenlandschaft. Es waren keine weiteren Autos unterwegs. Weit und breit waren keine Städte, Dörfer oder Weiler zu sehen – nichts. Nur hin und wieder Kuhherden, die an den steilen Berghängen grasten.

»Glauben Sie, dass uns jemand folgt?«, fragte Britt.
»Uns folgt nicht nur keiner, ich frage mich allmählich sogar, ob in diesem mysteriösen Dorf überhaupt noch jemand lebt.«
»Soweit ich gelesen habe, wohnen dort etwa vierzig Familien.«
»Glauben Sie wirklich, dass Sie in diesem Dorf Beweise finden werden, die Ihre Theorie belegen?«
»Ehrlich, ich weiß es nicht. Aber ich weiß, dass ich Antworten und zumindest meinen Seelenfrieden finden werde.«
»Antworten worauf?«
Britt zögerte. Romano bemerkte wieder diesen Blick. Als hielte sie mit etwas hinter dem Berg. Dann leuchteten ihre Augen auf. »Vielleicht auf meine persönlichen Dämonen.« Britt drehte sich von Romano weg und schaute auf die in der Ferne hoch aufragenden Berggipfel.
Je höher sie kamen, desto karger wurde die Gegend. Die Landschaft sah aus wie ein gespenstischer sepiafarbener Flickenteppich, was Romano an frühe Westernfilme im Fernsehen erinnerte.
Britt wandte sich wieder an Romano. »Ich gestehe, dass ich viel Zeit mit Nachforschungen über den Heiligen Gral verbracht habe. Vielleicht zu viel. Aber ich bin immer wieder auf einen Punkt gestoßen. Vom Heiligen Gral und den frühen Formen von *San Graal* und *Sangréal* hat es einfach zu viele Hinweise auf königliches Blut gegeben, als dass das ein bloßer Zufall sein könnte. Ist Ihnen klar, wie viele Menschen im Laufe der Geschichte ihr Leben mit der Suche nach dem Heiligen Gral verbracht haben und dafür auch gestorben sind? Das hat mir Hoffnung gegeben. Nachdem ich Tyler und Alain verloren hatte, war das etwas, was mir wenigstens ein bisschen Hoffnung gab.«
Romano sah ihren großen Kummer. Er lag tief in ihrem Blick verborgen und war in ihre Stirnfalten eingegraben. »Selbst wenn Sie

etwas entdecken sollten. Sagen wir Gebeine, weibliche Gebeine aus der Zeit Christi. Was beweist das schon? Es ist ein weiter Weg bis zu Ihrer Theorie einer Nachkommenschaft Jesu.«

»Bedenken Sie das Manuskript des Bruders von Jesu, in dem steht, dass Maria Magdalena zur Zeit der Kreuzigung schwanger war und nach Südfrankreich geflohen ist, dann müssen auch Ihnen Zweifel kommen. Selbst seriösen Wissenschaftlern wie Ihnen.«

Romano musste zugeben, dass Britts Entschlossenheit allmählich seine eigene rationale, wissenschaftliche Perspektive beeinflusste.

»Und wir dürfen die Reaktionen nicht ignorieren«, fuhr Britt fort. »Denken Sie nur an die Kontroversen rund um die Konzepte von Schöpfung und Evolution. Wir leben im einundzwanzigsten Jahrhundert und können uns noch immer nicht einigen, was wir in unseren Schulen lehren. Falls es eine Alternative zu Auferstehung und Erlösung gibt, meinen Sie nicht, dass man ihr genauso große Beachtung schenken sollte – oder sie zumindest in Erwägung ziehen muss?«

Der Taxifahrer drosselte das Tempo. Vor ihnen standen, ein wenig weiter oben, eine baufällige Scheune, deren Dach zur Hälfte eingesunken war, sowie ein Bauernhaus, das auch schon bessere Tage gesehen hatte. Am Beginn einer von Unkraut überwucherten, unbefestigten Auffahrt, befand sich ein mit Schlamm bespritztes Schild mit dem Bild eines Pferdes. Darunter stand »Hôtellerie du Cheval«. Der Fahrer wandte sich zu Romano und Britt um und zuckte mit den Achseln. Aus Britts Gesicht war jede Farbe gewichen.

Das Taxi fuhr weiter die holprige Auffahrt zum Haus hinauf. Romano stieg aus, ging zur Tür und schlug mit den Fäusten gegen das verwitterte Holz. Das Haus wirkte unbewohnt. Von innen war nichts zu hören. Er stapfte über Unkraut und Disteln und spähte durch ein Fenster hinein. Ein paar kaputte Stühle lagen verstreut

herum, und ein ramponierter Tisch stand an der Wand. Hier wohnte niemand – und offensichtlich schon seit langem nicht mehr.
»Dieses Haus ist verlassen«, rief Romano Britt zu, die inzwischen ebenfalls ausgestiegen war.
»Das ist unmöglich.«
»Haben Sie mit den Besitzern des Gasthofs gesprochen, als Sie die Reservierung vorgenommen haben?«
Britt machte einen völlig entsetzten Eindruck. »Man ... man hat mir gesagt, ich solle hierherkommen, man würde mir ein Zimmer reservieren.« Sie drehte sich um und lehnte sich gegen das Taxi.
»Wer hat die Reservierung entgegengenommen? Das ergibt keinen Sinn. Was erzählen Sie mir da?«
»Das spielt jetzt keine Rolle mehr.« Britt hatte auf einmal glänzende Augen. Sie streckte den Kopf ins Taxi. »Wie weit ist Rennes-le-Château entfernt? Können Sie uns dorthin bringen?«
Der Fahrer breitete eine Landkarte aus und fuhr ein paar Mal mit dem Finger darüber, dann zuckte er die Achseln. »Vielleicht zehn, fünfzehn Kilometer. Ich bringe Sie hin, wenn Sie wollen.« Er warf einen Blick auf seine Uhr. »Ich kann hier nicht lange herumstehen. Ich muss nach Carcassonne zurück.«
Britt wirkte verwirrt. »Ich kapiere das nicht. Man hat mir gesagt, dass das Gasthaus nur ein paar Kilometer von Rennes-le-Château entfernt liegt.«
Romano joggte die kurze Auffahrt bis zu dem Schild hinunter. Es sah ziemlich neu aus. Warum sollte jemand ein neues Schild für ein Gasthaus anbringen, das allem Anschein nach seit Monaten oder sogar noch länger geschlossen war? Er beugte sich hinunter und kratzte unten etwas Schlamm vom Schild. Er richtete sich auf und rief Britt zu: »Das ist wahrscheinlich auch der Fall. Hier ist ein Pfeil, der in die Richtung zeigt, in die wir gefahren sind.«

Sie stiegen wieder ins Taxi ein und fuhren weiter. Als sie über die nächste Kuppe kamen, sah Romano in der Ferne einen höheren Berg mit einer kleinen Lichtung unterhalb des Gipfels, auf der einige Gebäude standen. Er deutete in Richtung Horizont. »Das wird wohl eher das Gasthaus sein.«

»Gott sei Dank. Sie wissen ja gar nicht, wie wichtig das für mich ist.«

Romano musterte Britt einen Augenblick. Er wollte jetzt endlich die ganze Wahrheit hören. »Sie hatten also von Anfang an geplant, hierher zu kommen. Und jetzt erzählen Sie mir, dass man Ihnen sogar *geraten* hat, hierher zu kommen. Jemand hat hier ein Zimmer für Sie gebucht. Ich denke, ich sollte jetzt die ganze Wahrheit erfahren: Was spielt sich in Rennes-le-Château wirklich ab?«

Britt schüttelte fast unmerklich den Kopf und schaute Romano an. »Sie haben recht. Sie haben es verdient, die Wahrheit zu hören. Ich habe befürchtet, dass Sie, wenn ich Ihnen alles sage, vielleicht den FBI-Agenten anrufen und ihm erzählen, wohin ich will, und dann hätten die mich daran gehindert. Das ist für mich einfach zu wichtig, das darf ich mir nicht entgehen lassen.«

»Wer hat Ihnen gesagt, dass Sie hierher kommen sollen? Was ist wichtig, dass Sie es sich nicht entgehen lassen dürften?«

»Ich werde Ihnen alles erklären, wenn wir erst einmal im Gasthaus sind.«

Romano wusste nicht recht, was er davon halten sollte. Britt sah besorgt aus.

»Ich glaube, das ist Ihre Hôtellerie.« Der Taxifahrer warf einen Blick in den Rückspiegel und deutete zur Auffahrt, an der ein Schild »Hôtellerie du Cheval« stand.

Das Taxi bog in die von Bäumen gesäumte Auffahrt ein. Sie kamen an einer großen Koppel mit üppig grünem Gras vorbei, auf der ein paar wunderschöne Pferde herumtollten. Am Ende der Auffahrt standen eine riesige Scheune und hinter einer Baumgruppe die Stallungen. Das Taxi hielt vor einem großen Steingebäude mit orangefarbenen Dachziegeln und einem Rundumbalkon, der mit einer eleganten weißen Balustrade versehen war. Zwischen diesen kargen, zerklüfteten Bergen schien es völlig fehl am Platz zu sein.

Britt sprang aus dem Taxi, und Romano bat den Fahrer, zu warten, bis er nachgefragt hatte, ob für ihn noch ein Zimmer frei war. Als sie zum Eingang kamen, blieb Britt stehen und deutete über die Wiese. Über den Baumwipfeln sah Romano einen nahen Berg und einen Kreis aus Steinhäusern und verputzten Gebäuden auf dem Krater eines allem Anschein nach erloschenen Vulkans.

»Das muss Rennes-le-Château sein!« Aus Britts Stimme war Begeisterung herauszuhören. »Kommen Sie, wir wollen nachsehen, wie es hier im Gasthaus ausschaut. Ich würde gerne ein paar Nachforschungen im Dorf anstellen, bevor es dunkel wird.«

Britt ging hinein, und Romano folgte ihr. Die Gastwirtin sprach fast kein Englisch, aber mit Britts holprigem Französisch gelang es, ihre Reservierung zu bestätigen und ein Zimmer für Romano zu buchen. Britt schien enttäuscht zu sein, als die Frau ihr erklärte, dass für sie keine Nachrichten oder Pakete vorlagen.

»Wann sagen Sie mir endlich, worum es hier eigentlich geht?«, fragte Romano.

Britt warf ihm einen verlegenen Blick zu. »Es ist zu spät, jetzt noch irgendetwas zu ändern. Ich glaube, wir sind hier wirklich sicher. Ich werde Ihnen heute Abend auf dem Balkon bei einer Flasche Wein zu erklären versuchen, warum wir hier sind. Ich verspreche, dass ich bis morgen bei Sonnenuntergang entweder die Antworten habe, deretwegen ich hierher gekommen bin, oder wir auf dem Weg sein werden, um den nächsten Flug zurück nach New York zu nehmen.«

Sie stiegen in das Taxi ein und fuhren nach Rennes-le-Château.

·76. KAPITEL·

BRAUN KAM IN SEIN BÜRO ZURÜCK und ließ seinen massigen Körper auf den Stuhl neben Cutler fallen. »Na, immerhin haben wir etwas.«

An Brauns weißem Hemd zeichneten sich unter den Achseln Schweißflecken ab. Er hatte seine Krawatte gelockert, sodass sie ihm jetzt lose um den Hals hing. Cutler konnte sich gut vorstellen, dass der österreichische Kommissar einen Seufzer der Erleichterung ausstoßen würde, wenn er am nächsten Morgen abreiste und mit der ersten Maschine über Brüssel nach Carcassonne flog.

Braun stieß einen Seufzer aus, der fast wie ein Grunzen klang. »Interpol hat nicht gerade viele Informationen über unseren Philippe Armand. Sieht so aus, als sei er kein typischer Auftragskiller gewesen. Er stammt aus einer reichen französischen Familie und hat sein ganzes Leben in Paris verbracht. Er und sein Vater sind als Unternehmensberater registriert, aber die Behörden konnten nicht herausfinden, welchen Kundenkreis sie beraten. Armand hat ein sauberes Strafregister. Nicht einmal einen Strafzettel. Er ist viel in Europa und den Staaten herumgereist.«

»Konnten die feststellen, wo er sich in der letzten Woche aufgehalten hat?«

»Das wird Sie sicher freuen.« Braun warf Cutler ein zufriedenes

Lächeln zu. »Er war in den Staaten, als die beiden Priester umgebracht wurden und der Anschlag auf Frau Hamar verübt wurde. Und er war in einem Wiener Hotel gemeldet, als Felix Konrad erschossen wurde. Allerdings konnten sie Armands Aufenthaltsort zum Zeitpunkt von Pater Matteos Tod nicht feststellen.«

»Gut, jedenfalls kommt er als Verdächtiger ganz oben auf die Liste«, sagte Cutler. »Ich maile meinem Büro, dass sie die Flüge von New York und Pennsylvania nach New Orleans sowie die Autovermietungen überprüfen. Ich bin mir ziemlich sicher, dass dieser Armand die Priester ermordet hat.«

»Meine Leute machen gerade die letzten ballistischen Tests mit Armands Waffe und dem Projektil, das Konrad getötet hat. Die Ergebnisse sollten mir innerhalb der nächsten Stunde vorliegen.«

Cutler hoffte, dass die Serie von Priestermorden mit dem Tod von Armand beendet sein würde. Aber damit war Brittany Hamar noch nicht aus dem Schneider. Sie konnte schließlich mit ihm gemeinsame Sache gemacht haben. Soweit er es beurteilen konnte, könnte Romano die eigentliche Zielscheibe gewesen sein.

·77. KAPITEL·

DAS TAXI KROCH DIE SCHLECHTE, schmale Straße nach Rennes-le-Château hinauf. Als es schließlich am Gipfel ankam und auf den Dorfeingang zufuhr, sah Romano Britt verwundert an und fragte: »Ist es so, wie Sie es erwartet haben?«

Britt traute ihren Augen nicht. »Darauf war ich jedenfalls nicht gefasst. Ich hatte eine schöne Landschaft mit Saunières Kirche erwartet, die von den Dorfbewohnern instand gehalten wird, und sein Anwesen, das von einem Exzentriker vom Schlage eines Felix Konrad bewohnt wird.«

Was sie jedoch sahen, war eine Schlange von Autos mit Nummernschildern aus England, Spanien, Deutschland und Frankreich, die von einem ungeteerten Parkplatz losfuhren und riesige Staubwolken aufwirbelten. Auf der Straße, die auf der anderen Seite des Berges hinunterführte, herrschte dichter Autoverkehr.

Das an den Parkplatz grenzende Anwesen war von einem weißen Eisenzaun umgeben. Auf dem grünen Bogen über dem Eingang stand in grellgelben Buchstaben DOMAINE DE L'ABBÉ SAUNIÈRE. Daneben befand sich ein grünes Häuschen. Über dem Fenster prangte BILLETERIE. Leute standen Schlange, um sich Eintrittskarten zu kaufen.

Das Ganze hatte eher Ähnlichkeit mit dem Eingang zu einem Vergnügungspark. Am Zaun waren farblich passende grüne Reklametafeln angebracht, die für Souvenirs und Attraktionen warben. Ein freistehender himmelblauer und pinkfarbener Reklameständer war mit Abbildungen leckerer Eissorten beklebt. Ein paar Vögel und Eichhörnchen sausten herum und stritten sich um die von Touristen fallen gelassenen Brotkrümel.

Britt warf Romano einen frustrierten Blick zu. »So viel zur Aufdeckung lange verlorener Geheimnisse, die in einem abgelegenen Bergdorf verborgen liegen sollen.« Sie bemerkte, dass oben am Parkplatz ein paar Taxis standen. »Jetzt, wo wir schon einmal da sind, können wir uns die Sache ja anschauen. Der Fahrer kann ohne weiteres nach Carcassonne zurückfahren. Falls wir kein Taxi kriegen, kann ich auch zu Fuß zum Gasthaus zurücklaufen.«

Romano bezahlte das Taxi, während Britt die Eintrittskarten für Saunières Anwesen kaufte. Auf den Tickets stand in Französisch, Holländisch, Spanisch und Deutsch der Hinweis: *Bewahren Sie Ihre*

Eintrittskarte auf: Sie erhalten bei zwei anderen Sehenswürdigkeiten einen Preisnachlass. Am oberen Rand fand sich der Hinweis auf *Catha-Rama* in Limoux und *Château de Puivert*. Britt vermutete, dass es sich dabei um weitere Sehenswürdigkeiten in der Gegend handelte, die im Zusammenhang mit anderen Geheimnissen und Verschwörungen standen. An der Eintrittskarte war ein roter Papierstreifen befestigt, auf dem mit einem Cartoon eines schwarz gekleideten Mannes in einer Höhle, der mit einer Laterne eine kunstvolle Truhe beleuchtete, für RENNES-LE-CHÂTEAU, *Le trésor*, Reklame gemacht wurde. Soweit Britt es entziffern konnte, bezog sich der französische Text unter dem Bild auf den Schatz, den Abbé Saunière Ende des letzten Jahrhunderts entdeckt hatte. Es war von Geheimdokumenten und dem Hause Österreich die Rede, dem Mord an einem Priester und von Geheimnissen, die in einem Grab verborgen lagen.

Britt war völlig bestürzt. Sie hatte sich ausgemalt, dass dies ihre perfekte wissenschaftliche Forschungsreise durch ein altes Dorf in einer Gegend werden würde, in der seit über dreitausend Jahren Menschen lebten. Die kleine Bergfestung hatte die Römer, die Westgoten, Hunnen, Merowinger und Katharer kommen und gehen sehen. Offenbar hatte irgendjemand das touristische Potenzial erkannt und das kleine Dorf zu einem Treffpunkt aller europäischen Verschwörungsfanatiker gemacht.

Romano gesellte sich zu Britt. »Gehen Sie voran. Es tut mir leid, Ihrer Begeisterung einen Dämpfer zu verpassen, aber ich glaube nicht, dass wir hier irgendwelche düsteren Geheimnisse aufdecken werden.«

»Ich bin völlig schockiert«, gestand Britt ein, als sie Saunières Besitz betraten.

Britt erhielt auf ihrer emotionalen Achterbahn einen weiteren

Schlag, als sie Hinweisschilder sah, die den Besuchern den Weg zu einem Museum, einem Café und einem Souvenirladen – ja sogar zu einer Boutique – wiesen. Das erste Geschäft bot Videos, DVDs und Bücher über sämtliche Verschwörungstheorien an, die in den letzten hundert Jahren erschienen waren.

Als Britt den Ladenbesitzer nach einer Villa Santa Maria und der Statue von Maria Magdalena fragte, die aus dem ›Garten von Golgotha‹ verschwunden sei, versuchte er, ihr Tonbänder zu verkaufen, die angeblich die »ganze« Geschichte von Rennes-le-Château erzählten. Für Britt war das alles wie ein böser Traum. Sie hatte geglaubt, dass sie verborgene Codes an Statuen entdecken würde, die sie zu Gräbern mit uralten Gebeinurnen führen würden. Sie hatte das Bedürfnis loszuheulen, kämpfte jedoch heftig dagegen an. In Romanos Anwesenheit hatte sie schon genug Tränen vergossen.

Romano kaufte einen Touristenführer, auf dem die britische Flagge prangte, und reichte ihn Britt. »Warum fangen wir nicht mit dem Saunière-Museum an? Dort könnte sich doch etwas finden, was Ihre Theorie untermauern könnte.«

Britt war klar, dass Romano sie zu trösten versuchte, und wusste es zu schätzen. In Wahrheit hatte ihr niemand gesagt, dass eine Verbindung zu Saunière oder direkt zu Rennes-le-Château bestand. Man hatte ihr nur geraten, zur Hôtellerie du Cheval bei Rennes-le-Château zu fahren – und alles würde aufgedeckt werden. Vielleicht hatte sie zu viel in die Geheimnisse um Bérenger Saunière hineingelesen. Möglicherweise fand sich das Geheimnis gar nicht mehr in diesem winzigen Touristenmekka.

Das Museum in dem ehemaligen Altarraum neben der Kirche beherbergte Kopien von Dokumenten, die im Zusammenhang mit vielen der Geschichten standen, welche sich um Saunière rankten. Es gab Hinweise auf die Katharer, auf Maria Magdalena und die von Saunière entdeckten Geheimnisse. Das Museum war von Nachkommen jener Dorfbewohner eingerichtet worden, die Zeitgenossen Saunières gewesen waren. Der Schwerpunkt lag auf der mündlichen Überlieferung über Generationen hinweg und auf Dokumenten und Geheimnissen, die Saunière in der Grabstätte der hiesigen »Seigneurs« in der Kirche entdeckt hatte.

Eine Vitrine mit der Aufschrift LES HYPOTHÈSES erregte Britts Aufmerksamkeit. »Joseph, schauen Sie sich das an! Das ist ein Foto von ›Les Bergers d'Arcadie‹ und eines von einem hiesigen Grab in einer Umgebung, die unzweifelhaft Ähnlichkeiten mit dem Gemälde von Poussin hat.«

Sie stellten sich direkt vor die Vitrine. Zwei gedruckte Dokumente waren neben die Fotos geheftet. Vom ersten, das die Überschrift LES DOCUMENTS trug, gab es eine Übersetzung. *Es steht zweifelsfrei fest, dass Abbé Saunière in der Kirche gewisse Dokumente gefunden hat. Inzwischen sind sie verschwunden, und ihr Inhalt ist uns völlig unbekannt. Hat Abbé Saunière einen »normalen« Schatz entdeckt oder war er zusammen mit ein paar anderen Pfarrern aus Rennes der Hüter eines heiligen Schatzes?* Der Text des zweiten Blatts war nur in Französisch geschrieben.

»Bei dem brauche ich Ihre Hilfe«, stellte Romano fest.

Britt beugte sich zu dem klein bedruckten Blatt vor. »Ich kann immerhin die Einleitung lesen. Das ist ein Brief von Abbé Louis Fouquet an seinen Bruder Nicolas Fouquet, Minister für Finanzen am Hofe Ludwig XIV. vom 12. April 1656.«

Britt hatte zu kämpfen, den Inhalt des Briefs zu entziffern. Die Tinte war verblasst, und ihr Französisch ließ zu wünschen übrig. Schließlich blickte sie Romano an und zuckte mit den Achseln. »Ich kann nur Bruchstücke übersetzen. *Er und ich haben gewisse Dinge besprochen, von denen ich Ihnen einige wohl anvertrauen darf ... und dass ... Sie durch Herrn Poussin gewisse Vorteile haben werden, die sich nicht einmal Könige verschaffen könnten ... es wäre möglich ... in den kommenden Jahrhunderten zu bergen ... und diese Dokumente sind von solcher Wichtigkeit, dass nichts auf Erden je ... ein Vermögen.«*

Britt kniff verzweifelt die Augen zusammen. »Tut mir leid, besser kriege ich es nicht hin.« Sie öffnete ihren Matchbeutel, kramte darin herum und zog schließlich eine kleine Digitalkamera heraus. Sie knipste die Vitrine und machte ein paar Nahaufnahmen der Dokumente. »Zumindest beweist das, dass die Abbé Saunière besonders nahe Stehenden glaubten, dass an den Theorien von einem weitreichenden Geheimnis oder einem Schatz, den er entdeckt hatte, etwas dran war.«

Romano wiegte den Kopf ein paar Mal hin und her und blinzelte. »Oder sie wussten, was Touristen in ihr kleines Dorf locken wird.« Er ging weiter zu anderen Dokumenten, die in Schaukästen präsentiert wurden. »Hier ist noch etwas, was auf einen Schatz hinweist.«

Britt betrachtete das Dokument mit dem Titel ›Die Legende des Schatzes von Rennes‹. Dieser Text war wenigstens in zwei Sprachen übersetzt. *Im achtzehnten Jahrhundert stieg der Schafhirte Paris auf der Suche nach einem verlaufenen Schaf in ein Loch hinab, das sich zu einer Grotte verbreiterte und in der sich Skelette und eine große Menge Gold fanden. Mit seiner Mütze voller Goldstücke kehrte er ins Dorf zurück. Er wurde des Diebstahls angeklagt und hingerichtet, weil er sich hartnäckig weigerte, den Ort preiszugeben, wo er seinen »Schatz« entdeckt hatte.*

»Vielleicht ist Saunière ja zusammen mit dem Verkauf der Seelenmessen auf diese Weise zu seinem großen Reichtum gekommen«, überlegte Romano laut. »Sie haben erwähnt, dass Saunière in einem Eimer Steine ins Dorf geschleppt hatte. Vielleicht hat er ja das Gold entdeckt und es unter den Steinen in sein Pfarrhaus gebracht.«

»Oder es waren die Gebeine von Maria Magdalena. Oder es waren tatsächlich nur Steine. Oder es war der Heilige Gral.« Verzweifelt riss sie die Arme in die Höhe. »Das ist so gut wie das absolute Gegenteil von wissenschaftlicher Forschung.«

»Ich weiß, dass Ihnen etwas anderes vorgeschwebt hat, aber es ist keine völlige Katastrophe. Sie waren es doch, die gesagt hat, wie wichtig es sei, alle Möglichkeiten in Betracht zu ziehen und sich nicht einfach auf das akzeptierte Dogma zu konzentrieren. Jetzt sind wir hier, wo einige Informationen von Menschen stammen, die Abbé Saunière persönlich gekannt haben. Unter den Touristenattraktionen könnte durchaus etwas von Belang verborgen sein. Machen Sie Fotos von allem, was von Bedeutung zu sein scheint. Ich werde Ihnen sogar ein paar Bücher und Videos kaufen. Gehen Sie das alles durch, wenn Sie wieder in New York sind, vielleicht fügen sich ja ein paar Puzzleteile zusammen.«

Romano blickte Britt eindringlich an. »Sie haben viel Zeit mit der Aufstellung Ihrer Theorien verbracht. Falls Sie kein Material entdecken, das diese Thesen eindeutig stützt, hoffe ich, dass Sie einige Ihrer Schlussfolgerungen überdenken.«

Britt war klar, dass er recht hatte, aber ihr blieben ja noch der morgige Tag und das Versprechen auf den Erhalt des kompletten Jakobusevangeliums – dann würde alles ans Licht kommen. Das heißt, falls das Ganze nicht eine List oder irgendein abscheulicher Scherz war. Aber das konnte hier doch nicht der Fall sein. Priester waren ermordet und auf sie war geschossen worden. So vieles ergab einfach keinen Sinn.

Britt nickte zustimmend. Dann schaute sie auf ihre Uhr, weil sie sah, dass viele Touristen Saunières Anwesen verließen. »Wir sollten lieber gehen, bevor die hier zumachen oder die Dunkelheit hereinbricht.«

Sie besichtigten die gotische Säule im »Garten von Golgotha«, die von Saunière errichtet worden war. Im Touristenführer stand, dass sie falsch herum aufgestellt worden sei, da die Entzifferung der in der Kirche verborgenen Geheimschrift ebenfalls von oben nach unten zu erfolgen hatte. Auf dem Sockel der Säule fand sich die Inschrift *Mission* 1891, woraus, ebenfalls falsch herum gelesen, 1681 wurde, die Jahreszahl auf dem Grab der Marquise de Blanchefort.

Britt reichte Romano den Führer und zeigte mit dem Finger auf die entsprechende Passage.

Romano las. »Das habe ich damit gemeint, dass unter jedem Stein Geheimnisse und Verschwörungen zu finden sind«, sagte er. »Die Restaurierung fand zwischen 1887 und 1896 statt. Die Inschrift *Mission* 1891 kann sich ebenso gut auf die Errichtung der Säule beziehen wie ein versteckter Hinweis auf das Grab sein.«

Britt machte im Garten jede Menge Fotos, dann beeilten sie sich, noch die letzte Führung durch die Kirche St. Magdalena zu erwischen. Das Tympanon über dem Kircheneingang war von goldenen Rosen umrahmt mit einem Kreuz in der Mitte, und es trug die Inschriften »Dieser Ort ist schrecklich!« und »Es ist das Haus Gottes und das Tor zum Himmel.« Britt wusste nicht, was sie von den Inschriften halten sollte – mit Ausnahme, dass sie erneut von Saunières Exzentrik zeugten.

Als sie die Kirche betraten, blieb Britt wie angewurzelt stehen. »Sagen Sie jetzt bloß nicht, dass das eine Statue von Bacchus und nicht von Baphomet ist.« Sie deutete auf eine Statue eines hässlichen Teufels, die als Fuß eines von vier Engeln gekrönten Weihwasserbeckens diente.

Romano lachte. »Ich glaube, bei dieser hier muss ich Ihnen beipflichten.«

Überall in der Kirche entdeckten sie mysteriöse Dinge. Das Zeichen der Rose mit dem Kreuz zu beiden Seiten des Beichtstuhls konnte auf die Rosenkreuzer hinweisen. Jesus, der im Kircheneingang in seitenverkehrter Haltung zum Teufel kauert und von Johannes dem Täufer getauft wird, ein Basrelief von Maria Magdalena, die in einer Grotte weinend vor einem aus zwei Zweigen bestehenden Kreuz mit einem Schädel kniet. Und die zehnte Station des Kreuzwegs, die darstellt, wie Jesus seiner Kleider beraubt wird und ein Soldat um seine Tunika spielt, indem er zwei Würfel wirft, wobei der eine Würfel auf angrenzenden Seiten eine Drei und eine Vier zeigt, was ja unmöglich ist, der andere eine Fünf. Im Reiseführer fand sich sogar der Hinweis, dass die schwarzweißen Bodenfliesen Übereinstimmungen mit Kryptogrammen aufweisen würden und dass die in den Stationen des Kreuzwegs erkennbaren Abweichungen von üblichen Darstellungen angeblich eine bestimmte Stelle in dem Steinkreis um Rennes-les-Bains beschrieben.

In der Kirche gab es so viele bizarre Dinge, dass Britt ganz verwirrt war. Statt einer Antwort auf die vielen Fragen, die sie sich während ihrer Nachforschungen gestellt hatte, kamen jetzt nur weitere Fragen hinzu.

Britt machte möglichst viele Fotos von den im Reiseführer hervorgehobenen Besonderheiten, dann wandte sie sich beim Hinausgehen an Romano. »Allmählich glaube ich, Saunière war genauso verrückt wie Felix. In seiner Paranoia hat er sich diese Codes und Finten ausgedacht, und am Ende sind sie womöglich allesamt völlig bedeutungslos.«

Romano war während ihres Rundgangs relativ ruhig geblieben. »Es hat den Anschein, als sei Abbé Saunière ein ziemliches Original gewesen, um es mal gelinde auszudrücken.« Er zeigte auf eine Seite im Reiseführer. »Die einzigen Stichworte, auf die ich hier dauernd stoße und die durch eine Reihe von Hinweisen belegt sind, sind

Saunière und Gold. Kommen Sie, wir werfen noch kurz einen Blick auf die Villa Bethania und den Magdala-Turm, bevor wir den Rückweg antreten. Es heißt, die Halbschwester von Saunières Haushälterin habe hartnäckig behauptet, dass sie im Keller der Villa auf einem Regal aufgereihte Goldbarren gesehen habe.«

Britt folgte Romano zu einem Haus im Renaissancestil, während er weiter in seinem Führer las.

»Das ist interessant«, sagte Romano. »Als Abbé Saunière starb, erbte seine Haushälterin, Marie Denarnaud, das ganze Anwesen. Und es ist sonderbar, dass er der Villa den Namen Bethania gab. So hieß das Haus, das Maria Magdalenas Bruder Lazarus gehörte. Außerdem sieht es so aus, als sei der hiesige Bischof kein Fan von Saunière gewesen. Er ist gerichtlich dagegen vorgegangen, dass die Villa Bethania ein Altersheim für pensionierte Pfarrer wird, so wie Saunière es in seinem Testament verfügt hat.«

Britt machte schnell ein Foto von der Villa. »Fangen Sie allmählich an, Ihre Meinung zu ändern, oder überlegen Sie, ob Saunière vielleicht doch in religiöse Geheimnisse eingeweiht gewesen sein könnte?«

Romano deutete auf den Magdala-Turm, der am Rand des Hochplateaus stand. »Diesen großen Glaubenssprung habe ich nicht vollzogen, aber angesichts dieser großartigen Villa und des herrlichen Turms wächst meine Überzeugung, dass Ihr Dorfpfarrer irgendwie zu unglaublichem Reichtum gekommen sein muss und ihn eingesetzt hat, um sein steigendes Bedürfnis nach Macht und einem glanzvollen Leben zu stillen.«

Britt erfüllte das, was sie da auf diesem Berg sah, mit gemischten Gefühlen. Sie war überzeugt gewesen, dass sie in dem stillen, kleinen Dorf in den Pyrenäen, das möglicherweise seit Jahrhunderten irgendwelche religiösen Geheimnisse beherbergte, Antworten finden würde. All die Bücher, die sie studiert hatte, ja sogar der verrückte Felix, hatten sie glauben gemacht, dass die Antworten hier zu finden seien. Vielleicht waren das tatsächlich alles nur Gerüchte, religiöse Verschwörungstheorien und das unsinnige Gefasel von Leuten, die, wie Pater Müller es ausgedrückt hatte, *total verrückt* waren.

Britt fiel etwas ein, was ihr Mann ihr einmal gesagt hatte: *Es sind nicht die Fragen, die uns in Schwierigkeiten bringen, sondern es ist die Suche nach Antworten.*

Sie wandte sich zu Romano. »Ich glaube, es ist Zeit, zur Hôtellerie zurückzufahren und das alles erst einmal zu verarbeiten.«

Morgen Abend würde sie mit Gewissheit sagen können, ob das wirklich alles verrückt war.

•78. Kapitel•

Michael schlief friedlich in einem der elegant eingerichteten Zimmer, die für die Mitglieder des Inneren Zirkels in der heiligen Stätte für die jährliche Pilgerfahrt hergerichtet waren. Einmal im Jahr verbrachte jedes Mitglied hier ein paar Tage im Gebet und im Gedenken an den Heiligen Gral.

Gabriel drückte den Daumen auf den Sensor, und die Tür glitt in die Edelstahlwand zurück. Er betrat den Konferenzraum und legte die letzten seiner Utensilien auf den Konferenztisch aus glänzendem Rosenholz. Auf jeder Seite des Tischs standen zwei mit burgunderfarbenem Leder gepolsterte Stühle, während der Kopf des Tisches für den Vorsitzenden des Rats reserviert war. Dieser Raum wurde lediglich für das Treffen vor den jährlichen Feierlich-

keiten am heiligsten aller Tage genutzt. Hier stimmte der Rat der Fünf über wichtige Angelegenheiten ab, die im Zusammenhang mit ihrer heiligen Pflicht standen.
Gabriel schob drei der Stühle vom Tisch zurück und reihte sie an der Wand auf. Die verbleibenden zwei rückte er näher zum Kopf des Tisches. Er legte einen roten Satinläufer auf den Tisch und einen zweiten quer darüber, sodass sie ein Kreuz bildeten, dann strich er den Stoff sorgfältig glatt. Das dritte große Tuch würde er erst später ausbreiten. Er hatte rot gewählt, weil das traditionsgemäß die Farbe für Feierlichkeiten war, und morgen würden sie schließlich die Wiedergeburt der Kirche feiern, eine Wiedergeburt, die es ihr erlauben würde, ohne die Bedrohung durch die Blasphemie, der sie über zweitausend Jahre lang ausgesetzt gewesen war, fortzudauern.
Vorsichtig stellte Gabriel eine Ikone in ihrem Samtkasten auf einen Tisch in der Ecke des Raumes, daneben reihte er einen kleinen Hammer, eine Phiole mit geweihtem Öl, Mulltupfer und eine Flasche Alkohol auf. Alles war bereit für den nächsten und letzten Akt seines religiösen Auftrags.

•79. KAPITEL•

ALS ROMANO UND BRITT SAUNIÈRES ANWESEN VERLIESSEN, fuhr ein staubiger grauer Renault an ihnen vorbei in Richtung Parkplatz. Der Fahrer bremste und kurbelte das Fenster herunter. Sein dunkles Haar war mit Pomade nach hinten geklatscht, und er trug ein braunschwarzes Hahnentrittjackett, darunter ein offenes Hemd. Ein großes goldenes Kreuz baumelte ihm am Hals. Aus dem offenen Fenster drang der starke Geruch von Salbei und

Pimentöl. Der Taxifahrer stellte sich kurz in Französisch, Englisch und Spanisch als Leone vor, und sagte, er stehe ihnen mit seinem Auto zu Diensten.

»Gott sei Dank«, antwortete Britt. »Wir brauchen ein Taxi, das uns zu unserem Gasthaus bringt.«

Leones Blick hellte sich auf. »Wo übernachten Sie?«

»Wir sind in der Hôtellerie du Cheval untergekommen.«

Die Begeisterung wich einen Moment aus Leones Blick, dann strahlte er wieder. »Sie haben Glück. Ich bringe Sie nach Limoux oder Arques. Dort können Sie die wunderschönen Ruinen der Katharer besichtigen und *magnifique* zu Abend essen.« Er führte seine Fingerspitzen an die Lippen und küsste sie mit einer großartigen Geste. »Dort gibt es den besten Wein aus der ganzen Region Limoux.« Er wackelte mit dem Zeigefinger. »Machen Sie sich keine Sorgen. Genießen Sie den Abend, dann bringe ich Sie zu einem günstigen, sehr günstigen All-inclusive-Preis zur Hôtellerie.«

»Das ist sehr nett von Ihnen«, antwortete Britt. »Aber wir müssen zum Gasthaus zurück.«

Leone sprang aus dem Auto und hielt ihnen die hintere Tür auf. Romano war versucht, zurückzujoggen und Britt mit dem Auto fahren zu lassen, aber es wäre besser, wenn er bei ihr bliebe.

Der Renault war noch nicht einmal vom Parkplatz gefahren, da beugte sich Britt schon zu Leone vor. »Wissen Sie etwas von einer Villa Santa Maria?«

Leone schaute sie durch den Rückspiegel an und schüttelte den Kopf. »Nein, tut mir leid.«

»Was glauben die Einheimischen, was mit der Statue von Maria Magdalena aus dem ›Garten von Golgotha‹ passiert ist?«

Romano konnte im Spiegel sehen, dass ein Lächeln über Leones Lippen huschte.

»Meine Familie lebt seit über zweihundert Jahren hier im Dorf. Wir haben alle diese Geschichten gehört. Wahrscheinlich ist die Statue von einem der vielen Menschen gestohlen worden, die ins Dorf kommen, um nach Abbé Saunières Geheimnissen zu suchen. Sie haben sogar unsere Gräber ausgehoben.«

»Was glaubt Ihre Familie, hat Saunière tatsächlich entdeckt?«, fragte Britt.

»Unter den älteren Dorfbewohnern steht es fifty-fifty, wie man so sagt. Die einen meinen, er hat Gold gefunden, die anderen sind sich sicher, dass es geheime Dokumente waren. Meine Großmutter war überzeugt, dass es sich um eine Heiratsurkunde von Jesus und Maria Magdalena gehandelt hat.«

Beinahe wäre Britt von ihrem Sitz aufgesprungen. »Gibt es irgendeinen Beweis für diese Behauptung?«

»Nein, nein. Das sind nur Gerüchte. Phantasie. Wahrscheinlich wegen der Geschichten, dass Maria Magdalena in Südfrankreich gelebt haben soll. Wissen Sie, sie wird im Languedoc von vielen Menschen verehrt.«

»Was ist an den Geschichten dran, dass der Abbé Messen verkauft hat?«, fragte Romano.

Leone drehte den Kopf und schaute sich zu Romano um. »Ach, das hat er mit Sicherheit gemacht. Die Tante meiner Großmutter hat für Abbé Saunière gearbeitet. Sie hat die Briefe vorbereitet, die an die Gläubigen in ganz Europa verschickt wurden. Er hat auch in vielen religiösen Zeitschriften annonciert.«

»Könnte das die Quelle seines großen Reichtums gewesen sein?«

Leone lachte auf. »Kaum. Meine Urgroßtante sagte, sie hätten pro Woche etwa hundert Zuschriften erhalten. In manchen Wochen aber nur fünfzig oder siebzig.«

»Aber wer weiß, wie viel die Reichen in Städten wie Paris für den

Segen durch Messen und Gebete zu bezahlen bereit waren?«, antwortete Romano.
Wieder lachte Leone auf. »Sie haben gesehen, was der Abbé in unserem Dorf gebaut hat. Nicht einmal die Reichen würden so viel für ein Stück Papier geben, das ihnen ein Gebet bei der Messe verspricht. Und der Verkauf von Messen ging ja nur ein paar Jahre lang. Die Kirche hat dem schließlich ein Ende gemacht.« Wieder warf Leone einen Blick in den Rückspiegel. »Abbé Saunière wurde sogar das Recht aberkannt, die Sakramente zu spenden. Deshalb ist meine Urgroßtante nicht mehr in die Kirche gegangen. Dann hat der neue Papst, Benedikt XV., alle Sanktionen gegen Abbé Saunière aufgehoben, und er war hier in Rennes wieder der große Herr.«
»Woher, glauben Sie, stammte Saunières Reichtum?«, fragte Britt.
»Ich denke, es waren geheime Dokumente. Irgendetwas, wofür die Kirche und reiche Aristokraten in Europa zu zahlen bereit waren, damit es geheim blieb.«
»Und worum, glauben Sie, ging es dabei?«
»Ich habe keine Ahnung. Aber es wird behauptet, dass sie in unserer alten Kirche verborgen waren und der Abbé sie bei den Umbauarbeiten entdeckt hat. Ich glaube, es hat mit Abbé Bigou angefangen, der die Geheimdokumente Ende des siebzehnten Jahrhunderts von der Marquise d'Hautpoul de Blanchefort erhalten hat. Er hat sie in der Kirche versteckt und andere Priester eingeweiht. Damals und in der Zeit Abbé Saunières war der Pfarrer in einem kleinen Dorf wie dem unseren der König. In den Büchern über Rennes-le-Château gibt es viele Geschichten über Dokumente und Geheimnisse, aber keiner kann mit Sicherheit sagen, worum es sich dabei gehandelt hat oder wo sie jetzt sind.«

Das Auto hielt vor dem Eingang zum Gasthaus, Leone sprang heraus und hielt für Romano und Britt die Tür auf. Als Britt ausstieg, sagte er: »Sie sind die ersten Besucher, die ich zur Hôtellerie du Cheval gefahren habe. Meist beherbergen die hier eine sehr ausgewählte Kundschaft, die ihre eigenen Chauffeure hat. Sehr seltsam für eine Hôtellerie.«
Als Romano bezahlte, streckte ihm Leone eine Visitenkarte hin. »Bitte rufen Sie mich an, falls Sie die anderen Sehenswürdigkeiten doch noch besichtigen wollen. Es wäre mir ein Vergnügen, Sie zu fahren.« Er zwinkerte ihnen zu. »Und ich kann Fragen über die vielen Geheimnisse, die im Land der Katharer verborgen sind, beantworten.«
Leone vergeudete keine Zeit, die Autoreifen spritzten die losen Steinchen des Kieswegs auf, als er schnellstmöglich nach Rennes-le-Château zurückfuhr, um neue Fahrgäste aufzunehmen.
Romano dachte an die vielen Geschichten von Dokumenten und Geheimnissen, die von Priestern weitergegeben wurden. Geheimnisse, für die die Kirche bereit gewesen war, viel Geld zu bezahlen, damit sie geheim blieben. Vielleicht steckte hinter Britts Gespinst aus Gerüchten ja tatsächlich ein wahrer Kern – eine Wahrheit, die bislang drei Priestern das Leben gekostet hatte.
Romano hatte allmählich das ungute Gefühl, dass Pater Ted vielleicht doch etwas gewusst haben könnte, was ihn schließlich das Leben gekostet hatte – etwas, was er vor ihm geheim gehalten hatte, weil er ihn nicht derselben Gefahr aussetzen wollte.

·80. KAPITEL·

Britt stieg die Stufen zum Gasthaus hinauf. Romano schaute noch dem Auto nach, wie es am Ende der langen Auffahrt verschwand. Sie fragte sich, ob er über die Geschichten von Geheimnissen und Schätzen genauso verwirrt war wie sie. Schließlich drehte er sich um, kam zu ihr herauf und öffnete die Tür.

Britt lächelte. »Ich habe nicht darauf gewartet, dass Sie mir die Tür aufhalten. Inzwischen weiß ich, dass Sie der perfekte Gentleman sind. Ich habe mich nur gefragt, warum Sie Leone hinterherschauen.«

»Ich habe lediglich über all die verrückten Sachen nachgedacht, die wir in Rennes-le-Château gesehen haben, und über Leones Meinung dazu.«

»Ich hoffe, Sie sehen allmählich, dass an diesen ganzen Gerüchten etwas Wahres dran sein muss«, sagte Britt, als sie die Lobby betraten.

Der Rezeptionstisch befand sich in einer kleinen Nische unter der Treppe. Überall waren Vasen mit frischen Blumen und Topfpflanzen aufgestellt. Was jedoch fehlte, waren Menschen. Es war niemand zu sehen. Britt streckte den Kopf durch die offene Tür in einen kleinen Speiseraum, aber auch dieser war leer. Die Tische waren für das Abendessen gedeckt. Auf jedem Tisch standen Stielgläser, in denen kunstvoll gefaltete burgunderfarbene Servietten steckten. Der Steinbogen über dem Durchgang zu einem zweiten, kleineren Raum mit zwei Tischen und einem großen offenen Kamin, war üppig mit Grün geschmückt.

Britt ging zur Rezeption zurück, wo Romano zwei Schlüssel an langen Metallschäften mit Gummikugeln am Ende hoch hielt.

»Ich habe diese hier bei der Theke hängen sehen.« Romano reichte Britt einen Schlüssel. »Es sieht so aus, als hätten sie hier zehn Zimmer, und alle anderen Schlüssel hängen noch da. Entweder sind wir die einzigen Gäste, oder die anderen haben alle Leones Rat befolgt.«

»Wir werden zumindest keine Schwierigkeiten haben, einen Tisch fürs Abendessen zu reservieren.« Britt deutete in Richtung Speiseraum. »Alle Tische sind gedeckt, aber es ist keine Menschenseele da.«

»Möchten Sie zu Abend essen?« Ein Mann erschien in der Tür neben der Rezeption und kam, eine filterlose Zigarette paffend, auf sie zu. Wie eine Dampflok zog er eine Rauchwolke hinter sich her.

Romano wandte sich an Britt. »Möchten Sie jetzt gleich essen oder lieber später?«

Britt hängte ihren Schlüssel wieder an den Haken. »Ich bin fix und fertig und würde heute Abend gern früh zu Bett gehen. Wir könnten doch den leeren Speiseraum nutzen und uns über unsere großen Entdeckungen in Rennes-le-Château unterhalten.«

Auch Romano hängte seinen Schlüssel wieder auf und wandte sich an den Mann. »Wir würden gern gleich essen, danke.«

Genau in diesem Moment bemerkte Britt ein Foto an der Wand hinter dem Rezeptionstisch. Es sah aus, als könnte dies das Gasthaus vor dem letzten Umbau gewesen sein. Auf dem Foto stand eine große Marienstatue neben der Eingangstür.

Der Mann trat hinter die Theke und drückte seine Zigarette in einem Aschenbecher aus. »Ich bin Remy. Bitte folgen Sie mir.«

»Entschuldigen Sie.« Britt deutete auf das Foto. »Was war das Haus, bevor es zu einer Hôtellerie umgebaut wurde?«

Remy schien über diese Frage verblüfft zu sein, dann kniff er verwirrt oder herausfordernd die Augen zusammen, Britt konnte nicht mit Sicherheit sagen, was es nun war. Als er schließlich den Mund aufmachte, bemerkte Britt, dass er schief stehende gelbe Zähne hatte.

»Tut mir leid, mein Englisch ist nicht gut«, sagte er mit starkem französischem Akzent.

Britt beugte sich über die Theke und deutete auf das Foto. »Was ist das auf diesem Bild?«

»Ach«, sagte Remy. »Hôtellerie. Hôtellerie du Cheval.«

Britt machte eine Handbewegung, um anzudeuten, dass sie sich auf die Vergangenheit bezog. »Vor langer Zeit. Bevor es eine Hôtellerie wurde.«

»Es war Villa. Privatvilla.«

»War es Villa Santa Maria?«

Remy schien verärgert zu sein. »Nein, nein, kein Haus von einem Heiligen.« Er setzte sich in Richtung Speiseraum in Bewegung. »Bitte. Folgen Sie mir.«

Als sie Platz genommen hatten, beugte sich Britt zu Romano vor. »Kaufen Sie ihm sein schlechtes Englisch und die Erklärung des Fotos ab?«

»Um ehrlich zu sein«, sagte Romano und schüttelte den Kopf, »die Franzosen habe ich noch nie verstanden. Sie leben in ihrer eigenen Welt, und die stimmt nicht wirklich mit unserer überein.«

»Ich hatte den Eindruck, er verberge etwas, als ich ihn nach der Villa Santa Maria gefragt habe.«

»Ich glaube, Sie lesen da etwas in seine Reaktion hinein. Leones Familie lebt seit Generationen hier, und er wusste nichts von einer Villa Santa Maria. Ich bin mir sicher, Sie können irgendwo alte Besitzurkunden einsehen und nachschauen, ob es je ein Haus mit diesem Namen gegeben hat.«

Remy kehrte mit Stift und Block zurück und reichte Britt und

Romano Speisekarten, die von Hand in Französisch geschrieben waren. Britt hatte Mühe, die elegante Schrift zu entziffern, und schaute schließlich zu Romano. »Mein Französisch ist schon nicht gut, aber diese Schrift macht es äußerst schwierig. Da gibt es ein paar Gerichte mit Rinderfilet oder Hühnchen. Falls Sie Hühnchen mögen … ich überlege mir, das *Poulet au Porto* zu nehmen, das ist ein Brathühnchen in Portwein, Sahne und Pilzen, dazu werden Risotto und Spargelspitzen serviert.«

Romano lachte. »Da mein Französisch nicht über *boeuf* und *poulet* hinausreicht, schließe ich mich Ihrer Wahl an.«

Remy nahm ihre Bestellung auf und kehrte nach wenigen Augenblicken mit einer Flasche Montrachet Weißburgunder zurück. Er hielt sie Romano hin, der zustimmend nickte, dann entkorkte er ihn und schenkte ein.

Als er verschwunden war, nahm Romano einen kleinen Schluck und lächelte. »Sehr gut.« Er hob sein Glas. »Auf uns beide, auf dass wir die Wahrheit herausfinden und wohlbehalten nach New York zurückkehren mögen.«

Britt stieß mit ihm an. »Darauf trinke ich. Und darauf, dass unsere Wahrheiten am Ende ein und dieselben sind.«

Romano lächelte, und sie tranken einen Schluck. Das war genau das, was Britt brauchte, um die verrückten letzten Tage zu verarbeiten. Der trockene Weißwein erfüllte ihren Gaumen mit seinem verführerischen Bouquet. Sie nahm einen zweiten Schluck und spürte sofort ein Prickeln, als sie tief einatmete. Dann blickte sie Romano an, der sie eindringlich ansah. »Seien Sie ehrlich«, sagte sie. »Halten Sie mich für verrückt, weil ich einer Theorie nachjage?«

Romano musterte Britt besorgt. Seine Lippen deuteten ein Schmunzeln an. »Ich würde gewiss nicht so weit gehen und Sie als verrückt bezeichnen, aber ich würde sagen, dass Ihr Wunsch, die akzeptierte Doktrin in Misskredit zu bringen, Ihre Objektivität beeinträchtigt. Was genau erwarten Sie, hier zu finden?«

»Der einzige objektive Beweis, den ich habe, ist das geheime Jakobusevangelium. Was wäre, wenn das Evangelium das Dokument ist, das in Rennes-le-Château aufbewahrt und von Saunière benutzt wurde, um die Kirche und die europäische Aristokratie, die die Kirche stützte, zu erpressen?«

Romano legte die Hände zusammen und führte sie an den Mund. Schließlich sagte er: »Wir haben heute eine Menge seltsamer Theorien gelesen und eigenartige Dinge gesehen, aber Saunière ist vor beinahe neunzig Jahren gestorben, und niemandem ist es gelungen, herauszufinden, worin sein Geheimnis tatsächlich bestand. Das ist die einzige Schlussfolgerung, zu der ich heute gelangt bin.«

»Offensichtlich hat jemand das Evangelium entdeckt, sonst wäre ich nicht im Besitz des Fragments. Und mir wurde gesagt, dass ich hierher kommen soll, um den Rest in Empfang zu nehmen. Bedeutet das nicht –«

»Was?« Romano starrte sie entgeistert an. »Wer hat Ihnen gesagt, dass Sie hierher kommen sollen?«

»Hören Sie mich an, bevor Sie ausflippen. Ich glaube, er muss ein Priester oder vielleicht sogar ein Mitglied von *Rex Deus* sein. Er hat das geheime Evangelium entdeckt und will einen schrecklichen religiösen Irrtum korrigieren. Falls die Wahrheit herauskommt, wird das Christentum das Augenmerk vielleicht vom blinden Glauben an die bedingungslose Erlösung auf die Beachtung der Lehren Jesu und die Aufforderung, Gutes zu tun, lenken.«

Romano fiel die Kinnlade herunter. »Jetzt glaube ich doch, dass Sie verrückt sein könnten. Wer ist dieser Mensch?«

»Ich weiß es wirklich nicht. Ich habe ihn nie kennengelernt.«

»Um Himmels willen, er könnte derjenige sein, der die Priester ermordet hat. Ist es dieser *Bote*? Warum in aller Welt haben Sie der Polizei nichts von ihm gesagt?«

»Ich weiß, dass er niemanden umbringt. Er hat mir das Manuskriptfragment zukommen lassen, und es hat sich herausgestellt, dass es echt ist. Er hat mich zu Pater Matteo und Pater Mathews geschickt. Die beiden wussten etwas über *Rex Deus* oder irgendein religiöses Geheimnis, das ihnen zum Verhängnis wurde. Sie waren schließlich nicht dabei. Ich habe ihre Antworten gehört. Er hat mich gewarnt, dass irgendjemand versuchen könnte, mich aufzuhalten. Als er mich anrief, um sich zu vergewissern, dass ich in dieses Gasthaus komme, hat er mich gewarnt, dass der Mann, der mich in New York erschießen wollte, es höchstwahrscheinlich noch einmal versuchen würde. Außerdem hat er mir gesagt, dass Sie nichts mit dem Anschlag auf mich zu tun haben. Genau so war es. Wieso sollte ich ihm nicht glauben?«

»Weil Sie keine Ahnung haben, um wen es sich handelt. Sie haben keinen Beweis, dass er nicht hinter der ganzen Sache steckt.«

»Ich bitte Sie nur, bis morgen Abend Geduld mit mir zu haben. Sie können jetzt sofort gehen und nach Carcassonne zurückfahren. Ich bin mir sicher, Leone würde Sie gerne dorthin bringen. Bis morgen Abend habe ich entweder meinen Beweis oder nicht – oder ich bin tot.«

»Sagen Sie doch so etwas nicht! Die Sache ist zu ernst. Menschen sind zu Tode gekommen, und auf Sie ist geschossen worden, zweimal.«

»Dann fahren Sie doch nach Carcassonne zurück.«

Romano verdrehte die Augen. »Ich lasse Sie hier nicht allein.«

Remy kam mit ihren Gerichten. Bevor er wieder ging, füllte er ihnen die Gläser auf.

Britt hob ihr Glas und hielt es Romano hin. »Dann also auf

ein großartiges Essen und darauf, dass Sie meine Besessenheit ertragen.«

»Darauf trinke ich.« Romano stieß mit ihr an. »Aber ich gebe den Versuch nicht auf, Ihre Sichtweise zu korrigieren.«

Sie saßen allein im Speiseraum, und die einzigen vernehmbaren Geräusche waren hin und wieder die klagenden Schreie eines Vogels oder das Wiehern eines Pferdes in der Ferne. Das Essen war einfach köstlich. Britt entdeckte einen Hauch Cognac in dem in Portwein gebratenen Hühnchen, der Risotto war nicht zu trocken, nicht zu feucht, und die Spargelspitzen waren *à point* gekocht. Sie fragte sich, ob Remy wohl in einer Person Wirt, Kellner und Chefkoch dieses intimen kleinen Gasthauses war.

Romano verschlang sein Essen gierig. Als er die letzte Gabel Risotto hinuntergeschluckt und den Rest Wein in ihre Gläser eingeschenkt hatte, warf er ihr einen schuldbewussten Blick zu. Bevor sie etwas sagen konnte, erschien Remy mit einer neuen Flasche, entkorkte sie und füllte ihnen die Gläser auf.

»Kaffee? Espresso?«, fragte Remy.

»Könnten wir bitte die Rechnung haben?«, bat Britt und stellte fest, dass ihr Romano einen seltsamen Blick zuwarf.

Remys Lächeln war schon beinahe ein Grinsen. »Ihr Aufenthalt ist gratis. Alles inklusive.« Er blickte zu Romano hinüber. »Auch für den Pater. Es ist uns ein Vergnügen.«

»Und wem haben wir für all das zu danken?«, wollte Britt wissen.

Die Frage schien Remy aus dem Konzept zu bringen. »Da müssen Sie die Besitzer fragen. Die haben mir die Anweisung gegeben.« Er nahm die leere Weinflasche und verschwand schnell um die Ecke des Eingangs zum Speiseraum.

Britt sah Romano beunruhigt an. »Ich wollte Sie gerade bitten, mir näher zu erläutern, wie Sie meine Sichtweise korrigieren wollen, aber ich habe das eigenartige Gefühl, dass wir hier nicht wirklich allein sind.«

Romano schaute sich ein paar Mal im Speiseraum um. »Wissen Sie was, es ist komisch, aber ich fürchte, ich muss Ihnen in diesem Punkt zustimmen.«

Britt sah durch das Fenster den Glanz der am Horizont untergehenden Sonne. Pink- und lavendelfarbene Streifen hoben sich vor dem düsteren Hintergrund der dunkler werdenden Blautöne ab.

»Kommen Sie, wir leeren diese Flasche draußen auf dem Balkon«, sagte Britt. »Ich erzähle Ihnen von den Schritten, die mich zu meiner aktuellen *Sichtweise* geführt haben, wie Sie es so passend ausdrücken. Ich bin mir sicher, Sie halten mich für besessen und, wie Sie sagten, für verrückt. Vielleicht verstehen Sie besser, warum mir eine mögliche direkte Nachkommenschaft Christi so wichtig ist, wenn ich Ihnen einmal genau erkläre, wie ich dahin gekommen bin.«

Romano nahm ihre Weingläser in eine Hand und griff mit der anderen nach der Flasche. »Gehen Sie voraus.«

Britt schnappte die Schlüssel vom Brett bei der Rezeption und stieg die Treppe hinauf, die zu ihren Zimmern führte. Der Alkohol und die Anstrengung der letzten beiden höllischen Tage hatten sie offenbar zugänglicher gemacht. Vielleicht würde sie Romano nach ein paar weiteren Gläsern Wein ja endlich die Wahrheit über den *Boten* sagen.

·81. KAPITEL·

GABRIEL BLICKTE VOM VIDEOMONITOR AUF, als Britt und Romano den Speiseraum verließen. Er war versucht gewesen, zur Hôtellerie zu schleichen und sich Britt in natura anzuschauen. Das Videobild brachte sie einfach nicht richtig zur Geltung. Er konnte weder das Strahlen ihrer Augen sehen noch ihre gesund geröteten Wangen. Er konnte die emotionale Verbundenheit nicht spüren, von der er wusste, dass sie da war. Er hatte sie bei den Anrufen wahrgenommen. Sie hatte einen fast religiösen Eifer ausgestrahlt, vor allem, nachdem sie die Wahrheit über die spezielle Verbindung zwischen ihnen beiden erfahren hatte.

Remy erschien auf dem Monitor und fing an, den Tisch abzuräumen. Gabriel schaltete die Videoüberwachungsanlage aus. Eigentlich hätte er heute Abend mit Britt zusammen sein und das Essen und den Wein genießen sollen, während sie beide in Erinnerungen an ihr jeweiliges Leben und ihre Gefühle füreinander schwelgten. Er war hin und her gerissen, was er nun tun sollte, aber es blieb ihm keine andere Wahl. Kein Kompromiss.

Beim Gedanken an morgen, brannte es ihm ganz heiß im Kopf. Dieser Tag würde das Ende seines Auftrags und der Beginn von etwas Wunderbarem sein, das er noch nicht einmal ansatzweise erfassen konnte.

•82. KAPITEL•

DIE LETZTE DER LIMOUSINEN FUHR vor Christien Fortiers Schloss etwas außerhalb von Carcassonne vor. Die ehemalige Villa Santa Maria war in eine herrliche Sommerresidenz für den Vorsitzenden des Rats der Fünf umgebaut worden, nachdem die Gebeine von Maria Magdalena zur Hôtellerie du Cheval verlegt worden waren, um den Heiligen Gral zu komplettieren. Fortier und der Rest des Rates drehten sich um, als die massiven Eichentüren aufgingen und Egor Ivanov die Haupthalle betrat.

»Wir haben uns Sorgen gemacht, Egor. Wodurch sind Sie aufgehalten worden?«, fragte Fortier.

Ivanov nahm auf seinem Stuhl Platz. »Tut mir leid, meine Herren, mein Flugzeug hatte technische Schwierigkeiten. In Anbetracht der jüngsten Ereignisse wollte ich kein Risiko eingehen. Ich habe die Maschine von einem zweiten Mechanikerteam durchchecken lassen.« Er lächelte die übrigen Ratsmitglieder an. »Ich bin wohlbehalten angekommen. Das ist das Wichtigste, nicht wahr?«

»Absolut«, sagte Fortier. »Dann wollen wir anfangen.«

»Wie steht es mit Gabriel und Michael?«, fragte Walker.

Fortier wandte sich dem Engländer zu. »Ich stehe in Kontakt mit Gabriel. Er ist im Komplex bei der Hôtellerie sicher. Michael hat Wien verlassen.« Fortier kratzte sich am Kinn, dann fuhr er fort: »Von Philippe habe ich noch nichts gehört, und bislang sind weder er noch Michael in Monte Carlo eingetroffen.«

»Dann wissen wir also nicht einmal, ob sich Philippe um Konrad und Brittany Hamar gekümmert hat.« Ivanov schlug mit der Hand auf den Tisch. »Das gefällt mir aber gar nicht. Sein Vater hätte die Sache inzwischen längst unter Kontrolle. Haben Sie Carlos kontaktiert?«

Fortier spürte einen Druck in der Brust. Er hatte befürchtet, dass jemand darauf zu sprechen käme. »Carlos ist seit einigen Jahren aus dem Spiel. Er hat sich im Süden Thailands zur Ruhe gesetzt. Er hat absolut klargemacht, dass Philippe in der Lage ist, mit jedem Problem fertig zu werden. Und bis jetzt hat er uns nicht enttäuscht.«

»Hier geht es aber nicht um irgendeine Routineoperation. Drei Mitglieder unseres Inneren Zirkels sind tot, und wir wissen nicht definitiv, ob ein Vierter in Sicherheit ist.«

»Egor hat recht«, sagte Rahn. »Wir wissen nicht einmal mit Bestimmtheit, wer hinter den Morden steckt. In den 1960er Jahren hat Carlos die Lecks schnell abdichten können, die zum *Le Serpent Rouge*-Fiasko geführt haben. Er hat die Bedrohung sofort eliminiert, und es gab keine Nachwirkungen.«

Fortier musste das entkräften, bevor es noch weiter führte. »Philippe ist überzeugt, dass Brittany Hamar und Konrad hinter diesen Morden stecken, und ich schließe mich seiner Meinung an. Es könnte auch ein Dritter mit im Spiel sein. Möglicherweise jemand von der Saunière-Gesellschaft. Ich habe eine Liste der Hauptakteure und werde Philippe auf ihre Fährte setzen, sobald Michael wohlbehalten in Monte Carlo angekommen ist. Ich habe Anweisungen gegeben, dass jemand die Wiener Medien nach Berichten durchsucht. Morgen werden wir mit Sicherheit wissen, was passiert ist, und entsprechend reagieren.«

»Können wir es uns leisten, bis morgen zu warten?« Henderson ließ den Blick über die anderen Ratsmitglieder schweifen. Der kleine Schotte fingerte nervös an der Ecke seines Notizblocks herum. »Falls derjenige, der hinter alledem steckt, die Identität des Inneren Zirkels aufgedeckt hat, dann weiß er inzwischen, wer wir sind.«

Fortier sah die Besorgnis auf den Gesichtern der anderen Ratsmitglieder. Auch er hatte dieses beängstigende Szenario in Erwägung gezogen. »Deshalb sind wir einzeln hierher geflogen, und diese Villa ist mit besonderen Sicherheitsvorrichtungen ausgestattet. Morgen Früh werden uns drei Limousinen zur Heiligen Stätte bringen. Das ist unser am besten geschützter Ort. Dort werden wir in Sicherheit sein, bis wir wissen, was sich in Wien ereignet hat und ob Michael wohlbehalten in Monte Carlo eingetroffen ist.«

»Ich hoffe, Sie haben recht«, sagte Rahn. Der Deutsche starrte Fortier mit kühlem Blick an. »Ich kann noch immer keine Rechtfertigung für die Morde finden. Falls Mrs. Hamar und Konrad die Wahrheit über unseren Heiligen Orden herausgefunden haben, warum gehen sie damit nicht einfach an die Öffentlichkeit? Mrs. Hamar hat bereits in den Medien Andeutungen über ihr lächerliches Buch ›Der Jesus-Schwindel‹ gemacht. Warum sollte jemand den Inneren Zirkel umbringen?«

»Das könnte auf Konrads Kappe gehen oder auf die eines Dritten«, stellte Fortier fest. »Ich glaube, sie haben die Frau als Köder benutzt, um ihre eigentlichen Pläne zu verschleiern. Vielleicht dachten sie, dass sie durch die Ausschaltung des Inneren Zirkels jede Bedrohung für die Kirche beseitigen könnten.«

»Dennoch gibt es den Gral und das Jakobusevangelium«, warf Walker ein. »Diese Beweisstücke stellen die wahre Bedrohung dar.«

»Wir sind doch übereingekommen, dass wir die Maßnahme mit den konservierten Embryonen fortführen, weil sie die sicherste Möglichkeit ist, den Heiligen Orden zu bewahren.« Rahn rang die Hände. »Sie erinnern sich, dass ich nicht gerade davon begeistert war, dass die lebenden Nachkommen ausgelöscht werden sollen.« Das rechte Auge des Deutschen fing an zu zucken. »Unsere Aufgabe ist es, die Nachkommenschaft bis zur Wiederkunft des Herrn am Leben zu erhalten. Ich interpretiere das so, dass damit ein lebender, atmender Mensch gemeint ist, nicht irgendwelche tiefgefrorenen Embryonen.«

»Falls jemand den Inneren Zirkel im Visier hat, sollten wir wirklich froh sein, dass wir auf das Embryonenprojekt setzen können«, entgegnete Walker.

»Meine Herren, meine Herren!«, rief Henderson. »Wir wissen doch noch gar nicht, wie die drei ums Leben gekommen sind. Wir können nicht ausschließen, dass dies der Beginn der Wiederkunft Christi ist und dass Gott uns den einen wahren Herrn schickt, der die Welt in ein neues Gottesreich führen wird.«

Die Ratsmitglieder starrten den Schotten an.

Eine Glocke erklang, und Fortier spürte einen Schauder der Erleichterung. »Blair hat absolut recht. Wir können gar nichts ausschließen, bis wir die Todesursachen kennen und von Philippe hören.« Fortier erhob sich. »Das Abendessen wird im Hauptspeisezimmer serviert. Das ist jetzt für uns alle eine schwierige Zeit, aber wir können keine fundierten Entscheidungen treffen, bis uns die Fakten vorliegen. Morgen ist unser höchster Feiertag. Ich bin mir sicher, Gott wird uns leiten und uns die richtigen Entscheidungen fällen lassen.«

Als Fortier in Richtung Tür ging, erhoben sich auch die anderen Ratsmitglieder und folgten ihm. Er konnte die Befürchtung nicht beiseite schieben, dass seine Entscheidung, das Jakobusevangelium einzusetzen, um die mündliche Überlieferung ihrer heiligen Pflicht zu untermauern, ein Fehler gewesen war. Zum Glück war Carlos Armand der Einzige, der die Wahrheit kannte – und seine Leiche würde man nie entdecken.

83. KAPITEL

Romano stellte die Weinflasche und die Gläser auf den kleinen Tisch neben der Alabasterbalustrade. Die Aussicht vom Balkon war atemberaubend. Sie befanden sich oberhalb der Baumwipfel und hatten, so weit das Auge reichte, einen unverstellten Blick auf die Berggipfel. Die nächste Anhöhe, auf der sich Rennes-le-Château erhob, lag bereits tief im Schatten. Jeder der weiter zurückliegenden Bergkämme verschwamm immer stärker im Dunst, und die untergehende Sonne überzog den Himmel mit feinen Farbschattierungen.

Britt schob die beiden Stühle näher zusammen und setzte sich. Romano füllte ihre Gläser auf und gesellte sich zu ihr. Sie lehnten sich zurück und nippten an ihrem Wein. Es war das erste Mal, dass Romano Britt entspannt sah. In dem rasch schwindenden Zwielicht strahlte sie eine innere Schönheit aus, die von einer von ihm bis dahin nie bemerkten Sanftheit in ihrem Blick betont wurde. Es war, als sei der Schleier aus Kummer und Misstrauen verflogen.

Britt wandte sich an Romano. »Was hat einen gut aussehenden Mann wie Sie eigentlich veranlasst, Priester zu werden?«

Die Frage verblüffte Romano. Er wollte sie gerade mit der Standardantwort, dass er einem inneren Ruf gefolgt sei, abspeisen, aber er beschloss, ihr seine wahren Gefühle zu offenbaren. Vielleicht würde sie dann die Frage, warum sie nach Rennes-le-Château gekommen war, freimütiger beantworten.

»Ich muss leider gestehen, dass meine Gründe, das Priesteramt anzutreten, gelinde ausgedrückt, zwiespältig waren. Man könnte sagen, dass ich Priester geworden bin, um meiner Mutter eins auszuwischen.«

Romano sah, dass Britt ihn fasziniert musterte. »Mein Vater ist gestorben, als ich zwölf war, und er hat meiner Mutter und mir ein stattliches Vermögen hinterlassen«, fuhr er fort. »Wir hatten, so lange ich denken kann, ein Ehepaar angestellt, sie war Hausmädchen, er Gärtner. In meinem ersten Jahr am College habe ich mich in deren Tochter Marta verliebt. Wir haben unsere Beziehung geheim gehalten, weil wir beide wussten, dass meine Mutter damit höchstwahrscheinlich nicht einverstanden sein würde. Während der Osterferien ist meine Mutter dahinter gekommen. Nach einem ersten Ausbruch, bei dem sie mir erklärte, dass ich eine Bessere finden könne und dass Marta unter meinem Stand sei, ließ sie das Thema fallen. Kaum eine Woche später waren Marta und ihre Familie verschwunden. Meine Mutter sagte, sie hätten beschlossen, an die Westküste zu ziehen, und sie kenne die neue Adresse nicht. Da bin ich richtig ausgeflippt. Ich habe versucht, sie aufzuspüren, aber ohne Erfolg. Sie haben keine Spur hinterlassen. Ich war mir sicher, dass meine Mutter der Familie Geld gegeben hatte, damit sie verschwand. Das habe ich ihr nie verziehen. Ich habe mich an Pater Mathews gewandt und die Sommerferien mit ihm zusammen in einem Jesuitenkolleg verbracht. Und da habe ich beschlossen, Priester zu werden. In meinem Innersten wusste ich, dass diese Entscheidung zum Teil darauf zurückzuführen war, dass ich meine Mutter dafür bestrafen wollte, dass ich mir eine unserem gesellschaftlichen Stand entsprechende Frau suchen und eine richtige Familie gründen solle. Nun, dazu wird es jetzt nicht mehr kommen.«

Als die Sonne hinter dem letzten der fernen Bergkämme verschwand und ihr Tisch in dunklem Schatten lag, leuchteten hinter ihnen zwei Kugellampen auf.

»Bedauern Sie es, Priester geworden zu sein?« Britts Stimme klang ein wenig zögerlich.

Romano lehnte sich zurück und fuhr sich mit den Fingern durchs Haar. »Ach, es gibt Zeiten, da frage ich mich, ob ich einen schrecklichen Fehler begangen habe. Ich denke noch immer an das wunderbare Gefühl, wenn ich Marta im Arm hatte. Das war eine Wärme, die ich nie mehr wieder spüren werde. Von Zeit zu Zeit versuche ich noch immer, Marta und ihre Eltern ausfindig zu machen, aber das ist mir nie auch nur im Ansatz gelungen. Ich glaube, sie sind ausgewandert. Aber ich habe festgestellt, dass mich das Unterrichten mit großer Zufriedenheit erfüllt. Meine Studenten sind für mich zu einer riesengroßen Familie geworden. Ich könnte wahrscheinlich behaupten, dass ich Gott und meine Studenten gefunden habe.«

Eine schwache Brise wehte über den Balkon. Britt sah auf einmal traurig aus. »Ich konnte zumindest die Liebe meines Mannes und meines Sohnes erleben, auch wenn sie nur von kurzer Dauer war.«

Romano trank seinen Wein aus, schenkte sich noch ein wenig nach und füllte Britts Glas auf. »Was glauben Sie, wird morgen passieren? Oder vielleicht sollte ich lieber fragen, was wollen Sie, dass morgen passiert?«

Britt sagte entschlossen: »Ich will einen Abschluss. Zufriedenstellende Beweise, sodass ich mein Buch aus einer Perspektive zu Ende schreiben kann, mit der ich leben kann. Offen gesagt, es ist mir egal, ob sie eine Nachkommenschaft Jesu belegen oder genügend Zweifel aufwerfen, um die Nachkommenschaftstheorie zum Mythos zu erklären.«

»Ich bin froh, dass Sie den Glauben zur Sprache bringen«, sagte Romano. »Ich glaube an das Dogma, das Sie allem Anschein nach in Zweifel ziehen. Aber ich gebe zu, dass mein Glaube sich auf die Weisheit vieler Menschen gründet, die vor mir gelebt haben.« Romano nahm noch einen Schluck Wein. »Das Alte Testament war ein Produkt des über tausend Jahre oder länger verbreiteten Glaubens und der Kultur der Israeliten. Das Neue Testament entstand auf ähnliche Weise im ersten Jahrhundert nach dem Tod Christi und darüber hinaus. Die meisten Bücher des Alten und Neuen Testaments wurden vor ihrer Niederschrift mündlich überliefert, und viele Menschen haben dazu beigetragen: Geschichtenerzähler, Autoren, Schreiber, Zuhörer und Leser, sie alle wurden durch den Glauben zusammengebracht.«

Britt schüttelte den Kopf und lächelte. »Wir beide wissen, dass Glaube absolutes Vertrauen ohne jeden stichhaltigen Beweis bedeutet.«

»Das hängt davon ab, was man unter stichhaltigen Beweisen versteht. Im ersten Jahrhundert nach der Kreuzigung Christi haben die, die ihm am nächsten standen, die Geschichten weitergegeben, aus denen dann das Neue Testament hervorging. Sie haben sie nie widerrufen, auch nicht, als ihnen ein entsetzliches Ende drohte.«

Romano schaute zu Britt hinüber und zog die Nase kraus. »Ich würde sagen, dass dies für eine große Glaubwürdigkeit spricht.«

»Mittlerweile wissen Sie doch, dass ich die meisten Werte des Christentums nicht ablehne.« Britt trank noch einen Schluck. »Ich habe lediglich mit der Vorstellung der völligen Vergebung für die Gläubigen und den Versprechungen des Gebets so meine Probleme. Selbstverständlich stellt sich mir, nachdem ich das Fragment des Evangeliums erhalten habe, eine neue Frage – ist das körperliche Wesen Jesus gestorben und von den Toten auferstanden?«

»Ich glaube, dass das geheime Jakobusevangelium, als was es sich auch immer entpuppen wird, am Ende doch auf bestimmte Elemente des Glaubens hinausläuft.«

»Hängt das nicht davon ab, was drin steht?«, fragte Britt.

»Heutzutage neigen wir leider dazu, alles zu glauben, was wir lesen. Die angekündigten Katastrophen bei der Jahrtausendwende, die globale Abkühlung, dann die globale Erwärmung, Massenvernichtungswaffen. Mark Twain hat es so ausgedrückt: ›Ich habe in meinem Leben viele Katastrophen gesehen, und die meisten davon sind gar nicht eingetreten.‹ Was immer Sie schreiben, irgendwelche Leute werden es Ihnen abkaufen, andere nicht.«

»Ich will lediglich die Wahrheit darstellen.«

»Weil wir Sterbliche sind, können wir nicht einmal ansatzweise begreifen, was Gott tatsächlich bedeutet. Was immer Sie herausfinden, es kann nur im Zusammenhang mit dem, was die Menschen heute begreifen können, dargestellt werden. Was passiert, wenn unser Intellekt nicht darüber hinausreicht? Wir stoßen an die Grenze unseres Fassungsvermögens. Und genau dann kommt der Glaube ins Spiel und übernimmt die entscheidende Rolle. Unter dem Strich stellt sich heraus, dass es etwas Größeres und Großartigeres gibt als wir. Und das ist Gott.«

Britt sah Romano eindringlich an. »Ich habe fast mein ganzes Leben lang an Gott und die Interpretation Jesu durch meine Religion geglaubt. Aber als mein Glaube auf die Probe gestellt wurde, hat er mich im Stich gelassen.«

Romano bemerkte in Britts Blick wieder den Ausdruck von Schmerz und Bedauern. »Es tut mir leid, dass Sie diesen Kummer ertragen mussten. Das Leben ist auch zu den besten Menschen nicht immer gerecht. Aber Sie scheinen in Ihren Phantom-Anrufer Glauben zu setzen. Welchen stichhaltigen Beweis haben Sie denn, dass er es gut meint?«

Britt zögerte und schien zu überlegen, was sie Romano anvertrauen wollte. Schließlich spitzte sie die Lippen. »Ich gebe zu, dass ich nach dem Tod meines Sohnes und meines Mannes von dem

Wunsch besessen war, die Kirche in Misskredit zu bringen. Ich habe mich mit jeder Verschwörungstheorie befasst, die ich finden konnte. Ich weiß, dass Sie mich für verrückt halten, aber Sie sollen wissen, wie ich zu meinen Schlussfolgerungen gelangt und hier gelandet bin.«

»Bitte, Britt, ich möchte Sie nicht kritisieren. Ehrlich, ich weiß nicht, wie ich in Ihrer Situation reagiert hätte. Aber ich fürchte, Ihr Eifer hat Ihren Blick etwas getrübt. Menschen sind ums Leben gekommen, und jemand hat versucht, auch Sie umzubringen. Da steckt weit mehr dahinter, als Sie und ich ahnen.«

Britt stand auf, lehnte sich an die Balustrade und betrachtete das leuchtend orangefarbene Glühen am Horizont. Sie drehte sich zu Romano um. »Je mehr ich mich in die Nachforschungen über die Tempelritter vertieft habe, desto klarer wurde mir, dass es direkte Zusammenhänge geben muss zwischen dem Tempel des Salomon, den Ausgrabungen durch die Tempelritter, der Tatsache, dass die Tempelritter so schnell zu Reichtum und Macht gelangten, und schließlich der Belagerung von Montségur, nicht weit westlich von hier. Viele Forscher sind der Meinung, dass die Tempelritter unter dem Tempel große Schätze und den Heiligen Gral entdeckt haben. Ich glaube, der Heilige Gral ist schließlich in die Hände der Katharer gefallen, die angeblich im Besitz von Geheimnissen waren, welche eine Bedrohung für die römische Kirche darstellten. Als die Katharer in Montségur dem päpstlichen Kreuzzug Widerstand leisteten, baten sie um eine Nacht Aufschub, bevor sie sich ergaben und schließlich hingemetzelt wurden. Die Kreuzzügler dachten, sie würden ein letztes Ritual abhalten, in Wahrheit sind in dieser Nacht vier Männer mit dem Geheimnis der Katharer und dem Gral über die steilen Felsen entkommen. Sie könnten es bis in die Gegend von Rennes-le-Château geschafft haben, wo sie das versteckten, was sie aus Montségur herausgeschmuggelt hatten. Es könnte das von Poussin dargestellte Grab gewesen sein, das dann von Abbé Bérenger Saunière entdeckt wurde.«

Britt setzte sich wieder hin und nippte an ihrem Wein. »Selbst Ihre Assistenten sind auf das Anagramm gestoßen: ›Hinweg! Ich verberge die Geheimnisse Gottes.‹ Was immer der Heilige Gral ist, er muss die Antwort auf die Frage nach der Wahrheit über Jesus Christus enthalten. Ich glaube, *Der Bote* hat mit *Rex Deus* zu tun, da er Zugang zum geheimen Jakobusevangelium hatte und versprochen hat, mir Zugang zum Heiligen Gral selbst zu verschaffen.«

Romano beugte sich zu Britt vor. »Und deshalb schenken Sie ihm Glauben?«

»Nein, ich habe weit persönlichere Gründe. *Der Bote* ist mein Bruder.«

***

Romano schnappte nach Luft. Das war eine Wendung, mit der er nun wahrlich nicht gerechnet hatte. »Aber ... Sie wurden doch adoptiert. Sie wissen nicht einmal, wer Ihre leiblichen Eltern sind. Was für ein Bruder?«

»Mein Zwillingsbruder. Wir sind nach der Geburt getrennt worden.«

»Wer ist er?«

»Ich weiß es nicht. Wir haben uns nie gesehen. Ich weiß nicht, wie er heißt. Ich wusste nicht einmal, dass ich einen Bruder habe, bis *Der Bote* mir das Manuskriptsegment und eine Phiole mit Haaren für einen DNA-Test geschickt hat.«

Romano bemerkte, dass ihm der Mund offen stand. »Und Sie konnten nachweisen, dass er tatsächlich Ihr Bruder ist?«

»Wir sind zweieiige Zwillinge. Ich habe die Haare testen und mit meiner DNA abgleichen lassen. Deshalb bin ich ja so sicher, dass er mit *Rex Deus* zu tun hat. Er hat das defekte Gen der *Kohanim*. Das ist eine Mutation, die mit einer Fehlerwahrscheinlichkeit von weniger als einem tausendstel Prozent auftritt. Falls mein Bruder kein Mitglied von *Rex Deus* ist, dann ist er zumindest ein Nachkomme der Hohepriester vom Tempel von Jerusalem, da bin ich mir sicher.«

»Warum wollte er Ihnen nicht sagen, wer er ist? Was will er damit erreichen?«

»Er sagte, dass er versuche, einen schrecklichen Fehler zu korrigieren, und ich würde ihn zur Wahrheit führen. Er klang sehr ausweichend. Er sagte nur, dass ich hierher kommen solle, dann würde er mir das komplette Jakobusevangelium aushändigen und mir morgen vor Sonnenuntergang das Geheimnis des Heiligen Grals zeigen.«

»Aber woher wollen Sie wissen, dass er nichts mit den Morden an den Priestern zu tun hat? Sie haben keine Ahnung, wer Ihr Bruder ist oder was er in seinem Leben getan hat.«

Britt starrte über Romanos Schulter hinweg über die dunkler werdende Landschaft auf die letzten Reste der roten Glut am Himmel, als suche sie nach göttlicher Führung. »Ich weiß, dass Sie das für verrückt halten, aber wenn ich mit ihm rede, spüre ich eine Verbundenheit und habe das Gefühl, dass wir irgendwie auf der gleichen Wellenlänge liegen. Ich vertraue ihm. Vielleicht ist das die bekannte Verbindung zwischen Zwillingen.«

Britt stand auf, beugte sich vor und küsste Romano auf die Wange. »Danke, dass Sie bei mir geblieben sind. Treffen wir uns um acht zum Frühstück?« Auf dem Weg zur Zimmertür drehte sie sich noch einmal um und lächelte Romano zu. »Morgen wissen wir Bescheid, so oder so.«

·84. KAPITEL·

»AGENT CUTLER, JEMAND VON IHREM BÜRO.« Kurt Braun streckte die fleischige Hand über den Tisch und reichte Cutler das Telefon. Dann biss er wieder von einer der Semmeln mit Wiener Schnitzel ab, die sein Assistent gebracht hatte, um ihm und Cutler über die Runden zu helfen, bis sie für heute Abend mit dem Fall Philippe Armand Schluss machen konnten.

»Tom, dass Gott da die Hand im Spiel haben könnte, können wir vergessen«, sagte Donahue durchs Telefon. »Die Autopsien haben als Todesursache bei allen drei Priestern ein schnell wirkendes Toxin, gemischt mit Schlangengift, ergeben.«

»Verdammt.«

»Die Priester lagen kurze Zeit im Koma, bevor sie starben. Die Gerichtsmediziner behaupten, dass alle Stigmata nach Eintritt des Todes zugefügt wurden. Deshalb musste der Killer warten, bis das Herz zu schlagen aufhörte, bevor er ihnen die Handgelenke, Füße und die Seite durchstoßen hat. Die Wunden wurden ihnen mit einem nagelartigen Objekt aus Eisen zugefügt.«

»Wie ist das Gift verabreicht worden?«, wollte Cutler wissen.

»In den ersten beiden Fällen haben die Priester das Gift mit Wein beziehungsweise Scotch zu sich genommen. Der Priester in New Orleans ist mit einem Elektroschocker niedergestreckt worden, dann hat man ihm das Gift gespritzt. Unsere Profiler meinen, dass wir nach einem Ritual-Serienkiller suchen, der einen Rachefeldzug gegen die Kirche oder die Jesuiten führt.«

»Brian, ich fliege morgen in der Hoffnung nach Frankreich, um dort Brittany Hamar und Pater Romano ausfindig zu machen. Ein ehemaliger Pfarrer, den die beiden getroffen haben, ist kurz danach in Wien erschossen worden.«

»Können sie es gewesen sein?«

»Wir haben den Mörder. Kommissar Braun musste ihn leider kaltstellen. Als wir bei Mrs Hamars Hotel ankamen, hat er gerade seine Waffe auf sie und Romano gerichtet. Der Typ heißt Philippe Armand, ein Franzose. Ich war gerade im Begriff, dir die Details zu mailen. Er ist kurz bevor die Priester ermordet wurden nach New York geflogen. Im Fall Mathews könnte er unser Mann sein. Ich möchte noch prüfen, ob er zum Zeitpunkt, als Sinclair getötet wurde, nach New Orleans geflogen sein kann.«

»War dieser Armand Priester?«, wollte Donahue wissen.

»Nein. Wieso fragst du?«

»Bei den Autopsien wurde auf der Stirn und den Handflächen jedes Opfers Öl in Form eines Kreuzes nachgewiesen. Es ist das gleiche Öl, das von Katholiken bei der Erteilung der Sterbesakramente verwendet wird. Früher auch als Letzte Ölung bezeichnet. Das könnte darauf hinweisen, dass der Mörder ein Priester oder ehemaliger Priester sein könnte.«

»Ich werde es Interpol mitteilen«, sagte Cutler. »Über Armand haben wir noch nicht viel. Bisher konnten sie noch nicht herausfinden, ob er in Spanien war, als der erste Priester ermordet wurde. Falls ja, und falls wir ihn mit New Orleans in Verbindung bringen können, ist die Wahrscheinlichkeit groß, dass Philippe Armand der Killer war. Und wenn ich Brittany Hamar und Romano aufspüre, bekomme ich vielleicht ein paar Antworten.«

»Zumindest hat es keine weiteren Morde mehr gegeben.«

»In dieser Hinsicht sind wir noch nicht aus dem Schneider«, entgegnete Cutler. »Seit gestern wird hier in Wien ein Jesuit vermisst.«

·85. KAPITEL·

Kaum war Britt in ihrem Zimmer angekommen, da brach sie schon in Tränen aus. Sie setzte sich auf die Bettkante, den Kopf gesenkt, mit bebenden Schultern, geröteten Augen. Sie verstand nicht, was mit ihr geschah. Romano hatte recht. Menschen waren ermordet worden, jemand hatte versucht, sie und vielleicht auch ihn zu töten. Wo hatte sie ihn da nur hineingezogen?

Während ihres Hauptstudiums in Harvard hatte Britt Zugang zu Aktenschränken mit Evangelien und Apokryphen gehabt, die in den ersten Jahrhunderten nach Christus niedergeschrieben und 1945 unweit von *Nag Hammadi* entdeckt worden waren. Die Unmenge gnostischer Texte überließ so vieles der Phantasie des Lesers, weil ihr Hauptaugenmerk der Suche nach innerer Erkenntnis galt. Vieles, was dort zu lesen war, ließ auf andere Bedeutungsebenen schließen. Hatte Jesus einen Zwillingsbruder mit Namen Judas Thomas gehabt? Waren die jungfräuliche Geburt und die körperliche Auferstehung naive Missverständnisse? Alles war mit so vielen Hinweisen befrachtet, die mehrdeutig und äußerst symbolisch waren und höchst unterschiedliche Interpretationen zuließen. Nach jahrelangen Studien blieben ihr nur Verwirrung und Zweifel.

Als sie Tyler und Alain verlor, war es, als habe ein Gift von ihr Besitz ergriffen und sei in jeden Bereich ihres Daseins eingesickert. Sie hatte sich so allein gefühlt. Dann hatte sie von dem *Boten* das Fragment des geheimen Jakobusevangeliums und, verbunden mit der Behauptung, dass er ihr Zwillingsbruder sei, auch die Phiole erhalten. Als die Ergebnisse der DNA-Untersuchung und der Datierung durch die C-14-Methode vorlagen, war es, als sei ihr ein Schleier von den Augen gezogen worden und sie könne sehen, was die anderen nicht sehen konnten. Sie hatte sogar geträumt, dass Tylers Tod vielleicht ein Teil von Gottes Plan gewesen war, der sie dazu drängen wollte, die Wahrheit herauszufinden, die die Mächtigen der Kirche so lange geheim gehalten hatten.

Aber jetzt waren Priester umgebracht und ein Attentat auf sie verübt worden, und jemand hatte in Wien erneut versucht, sie zu erschießen. Trotz allem schien ihr Pater Joseph Romano zu vertrauen. Nun, zumindest hatte er sie nicht als Ketzerin abgestempelt. Sie wusste nicht genau, was sie von dem schlaksigen Jesuiten mit den dichten dunklen Haaren und dem struppigen Schnauzer halten sollte. Aber sie hatte panische Angst, sie könnte ihn in Gefahr gebracht haben. Was war, wenn ihr Bruder für die Ermordung der Priester verantwortlich war? Romano hatte recht, sie hatte keine Ahnung, wer ihr Bruder war oder wie er sein Leben bisher verbracht hatte.

Britt kroch zwischen die kühlen Laken und drückte sich die Fäuste gegen die Augen. Sie lag ruhig da und ließ die traurigen Träume kommen – wie immer.

·86. KAPITEL·

GEDÄMPFTES BLAUES LICHT TAUCHTE DAS ZIMMER in einen unheimlichen Schein. Romano hob den Kopf und schielte zum Wecker auf dem Nachttisch hinüber. Die blauen Ziffern leuchteten: Fünf Uhr fünfzehn. Es war schon das vierte Mal, dass er aufwachte. Vielleicht hatte er die ganze Nacht gar nicht wirklich geschlafen, sondern war nur immer wieder in einen Halbdämmer gefallen. Seine Gedanken schossen wieder von Britt zu einem mysteriösen Zwillingsbruder, von seltsamen Theorien über eine leibliche Nachkommenschaft Jesu zu Pater Ted und dem Mann mit der Narbe. Was hatte das alles zu bedeuten? Es ergab keinen Sinn. Er konnte die einzelnen Puzzleteile nicht zusammensetzen.

Romano knipste die Nachttischlampe an und setzte sich auf die Bettkante. Er schaltete den Blackberry ein, um Charlie und Carlota eine Nachricht zu schicken, stellte aber fest, dass er keinen Empfang hatte. Er stand auf, zog sich seine Sportschuhe und ein T-Shirt an und trat auf den Balkon hinaus. Alle Zimmer waren dunkel. Lediglich vier weiße Kugelleuchten, die neben jeder der zu den Zimmern führenden großen Verandatüren angebracht waren, spendeten ein wenig Licht, ebenso wie der sanfte graue Schein der einsetzenden Morgendämmerung. Die Bergluft war erfrischend kühl. In der Ferne, in Rennes-le-Château und im nahen Tal in Rennes-les-Bains, blitzten ein paar vereinzelte Lichter auf.

Romano beschloss, die paar Kilometer über die gewundene Bergstraße vom Gasthaus zu dem kleinen Kurort hinunterzujoggen. Er kehrte in sein Zimmer zurück, zog sich seine Laufschuhe an und steckte sich ein paar Euro und seinen Pass in die Gürteltasche. Im Gasthaus war es vollkommen still, und er sah keine Menschenseele, als er seinen Schlüssel an der Rezeption an den Haken hängte. Nur Britts Schlüssel fehlte, wie er bemerkte. Er fand es komisch, dass sie die einzigen Übernachtungsgäste waren. Und er überlegte, ob Britts rätselhafter Bruder womöglich der Besitzer dieses Gasthauses sein konnte.

In den Pferdestallungen und auf den Weiden war es unheimlich still, als Romano durch den leichten Morgennebel den Kiesweg hinunterlief. Ein schwarzer Van war am Ende der Auffahrt abgestellt. Romano spähte durch das Fenster, sah aber niemanden auf dem

Vordersitz. Ein steiler Pfad führte in den Wald zu einer Lichtung, wo ein Hochsitz aufragte.

Als Romano die schmale Bergstraße hinunterjoggte, überlegte er, welche Auswirkungen es haben könnte, falls sich Britts Theorie als glaubwürdig erweisen sollte. Eine Menge hing von der Authentizität und dem Inhalt des geheimen Jakobusevangeliums und von den Belegen ab, die *Der Bote* möglicherweise in seinem Besitz hatte und die das Ganze vom Verdacht befreien konnten, eine von den Verleumdern Jesu angezettelte Verschwörung zu sein.

Romano schwankte zwischen seinem Bedürfnis herauszufinden, wer Pater Ted umgebracht hatte und warum, und seiner Sorge, dass er unbewusst versucht sein könnte, die Kirche oder vielleicht auch Britt zu schützen. Er war über ihr blindes Vertrauen in einen Zwillingsbruder beunruhigt, den sie noch nie gesehen hatte – ja, von dem nicht einmal feststand, ob er überhaupt ihr Zwillingsbruder war.

Die Landschaft veränderte sich dramatisch, und der Nebel lichtete sich, während Romano in flottem Tempo die gewundene Straße nach Rennes-les-Bains hinunterlief. Die Hügel wurden üppiger und grüner, je näher er dem Kurort kam, der sich an einem Pyrenäenflüsschen erstreckte.

Nachdem Romano um eine scharfe Kurve gebogen war, blieb er abrupt stehen. Dort, am Fuß einer steilen Böschung aus dunklem Fels, war etwas, was wie der Eingang zu einer Höhle aussah. Wasser tropfte von dem überhängenden Felsen oberhalb der Öffnung und rieselte als schmales Rinnsal in das dichte Gras und das wuchernde Grün.

Romano blickte durch die Nebelschleier zu den Felsnasen von Rennes-le-Château hoch über ihm hinauf. Er fragte sich, wie viele solcher Höhlen es über die vielen Berge rund um die Domaine de l'Abbé Saunière wohl verstreut gab. Und welche Geheimnisse einst tief in den unterirdischen Gängen verborgen gewesen oder heute noch dort vergraben waren.

•87. KAPITEL•

IM KONTROLLRAUM SCHRILLTE DER ALARM. Gabriel richtete sich auf dem Feldbett auf, das er sich in dem kleinen Sicherheitszentrum tief in dem Gebäudekomplex aufgestellt hatte. Er ließ den Blick über die Wand mit den LCD-Bildschirmen schweifen und konzentrierte sich auf einen Monitor mit einem blinkenden roten Licht, der die Bilder der Überwachungskamera an der Eingangstür zur Hôtellerie wiedergab. Gabriel beobachtete, wie Romano aus dem Gebäude herauskam und davonjoggte. Wie praktisch, dass Romano einen frühen Lauf antrat. Es würde viel weniger Probleme bereiten, wenn er die beiden nacheinander zur Heiligen Stätte brachte.

Gabriel griff zum Telefon und wählte Britts Zimmernummer. Sie war völlig verschlafen und hatte Schwierigkeiten, die richtigen Wörter zu finden, aber sie willigte ein, sich in fünfzehn Minuten mit ihm zu treffen. Nach einer kurzen Dusche schlüpfte er in seinen maßgeschneiderten italienischen schwarzen Anzug und legte sich den blendend weißen Priesterkragen um. Er hatte sich, solange er zurückdenken konnte, auf dieses Treffen gefreut. Eigentlich hätte es nie stattfinden sollen, weil Britt bei ihrer Geburt von *Rex Deus* ausgeschlossen wurde, da sie das Tay-Sachs-Gen in sich trug und deshalb nicht eingesetzt werden konnte, eine neue Generation des Inneren Zirkels hervorzubringen. Auf Befehl des Rates war sie zur

Adoption freigegeben worden. Im Grunde hatte sie aufgehört zu existieren, und sie hätte die Bedeutung ihrer Herkunft eigentlich nie erfahren sollen. Das sollte sich nun ändern.
Bevor Gabriel das Sicherheitszentrum verließ, griff er nach dem Elektroschocker und steckte ihn sich in die Jacketttasche. Er hoffte, dass er ihn nicht würde benützen müssen.

·88. KAPITEL·

Romano kam auf seinem Weg nach Rennes-les-Bains an einem zweiten und einem dritten Höhleneingang vorbei. Für Schatzsucher musste es eine großartige Gelegenheit sein, die Gegend nach der Quelle von Bérenger Saunières Reichtum zu durchforsten. Er fragte sich, wie viele von ihnen wohl beim Kriechen durch die unzähligen Gänge ums Leben gekommen oder in unterirdischen Flussläufen ertrunken waren. In dieser Gegend der Pyrenäen konnten buchstäblich Hunderte Höhlen verstreut sein. Er war sich sicher, dass die Geschichten von Gold und geheimen Schätzen für viele Menschen, die nichts von den Gefahren wussten, welche in unerforschten Höhlen lauerten, einfach zu verlockend waren.
Als Romano noch ein Kind gewesen war, hatten ihn sein Vater und Ted, beide Hobbyhöhlenforscher, häufig zu abenteuerlichen Erkundungen der Höhlen von Tennessee und Maine mitgenommen. Nach dem Tod seines Vaters führte Ted ihre Ausflüge in schwierige Höhlen fort, damit sie ihre Geschicklichkeit weiterentwickelten. Sie verbrachten denkwürdige Wochenenden mit der Erkundung des Erdinneren. Ted war ein großartiger Lehrmeister gewesen, der immer hervorhob, wie wichtig es sei, die Elemente zu respektieren

und die Fluchtmöglichkeiten für einen Notfall zu bedenken. Sie hatten beim Kriechen durch die feuchte, dunkle Enge schmaler Durchgänge, die in herrliche Höhlenkammern führten, so manches haarsträubende Abenteuer erlebt.

Romano empfand heftige Schuldgefühle, als er an seinen Vater und Ted dachte. Die beiden Männer, zu denen er aufgeblickt und denen er bewusst oder unbewusst nachzueifern versucht hatte, waren nicht mehr am Leben. Bis jetzt war ihm das nicht so wirklich klar geworden. Diese Beziehungen waren für immer dahin, und er würde nie in der Lage sein, seine Erfahrungen an einen anderen jungen Mann weiterzugeben. Da waren seine Studenten wie Charlie, deren Mentor er war und die er beobachten konnte, wie sie sich entwickelten und schließlich ihrer eigenen Wege gingen. Aber das war nicht das Gleiche, wie da zu sein und mitzuerleben, wie ein Junge die Herausforderungen besteht und zu einem Mann heranwächst. Jetzt hatte er nicht mehr Teds Schulter, an die er sich anlehnen konnte. Und wäre Ted noch am Leben, dann würde er sich wahrscheinlich nicht in irgendeiner gottverlassenen Bergregion in Südfrankreich aufhalten.

Das Geräusch plätschernden Wassers erfüllte die Luft, als Romano um eine Straßenbiegung joggte. Ein Stück weiter vorn flachte der Hang ein wenig ab, und ein Bach schoss als kleiner Wasserfall über die Kante herab. Ein paar stuckverzierte Häuser mit roten Dachziegeln markierten den Ortseingang von Rennes-les-Bains.

Romano warf einen Blick auf seine Uhr, und ihm wurde klar, dass er lieber wieder zum Gasthaus zurücklaufen sollte. Bergauf würde es weit anstrengender werden. Er wollte rechtzeitig zurück sein, um zusammen mit Britt zu frühstücken und herauszufinden, ob ihr »Zwillingsbruder« nun tatsächlich existierte oder bloße Einbildung war.

·89. KAPITEL·

Fortier stieg in die erste der drei Limousinen ein und machte es sich für die Fahrt zur Heiligen Stätte bequem. Er hatte mit Gabriel gesprochen: Alles war unter Kontrolle. Gabriel hielt sich im unterirdischen Komplex auf, und das Sicherheitsteam erwartete die Ankunft des Rates. Am Beginn der Auffahrt zur Hôtellerie waren Wachen postiert. Niemand, nicht einmal Lieferanten, würden sich den Hauptgebäuden nähern dürfen.

Fortier war versucht gewesen, die jährliche Pilgerfahrt zum Heiligen Schrein zu verschieben, aber das war bisher noch nie vorgekommen. Heute wurde des Lebens und Sterbens des Erlösers gedacht – der Zeitpunkt, an dem der Rat der Fünf das Gelübde erneuerte, die Nachkommenschaft bis zur Wiederkunft des Herrn zu erhalten. Viele Menschen hatten im Laufe der Geschichte ihr Leben gelassen, um dieser Pflicht nachzukommen. Im dreizehnten Jahrhundert hatte sich eine ganze Katharergemeinde bei Montségur hinmetzeln lassen, um das Heiligste des Heiligsten, den Heiligen Gral, und das Leben von vier Mitgliedern des Inneren Zirkels zu retten.

Als der lange schwarze Mercedes von der Villa Santa Maria in Carcassonne losfuhr, wusste Fortier, dass er das Richtige tat. Es war ihre heilige Gottespflicht, und Gott würde sie beschützen.

·90. KAPITEL·

Romano kam schweissgebadet beim Gasthaus an. Die Morgensonne hatte die Nebelschleier, die bei seinem Aufbruch noch über den Berggipfeln hingen, aufgelöst, außerdem hatte die steile, gewundene Straße seine Beinmuskulatur beim Rückweg bis an die Grenzen strapaziert. Auf den Weiden standen keine Pferde, und auf dem Parkplatz vor dem Gasthaus waren keine Autos zu sehen. Der schwarze Van war jedoch noch am Fuß der Auffahrt geparkt. Britts Schlüssel fehlte noch immer an dem Brett bei der Rezeption, und im ganzen Gasthaus herrschte Stille, als Romano in sein Zimmer hinauf ging. Er duschte und zog sich seine Khakihose und ein Polohemd an, dann legte er das Kreuz um, das Pater Ted ihm geschenkt hatte. Ihm blieben noch zwanzig Minuten, bis er sich mit Britt zum Frühstück treffen würde, deshalb packte er seinen Rucksack und testete noch einmal den Blackberry, aber er hatte noch immer keinen Empfang. Heute Abend würde er es erneut versuchen, sobald er in Carcassonne eingetroffen war. Er nahm Leones Visitenkarte vom Nachttisch und steckte sie in die Tasche. Er beschloss, keine weitere Nacht hier zu verbringen. Entweder würde er in Carcassonne übernachten oder bereits auf dem Weg in die Vereinigten Staaten sein. Sollte Britt andere Pläne haben, die sie ihm nicht anvertraut hatte, würde sie allein sein.

Es klopfte laut an der Tür, und Romano öffnete sie in der Erwartung, Britt vor sich zu sehen. Er war völlig verdutzt. Vor ihm stand Pater Dante Cristoforo, der Assistent des Ordensgenerals in Rom, und er war gekleidet, als wolle er an einer offiziellen Sitzung im Vatikan teilnehmen.

»Es tut mir leid, dass ich Sie erschrecke«, sagte Cristoforo. »Ich hätte anrufen sollen, aber die Zeit ist knapp.«

»Was machen Sie denn hier?«

»Bitte kommen Sie mit, dann erkläre ich alles. Wir haben nicht viel Zeit.«

Romano griff nach seinem Rucksack. »Wo gehen wir denn hin?«

»Den brauchen Sie nicht. Wir gehen nur zu den Stallungen. Ich sollte vielmehr sagen, in einen Komplex unter den Stallungen.«

Panik stieg in Romano auf. Mit einem Schlag wurde ihm klar, dass da tatsächlich eine Verbindung zur Kirche bestehen konnte. »Wo ist Britt? Brittany Hamar. Sie ist auch hier.«

»Keine Sorge, Brittany ist in Sicherheit. Sie wartet in der Heiligen Stätte auf Sie.« Cristoforo ging in den Flur und schob die Hand in die Tasche. »Wir müssen uns beeilen. Der Rat ist schon auf dem Weg. Ich muss Sie beide in Sicherheit bringen, bevor sie ankommen.«

Romano griff nach dem Zimmerschlüssel, trat auf den Flur hinaus und schloss die Tür ab. »Sagen Sie mir nur, wohin wir gehen. In welchen Komplex? Welcher Rat? Was hat das alles zu bedeuten?«

Cristoforo setzte sich in Bewegung und ging den Flur entlang. »Das erkläre ich Ihnen und Brittany alles, wenn der richtige Zeitpunkt gekommen ist. Es gibt eine Menge zu sehen. Glauben Sie mir, Joseph, das übersteigt alles, was Sie sich je erträumt haben.«

Romano folgte Cristoforo durch den Pferdestall zu einer Tür in der hintersten Ecke, wo Cristoforo einen Code in ein Tastenfeld eingab. Als Romano in den Vorraum eingetreten war, schloss Cristoforo die Tür, und sie betraten einen Aufzug. Cristoforo legte den Daumen auf einen Sensor, und der Aufzug setzte sich nach unten in Bewegung.

Romano starrte Cristoforo eindringlich an. »Wer hat Ted umgebracht? Und warum?«

Cristoforos Miene versteinerte sich. Kühl musterte er Romano mit seinen dunkelgrünen Augen. »Es gibt einige Geheimnisse, die sich jeder Logik und Begründung entziehen. Ted und Juan waren Teil eines dieser Geheimnisse. Jetzt sind sie mit vielen Blutsbrüdern vereint, die vor ihnen gestorben sind. Sie haben diese Erde auf die gleiche Weise verlassen wie ihr Herr, der mit großer Macht und Herrlichkeit wiederkehren wird, um die Welt zu befreien. Sie waren Teil der heiligen Sache.«

»Der heiligen Sache? Worum geht es hier eigentlich?«

Der Aufzug wurde langsamer und kam schwankend zum Stehen. »Ich werde Ihnen und Brittany alles erklären. Folgen Sie mir einfach.«

Romano schätzte, dass sie sich mindestens hundert Meter unter der Erdoberfläche befinden mussten. Als die Türen aufgingen, betraten sie einen Flur, der ganz mit Edelstahl ausgekleidet war. Gleich zu ihrer Rechten befand sich eine große Tür mit einem weiteren elektronischen Sensor. Cristoforo ging den langen Flur entlang an zwei weiteren Türen vorbei. Eine davon stand offen, und Romano sah eine Wand mit Monitoren. Er bemerkte, dass einige davon Bilder von verschiedenen Räumen des Gasthauses zeigten. Sie gingen weiter bis zu einer Tür am Ende des Flurs. Darüber war eine goldene Kugel angebracht, aus deren oberer Hälfte metallische Silberstrahlen herausragten.

»Brittany ist hier drin«, sagte Cristoforo. »Und hier befinden sich auch unsere allerheiligsten Reliquien.«

Cristoforo legte den Daumen auf einen Sensor, und die Türen öffneten sich. Die Wände und die Decke des großen Raums waren mit einem mattmetallischen schwarzen Material ausgekleidet. Drei Bereiche waren in unheimliche Lichtkegel getaucht. Britt stand über eine große Glasvitrine in der Mitte des Raums gebeugt. Als sie eintraten, fuhr sie herum.

»Joseph, Sie werden es nicht glauben!« Britt strahlte begeistert. Sie kam auf sie zugestürmt und nahm Cristoforo am Arm. »Hätten Sie es in Ihren wildesten Träumen für möglich gehalten, dass Pater Dante Cristoforo mein mysteriöser Zwillingsbruder ist?«

»Das alles hätte ich mir nicht einmal in meinen wildesten Träumen vorstellen können.« Romano blickte sich im Raum um. In einer Ecke befand sich ein Sockel mit einer Glasvitrine, in der eine Schriftrolle lag. In der gegenüberliegenden Ecke stand eine Figur, die wie die verschwundene Statue der Heiligen Maria Magdalena aussah. In der Mitte des Raums stand eine lange Glasvitrine, die einen kleinen, kunstvoll geschnitzten und an einigen Stellen mit glänzendem Blattgold verzierten Holzsarg enthielt. An der Kopfseite war eine goldene Kugel mit Strahlen angebracht, ähnlich jener über der Tür. »Dante, was hat das alles zu bedeuten?«

»Sie befinden sich in der Heiligen Stätte, die der Rat der Fünf von *Rex Deus* unterhält.« Cristoforo zog ein kleines elektronisches Gerät aus seiner Tasche und blickte darauf. »Der Rat kommt in nicht einmal einer Stunde zu seiner jährlichen Pilgerfahrt hierher, um dem, was Sie wohl als den Heiligen Gral bezeichnen würden, die Ehrerbietung zu erweisen.«

Romano war sprachlos. Das war eher ein Traum als die Realität. »Was genau ist der Heilige Gral?«

»Es ist die heiligste Reliquie im Besitz von *Rex Deus*.« Cristoforo deutete auf Britt. »Brittany hat mit den Recherchen für ihr Buch beachtliche Arbeit geleistet, mit und ohne meine Hilfe. Der Rat hat das Attentat auf sie verüben und Kopien ihres Manuskripts und ihrer Forschungsunterlagen anfertigen lassen. Sie hatte recht. Die *Rex Deus* sind Nachfahren der vierundzwanzig Hohepriester des Herodestempels in Jerusalem, welchen zu rituellen Zwecken die Namen der Erzengel gegeben wurden. Den Hohepriestern oblag nicht nur die Unterrichtung der Kinder in zwei getrennten Internatsschulen für Jungen und Mädchen, sondern sie hatten auch die Aufgabe, die Mädchen, wenn sie ins gebärfähige Alter kamen, zu schwängern. Dann wurden für die Mädchen passende

Ehemänner aus der Oberschicht gesucht. Jedes aus dieser Vereinigung hervorgegangene Kind wurde im Alter von sieben Jahren für seine Ausbildung in die Tempelschule zurückgebracht. Das ist besonders wichtig, wenn man die Kindheit Jesu Christi betrachtet, da der einzige Hinweis darauf in der Schrift besagt, dass er mit den Hohepriester im Tempel spricht.«

Romano sah Cristoforo ungläubig an. »Als geweihter Priester und respektierter Bibelgelehrter können Sie doch nicht allen Ernstes glauben, dass in den Evangelien etwas Falsches steht. Welche Beweise gibt es denn, die ein solches Gerücht belegen?«

Cristoforo ging zu dem von Glas umschlossenen Sarkophag. »Laut mündlicher Überlieferung, die unter den Mitgliedern von *Rex Deus* weitergegeben wurde, wurde Maria, die Mutter Jesu, von einem Hohepriester namens Gabriel geschwängert, nachdem er eine göttliche Erscheinung hatte. Deshalb der Hinweis bei Lukas auf den Engel Gabriel: ›Und der Engel trat bei ihr ein und sagte: Sei gegrüßt, du Begnadete, der Herr ist mit dir‹.«

Romano gesellte sich zu Cristoforo und Britt zu dem kunstvoll geschnitzten Sarkophag, der aussah wie ein Exponat einer Tutenchamun-Ausstellung. Vor der Vitrine war eine Kniebank aufgestellt. »Wollen Sie damit etwa behaupten, dass Jesus Christus nicht der Sohn Gottes, des Vaters, war?«

»Keineswegs«, antwortete Cristoforo. »Die mündliche Überlieferung hat uns mit dem Glauben erfüllt, dass Jesus sowohl der spirituelle Sohn Gottes als auch ein körperliches Wesen und dadurch mit der Menschheit verbunden war. Christus wurde von Gott geleitet, weil der Vater es so wollte, deshalb war das körperliche Wesen nicht Gott, sondern ein Bote Gottes. Selbst die Evangelien weisen auf den spirituellen Jesus hin. *Rex Deus* ist im Grunde eine gnostische Sekte, die die ursprünglichen Lehren Jesu überliefert und die Pflicht übernommen hat, die Nachkommenschaft Jesu zu bewahren.«

Romano deutete auf die Schriftrolle in der Vitrine. »Ich vermute, dass dies das besagte geheime Jakobusevangelium ist?«

Cristoforo nickte. »Anfänglich kritisierte Jakobus das Werk seines Bruders und akzeptierte erst nach Jesu Tod die Berechtigung der Christen, die Kirche in Jerusalem zu führen. Doch selbst dann folgte er noch den Gesetzen des Judentums und kämpfte gegen die Prinzipien an, die von Paulus aufgestellt und mit der Zeit von der wachsenden christlichen Gemeinde akzeptiert wurden. Diese Papyrusrolle ist in Aramäisch geschrieben und wurde in die Zeit Jesu datiert. Der Rat glaubt, dass sie von Jakobus persönlich verfasst wurde. Sie beschreibt, was bei der Kreuzigung und Auferstehung tatsächlich geschah. Es ist der erste stichhaltige Beweis, der unsere Lehren belegt und auf die Verantwortung verweist, die Nachkommenschaft zu erhalten.«

»Aber wenn Jakobus das Werk Jesu kritisierte, widerspricht er in seiner Schrift dann nicht den Worten der Apostel?«, fragte Britt. Sie schaute zu Romano hinüber und lächelte. »Sehen Sie, Joseph, ich nehme mir Ihre Einwände zu Herzen. Schließlich glaubten die Massen nicht ohne weiteres an Tod und Auferstehung. Man denke sich nur, diese Behauptung würde heutzutage aufgestellt werden!«

»Gibt es neben diesem Dokument noch einen weiteren Beweis, dass Jesus in Wahrheit der Sohn eines Hohepriesters war? Oder dass eine leibliche Nachkommenschaft existiert?«, fragte Romano.

»Das Jakobusdokument wurde erst vor drei Jahren vom Vorsitzenden des Rats in Ägypten entdeckt. Bis dahin wurde unsere Geschichte mündlich den Eingeweihten anvertraut, die den Rat der Fünf bildeten und die für die Bewahrung der allerheiligsten Reliquie verantwortlich sind.« Cristoforo deutete auf den Sarkophag.

Das Gerät in Cristoforos Hand piepste. Er hastete zur Tür. »Der Rat ist angekommen. Ich muss ihn begrüßen. Hier sind Sie sicher.« Er trat durch die Tür, die sich lautlos hinter ihm schloss.

·91. KAPITEL·

DIE ERSTE LIMOUSINE FUHR hinter den Pferdestallungen neben der Scheune vor. Der Fahrer drückte auf eine Fernbedienung, und ein großes Wellblechtor ging auf und gab den Blick in eine blitzsaubere Garage frei, in der bereits zwei dunkle Vans und ein silbergrauer Citroën standen.

»Ich bleibe im Wagen, bis die anderen kommen«, sagte Fortier zum Chauffeur. Er war kein Fan des Reitstalls beziehungsweise von Nutztieren. Vielmehr zog er die Meeresbrise von Monte Carlo dem Gestank von Pferdedung vor. Dennoch war er der Meinung, dass dieser Reitstall eine perfekte Tarnung ihres unterirdischen Komplexes bot. Seit über einem Jahrhundert hatte er seinen Zweck bestens erfüllt. Es war unmöglich, in den Komplex einzudringen, und er war leicht zu bewachen.

Nachdem die dritte Limousine in die Garage gefahren war und das Tor sich geschlossen hatte, gesellte sich Fortier zu den anderen vier Ratsmitgliedern und ging durch den Stall zum Aufzug, der in den Komplex hinabführte. Die Männer trugen alle Aktenmappen und Laptops mit den aktuellsten Daten ihres Bankenimperiums und der Krise ihres Heiligen Ordens bei sich. Als sie im unterirdischen Komplex ankamen, aktivierte Fortier ein Sicherheitsschloss zum Konferenzraum, und die Tür glitt auf.

Fortier wusste nicht, was er von dem, was er da erblickte, halten

sollte. Über den Tisch und die Stühle war ein großes rotes Satintuch mit einem goldenen Kreuz in der Mitte gebreitet.
»Was zum Teufel soll das?«, fragte Rahn.
»Das muss Gabriel gemacht haben.« Als auch die übrigen Mitglieder des Rats an den Tisch traten, ergriff Fortier eine Ecke des Tuchs. »Er ist der Einzige, der Zugang zu diesem Raum hat.« Mit Schwung zog er das Tuch vom Tisch. Entsetzt fuhren die Ratsmitglieder zusammen. Auf rotem Satin, der in Form eines Kreuzes ausgelegt war, lag der aschfahle Leichnam Michaels. Pater Hans Josef hatte die Arme ausgebreitet, die Füße waren überkreuzt, und er war mit den Stigmata gezeichnet. Seine Augen starrten zur Decke, als flehe er zu Gott.
Schnell machte Fortier kehrt und eilte zur Tür, die sich gerade hinter ihnen geschlossen hatte. Er hielt den Daumen an den Sensor, aber nichts geschah. Panisch gab er den Notfallcode ein – noch immer nichts. Ihm fiel auf, dass die Lichter der Anlage nicht blinkten. Er bediente den Notfallhebel über der Tür. Sie rührte sich nicht.
Er fragte sich, ob Gabriel wohl irgendwo im Komplex genauso dalag wie Michael – oder war er gar derjenige, der hinter den Morden steckte?

•92. KAPITEL•

»Haben Sie eine Ahnung, was hier vor sich geht oder was Cristoforo vorhat?«, fragte Romano Britt.
»Ich weiß nur, dass er gesagt hat, er würde der Bedrohung ein Ende setzen, die *Rex Deus* für das Christentum darstellt.«

»Er könnte die Dinge hier in diesem Raum zerstören, aber was ist mit dem Evangeliumsfragment, das Sie in Ihrem Bankschließfach liegen haben?«

»Er hat mir erklärt, dass es eine Fälschung ist, die mit Papyrus des Originalevangeliums angefertigt, aber mit Tinte aus unserem Jahrhundert beschrieben wurde. Er sagte, er habe uns beiden jeweils einen Brief geschickt, in dem der Prozess dargelegt wird. Wenn man die Tinte testet, wird sich herausstellen, dass es sich um eine Fälschung handelt.«

»Aber Sie und ich, wir kennen die Wahrheit. Alles, was er uns bis jetzt gesagt hat, scheint die Nachkommenschaftstheorie zu belegen. Und auch dieser Rat der Fünf kennt die Wahrheit. Will er sie etwa alle umbringen?«

Mit einem Mal war Britts Optimismus verflogen und sie holte tief Luft. »Glauben Sie, dass er die Priester umgebracht hat?«

»In seiner Position als Generalassistent in Rom hatte er jedenfalls leichten Zugang zu allen. Und welche Rolle spielt er bei *Rex Deus*?«

»Ich habe keinen Schimmer«, antwortete Britt.

Romano ging zur Tür und stellte schnell fest, dass sie hier unmöglich entkommen konnten, es sei denn, jemand hatte den richtigen Fingerabdruck oder kannte den Code. »Wir sitzen hier fest, bis Cristoforo zurückkommt.« Er senkte den Blick. »Das ist nicht gut. Cristoforo ist in Sachen Kirchendoktrin streng konservativ. Umso mehr, wenn man bedenkt, dass er Jesuit ist. Unter einigen der Jesuitenprofessoren kursiert scherzhaft das Gerücht, dass er sich darauf vorbereitet, eines Tages selbst Ordensgeneral zu werden, damit er den Schwarzen Papst wieder einführen und das Pontifikat herausfordern kann. In seinem Denken ist er ein Extremist. Die einzige Möglichkeit, die irgendwie Sinn ergibt, ist, dass

er meint, Mathews, Matteo und Sinclair hätten der Nachkommenschaft Jesu angehört.«
Britt trat in den Lichtkegel, der die Glasvitrine in seinen goldenen Schein tauchte. Die Farbe war ihr aus dem sonst so rosigen Gesicht gewichen. »Und was ist dann mit uns? Wenn wir die Wahrheit kennen, sind auch wir eine Bedrohung.«

•93. KAPITEL•

CRISTOFORO GING IN DEN SICHERHEITSRAUM, fuhr den Überwachungscomputer herunter und zerschlug das Modul, das die Eingangstüren kontrollierte. Die Bildschirme flackerten auf, dann erloschen sie. Zuvor hatte er bereits das Automatiksystem ausgeschaltet und von außen den manuell bedienbaren Notausgang verschlossen. Jetzt gab es keine Möglichkeit mehr, den Komplex zu verlassen. Er griff unter den Tisch und knipste eine Zeitschaltuhr an. Das rhythmische Ticken der Uhr begleitete ihn, während er zum Heiligen Gral zurückging. Es hatte etwas Beruhigendes, den letzten Schritt seines heiligen Auftrags zusammen mit seiner Zwillingsschwester tun zu können.

***

Ächzend öffnete sich die schwere Tür. Es gab kein sanftes Brummen der Servomotoren mehr. Sofort drehte sich Romano zu Cristoforo um. »Was ist hier los? Was haben Sie vor? Und was ist mit uns?«
Cristoforo ging zu Britt hinüber und legte ihr den Arm um die Schulter. »Der Rat der Fünf spricht mich mit dem Namen Gabriel

an. Ich bin der letzte des Inneren Zirkels, der Nachkommenschaft Jesu Christi, die Britt in ihrem Manuskript beschreibt. Ursprünglich wurden wir *Desposyni* genannt, die Nachkommen des Herrn. Später bezeichnete man uns als *Le Serpent Rouge*, beziehungsweise die in Südfrankreich lebende Nachkommenschaft Christi.«

»Das ist unmöglich«, sagte Britt sichtlich entsetzt.

»Oh, doch, liebe Schwester. Und in der Nachkommenschaft gab es häufig Zwillinge. Genau wie es im apokryphen Evangelium nach Thomas und in den Thomasakten steht, könnte Jesus einen Zwillingsbruder gehabt haben, den Jünger Thomas, da der Name Thomas im Hebräischen ein Spitzname für ›Zwilling‹ war. Maria Magdalena hat Zwillinge geboren. Einen Jungen und ein Mädchen.«

»Wie kannst du so sicher sein, dass das wahr ist und es die Nachkommenschaft tatsächlich gibt?« Britt wich ein Stück von Cristoforo zurück.

»Nun, die Nachkommenschaft gibt es wirklich. *Rex Deus* hat über die Jahrhunderte sorgsam darauf geachtet, seine Reinheit zu wahren.« Cristoforo deutete auf die Schriftrolle. »Ich glaube, dass der physische Jesus bei der Kreuzigung gestorben ist, wie es von *Rex Deus* überliefert wurde und durch dieses Jakobusevangelium bestätigt wird. Aber die Nachkommenschaft, die auf Maria Magdalena zurückgeht, die zur Zeit der Kreuzigung schwanger war, war und ist eine rein menschliche. Ich bin überzeugt, Gott wollte, dass Jesus der Welt seine Lehren hinterlässt, damit die Menschheit seine Nachfolge antritt. *Rex Deus* hat die Legende in die Welt gesetzt, dass es ihre Pflicht sei, die Nachkommenschaft Christi bis zu seiner Wiederkunft zu erhalten.« Cristoforo hob die Hände. »Wenn Gott das Universum und alles, was sich darin befindet, erschaffen konnte, dann braucht er keine *Rex Deus*, um eine Nachkommenschaft am Leben zu erhalten.«

»Aber warum hat vor Ihnen niemand die Nachkommenschaft infrage gestellt?«, wollte Romano wissen.
»Ich glaube, die ganze Vorstellung des Erhalts einer Nachkommenschaft bis zur Wiederkunft des Herrn geht auf menschliche Phantasie zurück, nicht auf den Willen Gottes. Gott hat dem Menschen die Macht der Vernunft und der Phantasie gegeben. Der menschliche Geist hat diese Vorstellung in die Welt gesetzt, und so hat *Rex Deus* sich selbst die vorrangige Pflicht zugeschrieben, die Nachkommenschaft zu erhalten. Der enorme Reichtum von *Rex Deus* war die eigentliche Kraft, die hinter der Erhaltung dieses Mythos stand.«
»Von welchem Reichtum redest du?«, fragte Britt.
»Die Tempelritter wurden von *Rex Deus* ins Leben gerufen, um die Geheimnisse des Heiligen Grals zu lüften und die großen Reichtümer unter dem Tempel des Salomon zu bergen. Mit diesem Reichtum haben sie das Bankensystem in Europa aufgebaut und den Jesuitenorden finanziert, damit er die Nachkommenschaft verbirgt und bis zur Wiederkunft des Herrn rein erhält. Deshalb sind die Jesuiten so schnell so mächtig geworden. Die Mitglieder von *Rex Deus* haben in dem Orden, der sich als Nachfolge Jesu versteht, ein perfektes Versteck gefunden.«
»Ich kapiere das nicht«, sagte Britt. »Was ist, wenn die Legende der Wahrheit entspricht? Dann zerstörst du, was du zu retten versuchst – den Willen Gottes.«
Cristoforo schüttelte den Kopf. »Genau deshalb mache ich es ja. Wäre es der Wille des allmächtigen Herrn, dann könnte ich es nicht zerstören. Die Entdeckung des geheimen Jakobusevangeliums vor drei Jahren hat mich veranlasst, unsere Sache und die mögliche Gefahr für das Christentum zu überdenken. In diesem Evangelium heißt es, Gott sei Jakobus erschienen und habe ihm gesagt, er

solle den Heiligen Gral und die männliche Nachkommenschaft bis zur Wiederkunft Christi bewahren. Wenn fünf der höchsten europäischen Banker und Nachfahren ehemaliger Königshäuser die Echtheit des Grals und des Jakobusevangeliums durch ihre Aussage bestätigen würden, dann wäre das Beweis genug, um die Kirche ernsthaft in Gefahr zu bringen.«

Romano deutete auf den Sarkophag. »Was ist in diesem Heiligen Gral? Falls es die Gebeine von Maria Magdalena sind, wie Britt in ihrem Manuskript behauptet, worin liegt die große Bedeutung für Gott?«

Cristoforo zeigte auf die Statue in der Ecke. »Diese Statue von Maria Magdalena ist ihre Gebeinurne.« Er machte eine ausladende Handbewegung über die Glasvitrine mit dem Sarkophag hinweg. »In diesem Sarg befindet sich der eigentliche Heilige Gral. Das Wort *Sangraal* wurde als Heiliger Gral falsch übersetzt, denn genau genommen müsste es *Sang Raal* heißen, was in Altfranzösisch ›königliches Blut‹ bedeutet. Der echte *Heilige Gral* ist die konservierte Mumie Jesu Christi.«

Romano und Britt sahen einander fassungslos an.

»Die Jünger Jesu haben seinen Leichnam eingesalbt, ihn in Tücher gewickelt und heimlich nach Ägypten gebracht, wo er mumifiziert und schließlich unter dem Tempel von Jerusalem vergraben wurde. Er wurde von den Tempelrittern zusammen mit unglaublichen Reichtümern geborgen und von *Rex Deus* aufbewahrt. Es war der Heilige Gral, den die vier Mitglieder des Inneren Zirkels bei der Belagerung der Katharer über die steilen Felsen von Montségur hinuntergeschafft haben. Sie versteckten ihn in einer Höhle unweit von Rennes-le-Château, dann wurde er im achtzehnten Jahrhundert heimlich in der Grabstätte einer Adelsfamilie vergraben. Abbé Bérenger Saunière entdeckte das Versteck und erpresste *Rex*

Deus mit seinem Wissen. Die wichtigsten Mitglieder des damaligen Rats der Fünf suchten Saunière auf, bezahlten ihn für die Rückgabe des Grals und erkauften sich sein Schweigen. Dann schufen sie diesen sicheren Komplex, der seitdem ihre heiligen Schätze beherbergt.«

»Sind die Gebeine untersucht worden?« Romano legte die Hand auf die Glasvitrine. »Welche Beweise gibt es, dass dies wirklich der Leichnam Christi ist?«

»Der aktuelle Rat der Fünf hat in Erwägung gezogen, den Gral analysieren zu lassen, aber Christien Fortier, der Vorsitzende, sprach sich gegen die Störung der Totenruhe aus, weil das Blasphemie wäre. Nach der Entdeckung des Jakobusevangeliums war der Rat einstimmig der Meinung, dass eine Untersuchung nicht nötig sei, weil das Evangelium die Überlieferung bestätigte.«

Cristoforo warf einen Blick auf seine Uhr und stellte sich auf die andere Seite der Vitrine, Romano gegenüber. »Das spielt jetzt alles keine Rolle mehr. Ich bin überzeugt, dass sich die Tradition von *Rex Deus* auf Lügen gründete oder zumindest auf Fehlinterpretationen der Wahrheit. Pater Juan Matteo, Uriel; Pater Ted Mathews, Raphael; Pater Nathan Sinclair, Barachiel; Pater Hans Josef, Michael; und ich selbst, Gabriel, wir waren die letzten leiblichen Nachkommen.«

Romano war verblüfft. »Pater Hans Josef ist in Wien«, sagte er.

»Er ist unmittelbar, nachdem Sie sich mit ihm getroffen haben, aus Wien geflohen. Ich sagte ihm, er solle sich in Sicherheit bringen.« Cristoforo grinste. »Wahrscheinlich starrt der Rat der Fünf gerade in diesem Moment auf den auf dem Konferenztisch liegenden Leichnam Michaels. Er ist den gleichen glorreichen Tod gestorben wie die anderen Angehörigen der Nachkommenschaft.« Cristoforo

schaute auf seine Uhr. »Es wird nicht mehr lange dauern, dann werde ich, als das letzte Mitglied, meinen Brüdern nachfolgen, und der Rat der Fünf und diese heiligen Reliquien werden vernichtet sein.«
In diesem Moment erkannte Romano eine nahezu manische Intensität und Konzentration in Cristoforos Blick. Cristoforos Pupillen waren geweitet. Es war, als habe er gerade eine Vision, nicht unähnlich jener, die von Menschen beschrieben wurde, welche behaupteten, den Heiligen Geist empfangen zu haben. Romano schaute zu Britt hinüber und sah, dass sie zu der gleichen Schlussfolgerung gelangt war – hier würden sie nicht mehr lebend herauskommen.

·94. KAPITEL·

BRITT SPÜRTE, WIE IHR DAS ADRENALIN durch den Körper schoss. Ihr Bruder war ein weiterer David Koresh, und das konnte das Ende eines weiteren Waco sein. Er wollte sich das Leben nehmen und all jene umbringen, die eine Gefahr für seine verrückte Vorstellung eines verworrenen religiösen Mythos darstellen konnten. Das war durchaus mit der Kirche zu vergleichen, die im Mittelalter an Ketzern Massaker verübt und Hexen auf Scheiterhaufen verbrannt hatte. Sie selbst hatte ihren Sohn und ihren Mann verloren, weil sie nichts von ihrer genetischen Abstammung wusste, und jetzt musste Joseph ihretwegen sterben! Aber Cristoforo war ihr Zwillingsbruder, vielleicht konnte sie ihn davon überzeugen, dass er im Begriff stand, einen Fehler zu begehen.
»Und was ist mit den zukünftigen Nachkommen?«, fragte Britt. »Wo sind die Kinder der nächsten Generation?«

Cristoforo blickte Britt in die Augen und lächelte müde. »Du, meine liebe Schwester, du bist ein gutes Beispiel dafür, was mit der Nachkommenschaft passiert. Wegen der Inzucht kam es zu genetischen Defekten. Du wärst die ideale Person gewesen, um eine neue Generation hervorzubringen, aber du wurdest aussortiert und zur Adoption freigegeben, weil du das Tay-Sachs-Gen in dir trägst. Immer mehr Nachkommen des Inneren Zirkels wurden mit ernsthaften Erbkrankheiten geboren und mussten ausgesondert werden.«

»Warum überlässt man das Problem dann nicht Gott und der Natur?«, fragte Romano.

»Weil nach Meinung des Rats der Fünf die Embryonenforschung und die Wunder der Kryotechnik dieses Problem gelöst haben. Sie haben beschlossen, dass die zukünftigen Generationen der Nachkommenschaft in jenen Embryonen bestehen sollen, die tiefgefroren aufbewahrt werden, bis der Herr bereit ist für seine Wiederkunft.« Cristoforo reckte den Kopf und schaute Romano direkt an. »Sie haben eine der drei weiblichen Nachkommen gekannt, die auserwählt waren, die Embryonen zu spenden. Sie haben dem Rat damals einen ziemlichen Schrecken eingejagt, als Sie und Marta ein Paar wurden.«

Romano zuckte zusammen. Seine Kieferlade klappte herunter. »Was ist mit Marta geschehen?«, fragte er mit zitternder Stimme.

Cristoforo schüttelte den Kopf. »Nur die fünf Männer in diesem Raum dort wissen, was mit ihr geschehen ist und wo die Embryonen aufbewahrt werden. Nur sie haben die Codes auswendig gelernt, die nötig sind, um an diese Embryonen heranzukommen. Es gibt keine Aufzeichnungen, und wenn diese Männer sterben, stirbt die Zukunft mit ihnen.«

»Aber du brichst Gottes Gebot: ›Du sollst nicht töten‹«, schrie Britt. »Es gibt keinen vernünftigen Grund zu morden, um die Kirche zu retten. Falls die Kirche Gottes Wille ist, dann wird sie überleben. Sie hat in den vergangenen zweitausend Jahren eine Menge Widrigkeiten überstanden.«

»Wenn Sie diese Artefakte zerstören, gibt es keine Beweise mehr, die deren Behauptungen belegen. Dann bleibt keine Möglichkeit mehr nachzuweisen, dass Sie oder die Embryonen von Jesus abstammen. Hören Sie auf zu morden!«, flehte Romano.

»Dazu ist es zu spät. Es gibt kein Entkommen aus diesem Komplex. In ein paar Minuten geht der von mir angebrachte Sprengstoff hoch und zerstört, was von dieser Ketzerei übrig ist. Glauben Sie mir, es wird schmerzlos sein.« Cristoforo starrte Britt und Romano mit kühlem Blick an. »Es wird sein wie bei Armageddon.«

Seine Augen weiteten sich, sie strahlten mit düsterer Energie. »Vielleicht ist es ja Armageddon. Vielleicht wird es den Beginn des Jüngsten Tages einläuten. Vielleicht *ist* es Gottes Wille.«

Britt wurde auf einmal richtig übel. Sie drängte sich näher an Romano heran.

Cristoforo streckte ihnen beide Hände über die Glasvitrine entgegen. »Bitte, gebt mir die Hand und betet mit mir über dem Leichnam unseres Herrn.«

Britt empfand eine seltsame Mischung aus Empörung und Angst. Sie starrte ihren Zwillingsbruder an, und die Furcht verschwand und machte blanker Wut Platz.

·95. KAPITEL·

Romano stand noch unter Schock über die Enthüllung in Bezug auf Marta, aber in diesem Augenblick hatte er ein weit dringlicheres Problem, nämlich sein Leben und das von Britt zu retten. Er streckte die Hände über die Glasvitrine Cristoforos Händen entgegen, schaute sich im Raum um, und sein Blick fiel auf die mit Luftschlitzen versehene Tür, die in der schwarzen Wand kaum zu erkennen war.

»Du bist verrückt!«, schrie Britt. »Wir werden sterben!«

Romano packte Cristoforos Hand mit festem Griff. Es überraschte ihn, wie kühl sie war. Er zog ruckartig und zerrte den kleineren Priester auf die Vitrine, griff mit der freien Hand in seine Haare und schlug dessen Kopf auf die Glasfläche. Cristoforo zuckte heftig. Mit beiden Händen stieß Romano Cristoforos Kopf nach hinten und knallte ihn ein zweites Mal auf die Vitrine. Dieses Mal spürte Romano, wie der Körper schlaff wurde, und Cristoforo rutschte mit dem Kopf voraus von der Vitrine.

Romano trat die Kniebank aus ihrer Verankerung und zerschlug damit den Schaukasten, in dem das Manuskript aufbewahrt wurde. Er nahm die Papyrusrolle heraus und steckte sie sich unters Hemd.

Britt stand über Cristoforos leblosen Körper gebeugt. Blut rann aus einer tiefen Schnittwunde an seiner Stirn. Sie sah Romano entsetzt an. »Was machen wir jetzt nur? Er hat gesagt, dass es kein Entrinnen gibt.«

Romano packte Britt am Arm und zerrte sie in Richtung der Tür am anderen Ende des Raumes. »Es muss eine Möglichkeit geben, frische Luft in diesen Komplex zu leiten.« Er zog die Tür auf und schob Britt in einen Raum, der wie ein hoch technisiertes Klima-

tisierungszentrum aussah. »Wir haben nur eine Chance, wenn wir den Luftschacht finden.«
In dem Raum gab es bis auf die grünen und roten Kontrollleuchten der Luftregulation und des Filtersystems keinerlei Licht. Romano zog seinen Schlüsselbund heraus, an dem er eine kleine LED-Taschenlampe befestigt hatte, und ließ den schwachen Strahl durch den Raum schweifen. An der gegenüberliegenden Seite führte ein Luftschlauch zu einem Schacht in der Wand. Romano nahm das Stahlkreuz ab, das Ted ihm geschenkt hatte, und schob das Ende eines der kürzeren Balken in den Schlitz einer großen Schraube an der Ecke des Luftschachts. Den langen Balken des Kreuzes nutzte er als Hebel, und so gelang es ihm, sämtliche Schrauben zu entfernen.
Romano half Britt, in den breiten galvanisierten Schacht zu klettern und folgte ihr mit der kleinen Taschenlampe. »Kriechen Sie so schnell, wie Sie noch nie gekrochen sind«, sagte er. »Ich habe keine Ahnung, wie viel Zeit uns bleibt, aber wir müssen das Ende dieses Luftschachts erreichen, bevor hier die Hölle losbricht.«
Der Schacht mündete in einen anderen und führte dann ein paar Meter weiter in einen dunklen Tunnel, der in den Fels geschlagen war.
Romano packte Britt am Fuß. »Lassen Sie mich vorausgehen. Das könnte schnell schwierig werden.« Er schob sich in dem engen Tunnel an Britt vorbei. »In meiner Jugend habe ich häufig Höhlen erkundet, allerdings unter ganz anderen Bedingungen. Ich sage Ihnen, wenn es Probleme gibt. Bleiben Sie direkt hinter mir.«
Britt zupfte an Romanos Hosenbein. »Machen Sie sich keine Sorgen. Ich schreie, wenn ich Sie nicht mehr fassen kann. An dunklen oder beengten Orten gerate ich immer leicht in Panik.«
»Denken Sie nicht daran. Wir müssen los. Ich habe heute Mor-

gen beim Laufen eine Reihe von Höhleneingängen gesehen. Wir kommen hier schon irgendwie raus.« Romano krabbelte los. Er wollte nicht in der Nähe des Komplexes sein, wenn der Sprengstoff hochging.
Der Tunnel verbreiterte sich zu einer kleinen Kammer. Stalaktiten hingen wie Eiszapfen von der schrägen Decke, die sich am anderen Ende zu einem dunklen Spalt herabsenkte. Romano konnte beinahe aufrecht stehen, und er zog Britt auf die Beine, sodass sie sich ausruhen konnte, während er nach einem Ausgang suchte. Er wusste, dass diese Höhlensysteme sich über viele Kilometer unter der Erdoberfläche erstrecken und an zahlreichen Stellen ins Freie führen konnten – aber es gab auch genauso viele Sackgassen.
»Bleiben Sie hier und ruhen Sie sich aus«, sagte Romano. »Ich suche diese Kammer ab und schaue nach dem besten Ausgang.«
»Lassen Sie mich nicht hier im Dunkeln allein!« Britt versagte die Stimme.
»Keine Angst, Sie sehen das Licht die ganze Zeit.«
Der Höhlenboden erzitterte. Ein lautes Rumpeln folgte. Romano packte Britt und zog sie ans andere Ende der Höhlenkammer, drückte sie auf den Boden und warf sich auf sie. Lichtblitze aus dem Schacht, aus dem sie gerade gekommen waren, begleiteten eine Reihe von Explosionen. Der Lärm war ohrenbetäubend. Ein paar Stalaktiten fielen auf den Höhlenboden und zerbrachen in kleine Stücke, die über den Kalkstein schlitterten.
Romano hatte Britt, die unter ihm zitterte, mit seinen Armen und seinem Körper geschützt. Er rollte von ihr herunter und half ihr, sich aufzusetzen. »Alles in Ordnung?«
Britt fuhr sich mit den Fingern durchs Haar, dann vergrub sie das Gesicht in den Händen. »Ich denke schon, da wir beide noch am Leben sind. Mir geht es den Umständen entsprechend gut.«

Romano stand auf und ging in der Kammer herum, wobei er die LED-Taschenlampe alle paar Meter nach hinten in Britts Richtung hielt. Er konnte nur einen einzigen Ausgang ausmachen. Dieser war zwar ziemlich schmal, aber immerhin zerstreute er Romanos Befürchtung, er könnte in dieser unterirdischen Kammer nur Spalten entdecken. »Hier herüber.« Er richtete das Licht auf den Boden, damit Britt zu ihm fand.

Romano hoffte, dass der schmale Schacht sie nicht noch tiefer in ein unterirdisches Labyrinth führen würde. Er bemerkte in dem dunkelbraunen Kalkstein kleine Rillen, die auf die Öffnung zuführten. Das war wohl ein Hinweis, dass das Grundwasser durch diesen Schacht in einen unterirdischen Bach ablief. Er hoffte, dieser Bach würde schließlich in jenen münden, den er bei Rennes-les-Bains gesehen hatte.

Auf dem Rücken schob sich Romano durch die schmale Öffnung, dann drehte er sich auf den Bauch. Er stieß einen Seufzer der Erleichterung aus, als er mit seiner Lampe in den Gang leuchtete. Er schien sich, so weit es im Schein des schwachen Lichtstrahls zu erkennen war, bald ein wenig zu verbreitern. Romano zog Britt durch die Öffnung, und sie krochen durch den Tunnel weiter. Es dauerte nicht lange, dann hörte Romano das Gurgeln eines unterirdischen Bachlaufs. Der Tunnel führte neben dem Bach entlang, und sie krochen weiter, bis der Gang sich schließlich zu einem schmalen Spalt über dem Wasser verengte und weder auf der einen noch auf der anderen Seite ein Durchkommen ließ.

Romano rappelte sich in Sitzposition auf. »Keine Panik! Ich schalte das Licht für ein paar Sekunden aus.«

Britt kniete sich neben ihn und klammerte sich an seinen Arm. »Was können wir nur machen?«

»Beten, dass dieser unterirdische Bach hier ganz in der Nähe in einen größeren Tunnel führt. Oder besser noch, im Freien in einen anderen Bach mündet.« Romano schaltete die Taschenlampe aus.

Die Dunkelheit war fast greifbar. Britt krallte sich fester an Romanos Arm. Er spürte, wie sich ihre Fingernägel in seine Haut bohrten. Er bemühte sich, seine Augen der Dunkelheit anzupassen und starrte in den Bach hinab. Es war nichts zu sehen als tiefe Schwärze und das sanfte Kräuseln des dahinfließenden Wassers. Der Bach führte nicht nach draußen, zumindest war es nicht nahe genug, dass auch nur ein Schimmer Licht in ihr finsteres Loch gefallen wäre.

Romano schaltete die Lampe wieder an. Er spürte, dass Britt ihren Griff um seinen Arm lockerte. »Es bleibt uns nur eine Möglichkeit.« Er reichte Britt die Taschenlampe. »Ich schaue nach, ob dieser Bach in einen Verbindungstunnel mündet.«

»Sie gehen doch nicht etwa in dieses Wasser da?«

Romano zog sich die Sportschuhe aus. »Haben Sie einen besseren Vorschlag?« Er legte sein Kreuz und das Polohemd ab, wickelte das Hemd um die Papyrusrolle und gab es Britt. »Hier, halten Sie das. Ich bin in einer Minute zurück.«

Romano glitt in den Bach. So groß war der Schock des ihm gerade bis zur Taille reichenden kalten Wassers, dass er zu zittern anfing. Er bekam Angst und hatte den Eindruck, als sei er in einen Schraubstock gespannt. Vor unterirdischen Flussläufen hatte er sich schon immer gefürchtet. Er tauchte unter, um sich an die Kälte zu gewöhnen, und als er wieder auftauchte, versuchte er, sich seine Angst nicht anmerken zu lassen, und er lächelte Britt ein letztes Mal zu.

Romano wusste, dass er ein großes Risiko einging, aber ihm blieb keine andere Wahl. Zwischen der Wasseroberfläche und der

Tunneldecke würde es Hohlräume mit Luft geben, aber er konnte sich in der völligen Dunkelheit nicht darauf verlassen, dass er einen solchen Hohlraum finden würde, wenn er ihn brauchte. Die Strömung war schwach, aber diese würde ein entscheidender Faktor sein, falls er kehrt machen und zurückschwimmen musste, bevor ihm der Sauerstoff ausging. Er holte dreimal tief Luft und tauchte dann in das dunkle Wasser ein.

·96. KAPITEL·

BRITT HIELT DEN ATEM AN, als Romano in dem plätschernden Bach verschwand. Wieder überkam sie große Angst, während die Sekunden verstrichen. Plötzlich wurde sie sich der kühlen Feuchtigkeit in der Höhle und des Gefühls bewusst, in der Falle zu sitzen. Sie fing zu zittern an, als ihr ihre entsetzliche Lage klar wurde. Sie hielt das schwache Licht nahe ans Wasser und hoffte, dass der Strahl Romano den Weg zu ihr zurückweisen würde.

Britt starrte auf den schwachen Lichtstrahl, der in dem dunklen Wasser rasch streute. Sie blinzelte nicht einmal, weil sie hoffte, Romano jede Sekunde aus dem dunklen Wassertunnel auftauchen zu sehen. Ihr wurde klar, dass sie jedes Zeitgefühl verloren hatte und nicht wusste, wie viele Sekunden oder Minuten Romano nun schon fort war. Ihr kam es so vor, als seien es in jedem Fall zu viele. Sie biss die Zähne zusammen – er würde nicht zurückkommen.

Plötzlich war ein lautes Platschen zu hören, und Romano zog sich halb aus dem Wasser, er lag nach Luft ringend auf dem felsigen Boden, und sein Kopf fiel gegen Britts Knie. Nachdem er wieder zu Atem gekommen war, blickte er zu Britt auf. »Sind Sie eine gute Schwimmerin?«

»Ich habe meine Sommerferien nicht am Strand oder im Schwimmbad verbracht, und meine Familie hatte keinen Pool. Ich kann schwimmen, aber nur eben so.«

Romano kroch ganz aus dem Wasser und setzte sich neben Britt. »Der Bach führt eine ganze Strecke unterirdisch weiter, aber am Ende sieht man den schwachen Lichtschein eines weiterführenden Tunnels. Es muss eine Öffnung nach draußen geben.«

Romano zog die Schnürsenkel aus seinen Sportschuhen und schlüpfte in die Schuhe. Dann nahm er Britt das Hemd und das Kreuz ab. Er öffnete die schwere Kette, an der das Kreuz hing, und befestigte ein Ende an einer seiner Gürtelschlaufen. Dann knotete er einen Schnürsenkel an die Kette und das andere Ende um das Unterteil des Hemdes mit der Schriftrolle. Den anderen Schnürsenkel knotete er um den Kragen seines Polohemds und befestigte ihn an einer Gürtelschlaufe von Britts Hose. Er lächelte Britt an. »Das mache ich nur, damit Sie mir nicht mit dem Manuskript entkommen.«

Britt spürte, wie ihr die Panik in die Muskeln fuhr. Sie erstarrte. »Ich weiß nicht, ob ich das kann. Es hat ausgesehen, als hätten Sie es kaum bis hierher zurück geschafft.«

Romano nahm Britt die Taschenlampe ab und knipste sie an seine Gürtelschlaufe. Dann packte er Britt an den Schultern und schaute ihr direkt in die Augen. »Glaub mir, du schaffst das. Wir gehen jetzt ins Wasser. Es ist ein bisschen kalt, aber das ist gut, dann schwimmt man schneller, um wieder herauszukommen. Wir holen dreimal tief Luft, halten sie an, und dann bleibst du unter Wasser bei mir und schwimmst so schnell, wie du noch nie geschwommen bist.«

Britt nickte, und Romano glitt ins Wasser und streckte ihr die Arme entgegen. Britt drehte sich um, und er hob sie neben sich ins Wasser. Es war weit kälter, als Britt vermutet hatte. Sie zitterte, als Romano sie los ließ und »Eins« sagte. Sie holte so tief Luft, wie sie nur konnte, dann stieß sie sie wie Romano wieder aus. »Zwei.« Dieses Mal atmete sie noch tiefer ein. »Drei.«

•97. KAPITEL•

DIE BEIDEN RENAULTS WAREN NUR NOCH EINIGE KILOMETER von Rennes-le-Château entfernt, als Cutler das erste Rumpeln hörte. Noch viermal grollte es in schneller Abfolge in einem nahen Berg. Der französische Beamte drosselte das Tempo des Autos, reckte den Hals und spähte in die Richtung, aus der die Geräusche kamen.

Cutler deutete auf den Rauch, der von dem Gebiet aufstieg. »Das waren Explosionen! Was liegt denn da vorn?«

»Die Hôtellerie du Cheval. Das ist ein Gasthaus mit Reiterhof. Es ist eines der wenigen Gasthäuser, in dem Ihre Verdächtigen abgestiegen sein könnten.«

»Dann hoffen wir mal, dass es noch steht.«

Der Beamte beschleunigte wieder und fuhr auf den Rauch zu, der inzwischen in Schwaden über den Bäumen hing.

Die Waffe in seinem Schulterholster drückte Cutler in die Seite, als der Renault um die nächste Kurve schlingerte. Er fragte sich, ob Romano und Brittany Hamar wohl weitere Opfer in seinem aktuellen Fall geworden waren.

• 98. Kapitel •

Romano zog die prustende und hustende Britt aus dem Wasser auf den Tunnelboden. Während sie noch nach Atem rang, knotete er sein Hemd und das Kreuz los. Er fädelte die Schnürsenkel wieder in seine Schuhe, wrang sein Hemd aus und schlüpfte hinein. Dann drückte er vorsichtig das Wasser aus der nassen Papyrusrolle und steckte sie sich unters Hemd.

Britts nasse Haare waren ihr ans Gesicht geklatscht. Sie schob sich die Strähnen aus den Augen, holte tief Luft, atmete langsam wieder aus und sah schließlich zu Romano auf. »Ich hoffe jedenfalls, dass wir nicht durch einen weiteren Wassertunnel müssen. Du weißt ja gar nicht, wie knapp das bei mir war!«

Romano schaltete die Lampe aus.

»Bitte nicht!«, flehte Britt.

Romano schlang den Arm um ihre Schulter und zog sie an sich. »Schau, schau! Siehst du das schwache Licht am Ende dieses Tunnels? Das ist unsere Fahrkarte ins Freie.« Er drückte ihre Schulter. »Wir müssen nicht noch einmal schwimmen, das verspreche ich.« Er schaltete das Licht wieder an und kroch nach vorne. »Halte dich einfach direkt hinter mir.«

»Darum brauchst du dir keine Sorgen zu machen.« Britt packte Romano am Schuh.

Romano kroch auf das heller werdende Licht zu. Nach ein paar Minuten erreichte er eine schmale Biegung und sah einen Lichtstrahl, der auf die Tunnelwand fiel. Als er zur Öffnung kam, war diese mit Gras und Ranken überwuchert. Er kämpfte sich durch das Grün und kroch hinaus auf einen steilen Hang.

Romano drehte sich um und wollte Britt helfen, aber auch sie war schon herausgeklettert. Sie packte ihn am Arm, zog sich hoch, dann schlang sie die Arme um ihn und vergrub das Gesicht an seiner Schulter. Sie schmiegte sich an ihn und zitterte wegen des eisigen Wassers und der Kälte in der Höhle. Romano rieb ihr den Rücken und die Schultern, während sie in der wärmenden Morgensonne standen.

Schließlich blickte Britt zu Romano auf und schüttelte langsam den Kopf. »Was zum Teufel ist da gerade passiert? Das kann doch nicht wahr sein.«

»Ich wünschte, das wäre es, ist es aber nicht. Zumindest hat das Töten ein Ende, auch wenn noch viele Fragen offen bleiben.«

»Und was machen wir jetzt?«, wollte Britt wissen.

Romano blickte auf und sah, dass über dem Berg in der Gegend, wo das Gasthaus stand, Rauch aufstieg. Er schaute den Hang hinunter und machte eine schmale, gewundene Straße aus. Lautes Sirenengeheul war zu hören, und ein Feuerwehrauto und ein roter Krankenwagen schossen vorbei, gefolgt von weiteren Fahrzeugen.

»Wir gehen am besten zur Straße«, sagte Romano. »Es kann nicht weit bis zum Gasthaus sein. Vielleicht steht es ja noch, und unsere Pässe und Taschen sind heil geblieben.«

Sie kletterten durch das Gestrüpp zur Straße hinunter. Dann wandte sich Romano an Britt und klopfte gegen die Papyrusrolle, die er sich unters Hemd gesteckt hatte. »Ich weiß nicht, wie es dir geht, aber ich finde, es bleiben noch immer viele offene Fragen über das, was Cristoforo uns erzählt hat. Ich bitte dich nur, einen Blick auf sämtliche Beweise zu werfen und gründlich abzuwägen, bevor wir irgendwelche voreiligen Schlüsse ziehen. Allem Anschein nach ranken sich viele Geheimnisse um die Geschichte von *Rex Deus* und einer Nachkommenschaft Jesu. Du musst bedenken, dass Cristoforo den Eindruck hatte, für den Rat seien Reichtum und Macht die entscheidende Motivation gewesen.«

»Solange du zustimmst, dass ich mit der Wahrheit nicht länger hinter dem Berg halte.«

Romano drückte sanft Britts Unterarm. »Nach dem, was wir gerade durchgemacht haben, glaube ich nicht, dass einer von uns die Wahrheit verheimlichen will. Zu viele Dinge im Leben sind bloß Illusion. Falls *Rex Deus* Mythen aufrechterhalten hat, möchte ich sicherstellen, dass wir sie nicht fortleben lassen.«

»Wie auch immer es ausgeht, bei dieser Sache werden noch einige sehr beunruhigende Fakten ans Licht kommen.«

»Ich glaube, dein Buch wird all diese Dinge ins richtige Licht rücken.« Romano sah Britt an, aber er spürte, dass er seine ernste Miene nicht beibehalten konnte. »Ich bin zuversichtlich, dass du all deinen Theoremen, die auf einer ausgewogenen Berücksichtigung aller Beweise gründen, das richtige Gewicht beimessen wirst.« Er klopfte auf das Manuskript unter seinem Hemd. »Das gehört dir. Es würde mich freuen, meine Aramäischkenntnisse für die Übersetzung beizusteuern.«

Ein Lächeln huschte über Britts Gesicht. »Du bist engagiert. Und ich hoffe, du bist bereit, deine professionellen Kommentare beizusteuern, wenn ich dir meine letzte Manuskriptfassung vorlege.«

»Darauf kannst du zählen, falls dir meine voreingenommene Sichtweise nichts ausmacht.«

Sie gingen in Richtung Gasthaus. Als sie an der Auffahrt ankamen, sahen sie, dass das Hauptgebäude unbeschädigt war. Der Rauch stieg am anderen Ende der Pferdestallungen auf, wo Feuerwehrmänner Schläuche auf das Gebäude richteten, aus dem die Flammen züngelten. Ein paar Autos parkten vor dem Gasthaus, und Menschen standen herum und beobachteten die Löscharbeiten.

Romano und Britt hatten die Strecke der Auffahrt zur Hälfte zurückgelegt, als zwei Männer in einen Renault sprangen, der vom

Gasthaus los sauste und schlitternd neben ihnen zum Stehen kam.
Agent Cutler stieg aus und hielt ihnen seinen Dienstausweis hin.
»Pater Romano, ich hoffe, Sie erinnern sich an mich. Agent Tom Cutler vom FBI.« Cutler deutete auf den Fahrer, der gerade zögerlich auf sie zukam. »Das ist Kommissar Guy Raison, der französische Vertreter von Interpol.« Er schaute Britt an. »Und Sie sind Professor Brittany Hamar, nehme ich an.«
Britt nickte.
Cutler deutete auf das Auto. »Wir sollten lieber zum Gasthaus fahren, damit Sie sich trocknen können. Ich hoffe, Sie können uns erzählen, was hier eigentlich passiert ist.«
»Das können wir natürlich«, antwortete Romano. »Mir wäre es nur lieber gewesen, Sie wären ein paar Stunden früher gekommen. Das hätte möglicherweise sechs oder sieben Menschen das Leben gerettet.«
Cutler musterte Romano mit fragendem Blick. »Ich hoffe, dass Sie beide nicht durch Ihr Erscheinen hier für diese Toten verantwortlich sind.«
»Genau genommen sollten wir eigentlich Nummer acht und neun sein«, erklärte Romano, während sie ins Auto stiegen.
Sie fuhren zum Gasthaus hinauf, wo Romano und Britt sich duschen und umziehen durften. Man gab ihnen jeweils einen Becher mit heißem Kaffee, dann wurden sie von Cutler, Kommissar Raison und zwei weiteren französischen Polizisten getrennt befragt. Nach einer Stunde wurden sie in den Speiseraum des Gasthauses geführt.
Cutler und Raison erwarteten sie dort. »Interpol hat zugestimmt, dass Sie beide in meine Obhut entlassen werden«, erklärte Cutler. »Wir fahren nach Marseille, wo Ihre Aussagen offiziell protokol-

liert werden, dann begleite ich Sie in die Staaten zurück, und wir können das alles klären.«

Britt verzog den Mund zu einem schwachen Lächeln, doch Romano gab sich mit Cutlers Aussage zufrieden. Zum Glück würde dieser Albtraum bald vorüber sein. Aber er fühlte sich unwohl wie in den Minuten unmittelbar nach einem Gewitter, wenn eine seltsame Stille herrscht und man auf den nächsten Blitzschlag oder ein heftiges Donnergrollen wartet. Es blieb noch immer zu klären, was es mit dem Jakobusevangelium, mit *Rex Deus* und einer Nachkommenschaft Jesu auf sich hatte. Wie viel davon war Fakt, wie viel Einbildung?

Romano konnte den beunruhigenden Gedanken nicht verdrängen, die Tatsache, dass er das Jakobusevangelium gerettet hatte, könnte am Ende der Auslöser einer ernsten Bedrohung der Unantastbarkeit der Kirche sein.

•99. KAPITEL•

ROMANO, BRITT, CARLOTA UND CHARLIE kamen beim Jacob Javits Federal Building an. Die Beton- und Steingebäude rund um die Federal Plaza waren mit den Öffnungen winziger dunkler Fenster durchbrochen und ragten hoch in den Himmel auf. Mit silbernen Streifen versehene schwarze Pylonen säumten den Gehsteig entlang der Straße, und Reihen von stählernen Barrikaden blockierten einige der Treppenaufgänge. Uniformierte Beamte überwachten das Kommen und Gehen derjenigen Leute, die keine FBI-Ausweise vorzeigen konnten.

Romano bemerkte, dass Carlota und Charlie einander beunruhigte

Blicke zuwarfen. Diese Sicherheitsmaßnahmen waren eine schockierende neue Dimension in ihrer kleinen privaten Welt von Manhattan. Der Terrorismus hatte den öffentlichen Institutionen des Landes unübersehbar seinen Stempel aufgedrückt.
Eine der Beamtinnen stellte sich ihnen oben an der Treppe vor dem Eingang in den Weg. Romano zeigte Cutlers Karte vor. Die Beamtin sprach in ihr Funkgerät, dann ließ sie sie eintreten.
Agent Brian Donahue holte sie in der riesigen Lobby ab. Er führte sie in ein höheres Stockwerk, wo Agent Cutler sie in einem kleinen Konferenzraum zusammen mit einem Mann in einem dunkelblauen Anzug erwartete, in dessen Brusttasche eine Lesebrille steckte. Die grauen Haare des Mannes und die Falten um seine Augen vermittelten Romano den Eindruck, es müsse sich um einen älteren Polizeibeamten handeln. Romano war erstaunt, dass das Zimmer mehr nach Amtsstube aussah, als er erwartet hatte.
Nachdem alle um den Konferenztisch Platz genommen hatten, reichte Cutler Donahue einen Stapel Dokumente. »Bevor wir uns mit der Analyse der Manuskripte befassen, werden Sie bestimmt erleichtert sein zu hören, dass wir Beweise gefunden haben, die Pater Cristoforo mit den Ermordungen der Priester in Verbindung bringen. Seine Reiseroute hat ihn in jede der betreffenden Städte geführt, und an jedem Tatort konnten jetzt auch seine Fingerabdrücke nachgewiesen werden.« Dann wandte sich Cutler dem Mann neben sich zu. »Ich würde Ihnen gern Agent Carl Landis vorstellen, Leiter unserer kriminaltechnischen Abteilung. Er wird Ihnen die Ergebnisse der Datierung mit der C-14-Methode erläutern.«
Donahue teilte jedem am Tisch die Berichte aus.
»Das sind die Tests von Frau Professor Hamars Manuskriptsegment«, erklärte Landis. »Sie werden feststellen, dass der Papyrus aus der Zeit Christi stammt. Das bestätigt die von Frau Professor Ha-

mar vorgenommenen Untersuchungen. Die Tinte jedoch ist kaum älter als ein Jahr. Das Dokument ist also eine Fälschung.«

Donahue teilte zwei weitere Berichte aus.

Landis hielt eine Plastikmappe hoch, in der sich die Papyrusrolle aus Frankreich befand. »Das hier ist etwas ganz anderes. Sowohl der Papyrus als auch die Tinte stammen aus der Zeit Christi.« Er deutete auf Romano. »Und wie Pater Romano überprüft hat, ist auch der aramäische Text authentisch. Deshalb müssen wir den Schluss ziehen, dass dieses Dokument echt ist.«

Britt und die beiden Assistenten schnappten hörbar nach Luft. Romano schwieg. Er hatte insgeheim gehofft, dass es sich bei diesem Dokument um eine Fälschung handelte.

»Bevor wir auf die Authentizität des Dokuments zu sprechen kommen, sollten wir noch einen weiteren Faktor in Erwägung ziehen«, sagte Romano. »Ich habe einige Forschungen über gefälschte alte Schriften angestellt. Im Nahen Osten, insbesondere in Israel, gibt es einige sehr geschickte Fälscher. Vor nicht allzu langer Zeit wurde eine Gebeinurne mit einer Inschrift entdeckt, die besagte, dass es sich um ›Jakobus, Sohn des Joseph und Bruder Jesu‹ handele. Die Sache hat ziemlich viel Staub aufgewirbelt, als Wissenschaftler bescheinigten, dass sie aus der Zeit Christi stamme. Erst nach langen Debatten und gründlicher Analyse fanden sie heraus, dass die Patina in den Schnitzrillen des zweiten Teils der Inschrift sich von der Patina im ersten Teil und der übrigen Oberfläche der Gebeinurne unterschied. Außerdem entdeckten sie, dass die Buchstaben von ›Jakobus, Sohn des Joseph‹ senkrecht eingraviert waren, während die Buchstaben von ›und Bruder Jesu‹ leicht schräg standen.«

»Aber hier geht es um keine Gravur«, stellte Britt fest.

»Ich habe ein ähnliches Verfahren entwickelt, um das Alter handgeschriebener Dokumente zu verifizieren«, antwortete Romano.

Landis sah verdutzt drein. »Tut mir leid, aber ich wüsste nicht, wie wir das Material unter der Tinte untersuchen könnten.«
»Das ist gar nicht nötig«, sagte Romano.
Alle Blicke waren plötzlich auf Romano gerichtet.
»Was schlagen Sie dann vor?«, wollte Landis wissen.
»Zunächst einmal gibt es ein Verfahren, um die C-14-Untersuchung der Tinte auszutricksen. Geschickte Fälscher haben herausgefunden, dass man falsche Datierungen erhält, wenn man Papyrus aus der entsprechenden Zeit verbrennt und die Asche mit der Tinte vermischt.«
Die Blicke wanderten zu Landis hinüber. Der Kriminaltechniker kratzte sich am Kinn und schien über Romanos Feststellung verblüfft zu sein. »Ich werde ein paar Experimente durchführen, um das zu verifizieren, aber es scheint mir plausibel zu sein.«
»Jetzt stehen wir wieder vor Vermutungen«, sagte Britt. »Authentisch oder gefälscht – man kann es sich aussuchen. Und bei dem hier würde ich lieber nicht der Ausgewogenheit der Beweislage folgen. Bis bewiesen ist, dass es sich um eine Fälschung handelt, kann man lediglich die Glaubwürdigkeit dieses Autors infrage stellen, der behauptet, Jakobus, der Bruder von Jesus, zu sein.«
»Das ist gar nicht nötig«, antwortete Romano. »Agent Landis, könnte Ihr Labor die Papyrusrolle analysieren, um festzustellen, ob eine frühere Schrift entfernt worden ist?«
Landis überlegte einen Augenblick. »Das hängt wahrscheinlich von dem Verfahren ab, das möglicherweise zur Entfernung der Schriftzeichen eingesetzt wurde. Es könnten noch winzige Tintenpartikel oder der Abdruck der ursprünglichen Schrift vorhanden sein. Bei speziellen Lichtverhältnissen und digital verstärkter mikroskopischer Analyse könnten wir in der Lage sein, das, was früher auf der Rolle geschrieben war, wiederherzustellen.«

»Wie lange würde diese Untersuchung dauern?«, wollte Romano wissen.
»Da müsste ich anrufen und mich bei unserer Dokumentenabteilung erkundigen. Falls die nicht überlastet sind, könnten sie eine frühere Schrift ziemlich rasch nachweisen.« Landis griff zum Telefon, das auf dem Konferenztisch stand, und tippte eine Nummer in das Tastenfeld. »Anders sieht es natürlich aus, wenn nachgewiesene Schriftzeichen wirklich wieder lesbar gemacht werden sollen, vor allem, da unsere Software nicht darauf programmiert ist, aramäische oder griechische Texte zu identifizieren.« Er hob den Finger, dann sprach er ins Telefon. Als er fertig war, nahm er die Plastikhülle mit dem Jakobusmanuskript zur Hand. »Wollen Sie den Untersuchungen beiwohnen? In unserem Labor nehmen wir normalerweise keine Analysen so alter Dokumente vor.« Er zuckte mit den Achseln. »Vielleicht können Sie unseren Technikern ja ein paar Tipps geben.«
»Ach, diese Art von Analyse habe auch ich noch nie durchgeführt«, antwortete Romano. »Meine Spezialität ist die Untersuchung historischer Dokumente, die Analyse von Schrifttechniken, die Einordnung von Schriftzeichen und Sprache, solche Dinge eben.«
Landis nickte in Richtung Tür. »Kommen Sie, Sie können sich zumindest das Labor anschauen. Allerneueste Technik. Es ist mein ganzer Stolz.« Er eilte mit dem Dokument in der Hand davon, gefolgt von Cutler. Charlie und Britt hefteten sich an ihre Fersen.
Carlota schaute Romano an. Sie verlangsamte ihren Schritt, bis sie am Ende des Gefolges direkt neben ihm herging. »Ist es zu fassen, dass Charlie tatsächlich ein Hemd und eine Krawatte angezogen hat?«, flüsterte sie. »Er hat sogar seine geliebte Rams-Kappe im Büro gelassen. Man könnte glatt meinen, dass er ins-

geheim gern FBI-Agent wäre und versucht, sich ein Praktikum zu erschleichen.«

Romano wandte sich Carlota zu und grinste. »Genau genommen glaube ich, dass du eher nach deren Geschmack bist.«

Als sie in den Aufzug traten, der sie ins Labor bringen würde, verspürte Romano einen Anflug von Bedauern. Konnte dadurch, dass er das Manuskript gerettet hatte, die gleiche Kettenreaktion in Gang gesetzt werden, die Pater Cristoforo so sehr gefürchtet hatte, dass er ein wahres Gemetzel anrichtete?

·100. KAPITEL·

DAS LABOR ENTPUPPTE SICH als weit beeindruckender als der Konferenzraum. Romano freute sich zu sehen, dass die Steuergelder zumindest in die technische Ausstattung, nicht etwa ins Dekor, geflossen waren.

Nachdem der Techniker einen Abschnitt des Manuskripts für die Untersuchung vorbereitet hatte, zeigte er ein vergrößertes Bild auf einem großen LCD-Monitor. Als er auf eine Stelle zoomte, tauchten auf der unebenen Oberfläche des Papyrus allmählich verstreute dunkle Pünktchen auf.

»Ich glaube nicht, dass das Pflanzenmaterial ist«, stellte Landis fest. »Es könnten Tintenreste sein. Matt, verändern Sie den Winkel des Lichteinfalls und die Scharfeinstellung. Versuchen Sie, ob wir irgendwelche Abdrücke an der Stelle der Partikel erkennen können, die durch eine Schrift hervorgerufen sein könnten.«

Fünf Augenpaare waren auf den hoch auflösenden Bildschirm an der Wand gerichtet. Der Techniker bewegte mit drei Fingern einen großen Trackball und markierte so mit dem Cursor die betreffende Stelle des Bildes. Dann gab er etwas in die Tastatur ein. Der Computer arbeitete, und die Struktur des Papyrus' veränderte sich zu einer weichen, dreidimensionalen Oberfläche mit einer deutlichen Vertiefung an den Stellen, wo sich die vereinzelten dunklen Punkte befanden. Der Bereich außen herum wies dagegen keine Punkte auf.

Landis zog seine Brille aus der Jacketttasche und setzte sie auf. Er reckte den Kopf in Richtung Monitor und studierte das Bild. »Matt, vergrößern Sie auch die angrenzenden Bereiche und drucken Sie die Ergebnisse aus. Ich glaube, es könnte tatsächlich sein, dass auf dieser Rolle vor dem aktuellen Text bereits etwas anderes geschrieben stand. Durch den Ausdruck eines angrenzenden Bereichs können wir besser beurteilen, worum es sich möglicherweise gehandelt hat.«

Landis wandte sich an Romano. »Falls da etwas ist, was wie ein Text aussehen könnte, werden Sie mit Matt zusammenarbeiten müssen, um Buchstabe für Buchstabe zu entziffern.« Er schüttelte den Kopf. »Das könnte am Ende eine langwierige Angelegenheit werden.«

»Vielleicht müssen wir ja nicht gar so weit gehen«, sagte Romano.

»Ich kann Ihnen nicht folgen. Wie wollen wir sonst bestimmen, wann der Text geschrieben wurde?« In Landis' Stimme schwang Argwohn mit. »Um festzustellen, ob der aktuelle Text eine Fälschung ist, müsste man herausfinden, ob die frühere Schrift Informationen enthält, die sie datieren.«

»Die Datierung kann auch über den Schreibstil erfolgen«, antwortete Romano. »Das Institut für Epistemologische Forschung in Paderborn hat sehr erfolgreiche analytische Techniken zur Manuskriptdatierung entwickelt, zu welchen auch die sorgsame Untersuchung von Schreibstilen zählt.«

Landis musterte Romano mit wachsender Skepsis. »Wie kann man eine Schrift sorgsam untersuchen, wenn man den Text nicht identifiziert hat?«

»Man konzentriert sich auf den in bestimmten Epochen gebräuchlichen Schreibstil«, erwiderte Romano. »Die Unzialschrift, in der es nur griechische Großbuchstaben gab, wurde beispielsweise etwa ab der Zeit Christi bis ins neunte oder zehnte Jahrhundert verwendet. Ab dem neunten Jahrhundert wurde die Kleinschreibung mit griechischen Klein- und Großbuchstaben gebräuchlich.«

Matt ging zum Drucker hinüber, holte einen Stapel Blätter heraus und breitete diese ordentlich auf dem Tisch aus. »Ich glaube, diese Ergebnisse lassen keine Zweifel«, sagte er.

Landis schob sich die Brille ein Stück tiefer und schaute sich die aufgereihten Ausdrucke an. »Ich habe keine Ahnung, was diese Zeichen darstellen, aber sie scheinen Groß- und Kleinbuchstaben zu enthalten.«

Romano trat mit neuer Zuversicht an den Tisch. Sorgfältig untersuchte er jedes einzelne dieser Zeichen. Er zog einen Block heraus und machte sich Notizen, dann betrachtete er die Zeichen ein zweites und ein drittes Mal. Als er genug gesehen hatte, wandte er sich an Landis und Cutler. »Ich kann auch ohne weitere Vergrößerung ein paar griechische Buchstaben erkennen. Diese wurden eindeutig klein geschrieben, was bis zum neunten Jahrhundert nicht gebräuchlich war. Der neue Text, der darübergeschrieben wurde, muss also nach dieser Zeit verfasst worden sein.«

»Bleibt bei dieser Schlussfolgerung keine Fehlerspanne?«, fragte Britt.

»Ich wüsste nicht, wie«, antwortete Romano. »So wurde zu Christi Lebzeiten eindeutig nicht geschrieben. Selbst wenn sich die Forschung bezüglich des Beginns der Kleinschreibung um ein- oder zweihundert Jahre vertan haben sollte, ist das noch weit von jener Zeit entfernt, in der ein Bruder Jesu gelebt haben könnte.«

»Nun, ich denke, wir müssen uns der Meinung von Pater Cristoforo anschließen«, stellte Britt fest. »Ich vermute, das Christentum wird nicht mit einer radikalen Umwälzung seiner Grundfesten konfrontiert werden.«

»Tut mir leid. Ich kann Ihnen nicht folgen«, sagte Cutler.

»Pater Cristoforo hat geglaubt, dass die angebliche Begründung von *Rex Deus* auf einer seit Jahrhunderten oder gar Jahrtausenden fehlerhaften Deutung basierte.« Britt deutete auf das Manuskript. »Dieses gefälschte Dokument beweist, dass er recht hatte.«

»Aber es bleiben trotzdem noch viele wichtige Fragen offen, die, wie ich fürchte, nie beantwortet werden«, fügte Romano hinzu. »Was war die wahre Grundlage für *Rex Deus* und den Inneren Zirkel beziehungsweise *Le Serpent Rouge*? *Rex Deus* hat extreme Maßnahmen ergriffen, um die Nachkommenschaft zu kontrollieren. Die große Frage ist doch, wessen Nachkommenschaft? Was basierte auf Fakten, was auf Phantasie? Da Pater Cristoforo alle eingeweihten Mitglieder umgebracht und die Krypta zerstört hat, in der sich mögliche Beweise befanden, wird die Antwort auf diese entscheidenden Fragen wohl nie gegeben werden können.«

»Eines hast du mir aber definitiv klar gemacht«, sagte Britt. »Es gibt so vieles, was wir zu verstehen glauben, aber letzten Endes doch nicht verstehen.«

»Dafür kann ich die Lorbeeren nicht einheimsen. Ich glaube, das war eher das Ergebnis dessen, was wir in den letzten Tagen zusammen erlebt haben. Vieles von dem, was wir als Fakt hinnehmen, basiert auf einer Wahrnehmung, die eine verzerrte Sicht der Wahrheit sein kann.«

»Die Leute von *Rex Deus* könnten wohl die ersten ›Spindoktoren‹ gewesen sein«, stellte Charlie fest.

Alle lachten.

»Charlie, ich fürchte, die gab es wahrscheinlich von Anbeginn der Menschheit«, antwortete Romano. »Der menschliche Geist neigt dazu, die Dinge bestmöglich darzustellen. Aber man muss bedenken, um etwas beschönigen zu können, muss es auch ein Körnchen Wahrheit enthalten.«

»Aber ist nicht der Glaube die unerschütterliche Konstante?«, fragte Carlota. »Sie betonen doch immer, dass wir am Ende unserem Glauben folgen, was immer das sein mag, egal, was die ›Spindoktoren‹ behaupten.«

»Amen«, sagte Romano lächelnd. »Ich weiß, dass mein Glaube in den letzten Tagen jedenfalls auf eine harte Probe gestellt wurde.« Er war richtig stolz auf seine Assistenten. Sie beherrschten das kritische Denken. Und waren immer bereit, sich auf eine neue Herausforderung zu stürzen. Zusammen waren sie ein hervorragendes Forschungsteam gewesen, aber er wusste, dass sie, sobald sie erst einmal ihren Studienabschluss hatten, leider schnell von verschiedenen Firmen oder Universitäten abgeworben und ihre eigenen Wege gehen würden. Egal, wo sie am Ende landeten, er hoffte für Charlie, dass es dort eine Carlota, und für Carlota, dass es einen Charlie geben würde.

Donahue kam ins Labor. »Tut mir leid, Ihre Diskussion zu unterbrechen, aber ich denke, das hier würde Sie interessieren. Der Ordensgeneral der Jesuiten hat soeben eine öffentliche Erklärung herausgegeben, dass Pater Cristoforo unter extremen emotionalen Belastungen gelitten und eine irrationale Angst entwickelt habe, die fünf europäischen Geschäftsmänner und einige seiner Priesterkollegen könnten eine Bedrohung für die Kirche darstellen. Seine Theorie basiere auf Wahnvorstellungen, nicht auf Fakten. Eine angebliche Nachkommenschaft Christi wurde nicht erwähnt. Außerdem sind uns von Interpol die Namen der Männer, die bei der Explosion ums Leben gekommen sind, bestätigt worden.« Er reichte Cutler ein Blatt mit der Namensliste. »Interpol hat keine offiziellen Daten über eine Organisation namens *Rex Deus.* Die Männer waren hochgestellte Führungspersönlichkeiten im europäischen Bankenwesen, Vorstände einiger der größten Banken Frankreichs, Schottlands, Deutschlands und Englands sowie ein russischer Aristokrat mit großem Landbesitz.«

Mit einem Mal schoss Romano ein düsterer Gedanke durch den Kopf. Sein Vater war von Italien in die USA gezogen, um dort die Filiale einer deutschen Bank aufzubauen, und er hatte einen engen Vertrauten in England gehabt. »Dürfte ich die Namensliste mal sehen?«, fragte er.

»Sind die offiziell freigegeben worden?«, fragte Cutler Donahue.

Donahue nickte, und Cutler gab Romano die Liste.

Romano las die Namen: Christien Fortier, Blair Henderson, Egor Ivanov. Schockiert hielt er inne, als er die letzten beiden Namen sah … Georg Rahn und Rexford Walker waren definitiv Geschäftspartner seines Vaters gewesen.

·101. KAPITEL·

ROMANO STAND AM EINGANG zum Jesuit Center for Spiritual Growth. Er blickte durch den Steinbogen auf die majestätischen Bäume, die die Auffahrt säumten. Der seidig graue Himmel warf einen feinen Schatten auf sie, während sie sich im sanften Wind wiegten. Die Natur hatte am Morgen von Pater Teds Beisetzung freundlich ihre Ehrfurcht bezeugt.

Romano hatte die letzten Tage in Wernersville verbracht und bei der Organisation des Trauergottesdienstes geholfen. Während der ganzen Zeit wurde er von Gedanken verfolgt, dass sein Vater und Ted Mitglieder von *Rex Deus* gewesen waren, und ihn hatte die Frage umgetrieben, was mit Marta nun tatsächlich geschehen war. Er telefonierte täglich mit Britt, die ihm bereitwillig Auskunft über ihre umfangreichen Forschungsergebnisse über den geheimen Zirkel gab. Vieles von dem, was sie aufgedeckt hatte, war – gelinde gesagt – bizarr. Sie schickte ihm viele ihrer Recherchenotizen per Mail zu. Darin gab es Hinweise auf gnostische Sexriten aus Ägypten, auf den Mord an Johannes den Täufer, um seinen Kopf für Hexenriten zu verwenden, auf Aliens vom Planeten Sirius, die die ägyptische Zivilisation begründeten, auf Pläne, die arabischen Nationen zu vernichten, um das Heilige Land in Besitz zu nehmen, und auf das Vorhaben, den Papst und die römisch-katholische Kirche zu stürzen und die Macht der Christen in der westlichen Welt zu brechen.

Die einzigen Faktoren, die in Britts Forschungsunterlagen immer wieder auftauchten, waren Hinweise, dass die Mitglieder von *Rex Deus* glaubten, sie bewahrten eine Nachkommenschaft, die eines Tages das Reich Gottes auf Erden errichten würde, und dass sie davon überzeugt waren, ihre mystischen Traditionen, bekannt als

»Der Weg«, seien in einem langen Initiationsprozess mündlich überliefert worden. Falls Cristoforo recht hatte, waren die einzigen eingeweihten Mitglieder inzwischen tot – und »Der Weg« war mit ihnen gestorben.

Interpol war nicht in der Lage gewesen, auch nur den geringsten Beweis für das Bestehen zeitgenössischer Angehöriger von *Rex Deus* zu liefern. Die Familien der umgekommenen europäischen Geschäftsmänner wiederholten beharrlich, dass es keine Geheimorganisation gebe. Sie behaupteten, die Hôtellerie würde für Geschäftstreffen und Reitferien der Familien genutzt. Der unterirdische Bunker sei während des Kalten Krieges für den Fall eines atomaren Angriffs als sicherer Zufluchtsort für die Familien gebaut worden.

Romano hatte sich mit der Tatsache abgefunden, dass er wohl nie die ganze Wahrheit über seinen Vater und Ted herausfinden würde. Aber er kam zu der Überzeugung, dass das nicht so wichtig sei. Ihm blieb die Erinnerung an die beiden Männer, die sein Leben maßgeblich beeinflusst hatten, und das war schließlich das, was wirklich zählte.

Allerdings war da immer noch die Sache mit Marta und der Rolle, die seine Mutter bei ihrem Verschwinden gespielt hatte. Es schien ihm jetzt wichtiger zu sein, seine Beziehung zu seiner Mutter wieder in Ordnung zu bringen, und Marta in liebevoller Erinnerung an seine erste große Liebe zu behalten.

Eine schwarze Limousine fuhr die Auffahrt herauf. Romano ging zum Eingang und stieg gerade die Treppe herunter, als das Auto direkt davor zum Stehen kam. Der Chauffeur hielt die Tür auf, und Regina Romano stieg aus dem Fond aus. Sie trug ein schwarzes Chiffonkleid und eine Sonnenbrille. Ihre gefärbten schwarzen Haare waren zu einem Knoten zusammengebunden. Als Romano seiner Mutter wie üblich Küsschen auf die Wangen drückte, konnte er sogar durch die getönten Brillengläser erkennen, dass ihre Augen ganz verquollen und ihr starkes Make-up verschmiert war. Er konnte sich nicht erinnern, dass seine Mutter bei der Beerdigung seines Vaters so emotional reagiert hatte.

Regina griff nach Romanos Arm und drückte ihn. »Ich bin so erleichtert, dass es dir gut geht. Ich weiß nicht, was ich getan hätte, wenn ich Ted und meinen einzigen Sohn verloren hätte.«

Romano schloss seine Mutter in die Arme – das hatte er schon lange nicht mehr getan. »Mutter, mir geht es gut, die Gefahr ist vorbei. Leider bleibt uns die tiefe Trauer um Ted.«

Regina zog ein Taschentuch aus ihrer Handtasche, schob die Brille zur Seite und tupfte sich die Augen ab. An den Flecken an ihrem Taschentuch erkannte Romano, dass sie es auf der Fahrt von New York hierher schon häufiger benutzt haben musste. Er nahm seine Mutter am Arm, und sie gingen zusammen die Treppe hinauf.

»Mutter, warum kommst du nicht mit in mein Zimmer und machst dich ein bisschen frisch? Wir haben noch jede Menge Zeit, bis der Trauergottesdienst anfängt.«

Regina warf ihm zum ersten Mal seit der Sache mit Marta so etwas wie ein Lächeln zu. »Ich denke, du kennst deine Mutter noch immer ziemlich gut. Es wäre mir peinlich, so bei Teds Trauermesse zu erscheinen.«

Als Regina aus dem Badezimmer kam, sah sie wie verwandelt aus. Die Blässe war einer gesunden Gesichtsfarbe gewichen, und ihre Falten waren zum größten Teil verschwunden. Sie hatte die getönte Brille abgenommen. Ihre Augen waren so perfekt geschminkt wie bei einem Model.

»Mutter, du siehst phantastisch aus. Ted würde sich freuen.«

Regina sah verlegen drein, erholte sich aber rasch. Dann standen ihr auf einmal wieder Tränen in den Augen. »Du weißt, dass dies

das erste richtige Kompliment ist, das du mir seit … nun, seit vielen Jahren gemacht hast.«
»Das ist etwas, worüber wir uns unterhalten müssen.« Romano holte tief Luft. »Ted hat einen Brief hinterlegt, der mir bei seinem Tod ausgehändigt werden sollte. Darin drängt er mich, meine Beziehung zu dir wieder in Ordnung zu bringen. Ich glaube, sein Tod hat mir die Kraft gegeben, es endlich zu versuchen.« Er spürte, dass ihm Tränen in die Augen stiegen. »Ich habe mich all die Jahre dafür gehasst, dass ich nicht den Mut aufgebracht habe, meine Gefühle über das, was mit Marta geschehen ist, zu verarbeiten.«
Reginas Hände fingen zu zittern an. »Du weißt nicht, wie oft ich dir die Wahrheit erzählen wollte, aber unendliche Angst davor hatte.«
»Angst? Angst wovor?«
Regina setzte sich auf die Bettkante und senkte den Kopf. »Als ich dir damals sagte, dass ich nicht wisse, was aus Marta und ihrer Familie geworden sei, da habe ich die Wahrheit gesagt. Was ich dir aber nicht erzählt habe, war, was vor ihrem Verschwinden passiert ist.«
Romano lehnte sich gegen den Schreibtisch und starrte seine Mutter an.
»Ich habe nie genau erfahren, worin dein Vater und Ted verwickelt waren, aber ich wusste, dass es weit wichtiger war als seine Bankgeschäfte. Er sagte mir, dass Ted mir helfen würde, dich auf deine zukünftige Rolle vorzubereiten, falls ihm etwas zustoßen sollte.« Regina blickte auf den Boden. »Ich dachte, dein Vater könnte in irgendwelche illegalen Machenschaften verstrickt sein.« Sie schaute auf. »Aber ich konnte nicht verstehen, welche Rolle Ted dabei spielte.«
Romano setzte sich neben seine Mutter und legte den Arm um

sie. »Vater und Ted waren in nichts Illegales verstrickt. Sie waren Mitglieder einer Organisation, die glaubte, sie habe einen hohen spirituellen Auftrag, göttliche Geheimnisse zu wahren. Sie waren gute Männer mit guten Absichten. Ihre Meinung basierte, aus welchen Gründen auch immer, auf jahrhundertealten Mythen, die sich mehr auf mystische Lehren als auf Fakten gründeten.«

Regina schaute ihren Sohn ängstlich an. »Ich war wirklich glücklich, als ich herausfand, dass du dich mit Marta triffst. Sie war ein so nettes und freundliches Mädchen. Aber als ich es Ted erzählte, wurde er so wütend, wie ich ihn noch nie gesehen hatte. Ich wusste nicht, ob es Wut oder Panik war. Er sagte, Marta sei etwas ganz Besonderes und habe eine einzigartige Aufgabe im Leben, und dass ihr beide auf gar keinen Fall ein Paar werden dürftet. Sie sei einem anderen bestimmt. Ich habe nie verstanden, was er damit eigentlich meinte. Er sagte mir, ich müsse alles in meiner Macht Stehende tun, damit du aufhörst, dich mit ihr zu treffen. Als ich ihm erzählte, wie du darauf reagiert hattest, sagte er, er würde sich selbst darum kümmern. Eine Woche später waren Marta und ihre Eltern verschwunden, ohne eine Nachricht zu hinterlassen.«

Romano sah seine Mutter erstaunt an. Er hatte den Eindruck, als würde ihm die Luft aus den Lungen gepresst. Seine eigenen Worte schossen ihm durch den Kopf: *Vieles von dem, was wir als Fakt hinnehmen, basiert auf einer Wahrnehmung, die eine verzerrte Sicht der Wahrheit sein kann.* Er zog seine Mutter an sich. »Es tut mir leid«, war alles, was er herausbrachte.

·102. KAPITEL·

Nach dem Trauergottesdienst und der Beisetzung auf dem kleinen Friedhof auf dem Gelände des Jesuitenzentrums begleitete Romano seine Mutter zur wartenden Limousine. Bevor sie einstieg, drückte er sie an sich. »Ich bleibe die nächsten dreißig Tage zusammen mit einer Gruppe von Mitbrüdern zu Exerzitien hier. Nach allem, was passiert ist, muss ich eine ernsthafte Gewissenserforschung betreiben.« Er schaute zu ihr herab und lächelte. »Lass uns zusammen essen gehen, sobald ich wieder in New York bin. Ich hätte gern, dass wir wieder eine Familie werden.«

Regina drückte ihm die Schulter. »Ich glaube, das haben wir beide verdient.«

Romano winkte seiner Mutter nach, als die Limousine die Auffahrt hinunterfuhr. Er blickte sich um und sah, dass eine blonde Frau auf ihn zulief. Als sie näher kam, erkannte er Britt.

Er eilte ihr entgegen. »Mit dir habe ich gar nicht gerechnet. Ich dachte, du würdest die ganze Nacht an der Überarbeitung deines Manuskripts sitzen.«

»Es hat sich ausgezahlt, dass du mir Carlota und Charlie ausgeliehen hast.« Britt streckte ihm eine Manuskriptkassette entgegen. »Die beiden sind ein phantastisches Team. Wir haben es geschafft, das Material komplett zu überarbeiten. Hier ist eine Rohfassung, zum größten Teil in Form grober Umrisse. Die beiden finden, ich sollte deine Expertenmeinung einholen, bevor ich zum nächsten Schritt übergehe.«

Romano griff nach der Kassette. »Dein Timing könnte nicht besser sein. Ich werde bei meinen Examen zwischendurch Pausen einlegen müssen.« Er spürte ein nervöses Zittern, als er auf die Kassette hinab blickte.

»Du musst deinen Mitbrüdern gegenüber keine Schuldgefühle haben«, erklärte Britt, als sie die Hand ausstreckte und den Deckel öffnete.
Der in Großbuchstaben geschriebene Titel lautete: ›UNHEILIGER GRAL‹.
»Was ist aus ›Der Jesus-Schwindel‹ geworden?«
Britt deutete stolz auf das Manuskript. »Es ist noch viel Arbeit zu leisten, aber ich glaube, du wirst feststellen, dass ich jeder der unterschiedlichen Theorien das ›richtige Gewicht beigemessen‹ habe.«
Romano schmunzelte. »Haben Carlota und Charlie etwas mit der Änderung des Titels zu tun?«
»Nein, das war allein meine Idee.« Britt lachte auf. »Charlie hat einen Titel vorgeschlagen, der sich auf die Theorien bezieht, Christus sei nicht am Kreuz gestorben. Er meinte, ich solle auf die frühen christlichen Mystiker verweisen, die die ›Kreuzigung‹ als ›Kreuz-Fiktion‹ interpretierten.«
»Ich denke, du hast Charlie bei dieser Gelegenheit richtig kennengelernt.«
»Er hat einen scharfen Verstand. Aber ich möchte Carlota nicht unerwähnt lassen. Sie hat Charlies Vorschlag folgendermaßen kommentiert: ›Für uns ist es so einfach, Einzelaspekte der Geschichte herauszupicken und sie in einen Teppich nach unserem eigenen Design zu verweben.‹ Das hat gute Chancen, in meine letzte Fassung aufgenommen zu werden.«
»Ich freue mich, dass die Zusammenarbeit mit den beiden so gut klappt.«
»Das wirft eine andere Frage auf. Ich habe von meinem Verleger einen Forschungsvorschuss bekommen. Wenn du nichts dagegen hast, würde ich, während du hier auf Exerzitien bist, Carlota und

Charlie gerne als Resonanzboden anstellen, außerdem könnten die beiden einige Recherchen übernehmen.«

Romano strahlte. »Meinen Segen hast du. Die beiden werden sich riesig freuen.« Dann hob er die Hand und streckte den Zeigefinger aus. »Aber nur unter einer Bedingung – dass ich sie wieder zurückkriege.«

»Darum brauchst du dir keine Sorgen machen. Die beiden vergöttern dich.« Britt zuckte zusammen. »Tut mir leid, das war wohl nicht die allerbeste Wortwahl.«

»Nach dem, was wir gemeinsam durchgemacht haben, hast du hinsichtlich der Wortwahl absolut freie Hand.« Romano deutete in Richtung des Jesuitenzentrums. Vor dem Eingang hatte sich inzwischen eine große Menschenmenge versammelt. »Würdest du gern mit hereinkommen? Ich bin mir sicher, dass es niemandem etwas ausmacht, wenn du mit uns zusammen zu Abend isst.«

Britt schüttelte den Kopf. »Danke, aber du hast viele Gäste, mit denen du dich unterhalten musst. Das Gedenken an Pater Mathews wird schon deine ganze Aufmerksamkeit erfordern. Wir gehen zusammen essen, sobald du wieder in New York bist. Ich freue mich wirklich schon auf deine Kommentare.«

Britt zögerte einen Augenblick, dann meinte sie: »Da ist noch etwas, was du wissen solltest.« Sie schaute zu den Menschen unter dem Vorbau hinauf und zuckte mit den Achseln. »Ich würde dich gern in den Arm nehmen und dir einen Kuss geben, aber ich glaube, dass das hier nicht der geeignete Ort dafür ist. Das Zusammensein mit dir in den paar Tagen hat mir klargemacht, dass ich mich völlig auf den Schmerz meiner Vergangenheit konzentriert habe. Ich habe meine Zukunft aus den Augen verloren. Ich bin mir sicher, Alain und Tyler würden sich wünschen, dass ich mich weiterentwickle. Dass ich etwas Sinnvolles aus meinem Leben mache. Gott hat uns das Geschenk gegeben, unser Leben so zu leben, wie wir es für richtig halten. Manchmal gerät man unterwegs in schwieriges Fahrwasser. Du hast mir geholfen, eine der schlimmsten Zeiten meines Lebens hinter mich zu bringen. Danke dafür.«

Als Britt auf ihr Auto zuging, hatte Romano den Eindruck, als gehe mit ihr auch ein Teil von ihm fort. Er drehte sich rasch um und lief die Stufen hinauf und auf Teds Freunde und Kollegen zu. Ihm wurde klar, dass er jetzt an einer solchen schwierigen Stelle angekommen war.

Während dieser Exerzitien würde er entscheiden müssen, ob er, im nächsten Kapitel seines Lebens, seine letzten Gelübde ablegen oder umkehren und seinem Herzen folgen würde.

Peter James
Stirb Ewig
Thriller
Aus dem Englischen von
Susanne Goga-Klinkenberg
Band 16872

»Peter James schreibt einfach gut. Seine Story gehört zur ganz großen Spannungsliteratur.«
Brigitte

Seit Tagen ist Michael spurlos verschwunden. Lebendig begraben. Auf irgendeinem gottverlassenen Acker. Ein kleiner Spaß seiner Freunde beim Junggesellenabschied. Die sich diesen Scherz erlaubt haben, sind tot. Seine Braut und sein bester Freund außer sich vor Verzweiflung: Sie wissen von nichts. Wirklich? Fragt sich Inspektor Roy Grace.

Fischer Taschenbuch Verlag

fi 16872 / 1

Mark T. Sullivan

Toxic

Der Biss – Das Feuer – Die Hölle

Thriller

Band 66096

»Es gibt keinen besseren Thriller als diesen ...«

Tess Gerritsen

»Der nackte Mann auf dem Bett lag im Sterben, und er hatte keine Ahnung, weshalb.«

Sergeant Seamus Moynihan aus San Diego steht vor dem spektakulärsten Fall seiner Karriere: Eine Serie von bizarren Sexualverbrechen erschüttert die kalifornische Großstadt. Als Moynihan wieder zu einem Tatort gerufen wird, findet er dort einen nackten Mann ans Bett gefesselt, der von einer der giftigsten Schlangen der Welt zu Tode gebissen wurde. Und wieder hat der Täter eine geheimnisvolle Botschaft hinterlassen ...

Fischer Taschenbuch Verlag

fi 66096 / 1